〈지식을만드는지식 고전선집〉은
인류의 유산으로 남을 만한 작품만을 선정합니다.
읽을 수 없는 고전이 없도록 세상의 모든 고전을 출판합니다.
오랜 시간 그 작품을 연구한 전문가가
정확한 번역, 전문적인 해설, 풍부한 작가 소개, 친절한 주석을
제공합니다.

太平廣記鈔

태평광기초 15

太平廣記鈔

태평광기초 15

풍몽룡(馮夢龍) 엮음
김장환(金長煥) 옮김

대한민국, 서울, 지식을만드는지식, 2024

편집자 일러두기

- 이 책은 명나라 천계(天啓) 간본을 저본으로 교점한 배인본 중에서 번체자본(繁體字本)인 웨이퉁셴(魏同賢)의 교점본[2책, 《풍몽룡전집(馮夢龍全集)》 8・9, 펑황출판사(鳳凰出版社), 2007]을 바탕으로 하고 기타 배인본을 참고했습니다. 아울러 《태평광기》와의 대조를 통해 교감이 필요한 원문에 한해 해당 부분에 교감문을 붙이고, 풍몽룡의 비주(批注)와 평어(評語)까지 포함해 80권 2584조 전체를 완역하고 주석을 달았습니다. 《태평광기》는 왕샤오잉(汪紹楹)의 점교본[베이징중화수쥐(中華書局), 1961]을 사용했습니다.
- 《태평광기초》는 총 80권으로 되어 있습니다. 이 번역본에는 편의상 한 권에 원서 5권씩을 묶었습니다. 마지막권인 16권에는 전체 편목・고사명 찾아보기, 해설, 엮은이 소개, 옮긴이 소개를 수록했습니다.
제15권은 전체 80권 중 권71~권75를 실었습니다.
- 국내에서 처음으로 소개됩니다.
- 해설 및 주석은 독자들의 이해를 돕기 위해 모두 옮긴이가 붙인 것입니다.
- 옮긴이는 독자들이 이해하기 쉽도록 각 고사에는 맨 위에 번역 제목을 붙였고 그 아래에 연구자들이 작품을 찾아보기 쉽도록 원제를 한자 독음과 함께 제시했습니다. 주석이나 해설 등에서 작품을 언급할 때는 원제의 한자 독음으로 지칭했습니다.
- 옮긴이는 원전에서 제시한 작품의 출전을 원제 아래에 "출《신선전(神仙傳)》"과 같이 밝혔습니다. 또한 원문 뒤에는 해당 작품이 《태평광기》의 어느 부분에 실려 있는지도 밝혀 《태평광기》와 비교 연구할 수 있도록 했습니다.
- 본문에서 "미:"로 표기한 것은 엮은이 풍몽룡이 본문 문장 위쪽에 단 미주(眉注)이고 "협:"으로 표기한 것은 문장과 문장

사이에 단 협주(夾注)입니다. "평 : "으로 표기한 것은 풍몽룡이 본문을 읽고 자신의 평을 추가한 것입니다.
- 한글에 한자를 병기할 때 괄호 안의 말과 바깥 말의 독음이 다르면 [ ]를 사용하고, 번역어의 원문을 표시할 때는 ( )를 사용했습니다. 또 괄호가 중복될 때에도 [ ]를 사용했습니다.
- 고대 인명과 지명은 한자 독음으로 표기하고 현대 인명과 현대 지명은 국립국어원의 중국어 표기법에 따라 표기했습니다.

차 례

권71 야차부(夜叉部)

야차(夜叉)

71-1(2327) 가서한(哥舒翰) · · · · · · · · · · · · · 7039

71-2(2328) 마수(馬燧) · · · · · · · · · · · · · · · 7042

71-3(2329) 강남의 오생(江南吳生) · · · · · · · · · 7048

71-4(2330) 주현의 딸(朱峴女) · · · · · · · · · · · 7051

71-5(2331) 두만(杜萬) · · · · · · · · · · · · · · · 7054

71-6(2332) 동락의 장생(東洛張生) · · · · · · · · · 7057

71-7(2333) 설종(薛淙) · · · · · · · · · · · · · · · 7062

71-8(2334) 유적(劉積中) · · · · · · · · · · · · · · 7067

71-9(2335) 위자동(韋自東) · · · · · · · · · · · · · 7073

71-10(2336) 진월석(陳越石) · · · · · · · · · · · · 7081

71-11(2337) 온 도사(蘊都師) · · · · · · · · · · · · 7085

권72 요괴부(妖怪部)

요괴(妖怪) 1

72-1(2338) 동군의 백성(東郡民) · · · · · · · · · 7093

72-2(2339) 호욱(胡頊) · · · · · · · · · · · · · · 7095

72-3(2340) 오정현 사람(烏程縣人) · · · · · · · · 7097

72-4(2341) 허주의 승려(許州僧) · · · · · · · · · · · 7098

72-5(2342) 수안현의 남자(壽安男子) · · · · · · · · 7099

72-6(2343) 영주의 부인(瀛州婦人) · · · · · · · · · 7100

72-7(2344) 조연노(趙燕奴) · · · · · · · · · · · · · 7101

72-8(2345) 동도의 걸인(東都乞兒) · · · · · · · · · 7104

72-9(2346) 다리 없는 부인(無足婦人) · · · · · 7105

72-10(2347) 맹씨 노파(孟嫗) · · · · · · · · · · · 7107

72-11(2348) 백항아(白項鴉) · · · · · · · · · · · 7110

72-12(2349) 누영(婁逞) · · · · · · · · · · · · · · 7113

72-13(2350) 황숭하(黃崇嘏) · · · · · · · · · · · 7115

72-14(2351) 기이한 출산(産異) · · · · · · · · · · 7119

72-15(2352) 최광종(崔廣宗) · · · · · · · · · · · 7121

72-16(2353) 영릉태수의 딸(零陵太守女) · · · · · 7123

72-17(2354) 이심언(李審言) · · · · · · · · · · · 7124

72-18(2355) 장전(張全) · · · · · · · · · · · · · 7126

72-19(2356) 정습(鄭襲) · · · · · · · · · · · · · 7128

72-20(2357) 침주의 좌사(郴州佐史) · · · · · · · 7130

72-21(2358) 형주 사람(荊州人) · · · · · · · · · 7132

72-22(2359) 사도선(師道宣) · · · · · · · · · · · 7134

72-23(2360) 황묘(黃苗) · · · · · · · · · · · · · 7136

72-24(2361) 봉소(封邵) · · · · · · · · · · · · · 7140

72-25(2362) 이징(李徵) · · · · · · · · · · · · · 7141

72-26(2363) 장봉(張逢) ･････････････7152

72-27(2364) 양진(楊眞) ･････････････7158

72-28(2365) 왕거정(王居正) ･･････････7160

72-29(2366) 주 도사(朱都事) ････････････7163

72-30(2367) 호랑이로 변한 승려(僧虎) ･････7165

72-31(2368) 정평현의 마을 사람(正平縣村人) ････7170

72-32(2369) 양 무제의 황후(梁武后) ･･････7172

72-33(2370) 송사종의 모친(宋士宗母) ･････7174

72-34(2371) 제나라의 왕후(齊王后) ･･････7176

권73 요괴부(妖怪部)

요괴(妖怪) 2

73-1(2372) 장한(張翰) ･･･････････7179

73-2(2373) 강회의 선비(江淮士人) ･･････7180

73-3(2374) 이우(李虞) ･･･････････7182

73-4(2375) 이반(李泮) ･･･････････7184

73-5(2376) 요원기(姚元起) ････････････7186

73-6(2377) 도정방의 집(道政坊宅) ･････････7188

73-7(2378) 강교(姜皎) ･･･････････7191

73-8(2379) 주제천(周濟川) ･････････7192

73-9(2380) 돈구현 사람(頓丘人) ･･････7195

73-10(2381) 형양군의 요씨(滎陽廖氏) ･･････7197

73-11(2382) 고양이 귀신(猫鬼)・・・・・・・・・・・7199

73-12(2383) 낙양의 부인(洛陽婦人)・・・・・・・・7202

73-13(2384) 왕헌(王獻)・・・・・・・・・・・・・7204

73-14(2385) 맹씨(孟氏)・・・・・・・・・・・・・7205

73-15(2386) 하북의 군장(河北軍將)・・・・・・・・7209

73-16(2387) 궁산의 승려(宮山僧)・・・・・・・・・7210

73-17(2388) 왕종신(王宗信)・・・・・・・・・・・7215

73-18(2389) 두불의(竇不疑)・・・・・・・・・・・7218

73-19(2390) 여강의 백성(廬江民)・・・・・・・・・7224

73-20(2391) 유씨(柳氏)・・・・・・・・・・・・・7228

73-21(2392) 수반(壽頒)・・・・・・・・・・・・・7230

73-22(2393) 범계보(范季輔)・・・・・・・・・・・7231

권74 요괴부(妖怪部)

요괴(妖怪) 3

74-1(2394) 산정(山精)・・・・・・・・・・・・・7235

74-2(2395) 산소(山魈)・・・・・・・・・・・・・7237

74-3(2396) 부양 사람(富陽人)・・・・・・・・・・7241

74-4(2397) 원자허(元自虛)・・・・・・・・・・・7244

74-5(2398) 산도와 목객(山都・木客)・・・・・・・7248

74-6(2399) 장요(張遼)・・・・・・・・・・・・・7252

74-7(2400) 조낭(曹朗)・・・・・・・・・・・・・7254

74-8(2401) 등차(鄧差) · · · · · · · · · · · · · 7260

74-9(2402) 소아(素娥) · · · · · · · · · · · · · 7263

74-10(2403) 서명 부인(西明夫人) · · · · · · · 7267

74-11(2404) 노욱(盧郁) · · · · · · · · · · · · 7273

74-12(2405) 청강군의 노인(淸江郡叟) · · · · · · 7277

74-13(2406) 화음현의 촌장(華陰村正) · · · · · · 7279

74-14(2407) 안양현의 황씨(安陽黃氏) · · · · · · 7280

74-15(2408) 정인(鄭絪) · · · · · · · · · · · · 7282

74-16(2409) 요 사마(姚司馬) · · · · · · · · · · 7285

74-17(2410) 최각(崔珏) · · · · · · · · · · · · 7289

74-18(2411) 요강성(姚康成) · · · · · · · · · · 7293

74-19(2412) 김우장(金友章) · · · · · · · · · · 7297

74-20(2413) 우응(于凝) · · · · · · · · · · · · 7301

74-21(2414) 비현의 왕씨 집(費縣王家) · · · · · · 7304

74-22(2415) 조혜(曹惠) · · · · · · · · · · · · 7305

74-23(2416) 상향 사람(商鄕人) · · · · · · · · · 7311

74-24(2417) 노함(盧涵) · · · · · · · · · · · · 7313

74-25(2418) 장불의(張不疑) · · · · · · · · · · 7318

74-26(2419) 잠순(岑順) · · · · · · · · · · · · 7323

74-27(2420) 황금 봉황과 금옥 나비(金鳳·金玉蝴蝶) · 7331

74-28(2421) 우도현 사람(雩都縣人) · · · · · · · 7334

74-29(2422) 금우(金牛) · · · · · · · · · · · · 7336

74-30(2423) 은우(銀牛) · · · · · · · · · · · · · 7339

74-31(2424) 위사현(韋思玄) · · · · · · · · · · · 7340

74-32(2425) 소알과 하문(蘇遏·何文) · · · · · · 7343

74-33(2426) 잠문본(岑文本) · · · · · · · · · · · 7350

74-34(2427) 거연 부락의 우두머리(居延部落主) · · · 7355

74-35(2428) 여생(呂生) · · · · · · · · · · · · · 7361

권75 요괴부(妖怪部)

요괴(妖怪) 4

75-1(2429) 용사초(龍蛇草) · · · · · · · · · · · 7369

75-2(2430) 쪼갠 나무 속의 고기(破木有肉) · · · · 7370

75-3(2431) 유 장군(柳將軍) · · · · · · · · · · · 7371

75-4(2432) 스님 지통(僧智通) · · · · · · · · · · 7374

75-5(2433) 최현미(崔玄微) · · · · · · · · · · · 7377

75-6(2434) 소창원(蘇昌遠) · · · · · · · · · · · 7384

75-7(2435) 전등낭(田登娘) · · · · · · · · · · · 7386

75-8(2436) 조생(趙生) · · · · · · · · · · · · · 7388

75-9(2437) 늙은 쥐(老鼠) · · · · · · · · · · · · 7391

75-10(2438) 노추(盧樞) · · · · · · · · · · · · · 7395

75-11(2439) 주인(朱仁) · · · · · · · · · · · · · 7397

75-12(2440) 살쾡이(狸) · · · · · · · · · · · · · 7400

75-13(2441) 파리(蠅) · · · · · · · · · · · · · · 7402

75-14(2442) 벌이 먹다 남긴 것(蜂餘) · · · · · · ·7407

75-15(2443) 도마뱀(守宮) · · · · · · · · · ·7409

75-16(2444) 쥐며느리(鼠婦) · · · · · · · ·7413

75-17(2445) 박쥐(蝙蝠) · · · · · · · · · · ·7414

75-18(2446) 메뚜기(蚱蜢) · · · · · · · · ·7415

75-19(2447) 매미(蟬) · · · · · · · · · · · ·7417

75-20(2448) 지렁이(蚯蚓) · · · · · · · · ·7420

75-21(2449) 개구리(蛙) · · · · · · · · · ·7422

75-22(2450) 과두 낭군(科斗郞君) · · · · · · · ·7426

75-23(2451) 땅강아지(螻蛄) · · · · · · · · ·7431

75-24(2452) 심우당(審雨堂) · · · · · · · · ·7433

75-25(2453) 서현지(徐玄之) · · · · · · · · ·7436

75-26(2454) 원앙(鴛鴦) · · · · · · · · · ·7447

75-27(2455) 오군산(烏君山) · · · · · · · · ·7448

75-28(2456) 푸른 학(蒼鶴) · · · · · · · · ·7454

75-29(2457) 아계(鵝溪) · · · · · · · · · · ·7458

권71 야차부(夜叉部)

야차(夜叉)

71-1(2327) 가서한

가서한(哥舒翰)

출《통유록(通幽錄)》

    가서한은 젊었을 때 기개가 있었으며, 장안(長安)에 거주하면서 호협들과 교유했다. 그에게는 애첩 배육낭(裵六娘)이 있었는데, 용모와 자태가 세상에서 보기 드물었기에 가서한은 그녀를 좋아했다. 함께 지낸 지 얼마 되지 않아 가서한은 일이 생겨서 경기 지역으로 갔다가 몇 달 만에 돌아왔는데, 도착했더니 첩이 이미 병으로 죽었기에 가서한은 몹시 슬퍼했다. 곧 날이 저물자 가서한은 그녀의 집에서 잠을 자기로 했는데, 아직 장례를 치르기 전이어서 당(堂) 안에 빈소를 차렸다. 그런데 다른 방이 없었기에 가서한이 말했다.

    "평소 사랑했는데 살았든 죽었든 무슨 상관이겠는가?"

    그러고는 혼자 빈소의 휘장 안에서 잠을 잤다. 한밤중에 정원의 달이 밝게 빛났다. 가서한이 슬피 탄식하며 잠들지 못하고 있을 때, 문득 보았더니 대문 안의 가림벽 사이로 한 물체가 머리를 기울여 안을 엿보며 앞으로 나아갈 듯 물러설 듯 망설이다가 정원 안으로 들어왔는데, 다름 아닌 야차였다. 키는 1장(丈)쯤 되었고 표범 가죽 잠방이를 입었으며 톱날 같은 이빨에 머리를 풀어 헤치고 있었다. 또한 귀신 셋이 뒤따라 들어오더니 붉은 밧줄을 끌면서 달 아래에서 춤을 추었다. 귀신들이 서로 말했다.

"침상 위에 있는 귀인(貴人)은 어찌 되었소?"

또 말했다.

"이미 잠들었소."

그러고는 곧장 계단을 올라와 빈소로 들어가더니 관을 들어 달빛 아래로 옮긴 뒤에, 관을 부수고 시체를 꺼내 사지를 잘라서 둘러앉아 함께 먹었다. 피가 정원에 낭자했으며 옷가지가 어지러이 흩어졌다. 가서한은 공포에 떨면서도 애통해하면서 스스로 생각했다.

"아까 귀신들이 나를 귀인이라고 불렀으니 내가 지금 저들을 때려도 반드시 아무런 해가 없을 것이다."

그러고는 몰래 휘장 밖에 있던 장대를 들고 갑자기 어둠 속에서 장대를 내던지며 뛰쳐나와 고함을 치면서 귀신들을 때렸다. 귀신들이 깜짝 놀라 도망치자 가서한이 여세를 몰아 서북쪽 모퉁이까지 쫓아갔더니 귀신들은 담을 넘어 도망쳤다. 맨 뒤에 있던 귀신 하나가 담을 오르지 못하고 가서한의 장대에 맞아 피를 흘리면서 도망갔다. 집안사람들이 시끄러운 소동 소리를 듣고 일어나서 가서한을 구하러 오자, 가서한은 그들에게 그 일을 자세히 말해 주었다. 그러고는 첩의 남은 뼈를 수습하려고 당으로 갔더니, 빈소는 이전 그대로였고 귀신들이 시체를 먹었던 곳에도 아무런 흔적이 없었다. 가서한은 정신이 몽롱해지면서 꿈속의 일이라고 생각했다. 귀신이 도망쳤던 담장을 살펴보았더니 핏자국이 있었고 담장 위에는 흔적이 있었지만, 결국 어찌 된 일인지 알 수 없었다. 몇 년 뒤에 가서한은 현달했다.

哥舒翰少有志氣, 居長安, 交游豪俠. 有愛妾裴六娘者, 容範曠代, 翰悅之. 居無何, 翰有故, 遊近畿, 數月方回, 及至, 妾已病死, 翰甚悼之. 旣而日暮, 因宿其舍, 尙未葬, 殯於堂奧. 旣無他室, 翰曰: "平生之愛, 存沒何間?" 獨宿總帳中. 夜半後, 庭月皓然. 翰悲嘆不寐, 忽見門屛間有一物, 傾首而窺, 進退逡巡, 入庭中, 乃夜叉也. 長丈許, 著豹皮褌, 鋸牙披髮. 更有三鬼相繼進, 及拽朱索, 舞於月下. 相與言曰: "床上貴人奈何?" 又曰: "寢矣." 便升階, 入殯所, 舁櫬於月中, 破而取其屍, 麋割肢體, 環坐共食之. 血流於庭, 衣物狼藉. 翰恐怖, 且痛之, 自分曰: "向叫我作貴人, 我今擊之, 必無苦." 遂潛取帳外竿, 忽於暗中擲出, 大叫擊鬼. 鬼大駭走, 翰乘勢逐之西北隅, 逾垣而去. 有一鬼最後, 不得上, 翰擊中流血, 乃得去. 家人聞變亂, 起救之, 翰具道其事, 將收餘骸, 及至堂, 殯所儼然如故, 而啖處亦無所見. 翰悅惚以爲夢中. 驗其牆有血, 其上有跡, 竟不知其然. 後數年, 翰顯達.

* 이 고사는 《태평광기》 권356 〈야차·가서한〉에 실려 있다.

71-2(2328) 마수

마수(馬燧)

출《박이기(博異記)》

[당나라의] 마수는 빈천했을 때 북경[北京 : 태원부(太原府)]을 유람하면서 부주(府主)를 배알하려고 했지만 만나지 못하고 돌아갔다. 마수는 원리(園吏 : 동산을 관리하는 관리)의 집에서 기거했는데 원리가 말했다.

"당신은 호융(護戎 : 군사 업무를 감찰하는 관원)을 배알하고 싶지 않으십니까? 호융은 몇몇 글자를 기피하는 것이 매우 심해서 그것을 범하면 반드시 죽을 것이니, 당신은 마땅히 유의해야 합니다. 그러나 만약 당신이 다행히 그의 마음에 들게 된다면 그 유익함이 뭇사람들과는 다를 것입니다. 저는 호융의 이전 유모의 아들로 사정을 잘 알고 있으니, 절대로 혼자 몰래 찾아가지 마십시오."

마수는 반신반의했다. 날이 밝자 마수는 호융을 배알하러 들어갔는데, 과연 그가 기피하는 글자를 범해 정원에서 욕을 먹고 쫓겨났다. 마수는 몹시 두려워하면서 다시 원리를 찾아가 재액을 벗어날 방법을 물었더니 원리가 말했다.

"당신은 저의 말을 어겨 이렇게 재액을 초래했으니, 일이 잘못되어 죽더라도 저를 탓하지 마십시오."

그러고는 마수를 거름 수레 속에 숨겨 성 밖으로 실어 내서 도망치게 했다. 미 : 원리는 대단한 협사(俠士)인데 그 이름을 잃어버려서 아쉽다. 그때 호융은 과연 마수를 찾고 있었는데, 그를 잡지 못했다는 보고가 들어오자마자 철기병을 성문마다 10명씩 나누어 보냈다. 미 : 호융은 이미 마수에게 극심한 유감을 품었기에 꾸짖어 내쫓은 후에 다시 그를 찾았으니 어찌 하늘의 뜻이 아니겠는가? 마수는 허겁지겁 60여 리를 숨어 다니다가 날이 저물자 태원부의 경계를 벗어나지 못할 것이라고 생각해, 도망간 백성의 낡은 집에 숨어 있으려고 했다. 마수가 아직 안정을 찾지 못하고 있을 때 거마의 거친 숨소리[獸]가 들리더니, 미 : 분(獸)은 분(噴)과 같으며, 숨을 내뱉는 것이다. 사람들이 서로 상의하며 말했다.

"20~30리를 더 가 볼까요?"

과연 호융이 보낸 사람들이었다. 잠시 후에 거마 소리가 점점 멀어지자 마수는 약간 안정되었다. 마수가 다시 숨을 고르기 전에 또 사각사각 사람이 걸어가는 소리가 들렸다. 마수가 두려움에 떨고 있을 때, 갑자기 베옷을 입고 형체가 굉장히 기다란 한 여인이 창문에 나타나 손에 보자기 하나를 들고 말했다.

"마수는 여기에 있습니까?"

마수는 잠자코 있으면서 감히 대답하지 못했다. 여인이 또 말했다.

"너무 놀라고 두렵습니까? 호이자(胡二姊)가 당신이 여기에 있는 것을 알기 때문에 위로해 주러 왔으니 근심하거나 의심하지 마십시오."

그제야 마수가 대답하고 나갔더니 호이자가 말했다.

"큰 재액은 이미 지나갔지만 아직 두려운 일이 남아 있습니다. 당신이 굶주리고 있기에 제가 당신에게 먹을 것을 가져왔습니다."

그러고는 들고 온 보따리를 풀었더니 삶은 고기 한 사발과 호떡 한 개가 있었다. 마수가 아주 배불리 먹고 나자, 호이자는 그에게 이전에 있던 곳으로 돌아가서 더 이상 움직이지 말라고 당부했다. 호이자는 재 몇 말을 마수 앞의 땅에 놓더니 가로로 한 줄을 뿌리고 나서 다시 그에게 당부하며 말했다.

"오늘 한밤중에 괴물이 와서 당신을 위협해도 절대로 움직여서는 안 됩니다. 이 재액을 넘기고 나면 당신은 비할 수 없는 부귀공명을 얻게 될 것입니다."

말을 마치고 떠났다. 한밤중에 어떤 물체가 번쩍번쩍 사람을 비추며 점점 창문 사이로 다가왔는데, 보았더니 키가 1장(丈) 남짓 되는 야차였다. 야차는 붉은 머리카락을 고슴도치처럼 세우고 금빛 몸을 예리하게 번쩍이며, 나무 옹두리처럼 굽은 팔과 짐승 발톱 같은 손에 표범 가죽 잠방이를 입고 짧은 병기를 든 채 곧장 방으로 들어왔다. 야차가 사납게 눈을 부라리자 눈에서 섬광이 번쩍였고 입에서는 불을 토하고 피를 내뿜으며 이리저리 뛰고 울부짖으니 쇠와 돌도 녹일 것만 같았다. 마수는 너무 두려워서 거의 혼비백산했다. 그러나 그 괴물은 끝내 호이자가 뿌려 놓은 재를 감히 넘지 못했다. 한참 후에 괴물은 문짝 하나를 뜯어 깔고 깊이 잠들었다. 잠시 후에 또 거마가 오는 소리가 들리더니 사람들이 서로 말했다.

"이곳은 도망간 사람의 집이니 마생(馬生 : 마수)이 여기에 숨어 있지 않을까?"

그때 몇 사람이 무기를 들고 말에서 내려 집으로 들어오다가 야차와 부딪치는 바람에 야차가 벌떡 일어나 몇 번 크게 울부짖더니 사람과 말을 찢어서 피와 살까지 거의 남김없이 먹어 치웠다. 야차는 배부르게 먹고 나서 천천히 걸어 나갔다. 그때는 사경(四更 : 새벽 2시경)으로 동쪽에 달이 떠 있었는데, 마수가 조용하다고 여겨 밖으로 나가서 보았더니 사람과 말의 뼈와 살이 어지럽게 흩어져 있었다. 그리하여 마수는 재액을 면할 수 있었다. 후에 마수는 큰 공훈을 세워 높은 관직에 올랐다. 호이자의 종적을 수소문했지만 결국 찾을 수 없었다. 마수는 호이자에게 보답하고자 했지만 그럴 수 없었기에 봄과 가을마다 사당에 제사 지내면서 호이자의 신좌 하나를 따로 설치해 사당의 왼쪽에 모셨다.

馬燧貧賤時, 寓遊北京, 謁府主, 不見而返. 寄居於園吏, 吏曰:"莫欲謁護戎否? 護戎諱數字而甚切, 犯之必死, 君當在意. 然若幸惬之, 則所益亦與諸人不同. 某乃護戎先乳母子, 得以詳悉, 慎勿暗投." 燧信與疑牛. 明晨, 入謁護戎, 果犯其諱, 庭叱而去. 燧懼甚, 復就園吏, 問計求脫, 園吏曰:"君子戾我, 而取咎如是, 然敗則死, 不得瀆我也." 遂匿燧於糞車中, 載出郭而逃. 眉:園吏大是俠士, 惜失其名. 於時護戎果索燧, 一報不獲, 散鐵騎者, 每門十人. 眉:護戎已極憾燧矣, 乃叱出而後索之, 豈非天乎? 燧狼狽竄六十餘里, 日暮, 度不出境, 求蔽於逃民敗室之中. 尚未安, 聞車馬啼歊聲, 眉:歊·嘖同, 吹氣也. 人相議言:"能更三二十里否?" 果護戎之使也. 俄聞車馬勢漸遠, 稍安焉. 未復常息, 又聞有窸窣人行聲. 燧危慄次, 忽於戶牖, 見一女人, 衣布衣, 身形絕長, 手攜一襆曰:"馬燧在此否?" 燧默然, 不敢對. 又曰:"大驚怕否? 胡二姊知君在此, 故來慰, 無生憂疑也." 燧乃應諾而出, 胡二姊曰:"大厄已過, 尚有餘恐. 君餒矣, 我食汝." 乃解所攜襆, 有熟肉一甌, 胡餅一個. 燧餐甚飽, 却令於舊處, 更不可動. 胡二姊以灰數斗, 放於燧前地上, 橫布一道, 仍授之言曰:"今夜半, 有異物相恐劫, 輒不可動. 過此厄後, 勳貴無雙." 言畢而去. 夜半, 有物閃閃照人, 漸近戶牖間, 見一物, 長丈餘, 乃夜叉也. 赤髮蝟奮, 金身鋒鑠, 臂曲癭木, 甲駕獸爪, 衣豹皮褲, 攜短兵, 直入室來. 獰目電爨, 吐火噴血, 跳躑哮吼, 鐵石消鑠. 燧之惴慄, 殆喪魂亡精矣. 然此物終不敢越胡二姊所布之灰. 久之, 物乃撤一門扉, 藉而熟寢. 俄又聞車馬來聲, 有人相謂曰:"此乃逃人室, 不妨馬生匿於此乎?" 時數人持兵器, 下馬入來, 衝突夜叉, 夜叉奮起, 大吼數聲, 裂人馬啖食, 血肉殆盡. 夜叉食既飽, 徐步而出. 四更, 東方月上, 燧覺寂靜, 乃出而去, 見人馬骨肉狼藉. 乃獲免. 後立大勳,官爵穹崇. 詢訪胡二姊之由, 竟不能得. 思報不獲, 每春秋祠饗, 別置胡二姊一座, 列於廟左.

* 이 고사는 《태평광기》 권356 〈야차·마수〉에 실려 있다.

71-3(2329) 강남의 오생

강남오생(江南吳生)

출《선실지(宣室志)》

강남 사람 오생은 일찍이 회계(會稽)를 유람하다가 유씨(劉氏)의 딸을 얻어 첩으로 삼았다. 몇 년 후에 오생은 안문군(雁門郡)에서 현령(縣令)이 되자 유씨와 함께 임지로 갔다. 유씨는 처음에 성격이 유순하기로 소문났는데, 몇 년이 지난 후부터는 갑자기 포악해져서 아무도 말릴 수 없었다. 그녀는 종종 자신의 뜻에 어긋나는 일이 있으면 즉시 화를 냈고, 하녀를 마구 때리거나 심지어는 하녀를 물어뜯어 피가 철철 흘러도 화를 풀 수 없었다. 오생은 그제야 유씨가 사납다는 것을 알고 마음이 점점 그녀에게서 멀어졌다. 하루는 오생이 안문군의 부장(部將) 여러 명과 함께 들에서 사냥해, 여우와 토끼를 아주 많이 잡아 주방에 두었다. 다음 날 오생이 외출하자 유씨는 곧장 몰래 주방으로 들어가서 여우와 토끼를 날로 먹었다. 유씨가 거의 다 먹었을 때 오생이 돌아와서 유씨에게 여우와 토끼가 어디에 있냐고 다그쳐 물었지만, 유씨는 고개를 숙인 채 말하지 않았다. 오생은 화를 내며 하녀에게 물어 사실을 알고 나서야 비로소 유씨를 요괴라고 의심했다. 10여 일 후에 현의 관리가 사슴 한 마리를 바쳤는데, 오생은 그것을 마당에 놓아두게 했다. 그러고는 오생은 유씨에게 멀리 다녀오겠다고 거짓말을 하고, 문을 나간 뒤에 몸을 숨긴 채 몰래 살펴보았다. 유씨는 머리를 풀어헤치고 소매를 걷어 올린 채 찢어질 듯이 눈을 치켜뜨면서 갑자기 모습을 바꾸더니, 마당에 서서 왼손으로는 사슴을 잡고 오른손으로는 그 내장을 꺼내 먹었다. 오생은 너무 두려운 나머지 땅에 쓰러져 일어날 수 없었다. 한참 후에 오생은 이졸(吏卒) 10여 명을 불러 무기를 들고 집으로 들어갔다. 유씨는 오생이 온 것을 보고 웃옷을 다 벗은 채로 마당에 꼿꼿이 섰는데 다름 아닌 야차였다. 야차의 눈은 번갯불처럼 번쩍이고 이빨은 창날처럼 뾰족했으며, 근육과 뼈는 울퉁불퉁하고 몸 전체가 푸른색이었다. 이졸들은 모두 두려움에 떨면서 감히 접근하지 못했다. 야차는 마치 두려운 것이 있는 것처럼 사방을 둘러보더니, 한 식경쯤 지나서 갑자기 동쪽으로 도망쳤는데, 그 속도가 매우 빨랐다. 야차가 어디로 갔는지 결국 알 수 없었다.

江南吳生者, 嘗遊會稽, 娶劉氏女爲妾. 後數年, 吳生宰縣於雁門郡, 與劉氏偕之官. 劉氏初以柔婉聞, 凡數年, 其後忽曠烈自恃, 不可禁. 往往有逆意者, 卽發怒, 毆其婢僕, 或齧其肌, 血且甚, 而怒不可解. 吳生始知劉氏悍戾, 心稍外之. 嘗一日, 吳與雁門部將數輩獵於野, 獲狐兔甚多, 致庖舍下. 明日, 吳生出, 劉氏卽潛入庖舍, 取狐兔生啖之. 且盡, 吳生歸, 因詰狐兔所在, 而劉氏俯然不語. 吳生怒, 訊其婢得實, 生始疑劉氏爲他怪. 旬餘, 有縣吏, 以一鹿獻, 吳生命致於庭. 已而吳生紿言將遠適, 旣出門, 卽匿身潛伺之. 見劉氏散髮袒肱, 目眥盡裂, 狀貌頓異, 立庭中, 左手執鹿, 右手拔其脾而食之. 吳生大懼, 仆地不能起. 久之, 乃召吏卒十數輩, 持兵仗而入. 劉氏見吳生來, 盡去襦袖, 挺然立庭, 乃一夜叉耳. 目若電光, 齒如戟刃, 筋骨盤蹙, 身盡靑色. 吏卒俱戰慄不敢近. 而夜叉四顧, 若有所懼, 僅食頃, 忽東向而走, 其勢甚疾. 竟不知所在.

* 이 고사는 《태평광기》 권356 〈야차·강남오생〉에 실려 있다.

71-4(2330) 주현의 딸

주현녀(朱峴女)

출《선실지》

무릉군(武陵郡)에 부도사(浮屠祠 : 불탑을 모신 사원)가 있는데, 그 높이가 수백 심(尋 : 1심은 8척)이어서 아래로 장강(長江)이 내려다보였다. 매번 강물이 불어나 출렁거릴 때면 불탑이 마치 흔들거리는 것 같았기 때문에 마을 사람 중에 감히 그 위로 올라가는 자가 없었다. 상인 주현은 집이 굉장히 부유했다. 그에게 딸 하나가 있었는데, 얼마 되지 않아 어느 날 갑자기 실종되었다. 그 집에서 그녀를 찾았지만 10여 일이 지나도록 어디로 갔는지 알 수 없었다. 비가 갠 어느 날 군민들이 보았더니, 불탑의 꼭대기에 어렴풋이 무늬 비단옷을 입은 사람이 서 있는 것 같았다. 군민들은 그 사람을 요괴라고 생각했다. 주현이 그 말을 듣고 즉시 가서 살펴보았는데, 그 옷차림새를 멀리서 바라보았더니 그의 딸과 매우 비슷했다. 그래서 즉시 사람들에게 불탑 위로 올라가서 그녀를 데려오게 했는데 과연 주현의 딸이었다. 주현이 놀라며 딸에게 어찌 된 일인지 물었더니 딸이 말했다.

"제가 이전에 혼자 있을 때 키가 1장(丈)이 넘고 매우 괴이하게 생긴 야차가 지붕에서 뛰어내려 제 방으로 들어와 저에게 말하길, '나를 두려워하지 마라'라고 했습니다. 그러고는 저의 옷자락을 잡고 급히 떠나 불탑 위로 갔습니다. 저는 정신이 몽롱해 마치 몹시 취한 것 같았습니다. 며칠 후에야 비로소 조금 깨어나자 너무 무서웠습니다. 야차는 대략 날이 밝을 때쯤 불탑을 내려가 마을을 다니면서 음식을 가져와 저에게 주었습니다. 하루는 야차가 떠나자 제가 내려다보았더니, 야차가 마을을 다니다가 흰옷 입은 사람을 만났습니다. 야차는 그 사람을 보더니 두려워하며 뒤로 100보나 물러나면서 감히 쳐다보지도 못했습니다. 저녁이 되어 야차가 돌아오자 제가 캐묻길, '어찌하여 흰옷 입은 사람을 두려워합니까?'라고 하자, 야차가 말하길, '아까 본 흰옷 입은 사람은 어려서부터 태뢰(太牢 : 소)를 먹지 않았기 때문에 내가 가까이 갈 수가 없었다'라고 했습니다. 제가 '무슨 까닭입니까?'라고 묻자, 야차가 말하길, '소는 밭을 가는 동물로 사람이 살아가는 데 근본이 된다. 그래서 사람이 소고기를 먹지 않으면 상제(上帝)께서 그를 보호해 주신다'라고 했습니다. 미 : 소를 잡아먹는 자는 이것을 보고 경계로 삼을 만하다. 저는 묵묵히 생각하길, '나는 사람인데 부모를 떠나 이류(異類)와 함께 있으니 슬프지 아니한가?'라고 했습니다. 그래서 다음 날 야차가 떠나자 기도하며 말하길, '저는 원컨대 소고기로 만든 음식을 먹지 않겠습니다'라고 했습니다. 이렇게 세 번 기도했는데, 야차가 갑자기 군에서 돌아오더니 불탑 아래에 이르러 멀리서 저를 바라보며 말하길, '어찌하여 너는 다른 마음을 먹고 나를 버렸느냐? 나는 결국 너에게 가까이 갈 수 없게 되었다'라고 했습니다. 말을 마치고는 동쪽을 향해 떠났습니다. 저는 매우 기뻤고, 마침내 불탑에서 돌아올 수 있었습니다."

武陵郡有浮屠祠, 其高數百尋, 下瞰大江. 每江水汎揚, 則浮屠勢若搖動, 故里人無敢登其上者. 有賈人朱峴, 家極贍. 有一女, 無何, 失所在. 其家尋之, 僅旬餘, 莫窮其適. 一日, 天雨霽, 郡民望見浮屠之顚, 若有人立者, 隱然紋纈衣. 郡民且以爲他怪. 峴聞之, 卽往觀焉, 望其衣裝, 甚類其女. 卽命人登其上取之, 果峴女也. 峴驚訊其事, 女曰:"某向者獨處, 有夜叉長丈餘, 甚詭異, 自屋上躍而下, 入某之室, 謂某曰:'無懼我也.' 卽攬衣馳去, 至浮屠上. 旣而兀兀然, 若甚醉者. 凡數日, 方稍寤, 因懼且甚. 其夜叉率以將曉則下浮屠, 行里中, 取食啖某. 一日, 夜叉方去, 某下視之, 見其行里中, 會遇一白衣. 夜叉見, 辟易退遠百步, 不敢竊視. 及暮歸, 某因詰之:'何爲懼白衣者乎?' 夜叉曰:'向者白衣, 自小不食太牢, 故我不得近也.' 某問:'何故?' 夜叉曰:'牛者, 所以耕田疇, 爲生人之本. 人不食其肉, 則上帝祐之.' 眉:食牛者視此可戒. 某默念曰:'吾人也, 去父母, 與異類爲伍, 可不悲乎?' 明日, 夜叉去而祝曰:'某願不以太牢爲食.' 凡三祝, 其夜叉忽自郡中來, 至浮屠下, 望某而語曰:'何爲有異志而棄我乎? 使我終不得近子矣.' 詞畢, 卽東向走去. 某喜甚, 由浮屠中得以歸."

* 이 고사는 《태평광기》 권356 〈야차 · 주현녀〉에 실려 있다.

71-5(2331) 두만

두만(杜萬)

출《광이기(廣異記)》

　원외랑(員外郞) 두만의 형 아무개가 영남현위(嶺南縣尉)가 되어 거의 임지에 도착할 즈음에 아내가 장독(瘴毒: 풍토병)에 걸려 며칠 만에 죽었다. 당시는 한여름이었고 염을 할 수 없었기 때문에 임시로 시체를 갈대 자리로 싸서 절벽 옆에 묻었다. 아무개는 부임한 후 공무에 바빠서 아내를 다시 염하지 못했다. 나중에 아무개는 북쪽으로 돌아가게 되어서야 비로소 그 절벽에 이르러 아내의 해골을 거두려 했다. 그런데 아내를 묻었던 구덩이를 살펴보았더니 갈대 자리만 남아 있을 뿐이었다. 아무개는 아내를 깊이 묻었는데도 누군가가 가져간 것을 탄식하며 한참 동안 슬퍼했다. 때마침 절벽 위로 작은 길이 나 있는 것을 보고 아무개는 시험 삼아 찾아보기로 했다. 100여 보쯤 가서 석굴 안에 도착했더니, 그의 아내가 발가벗은 채로 매우 사나운 모습을 하고 있어서 알아볼 수 없을 정도였다. 아내는 품에 한 아이를 안고 있었고 그 옆에는 또 한 아이가 있었는데, 그 모습이 나찰(羅刹)과 비슷했다. 아무개가 큰 소리로 부르자 아내는 비로소 정신을 차렸지만 말을 할 수 없어서 손으로 땅바닥에 글씨를 썼다.

"저는 죽은 후에 얼마 되지 않아 다시 살아났지만 야차에게 붙잡혀 왔습니다. 지금 이 두 아이는 바로 제가 낳은 아이들입니다."

아내는 글씨를 쓰면서 슬피 울었다. 잠시 후에 아내는 말을 할 수 있게 되자 그에게 말했다.

"당신은 급히 떠나야 합니다. 만약 야차가 오면 반드시 당신을 죽일 것입니다."

아무개가 물었다.

"당신은 떠날 수 있겠소?"

아내가 말했다.

"떠날 수 있습니다."

아내는 곧장 일어나 작은아이를 품에 안고 아무개를 따라 배가 있는 곳으로 갔다. 배가 막 출발했을 때 야차가 큰아이를 안고 언덕에 이르러 배를 바라보고 소리치면서 아이를 보여 주었다. 배가 이미 멀리 떠나자 야차는 그 아이를 수십 조각으로 찢어 버린 후 떠났다. 아내의 품에 있던 아이는 그 모습이 나찰처럼 생겼으며 사람의 말을 알아들을 수 있었다. [당나라] 대력(大曆) 연간(766~779)에 모자는 모두 살아 있었다.

杜萬員外, 其兄某爲嶺南縣尉, 將至任, 妻遇毒瘴, 數日卒. 時盛夏, 無殯斂, 權以葦席裹束, 瘞於絶巖之側. 某到官, 拘於吏事, 不復重斂. 及北歸, 方至巖所, 欲收妻骸骨. 及觀坎穴, 但葦尙存. 某嘆其至深而爲所取, 悲感久之. 會上巖有一徑, 某試尋. 行百餘步, 至石窟中, 其妻裸露, 容貌猙獰, 不可復識. 懷中抱一子, 旁復有一子, 狀類羅刹. 極呼方窹, 婦人口不能言, 以手畫地, 書云:"我頃重生, 爲夜叉所得. 今此二子, 卽我所生." 書之悲涕. 頃之, 亦能言, 謂云:"君急去. 夜叉倘至, 必當殺君." 某問:"汝能去否?" 曰:"能去." 便起抱小兒, 隨某至船所. 便發, 夜叉尋抱大兒至岸, 望船呼叫, 以兒相示. 船行旣遠, 乃擘其兒作數十片, 方去. 婦人手中之子, 狀如羅刹, 解人語. 大曆中, 母子並存.

* 이 고사는《태평광기》권356〈야차·두만〉에 실려 있다.

71-6(2332) 동락의 장생

동락장생(東洛張生)

출《일사(逸史)》

　우승유(牛僧孺)가 이궐현위(伊闕縣尉)로 있을 때, 동락(東洛 : 낙양)에서 온 장생이라는 선비가 진사 시험에 응시하기 위해 자신이 지은 문장을 가지고 우승유를 뵈러 갔다. 장생이 중간쯤 갔을 때 폭우와 함께 천둥이 치면서 우박이 쏟아졌는데, 날은 이미 어두워졌고 객점까지 가려면 아직도 멀었으므로 그냥 나무 밑에서 쉬었다. 얼마 후 비가 그치고 희미한 달빛이 비치자 장생은 말안장을 풀어 말을 놓아두었다. 장생은 동복과 함께 길옆에서 노숙했는데, 너무 피곤해 한참 동안 정신없이 자고 나서야 비로소 깨어났다. 그때 보았더니 키가 몇 장(丈)이나 되는 야차처럼 생긴 한 괴물이 장생의 말을 붙잡아 먹고 있었다. 장생은 너무 무서워서 풀 속에 엎드린 채 감히 꼼짝도 하지 못했다. 괴물은 말을 다 먹고 나서 또 나귀를 붙잡았으며, 나귀를 거의 다 먹을 즈음에 급히 손으로 동복을 끌어오더니 그 두 다리를 들어 쫙 찢었다. 장생은 너무 놀라고 두려워서 허둥지둥 도망쳤다. 그러자 야차가 장생의 뒤를 쫓아오면서 소리치며 욕을 했는데, 장생이 1리쯤 도망쳤더니 야차의 소리가 점점 들리지 않았다. 장생이 커다란 무덤에 이르렀을 때 무덤가에 한 여인이 서 있기에 장생은 목숨을 살려 달라고 연달아 소리쳤다. 여인이 장생에게 어찌 된 일이냐고 묻자 장생이 그 일을 자세히 말해 주었더니 여인이 말했다.

"이곳은 옛 무덤으로 안이 텅 비어 아무것도 없으며 뒤쪽에 구멍이 하나 있으니, 낭군은 잠시 그곳으로 몸을 피하십시오. 그렇지 않으면 화를 면치 못할 것입니다."

장생은 마침내 무덤의 구멍을 찾아 몸을 던져 들어갔는데, 무덤 속은 매우 깊었으며 한참이 지나도록 아무런 소리도 들리지 않았다. 얼마 후 장생은 달이 점점 밝아지는 것을 느꼈다. 그때 갑자기 무덤 위에서 사람의 말소리가 들리더니 한 물체를 밀어 넣었는데, 피비린내가 확 풍겼다. 장생이 살펴보았더니 다름 아닌 죽은 사람으로 몸과 목이 따로 떨어진 상태였다. 잠시 후 또 한 사람을 밀어 넣었으며 그렇게 서너 번 계속되었는데 모두 죽은 사람들이었다. 시체가 다 던져지고 났을 때, 장생은 무덤 위에서 돈과 재물과 의복을 나누는 소리를 듣고서야 비로소 그들이 살인강도임을 알았다. 그 우두머리가 이름을 부르면서 말했다.

"아무 물건은 아무개에게 주고 아무 옷과 아무 돈은 아무개에게 주어라."

모두 10여 명의 성명을 불렀다. 그러자 또 사람들은 공평하지 못하다고 말하면서 서로 불평하고 화를 내다가 각자 흩어져 떠났다. 장생은 두려움에 벌벌 떨다가 밖으로 나가려 했으나 그럴 수 없자, 그저 그 강도들의 성명을 계속 되뇐 끝에 대여섯 명의 성명을 기억해 두었다. 날이 밝자 마을에서 강도를 찾아 나선 사람들이 그 무덤 옆에 이르렀다가 피를 보고는 무덤을 에워싸고 파 보았더니, 강도에게 살해당한 사람들이 모두 그 안에 있었다. 그들은 장생을 보고 놀라며 말했다.

"또 강도 한 놈이 무덤 속에 떨어져 있다!"

그러고는 장생을 붙잡아 꺼내서 포박했다. 장생이 그 일을 자세히 말했지만 모두 믿지 않으면서 말했다.

"이놈은 살인강도로 살해한 사람을 이곳에 버리다가 우연히 밑으로 떨어졌을 뿐이다."

그들은 장생에게 곤장 수십 대를 치고 현으로 압송해 갔다. 1~2리쯤 갔을 때, 장생은 자신의 동복이 나귀와 말을 몰고 짐을 싣고 오는 것을 보고 깜짝 놀라며 물었다.

"어찌 된 일이냐?"

동복이 말했다.

"어젯밤에 너무 피곤해 길옆에서 잤는데, 날이 밝았을 때 주인님이 보이지 않았기에 이렇게 찾아 나선 것입니다."

장생이 자신이 보았던 일을 말해 주었더니 동복이 말했다.

"아무것도 알아채지 못했습니다."

장생은 마침내 현으로 압송되었다. 그러나 이전부터 장생을 알고 있던 우 공(牛公 : 우승유)은 그가 분명히 그런 짓을 하지 않았다는 사실을 알고 있었으므로 그를 위해 보증을 서 주었다. 장생이 또 자신이 기억하고 있던 살인강도 몇 명의 성명을 현령에게 말해 주자, 현령은 사람을 파견해 체포하게 해서 범인을 일망타진했다. 그리하여 마침내 장생은 화를 면할 수 있었다. 그 일이 일어나게 된 연유를 고찰해 보면, 바로 귀신의 원혼이 장생의 손을 빌려 강도를 사로잡았던 것이다.

牛僧孺任伊闕縣尉, 有東洛客張生, 應進士擧, 携文往謁. 至中路, 遇暴雨雷雹, 日已昏黑, 去店尙遠, 歇於樹下. 逡巡, 雨定微月, 遂解鞍放馬. 張生與僮僕宿於路側, 困倦甚, 昏睡良久方覺. 見一物如夜叉, 長數丈, 拏食張生之馬. 張生懼甚, 伏於草中, 不敢動. 食訖, 又取其驢, 驢將盡, 遽以手拽其從奴, 提兩足裂之. 張生惶駭, 遂狼狽走. 夜叉隨後, 叫呼詬罵, 里餘, 漸不聞. 路抵大冢, 冢畔有一女立, 張生連呼救命. 女人問之, 具言事, 女人曰 : "此是古冢, 內空無物, 後有一孔, 郎君且避之. 不然, 不免矣." 張生遂尋冢孔, 投身而入, 內至深, 良久亦不聞聲. 須臾, 覺月轉明. 忽聞冢上有人語, 推一物, 便聞血腥氣. 視之, 乃死人也, 身首皆異矣. 少頃, 又推一人, 至於數四, 皆死者也. 旣訖, 聞其上分錢物衣服聲, 乃知是劫賊. 其帥且唱曰 : "某色物與某乙, 某衣某錢與某乙." 都唱十餘人姓名. 又有言不平, 相怨怒者, 乃各罷去. 張生恐懼甚, 將出, 復不得, 乃熟念其賊姓名, 記得五六人. 至明, 鄕村有尋賊者, 至墓旁, 睹其血, 乃圍墓掘之, 睹賊所殺人, 皆在其內. 見生驚曰:"兼有一賊, 墮於墓中!" 乃持出縛之. 張生具言其事, 皆不信, 曰:"此是劫賊, 殺人送於此, 偶墮下耳." 笞擊數十, 乃送於縣. 行一二里, 見其從奴驢馬鞍馱悉至, 張生驚問曰:"何也?" 從者曰:"昨夜困甚, 於路傍睡着, 至明, 不見郎君, 故此尋求." 張生乃說所見, 從者曰:"皆不覺也." 遂送至縣. 牛公先識之, 知必無此, 乃爲保明. 張生又記劫賊數人姓名, 言之於令, 令遣捕捉, 盡獲之. 遂得免. 究其意, 乃神物寃魂, 假手於張生, 以擒賊耳.

* 이 고사는 《태평광기》 권357 〈야차·동락장생〉에 실려 있다.

71-7(2333) **설종**

설종(薛淙)

출《박이전(博異傳)》

전진사(前進士)[1] 설종은 [당나라] 원화(元和) 연간(806~820)에 하북(河北) 위주(衛州) 경계의 마을에 있는 오래된 정사(精舍)를 유람했다. 설종은 날이 저물자 그곳에서 묵으려고 일행 몇 사람과 함께 주지 스님을 찾아갔는데, 주지 스님은 때마침 없었고 창고 서쪽의 컴컴한 방 안에서 신음 소리만 들렸다. 다가가서 보았더니 병든 노승 한 명이 있었는데, 그 스님은 눈처럼 새하얀 수염과 머리카락을 깎지 않았고 무서운 모습을 하고 있었다. 그래서 설종이 일행을 부르며 말했다.

"기이한 일이야! 여기 병든 스님이 있다!"

그러자 그 스님이 화를 내며 말했다.

"무엇이 기이하단 말이오? 젊은이는 정말 기이한 이야기를 들어 보겠소? 이 병든 중이 대강 이야기해 주겠소."

설종 등이 말했다.

---

1) 전진사(前進士) : 진사에 이미 급제했으나 아직 관직을 제수받지 못한 사람을 말한다.

"예, 좋습니다."

그러자 그 스님이 말했다.

"나는 스무 살 때 먼 이국을 여행하길 좋아했으며, 단약(丹藥)을 먹으면서 음식을 끊었소. 한번은 북쪽으로 가서 거연(居延)이란 곳에 도착했는데, 그곳은 거연택(居延澤)에서 30~50리쯤 떨어져 있었소. 그날 새벽에 나는 이미 10여 리를 갔는데, 해가 막 떠오를 때 문득 길이가 300여 장(丈)이나 되고 굵기가 수십 아름이나 되며 가운데가 텅 비어 있는 고목 하나가 서 있는 것을 보았소. 내가 뿌리를 타고 내려가서 살펴보았더니 그 나무 속은 곧장 위로 뻗어 하늘이 훤히 보였으며 한 사람이 들어갈 만했소. 내가 또 북쪽으로 몇 리를 갔더니 한 여인이 멀리 보였는데, 그녀는 붉은 치마를 입고 맨발에 소매를 걷어붙이고서 머리를 풀어 헤친 채 바람처럼 빨리 달려 다녔소. 여인은 점점 가까이 오더니 나에게 말하길, '목숨을 구해 주실 수 있겠습니까?'라고 했소. 내가 대답하길, '대체 무슨 일이오?'라고 하자, 여인이 말하길, '뒤에서 어떤 사람이 저를 찾고 있는데, 그저 저를 보지 못했다고만 말해 주시면 그 은혜가 지극할 것입니다'라고 했소. 금세 그녀는 고목 속으로 들어갔소. 내가 다시 3~5리쯤 갔을 때 갑자기 한 사람이 나타났는데, 그는 갑옷 두른 말을 타고 황금빛 옷을 입었으며 활과 검 같은 무기를 차고 있었소. 또 그는 번개처럼 내달리면서 한 걸음에 20여 장을 갔는데, 금방 공중에 있다가 금방 땅에 있다 하면서 그 보행이 한결같았소. 그 사람이 내 앞에 이르러 말하길, '붉은 치마를 입은 사람을 보지 못했소?'라고 했소. 내가 '보지 못했습니다'라고 말하자, 그가 또 말하길, '숨기지 마시오! 그것은 사람이 아니라 바로 비천야차(飛天夜叉)요. 그 무리 수천 명은 잇달아 여러 천계(天界)2)에서 사람을 이미 80만 명이나 해쳤소. 미: 사람을 80만 명이나 해치고 나서야 하늘이 비로소 잡으려 추격하다니, 천공(天公)도 늙었구나! 지금 나머지 무리는 이미 모두 잡아서 죽였으나 가장 죄악이 심한 그것만 아직 잡지 못했소. 어젯밤에 세 차례나 천제의 명을 받들어 사타천(沙吒天)에서부터 그것을 뒤쫓아 여기까지 8만 4000리를 왔소. 만약 내가 부하 8000명을 풀어서 그것을 붙잡는다면, 이는 하늘에 죄를 짓는 것이니 법사는 그것을 비호하지 마시오'라고 했소. 나는 결국 사실대로 말해 주었소. 잠시 후 그 사람은 곧장 고목 있는 곳으로 갔소. 나도 발걸음을 돌려 지켜보았는데, 그 천사(天使)는 말에서 내려 고목으로 들어가서 살펴본 뒤 다시 말에 오르더니 공중으로 솟구쳐 고목을 감돌면서 올라갔소. 천사와 말이 고목의 절반 이상쯤 올라갔을 때 고목 위로

---

2) 여러 천계(天界) : 불교의 33천(天)으로, 욕계(欲界) 10천, 색계(色界) 18천, 무색계(無色界) 4천, 도리천(忉利天)을 말한다.

붉은 점 하나가 튀어나오는 것이 보였는데, 천사는 그것을 뒤쫓아 7~8장쯤 떨어진 채로 점점 하늘로 들어가더니 푸른 허공 속으로 사라졌소. 한참 후에 30~40개의 핏방울이 하늘에서 떨어졌는데, 아마도 그 비천야차가 화살에 맞은 것 같았소. 이 정도는 되어야 기이하다 할 만한데, 젊은이는 이 병든 중더러 기이하다 하니 너무 견문이 좁은 게 아니오?"

前進士薛淙, 元和中, 遊河北衛州界村中古精舍. 日暮欲宿, 與數人同訪主人僧, 主人僧會不在, 唯聞庫西黑室中呻吟聲. 迫而視, 見一老僧病, 鬚髮不剪, 如雪, 狀貌可恐. 淙乃呼其侶曰: "異哉! 病僧!" 僧怒曰: "何異耶? 少年子要聞異乎? 病僧略爲言之." 淙等曰: "唯唯." 乃曰: "病僧年二十時, 好遊絕國, 服藥休糧. 北至居延, 去海三五十里. 是日平明, 病僧已行十數里, 日欲出, 忽見一枯立木, 長三百餘丈, 數十圍, 而其中空心. 僧因退[1]下窺之, 直上, 其明通天, 可容人. 病僧又北行數里, 遙見一女人, 衣緋裙, 跣足袒膊, 被髮而走, 其疾如風. 漸近, 女人謂僧曰: '救命可乎?' 對曰: '何也?' 云: '後有人覓, 但言不見, 恩至極矣.' 須臾, 遂入枯木中. 僧更行三五里, 忽見一人, 乘甲馬, 衣黃金衣, 備弓劍之器. 奔跳如電, 每步可二十餘丈, 或在空, 或在地, 步驟如一. 至僧前曰: '見緋裙人否?' 僧曰: '不見.' 又曰: '勿藏! 此非人, 乃飛天夜叉也. 其黨數千, 相繼諸天傷人, 已八十萬矣. 眉: 傷人至八十萬而天始追求, 天公亦髦[2]矣哉! 今已並擒戮, 唯此乃尤者也, 未獲. 昨夜三奉天帝命, 自沙吒天逐來, 至此已八萬四千里矣. 如某之使八千人散捉, 此乃獲罪於天, 師勿庇之.' 僧乃具言. 須臾, 便至枯木所. 僧返步以觀之, 天使下馬, 入木窺之, 却上馬, 騰空繞木而上. 人馬可半木已來, 見木上一緋點走出, 人馬逐之, 去七八丈許, 漸入霄漢, 沒於空碧中. 久之, 雨三數十點血, 意已爲中矢矣. 此可以爲異, 少年以病僧爲異, 無乃陋乎?"

* 이 고사는 《태평광기》 권357 〈야차 · 설종〉에 실려 있다.

1 퇴(退) : 《태평광기》에는 "근(根)"이라 되어 있는데, 문맥상 보다 타당하다.

2 모(髦) : 문맥상 "모(髳)"의 오기로 보인다.

71-8(2334) 유적중

유적중(劉積中)

출《유양잡조(酉陽雜俎)》

 유적중은 일찍이 서경(西京 : 장안) 가까이에 있는 현(縣)의 장원에서 기거했는데, 아내의 병이 심해서 아직 잠들지 못하고 있을 때, 갑자기 키가 겨우 3척이고 머리가 허연 한 부인이 등불 그림자 속에서 나오더니 그에게 말했다.

 "부인의 병은 오직 나만이 고칠 수 있는데, 어찌하여 나에게 빌지 않으시오?"

 유적중은 본디 성품이 강직했기에 그녀를 꾸짖었다. 그러자 그 노파가 천천히 삿대질을 하며 말했다.

 "후회하지 마시오! 후회하지 마시오!"

 그러고는 마침내 사라졌다. 유적중의 아내는 갑자기 가슴이 아파 거의 죽을 지경이 되었다. 유적중은 하는 수 없이 그 노파에게 빌었는데, 빌고 나자 그 노파가 다시 나타났다. 유적중이 노파에게 인사하고 자리에 앉게 하자, 노파는 차 한 사발을 가져오라고 해서 해를 향해 마치 주문을 외는 듯하더니 다시 돌아보며 부인의 입에 흘려 넣게 했다. 차가 입속으로 들어가자마자 유적중의 아내는 통증이 나았다. 그 후로 노파가 가끔씩 나타나자 유적중의 식구들도 그녀를 두려워하지 않았다. 1년이 지나서 노파가 다시 유적중에게 말했다.

"내게 계년(笄年 : 열다섯 살)이 된 딸이 있는데, 귀찮겠지만 주인께서 좋은 사윗감 하나를 구해 주십시오."

유적중이 웃으며 말했다.

"사람과 귀신은 길이 다르니 그 부탁은 들어주기 어렵소."

노파가 말했다.

"사람을 구해 달라는 것이 아니라 오동나무로 작고 정교한 인형을 깎아 주기만 하면 됩니다."

유적중은 허락하고 나무 인형을 만들어 놓았는데, 하룻밤이 지나자 나무 인형이 사라졌다. 노파가 또 유적중에게 말했다.

"번거롭겠지만 두 분이 포공(鋪公)과 포모(鋪母)3)가 되어 주십시오. 만일 괜찮으시다면 아무 날 저녁에 내가 직접 수레와 가마를 준비해 와서 맞이해 가겠습니다."

유적중은 속으로 생각해 봐도 별도리가 없어서 허락했다. 그날 유시(酉時 : 오후 6시경)가 지나서 마부가 수레를

---

3) 포공(鋪公)과 포모(鋪母) : 신방을 차려 주는 사람으로, 복과 수명을 모두 갖추고 있는 남자를 '포공'이라 하고 여자를 '포모'라 한다.

몰고 유적중의 집에 도착했는데, 노파가 직접 와서 초청하자 유적중과 그의 아내는 노파를 따라갔다. 날이 어두워질 무렵에 한 곳에 도착했는데, 붉은 대문에 담장이 높다랗고 등롱을 줄지어 밝힌 채 그들을 맞이했으며, 빈객들과 휘장의 성대함이 왕공(王公)의 집과 같았다. 유적중을 인도해 한 청사로 갔는데, 그곳에 있는 붉은 옷과 자색 옷을 입은 관리 수십 명 가운데 서로 아는 사람도 있었고 이미 죽은 사람도 있었는데, 서로 보기만 하고 말을 하지 않았다. 유적중의 아내가 한 당으로 갔더니, 팔뚝만 한 촛불이 켜져 있고 비단과 비취 장식이 다투어 빛났으며 또한 부인 수십 명이 있었는데, 면식이 있는 사람 가운데 살아 있는 사람과 죽은 사람이 각각 절반이었으나 서로 쳐다보기만 할 뿐이었다. 오경(五更 : 새벽 4시경)이 되자 유적중과 그의 아내는 정신이 몽롱한 상태로 집으로 돌아왔는데, 마치 술에서 깨어난 듯 열 가지 중에 한두 가지도 기억하지 못했다. 며칠 뒤에 노파가 다시 와서 감사의 절을 하며 말했다.

"내 막내딸도 장성했기에 지금 또 주인께 부탁하고자 합니다."

유적중은 더 이상 참지 못하고 베개로 노파를 밀쳐 내며 말했다.

"늙은 요괴가 감히 이처럼 사람을 괴롭히다니!"

노파는 베개에 닿자마자 사라졌고, 유적중의 아내는 결

국 병이 도졌다. 유적중이 아들딸과 함께 땅에 술을 뿌리고 빌었으나 노파는 더 이상 나타나지 않았고, 그의 아내는 결국 가슴이 아파 죽었다. 유적중의 누이가 또 가슴이 아프자 유적중은 다른 곳으로 이사하려 했는데, 모든 물건이 집에 딱 달라붙어서 나막신처럼 가벼운 것도 들어 올릴 수 없었다. 유적중은 도사를 모셔 와 상장(上章)4)하고 스님을 모셔 와 주문을 외웠으나 모두 막지 못했다. 유적중이 한번은 한가한 날에 약방문을 읽고 있었는데, 그의 하녀 소벽(小碧)이 밖에서 들어오더니 손을 늘어뜨리고 천천히 걸으면서 큰 소리로 말했다.

"유사(劉四 : 유적중)는 옛날을 기억하고 있는가?"

그러더니 이윽고 흐느껴 울며 말했다.

"나 성궁(省躬)이 근자에 태산(泰山)에서 돌아오다가 도중에 비천야차(飛天夜叉)를 만났는데, 그 야차가 자네 누이의 심장과 간을 들고 있기에 내가 이미 빼앗아 왔네."

그러고는 소매를 들어 올렸는데, 소매 안에 꿈틀거리는 물체가 들어 있었다. 하녀는 마치 명령을 하는 듯이 왼쪽을

---

4) 상장(上章) : 도교의 재액 구제법의 일종. 음양오행의 술수(術數)에 따라 사람의 목숨을 계산하고, 장표(章表)의 의례에 의거해 공물을 바치고 향을 태워 자기 죄를 고백하면서 천신에게 제사 지냄으로써 재액을 없애 주기를 기원하는 의식.

돌아보며 말했다.

"제자리에 가져다 놓아라."

그러고는 당 안으로 들어와 유적중과 마주 앉아 생전의 일을 얘기했다. 유적중과 두성궁(杜省躬)은 같은 해에 과거에 급제했으며 서로 사이가 좋았는데, 그 하녀의 행동거지와 웃고 말하는 것이 하나같이 두성궁을 닮아 있었다. 잠시 후 하녀가 말했다.

"내게 일이 있어 오래 머물 수 없네."

그러면서 유적중의 손을 잡고 오열하자, 유적중도 스스로 슬픔을 가누지 못했다. 그때 하녀가 갑자기 쓰러졌는데, 깨어나서는 아무것도 기억하지 못했다. 그의 누이도 그 후로 별 탈이 없었다.

劉積中常於西京近縣莊居, 妻病亟, 未眠, 忽有婦人, 白首, 長纔三尺, 自燈影中出, 謂劉曰: "夫人病, 唯我能理, 何不祈我?" 劉素剛, 咄之. 姥徐戟手曰: "勿悔! 勿悔!" 遂滅. 妻因暴心痛, 殆將卒. 劉不得已, 祝之, 言已, 復出. 劉揖之坐, 乃索茶一甌, 向日如咒狀, 顧令灌夫人. 茶纔入口, 痛愈. 後時時輒出, 家人亦不之懼. 經年, 復謂劉曰: "我有女子及笄, 煩主人求一佳婿." 劉笑曰: "人鬼路殊, 難遂所託." 姥曰: "非求人也, 但爲刻桐木稍工者, 可矣." 劉許諾, 因爲具之, 經宿, 木人失矣. 又謂劉曰: "兼煩主人作鋪公・鋪母. 若可, 某夕, 我自具車輿奉迎." 劉心計無奈之何, 許之. 至日過酉, 有僕馬車乘至門, 姥亦自來邀請, 劉與妻從之而往. 天黑, 至一處, 朱門崇墉[1], 籠燭列迎, 賓客供帳之盛, 如王公家. 引劉至一廳, 朱紫數十, 有相識者, 有已歿者, 各相視無言. 妻至一堂, 蠟炬如臂, 錦翠爭煥, 亦有婦人數十, 存歿相識各半, 但相視而已. 及五更, 劉與妻恍惚, 却還至家, 如醉醒, 十不記其一二. 數日, 姥復來拜謝曰: "我小女成長, 今復託主人." 劉不耐, 以枕抵之曰: "老魅, 敢如此擾人!" 姥隨枕而滅, 妻遂疾發. 劉與男女醻地禱之, 不復出矣, 妻竟以心痛卒. 劉妹復病心痛, 劉欲徙居, 一切物膠着其處, 輕若屨屐, 亦不可擧. 迎道流上章, 梵僧持咒, 悉不禁. 劉常暇日讀藥方, 其婢小碧自外來, 垂手緩步, 大言: "劉四頗憶平昔無?" 旣而嘶咽曰: "省躬近從泰山回, 路逢飛天夜叉, 攜賢妹心肝, 我已奪得." 因擧袖, 袖中蠕蠕有物. 左顧似有所命, 曰: "可爲安置." 因入堂中, 對劉坐, 敘平生事. 劉與杜省躬同年及第, 友善, 其婢擧止笑語, 無不肖也. 頃曰: "我有事, 不可久留." 執劉手嗚咽, 劉亦悲不自勝. 婢忽倒, 及覺, 一無所記. 其妹亦自此無恙.

* 이 고사는 《태평광기》 권363 〈요괴·유적중〉에 실려 있다.

1 유(墉): 《태평광기》와 《유양잡조(酉陽雜俎)》 권15에는 "용(埇)"이라 되어 있는데, 문맥상 보다 타당하다.

71-9(2335) 위자동

위자동(韋自東)

출《전기(傳奇)》

[당나라] 정원(貞元) 연간(785~805)에 위자동이라는 사람이 있었는데 의로운 협사였다. 그는 일찍이 태백산(太白山)을 유람하다가 단 장군(段將軍)의 장원에 머물게 되었는데, 단 장군도 평소에 위자동의 용맹함을 잘 알고 있었다. 하루는 단 장군이 위자동과 함께 멀리 산골짜기를 바라보고 있었는데, 마치 예전에 누군가가 다닌 흔적이 있는 것 같은 아주 희미한 오솔길 하나가 보였다. 위자동이 주인[단 장군]에게 물었다.

"저 길은 어디로 가는 길입니까?"

단 장군이 말했다.

"예전에 두 스님이 저 산꼭대기에서 살았는데, 불전이 크고 웅장하며 숲과 샘이 매우 아름답소. 아마도 당(唐)나라 개원(開元) 연간(713~741)에 만회(萬迴) 법사의 제자가 세운 것 같은데, 마치 귀신 장인을 부려 만든 것처럼 공교로워서 사람의 힘이 미칠 수 있는 바가 아니오. 어떤 사람이 나무꾼에게 물었더니, 그 스님들은 괴물에게 잡아먹혀 지금 종적이 끊긴 지 2~3년이 되었다고 하오. 또 어떤 사람이 말하는 것을 들었는데, 저 산에 두 야차가 살고 있어서 감히 살펴보러 가려는 사람이 없다고 하오."

위자동이 화를 내며 말했다.

"저는 포악하게 날뛰는 것을 평정하는 데 뜻을 두고 있습니다. 야차가 어떤 놈들이기에 감히 사람을 잡아먹는단 말입니까? 오늘 저녁에 반드시 야차의 머리를 가지고 장군의 집으로 오겠습니다!"

단 장군은 위자동을 말리면서 말했다.

"'맨손으로 호랑이를 잡거나 맨발로 황하를 건너다 죽더라도 후회하지 않겠다'[5]는 격이오."

위자동은 아랑곳하지 않은 채 검을 차고 옷자락을 떨치며 갔는데, 그 기세를 막을 수 없었다. 단 장군이 걱정하며 말했다.

"위생(韋生 : 위자동)은 틀림없이 해를 당할 것이다!"

위자동이 등나무 덩굴을 잡고 바위를 올라가서 정사(精舍)에 도착했더니 적막하니 아무도 없었다. 두 스님의 방을 보았더니 문은 활짝 열려 있고 신발과 선장(禪杖)은 모두 온전했으며 이불과 베개도 그대로 있었는데, 먼지가 그 위에

---

5) 맨손으로 호랑이를 잡거나 맨발로 황하를 건너다 죽더라도 후회하지 않겠다 : 원문은 "포호빙하(暴虎憑河), 사이무회(死而無悔)".《논어(論語)》〈술이(述而)〉편에 나오는 구절.

가득 쌓여 있었다. 또 불당 안을 보았더니 부드리운 풀이 푹신하게 깔려 있었는데, 마치 어떤 거대한 물체가 드러누워 잠을 자던 곳 같았다. 사방 벽에는 멧돼지와 흑곰 같은 동물이 잔뜩 걸려 있고 구워 먹다 남은 찌꺼기들도 있었으며 또한 가마솥도 있었다. 위자동은 비로소 나무꾼의 말이 틀리지 않았음을 알았다. 위자동은 야차가 아직 돌아오지 않았음을 알고, 굵기가 주발만 한 측백나무를 뽑아서 가지와 잎을 떼어 내 커다란 몽둥이를 만들어 문에 빗장을 걸고 석불로 문을 막았다. 그날 밤은 달이 밝아 낮처럼 환했는데, 밤이 깊지 않았을 때 야차가 사슴을 들고 돌아왔다. 야차는 문에 빗장이 걸려 있는 것에 화가 나서 고함치며 머리로 문을 들이받았는데, 불상이 넘어지면서 야차가 땅에 쓰러졌다. 그때 위자동이 측백나무로 야차의 정수리를 내리쳐서 두 번 만에 죽이고, 그것을 끌고 방으로 들어가서 또 문에 빗장을 걸었다. 잠시 후에 또 다른 야차가 돌아왔는데, 마치 먼저 돌아온 야차가 자기를 맞이하지 않는 것에 화가 난 것처럼 포효하며 문을 들이받다가 또 문지방에 쓰러졌다. 위자동은 또 측백나무로 야차를 쳐서 죽였다. 위자동은 암수 야차가 이미 죽었으므로 분명 다른 무리가 없을 것임을 알고 마침내 문을 닫고 사슴을 삶아 먹었다. 미 : 정말 유유자적하도다! 날이 밝자 위자동은 두 야차의 머리를 베고 먹다 남은 사슴 고기를 가지고 와서 단 장군에게 보여 주었다. 단 장군이 크게 놀라며 말했다.

"진실로 주처(周處)6)의 무리요!"

그러고는 함께 사슴을 삶아 술을 마시며 마음껏 즐겼다. 원근에서 구경하러 온 사람들이 담장을 두른 듯이 많았는데, 한 도사가 빽빽한 사람들 속에서 나오더니 위자동에게 인사하며 말했다.

"저에게 간청이 있어서 어르신께 말씀드리려 하는데 괜찮겠습니까?"

위자동이 말했다.

"저는 평생 남의 위급함을 구해 주었는데 어찌 안 되겠습니까?"

도사가 말했다.

"저는 도문(道門 : 도교)에 귀의해 영약(靈藥)을 만드는데 간절한 뜻을 둔 지가 하루 이틀이 아닙니다. 2~3년 전에 신선이 저를 위해 용호단(龍虎丹) 한 화로를 배합해 주셔서 제가 그 동굴에 살면서 수행한 지가 여러 날 되었습니다. 지금 영약이 거의 완성되려 하는데, 마귀들이 자주 동굴로 들어와 화로를 깨부수려고 해서 영약이 거의 못 쓰게 될 뻔했

---

6) 주처(周處) : 진(晉)나라 사람으로 젊었을 때 난폭해 남산(南山)의 백액호(白額虎), 장교(長橋) 아래의 교룡과 함께 삼해(三害)로 불렸는데, 나중에 호랑이와 교룡을 죽이고 개과천선해 훌륭한 사람이 되었다.

습니다. 저는 강직하고 용맹한 협사를 구해 검을 들고 영약을 지켜 주기를 바라고 있었습니다. 만약 영약이 완성되면 당연히 나누어 드릴 테니, 한번 가실 수 있겠습니까?"

위자동이 뛸 듯이 기뻐하며 말했다.

"바로 제가 평생에 바라던 바입니다!"

그러고는 검을 차고 도사를 따라갔다. 험준한 곳을 건너고 기어올라 태백산의 가장 높은 봉우리를 향해 갔다. 반쯤 갔을 때 바위 동굴 하나가 있었는데, 100여 보쯤 들어가자 바로 도사가 단약을 제련하는 방이 나왔고 제자 한 명만 있었다. 도사가 위자동에게 당부하며 말했다.

"내일 새벽 오경(五更) 초에 당신은 검을 차고 동굴 문에서 있다가 괴물이 보이면 검으로 치십시오."

위자동이 말했다.

"삼가 분부대로 하겠습니다."

위자동은 동굴 문밖에 촛불을 밝혀 놓고 기다렸다. 잠시 후에 과연 길이가 몇 장(丈)이나 되는 거대한 살무사가 나타났는데, 금빛 눈에 하얀 이빨을 하고 독기를 자욱하게 뿜으며 동굴로 들어오려고 했다. 위자동이 검으로 그것을 내리쳤더니 머리에 맞은 것 같았는데, 잠시 후에 마치 가벼운 안개처럼 변해 사라졌다. 한 식경쯤 지나서 한 여자가 나타났는데, 얼굴이 매우 아름다웠고 연꽃을 들고 천천히 걸어서 다가왔다. 위자동이 또 검으로 여자를 스치자 마치 구름처럼 사라졌다. 또 한 식경쯤 지나 날이 밝으려 할 때 어떤 도사가 구름을 타고 학을 몰며 나타났는데, 앞에서 인도하고 뒤에서 따르는 시종들이 매우 위엄 있었다. 그 도사가 위자동을 위로하며 말했다.

"마귀가 이미 없어져서 내 제자의 단약이 곧 완성될 것이니, 내가 마땅히 증험해 주려고 왔네." 미 : 마귀가 또한 매우 교활하다.

그러고는 서성이며 날이 밝기를 기다렸다가 동굴로 들어가서 위자동에게 말했다.

"자네가 도사를 도와 단약을 완성한 것을 기뻐해 지금 시 한 수를 지었으니, 자네가 이어서 화답하게."

그 시는 이러했다.

"3년 동안 머리 조아려 진령(眞靈 : 신선)에게 여쭈어, 용호(龍虎)[7]가 교합할 때 금액(金液 : 단약)이 완성되었네. 강설(絳雪)[8]이 이미 응결해 몸이 득선할 수 있으니, 봉호(蓬壺)[9] 정상에 채색 구름 피어오르네."

위자동은 시를 자세히 살펴보고 그를 도사의 스승이라

---

7) 용호(龍虎) : 도가에서 물과 불을 이르는 말.
8) 강설(絳雪) : 단약(丹藥)의 이름으로 상약(上藥)에 속한다.
9) 봉호(蓬壺) : 봉래산(蓬萊山). 그 모양이 마치 호리병을 닮았다고 해서 그렇게 부른다.

생각해 검을 놓고 그에게 예를 갖췄다. 잠시 후에 그가 갑자기 뛰어 들어가자, 단약의 솥이 폭발해 깨져 버렸고 더 이상 남아 있는 것이 없었다. 도사는 대성통곡했고 위자동은 자신의 잘못이라고 후회할 뿐이었다. 두 사람은 샘물로 그 솥을 씻어 그 물을 마셨다. 위자동은 후에 모습이 더욱 젊어졌으며 남악(南嶽 : 형산)으로 갔는데 어디에 있는지는 알지 못한다. 지금 단 장군의 장원에는 아직도 야차의 해골이 남아 있다. 도사 또한 어디로 갔는지 알지 못한다.

貞元中, 有韋自東者, 義烈之士也. 嘗遊太白山, 棲止段將軍莊, 段亦素知其壯勇者. 一日, 與自東眺望山谷, 見一徑甚微, 若舊有行跡. 自東問主人曰: "此何詣也?" 段將軍曰: "昔有二僧, 居此山頂, 殿宇宏壯, 林泉甚佳. 蓋唐開元中, 萬迴師弟子之所建也, 似驅役鬼工, 非人力所能及. 或問樵者, 說其僧爲怪物所食, 今絶踪二三年矣. 又聞人說, 有二夜叉於此山, 亦無人敢窺焉." 自東怒: "余操心在平侵暴. 夜叉何類, 而敢噬人? 今夕, 必挈夜叉首, 至於門下!" 將軍止曰: "暴虎憑河, 死而無悔." 自東不顧, 仗劍奮衣而往, 勢不可遏. 將軍悄然曰: "韋生當其咎耳!" 自東捫蘿躡石, 至精舍, 悄寂無人. 睹二僧房, 大敞其戶, 履錫俱全, 衾枕儼然, 而塵埃凝積其上. 又見佛堂內, 細草茸茸, 似有巨物偃寢之處. 四壁多掛野彘玄熊之類, 或庖炙之餘, 亦有鍋鑊. 自東乃知樵者之言不謬. 度夜叉未至, 遂拔柏樹, 徑大如碗, 去枝葉爲大杖, 扃其戶, 以石佛拒之. 是夜, 月白如晝, 夜未分, 夜叉挈鹿而至. 怒其扃鐍, 大叫, 以首觸戶, 石佛倒而踣於地. 自東以柏樹撾其腦, 再擧而死之, 拽之入室, 又闔其扉. 頃之, 復有夜叉繼至, 似怒前歸者不接己, 亦哮吼, 觸僧扉, 復踣於戶闃. 又撾之, 亦死. 自東知雌雄已殞, 應無儔類, 遂掩關烹鹿而食. 眉: 好自在! 及明, 斷二夜叉首, 挈餘鹿而示段. 段大駭曰: "眞周處之儔矣!" 乃烹鹿飮酒盡歡. 遠近觀者如堵, 有道士出於稠人中, 揖自東曰: "某有衷懇, 欲披告於長者, 可乎?" 自東曰: "某一生濟人之急, 何爲不可?" 道士曰: "某棲心道門, 懇志靈藥, 非一朝一夕耳. 三二年前, 神仙爲吾配合龍虎丹一爐, 據其洞而修之, 有日矣. 今靈藥將成, 而數有妖魔入洞, 就爐擊觸, 藥幾廢散. 思得剛烈之士, 仗劍衛之. 靈藥倘成, 當有分惠, 未知能一行否?" 自東踴躍曰: "乃平生所願也!" 遂仗劍從道士而去. 濟險躡峻, 當太白之高峰. 將半, 有一石洞, 可百餘步, 卽道士燒丹之室, 唯弟子一人. 道士約曰: "明晨五更初, 請君仗劍, 當洞門而立, 見有怪物, 但以劍擊之." 自東曰: "謹奉敎." 因立燭於洞門外伺之. 俄頃, 果有巨虺, 長數丈, 金目雪牙, 毒氣氳鬱, 將欲入洞. 自東以劍擊之, 似中其首, 俄頃, 若輕霧而化去. 食頃, 有一女子, 顔色絶麗, 執荌荷之花, 緩步而至. 自東又以劍拂之, 若雲氣而滅. 食頃, 將欲曙, 有道士, 乘雲駕鶴, 導從甚嚴. 勞自東曰: "妖魔已盡, 吾弟子丹將成矣, 吾當來爲證也." 眉: 魔亦黠甚. 盤旋候明而入, 語自東曰: "喜汝道士丹成, 今有詩一首, 汝可繼和." 詩曰: "三秋稽顙叩眞靈, 龍虎交時金液成. 絳雪旣凝身可度, 蓬壺頂上彩雲生." 自東詳之, 意是道士之師, 遂釋劍而禮之. 俄而突入, 藥鼎爆烈, 更無遺在. 道士慟哭, 自東悔恨自咎而已. 二人因以泉滌其鼎器而飮之. 自東後更有少容, 而適南嶽, 莫知所止. 今段將軍莊尙有夜叉骷體見在. 道士亦莫知所之.

* 이 고사는 《태평광기》 권356 〈야차·위자동〉에 실려 있다.

71-10(2336) 진월석

진월석(陳越石)

출《선실지》

영주(穎州) 사람 진월석은 본래 이름이 황석(黃石)이었으며, 왕옥산(王屋山) 아래의 교외에서 살았다. [당나라] 원화(元和) 연간(806~820)에 진월석은 첩 장씨(張氏)와 함께 밤에 식사하고 있었는데, 갑자기 촛불 그림자 뒤에서 아주 이상한 숨소리가 들렸다. 이윽고 손 하나가 쑥 나오더니 진월석 앞에 이르렀다. 그 손은 검푸른 색이었고 짧은 손가락에 손톱이 가늘고 길었으며 누런 털이 팔까지 덮여 있었는데, 마치 음식을 구걸하는 듯한 모습이었다. 진월석은 몹시 괴이해하며 꺼렸다. 잠시 뒤에 촛불 그림자 아래에서 말소리가 들렸다.

"나는 병들고 배고프니 고기 한 점만 손바닥에 놓아 주셨으면 합니다."

진월석이 곧장 고기 한 점을 바닥에 던졌더니 그 손이 곧바로 집어 가서 말했다.

"맛이 정말 좋습니다."

괴물이 고기를 다 먹고 나서 또 손을 내밀자 진월석이 화를 내며 꾸짖었다.

"요망한 귀신은 속히 떠나거라! 그렇지 않으면 후려치겠다."

그러자 괴물은 손을 뒤로 빼면서 마치 두려워하는 듯했다. 얼마 후에 또 괴물이 손을 내밀어 장씨 앞에 이르더니 장씨에게 말했다.

"부인은 고기 한 점으로 은혜를 베풀어 주실 수 있겠습니까?"

진월석이 장씨에게 말했다.

"절대로 주지 마시오."

장씨는 결국 고기를 주지 않았다. 한참 후에 갑자기 촛불 그림자 옆에서 얼굴 하나가 나왔는데 다름 아닌 야차였다. 야차는 붉은 머리카락을 풀어 헤치고 두 눈이 번개처럼 번쩍였으며 이빨 네 개가 칼날처럼 날카로웠는데 정말로 무시무시했다. 야차가 손으로 장씨를 쳤더니 그 즉시 장씨는 바닥에 쓰러져 멍한 채로 꼼짝할 수 없었다. 진월석은 담력과 용기가 있었기에 즉시 일어나 야차를 쫓았는데, 야차는 결국 도망가면서 감히 뒤를 돌아보지 못했다. 다음 날 야차의 자취를 추적했더니 담장 위로 지나간 흔적이 있었다. 진월석이 말했다.

"이 괴물은 오늘 밤에 다시 올 것이다."

그래서 밤이 되자 진월석은 몽둥이를 들고 동북쪽 담장 아래에 서서 야차를 기다렸다. 겨우 한 식경이 지나서 야차가 과연 왔는데, 담장을 넘어 아직 발이 땅에 닿지 않았을 때, 진월석이 즉시 몽둥이로 연달아 수십 대를 후려쳤다. 야차가 떠난 뒤에 촛불을 켜서 담 아래를 살펴보았더니, 피가 흥건했고 1척 남짓한 가죽이 땅에 있었는데, 아마도 얻어맞아 떨어진 것 같았다. 그 후로 장씨는 병이 나았다. 저녁이 되자 몇 리 밖에서 외치는 소리가 들렸다.

"진황석(陳黃石 : 진월석)은 어찌하여 내 가죽을 돌려주지 않느냐?"

야차는 그치지 않고 계속 외쳐 댔다. 근 한 달이 넘도록 저녁마다 늘 외치는 소리가 들렸다. 진월석은 그 소리를 막을 수 없다고 생각했으며 또한 야차가 자신을 부르는 것이 싫었기 때문에 거처를 옮겨 피하고 이름을 월석으로 고쳤다. 원화 15년(820)에 진월석은 진사(進士)에 급제했으며, 벼슬이 남전현령(藍田縣令)에 이르렀다.

穎州陳越石, 初名黃石, 郊居於王屋山下. 元和中, 與妾張氏俱夜食, 忽聞燭影後有呼吸之聲甚異. 已而出一手, 至越石前. 其手靑黑色, 指短, 爪甲纖長, 有黃毛連臂, 似乞食狀. 越石深怪惡之. 俄聞燭影下有語 : "我病饑, 願以少肉致掌中." 越石卽以少肉投地, 其手卽取去, 曰 : "味甚美." 食訖, 又出手, 越石怒罵曰 : "妖鬼疾去! 不然, 且擊之." 其手引去, 若有所懼. 俄頃, 又出其手, 至張氏前, 謂張曰 : "女郎能以少肉見惠乎?" 越石謂張氏曰 : "愼無與." 張氏竟不與. 久之, 忽於燭影旁出一面, 乃一夜叉也. 赤髮蓬然, 兩目如電, 四牙若鋒刃之狀, 甚可懼. 以手擊張氏, 遽仆於地, 冥然不能動. 越石有膽勇, 卽起而逐之, 夜叉邃走, 不敢回視. 明日, 窮其迹, 於垣上有過踪. 越石曰:"此物今夕將再來矣." 於是至夜, 持杖立東北垣下, 以伺之. 僅食頃, 夜叉果來, 旣踰牆, 足未及地, 越石卽以杖連擊數十. 及夜叉去, 以燭視其垣下, 血甚多, 有皮尺餘, 亦在地, 蓋擊而墮者. 自是張氏病愈. 至夕, 聞數里外有呼者曰:"陳黃石何爲不歸我皮也?" 連呼不止. 僅月餘, 每夕, 嘗聞呼聲. 越石度不可禁, 且惡其見呼, 於是遷居以避之, 因改名越石. 元和十五年, 登進士第, 仕至藍田令.

* 이 고사는 《태평광기》 권357 〈야차·진월석〉에 실려 있다.

71-11(2337) 온 도사

온도사(蘊都師)

출《하동기(河東記)》

    경행사(經行寺)의 스님 행온(行蘊)은 그 절의 도승(都僧: 주지 스님)이었다. 일찍이 초가을에 우란회(盂蘭會)[10]를 준비하면서 불당과 불전(佛殿)을 깨끗이 청소하고 불사(佛事)[11]를 정돈하고 있었다. 그때 불좌(佛座) 앞에 화생(化生)[12] 하나가 보였는데, 용모가 아주 아리땁고 손에 연꽃을 들고 있었으며 사람을 향해 마음이 있는 듯했다. 그래서 온 도사[행온]가 부리는 하인에게 농담 삼아 말했다.

    "세상의 여자 중에 이와 같은 사람만 있다면 내가 부인으

---

10) 우란회(盂蘭會) : 우란분회(盂蘭盆會). 우란분은 범어 '울람바나(ullambana)'의 음역으로, 하안거(夏安居)의 마지막 날인 음력 7월 보름날에 행하는 불사(佛事)를 말한다. 이날은 여러 가지 음식을 만들어 조상의 영전에 바쳐 아귀(餓鬼)에게 시주하고, 조상의 명복을 빌어 그들이 받는 고통을 구제한다고 한다.

11) 불사(佛事) : 여기서는 우란분회의 의식에 사용하는 불상이나 불기(佛器) 등을 말한다.

12) 화생(化生) : 불교 용어로 의탁하는 바 없이 홀연히 생겨난다는 뜻이다. 여기서는 불좌(佛座) 앞에서 생겨난 여자상을 말한다.

로 삼겠다."

그날 저녁에 온 도사가 승원(僧院)으로 돌아온 후, 밤이 아직 깊지 않았을 때 누군가가 문을 두드리며 말했다.

"연화 낭자(蓮花娘子)가 왔습니다."

온 도사는 무슨 영문인지 깨닫지 못한 채 곧장 대답했다.

"관가의 규율이 지극히 엄하고 지금 사찰 문이 이미 닫혔는데 부인은 어떻게 여기로 왔소?"

온 도사가 문을 열었더니 연화 낭자와 여종 하나가 있었는데, 용모와 자태가 세상에 둘도 없을 정도로 아름다웠다. 연화 낭자가 온 도사에게 말했다.

"저는 무량승인(無量勝因 : 헤아릴 수 없이 많은 선한 인연)을 많이 뿌려 일찍이 대원정지(大圓正智 : 원만무애한 지혜의 바른 깨달음)를 직접 깨달았는데, 오늘 법사님의 한 말씀을 듣고 갑자기 속념(俗念)이 생기게 될 줄은 생각지도 못했습니다. 지금 저는 이미 폄적되어 인간이 되었으니 법사님의 곁에서 의식(衣食) 시중을 들고자 합니다. 아침에 마음먹은 뜻을 설마 벌써 잊으셨나요?"

온 도사가 말했다.

"나는 천성이 우매하지만 일찍이 승계(僧戒 : 스님이 지켜야 할 다섯 가지 계율)를 받았소. 평소에 부인과는 면식이 없었는데 언제 부인을 만난 적이 있다고 날 속이려 하시오?"

연화 낭자가 대답했다.

"바로 오늘 아침에 법사님이 불좌 앞에서 저를 보시고, 하인에게 '만약 저처럼 생긴 사람이 있다면 부인으로 삼겠다'라고 하신 말씀이 아직도 귀에 남아 있습니다. 저는 법사님의 그 말씀에 감동해 진실로 이 몸을 맡기고 싶습니다."

그러고는 소매 속에서 화생을 꺼내며 말했다.

"어찌 속이겠습니까?"

온 도사가 그녀가 사람이 아니라는 사실을 깨닫고 당황하고 있을 때, 연화 낭자가 곧장 여종을 돌아보며 말했다.

"노선(露仙)아, 휘장을 준비해라."

그러자 노선이 침소를 꾸몄는데 모든 것이 지극히 화려했다. 온 도사는 비록 그 기이함에 놀라긴 했지만 마음속으로는 기뻐하면서 마침내 진진한 사랑의 말을 나누었는데, 연화 낭자의 말소리는 맑고 부드러웠다. 잠시 후 촛불이 꺼졌지만 동자승들은 계속 몰래 엿들으면서 지켜보았다. 한 식경(食頃)도 채 안 되었을 때, 갑자기 온 도사가 비명을 지르면서 몹시 고통스러워하는 소리가 들렸다. 동자승들이 황급히 횃불을 가져와 비추면서 온 도사의 방으로 갔지만, 방문이 단단히 잠겨 있어서 아무리 해도 열 수 없었다. 그저 으르렁거리면서 물어뜯고 뼈를 씹는 듯한 소리만 들렸는데, 호인(胡人)의 말로 크게 꾸짖는 것 같았다.

"이런 죽일 대머리 중놈아! 너를 출가시켜 삭발하고 스님이 되게 했건만, 어찌하여 그런 망령된 마음을 품었단 말이냐? 만일 내가 진짜 여자라면 설마하니 너에게 시집가서 부인이 되겠느냐?"

그래서 동자승들이 절의 사람들에게 급히 알려 벽을 허물고 안을 엿보았더니, 다름 아닌 두 명의 야차였다. 야차는 톱날 같은 이빨에 치솟은 머리카락을 하고 거인처럼 키가 컸으며, 포효하면서 온 도사를 낚아채더니 몸을 솟구쳐 뛰어올라 나갔다. 나중에 스님들이 보았더니 불당의 벽 위에 두 명의 야차가 그려져 있었는데, 이전에 보았던 것과 똑같았으며 입술 사이에는 핏자국이 여전히 남아 있었다.

經行寺僧行蘊, 爲其寺都僧. 嘗及初秋, 將備盂蘭會, 灑掃堂殿, 齊整佛事. 見一佛前化生, 姿容妖冶, 手持蓮花, 向人似有意. 師因戲謂所使家人曰: "世間女人, 有似此者, 我以爲婦." 其夕歸院, 夜未分, 有款扉者曰: "蓮花娘子來." 蘊都師不知悟也, 卽應曰: "官家法禁極嚴, 今寺門已閉, 夫人何從至此?" 旣開門, 蓮花及一從婢, 妖姿麗質, 妙絶無倫. 謂蘊都師曰: "多種中無量勝因, 常得親奉大圓正智, 不謂今日聞師一言, 忽生俗想. 今已謫爲人, 當奉執巾鉢. 朝來之意, 豈遽忘耶?" 蘊都師曰: "某性愚昧, 常獲僧戒. 素非相識, 何嘗見夫人, 遂相紿也?" 對曰: "卽日, 師朝來佛前見我, 謂家人曰: '倘貌類我, 將以爲婦.' 言猶在耳. 我感師此言, 誠願委質." 因自袖中出化生曰: "豈相紿乎?" 蘊師悟非人, 回惶之際, 蓮花卽顧侍婢曰: "露仙, 可備帷幄." 露仙乃陳設寢處, 皆極華美. 蘊雖駭異, 然心亦喜之, 遂綢繆叙語, 詞氣清婉. 俄而滅燭, 童子等猶潛聽伺之. 未食頃, 忽聞蘊失聲, 冤楚頗極. 遽引燎照之, 至則拒戶闔, 禁不可發. 但聞猙牙齩誶嚼骨之聲, 如胡人語音而大罵曰:"賊禿奴! 遣爾辭家剃髮, 因何起妄想之心? 假如我眞女人, 豈嫁與爾作婦耶?" 於是馳告寺衆, 壞垣以窺之, 乃二夜叉也. 鋸牙植髮, 長比巨人, 哮叫拏獲, 騰踔而出. 後僧見佛壁上, 有二畫夜叉, 正類所睹, 唇吻間猶有血痕焉.

* 이 고사는 《태평광기》 권357 〈야차·온도사〉에 실려 있다.

권72 요괴부(妖怪部)

요괴(妖怪) 1

이 권은 모두 인요[13]다.

此卷皆人妖.

---

13) 인요(人妖) : 상리(常理)에서 벗어나 요사스럽고 괴상한 짓을 하는 사람. 여자가 남자로 변장하고, 남자가 여자로 행세하는 따위를 말한다.

72-1(2338) 동군의 백성

동군민(東郡民)

출《수신기(搜神記)》 미 : 이하는 늙은 요괴다(以下老妖).

한(漢)나라 건안(建安) 연간(196~220)에 동군의 민가에서 괴이한 일이 일어났다. 이유 없이 항아리가 저절로 열리거나 마치 사람이 두드리는 듯이 쿵쿵 소리가 나는가 하면, 앞에 있던 소반이 갑자기 사라지거나 닭이 알을 낳으면 그 계란이 사라지곤 했다. 이런 일이 몇 년간 계속되자 사람들은 모두 꺼림칙해했다. 그래서 맛있는 음식을 많이 만들어 뚜껑을 덮은 다음 한 방 안에 놓고 몰래 숨어 문틈으로 엿보았더니, 과연 무언가가 다시 와서 뚜껑을 열었다. 소리가 들리자 사람들이 곧장 방문을 닫고 방 안을 둘러보았으나 아무것도 보이지 않았다. 이에 어둠 속에서 몽둥이로 마구 쳤더니 한참이 지났을 때 방 안 귀퉁이에서 신음하는 소리가 들렸다. 문을 열고 보았더니 100여 살쯤 되어 보이는 한 노인이 있었는데, 말하는 것과 생김새가 짐승과 매우 비슷했다. 노인에게 두루 물어본 끝에 몇 리 밖에서 그 노인의 집을 찾아냈는데, 그 집에서 말했다

"집을 나간 지 10여 년이 되었는데, 이렇게 찾고 보니 슬프기도 하고 기쁘기도 합니다." 미 : 《예기(禮記)》에서 이른바

"실종되었다가 돌아온 사람"이다.

    1년 남짓 후에 그 노인은 다시 실종되었는데, 진류(陳留)의 경계에서 또 이와 같은 괴이한 일이 일어났다는 소문이 들리자, 당시 사람들은 그 노인일 것이라고 생각했다.

漢建安中, 東郡民家有怪. 無故甕器自發, 訇訇作聲, 若有人擊, 盤案在前, 忽然便失, 雞生輒失子. 如是數歲, 人共惡之. 乃多作美食, 覆蓋, 著一室中, 陰藏戶間伺之, 果復來發. 聞聲, 便閉戶, 周旋室中, 了無所見. 乃暗以杖撾之, 至久, 於室隅聞有呻呼之聲. 乃開戶視之, 得一老翁, 可百餘歲, 言語狀貌, 頗類於獸. 遂周問, 及於數里外得其家, 云 : "失來十餘年, 得之哀喜." 眉 : 《禮》所謂 "失歸者" 也. 後歲餘, 復失之, 聞陳留界復有怪如此, 時猶以爲此翁.

*   이 고사는 《태평광기》 권367 〈인요(人妖)·동군민〉에 실려 있다.

72-2(2339) 호욱

호욱(胡項)

출《기문(紀聞)》

하현위(夏縣尉) 호욱은 문인이었다. 그는 일찍이 금성현(金城縣)의 경계에 갔다가 한 인가에서 묵었다. 그 집에서 음식을 차려 주었는데, 호욱은 먹기 전에 개인적으로 볼일이 있어서 외출했다. 그가 돌아와서 보았더니, 2척의 키에 성긴 백발을 늘어뜨린 한 노모가 상을 차지하고 밥을 먹고 있었는데, 떡과 과일까지 다 먹어 버렸다. 그 집의 며느리가 나와서 이 광경을 보더니 화를 내며 그 노모의 귀를 잡고 집 안으로 끌고 들어갔다. 미 : "완선(頑仙 : 어수룩한 신선)"이라 부를 만하다. 호욱이 다가가서 보았더니 며느리가 노모를 우리 안에 집어넣었는데, 멀리서 보니 노모의 두 눈이 마치 단사(丹砂)처럼 붉었다. 호욱이 그 연유를 물었더니 며느리가 말했다.

"이것은 이름이 '매(魅 : 도깨비)'인데, 바로 7대조 시할머니입니다. 미 : 자식들이 말하지 않는가? 늙어서 죽지 않으면 음식 축내는 도둑이라고. 300살이 넘었지만 죽지 않고 그 형체만 점점 작아지며, 옷을 입을 필요도 없고 추위와 더위도 두려워하지 않습니다. 우리에 갇힌 채 1년 내내 늘 이렇게 있는데, 갑자기 우리에서 나와 밥을 훔쳐 먹기 때문에 '매'라고 부릅니다."

호욱은 이를 기이하게 여겨 가는 곳마다 얘기했다.

夏縣尉胡項, 詞人也. 嘗至金城縣界, 止於人家. 人爲具食, 項未食, 私出. 及還, 見一老母, 長二尺, 垂白寡髮, 據案而食, 餠果且盡. 其家新婦出, 見而怒之, 搏其耳, 曳入戶. 眉 : 可名"頑仙". 項就而窺之, 納母於檻中, 窺望兩目如丹. 項問其故, 婦人曰 : "此名爲'魅', 乃七代祖姑也. 眉 : 子不云乎? 老而不死爲賊. 壽三百餘年而不死, 其形轉小, 不須衣裳, 不懼寒暑. 鎖之檻, 終歲如常, 忽得出檻, 偸竊飯食, 故號爲'魅'." 項異之, 所在言焉.

* 이 고사는 《태평광기》 권367 〈인요 · 호욱〉에 실려 있다.

72-3(2340) 오정현 사람

오정현인(烏程縣人)

출《광오행기(廣五行記)》

[삼국 시대] 오(吳)나라 손휴(孫休) 때 오정현에 어떤 사람이 있었는데, 중병을 앓다가 낫고 나서 말소리를 울리게 할 수 있어서 그 소리가 10여 리 밖에까지 들렸다. 미:소리 요괴다. 그 소리를 듣는 곳에서는 마치 옆자리에서 말하는 것처럼 느꼈다. 그의 이웃집에 아들이 외지에 살고 있는 사람이 있었는데, 아들이 오랫동안 부모를 뵈러 오지 않자 그 아버지가 그 사람의 목소리를 빌려 대신 책망하는 말을 하게 했다. 아들은 그 소리를 듣고 귀신이라고 생각하며 허겁지겁 집으로 돌아왔지만, 미:쓸모 있다. 또한 어찌 된 영문인지 알지 못했다.

吳孫休時, 烏程有人, 因重疾愈而能響言, 音聞十數里外. 眉:聲怪. 所聞之處, 卽若座間. 其鄰家有子居外, 久不歸省, 其父假之, 使爲責詞. 子聞之, 以爲鬼神, 顚沛而歸, 眉:用得着. 亦不知其所以然也.

* 이 고사는《태평광기》권367〈인요 · 오정현인〉에 실려 있다.

72-4(2341) 허주의 승려

허주승(許州僧)

출《유양잡조》

　허주에 한 노승이 있었는데, 그는 마흔 살 후부터 깊이 잠들 때마다 목구멍에서 북 치고 피리 부는 것 같은 소리를 냈는데, 그 소리가 마치 가락을 이루는 듯했다. 한 악공(樂工)이 그가 잠들기를 기다렸다가 그 소리를 악보에 적어서 악기로 연주해 보았더니 모두 옛 연주에 부합했다. 노승은 깨고 나서도 그 사실을 알지 못했다. 이런 일이 20여 년 동안 계속되었다.

許州有老僧, 自四十歲後, 每寢熟, 卽喉聲如鼓簧, 若成韻節. 伶人伺其寢, 卽譜其聲, 按之絲竹, 皆合古奏. 僧覺, 亦不自知. 二十餘年如此.

* 이 고사는 《태평광기》 권367 〈인요 · 허주승〉에 실려 있다.

72-5(2342) 수안현의 남자

수안남자(壽安男子)

출《조야첨재(朝野僉載)》

    성명을 알지 못하는 수안현의 남자는 팔꿈치로 딱따기를 치면서 코로 피리를 불고 입으로 노래를 불렀으며, 반쪽 얼굴로는 웃고 반쪽 얼굴로는 울 수도 있었다. 사람의 말을 알아듣는 검은 개 한 마리는 말이 떨어지자마자 곧바로 행동했는데, 사람과 다름이 없었다.

壽安男子, 不知姓名, 肘拍板, 鼻吹笛, 口唱歌, 能半面笑半面啼. 一烏犬解人語, 應口所作, 與人無殊.

*   이 고사는《태평광기》 권367 〈인요 · 수안남자〉에 실려 있다.

72-6(2343) 영주의 부인

영주부인(瀛州婦人)

출《조야첨재》

[당나라] 경룡(景龍) 연간(707~710)에 영주에서 한 부인을 바쳤는데, 몸에 불교의 사탑(寺塔)과 여러 부처의 형상이 엷게 돋아 있었다. 안찰사(按察使)는 그녀를 진상하고 5품관(五品官)에 제수되었다. 그녀는 내도량(內道場 : 궁중의 사원이나 도관)에 머물렀는데, 역위[逆韋 : 위후(韋后), 중종의 황후]가 죽은 후로 어디로 갔는지 알 수 없었다.

景龍中, 瀛州進一婦人, 身上隱起浮圖塔廟·諸佛形像. 按察使進之, 授五品. 其女婦留內道場, 逆韋死後, 不知去處.

* 이 고사는 《태평광기》 권288 〈요망(妖妄)·영주부인〉에 실려 있다.

72-7(2344) 조연노

조연노(趙燕奴)

출《녹이기(錄異記)》

　　조연노는 합주(合州) 석경(石鏡) 사람이다. 그의 어머니가 처음 임신해서 몇 달 만에 호랑이 한 마리를 낳아 강에 버렸다. 다시 임신해서 몇 달 만에 커다란 거북을 낳아 또 버렸다. 또 임신해서 몇 달 만에 1척 남짓한 야차(夜叉) 하나를 낳아 버렸다. 다시 임신해서 몇 달 만에 조연노를 낳았는데, 이목구비는 하나하나 모두 갖추고 있었지만, 목 아래로는 몸이 마치 잘라 놓은 표주박 같았다. 또한 어깨와 넓적다리가 있었지만, 두 손과 발은 각각 길이가 몇 촌이었고, 팔꿈치·팔뚝·손목·손바닥은 없었으며, 둥그런 살덩이 위에 각각 여섯 개의 손가락이 달려 있었는데, 겨우 1촌 남짓 되었고 손톱도 있었다. 아래에는 두 발이 있었는데, 1~2촌쯤 되었고 역시 모두 발가락이 여섯 개였다. 어머니는 조연노를 낳고 나서 차마 버릴 수 없었다. 그는 자라서도 키가 단지 2척 남짓이었다. 수영을 잘하고 배를 잘 탔다. 천성이 매우 영특하고 총명했으며 말주변이 뛰어났다. 살생을 자못 좋아해서 물고기 잡고 돼지 잡는 일을 생업으로 삼았다. 매번 배 경주를 하고 귀신 쫓는 굿을 할 때면, 〈죽지사(竹枝詞)〉를 부르며 승리를 겨루어 반드시 일등을 차지했다. 시장에서 교역을 할 때면 반드시 거간꾼이 되었다. 그는 항상 머리를 깎고 검은 옷을 입었기 때문에 민간에서 그를 "조 사(趙師)"라고 불렀다. 말년에는 대머리에 흰 적삼만 입었다. 간혹 무릎 꿇고 절하거나 뛰다가 넘어져서 알몸이 드러났는데, 많은 사람들이 그 모습을 보고 웃었다. 간혹 나귀를 타고 멀리 갈 때면 다른 사람에게 고삐를 잡게 하고 자신은 안장 위에 옆으로 누웠는데, 그 모습이 마치 옷 보따리 같았다. 부인 두 명과 딸 하나를 두었으며 의식이 풍족했다. 간혹 부인을 때릴 때는 힘이 세서 막을 수 없었다. [오대십국 전촉(前蜀)] 건덕(乾德) 연간(919~924) 초에 나이가 근 60세였는데, 허리와 배가 몇 아름이나 되었지만 얼굴은 일반인과 다름이 없었다. 그 딸은 오른손의 무명지 길이가 7~8촌이나 되어서 또한 일반인과는 달랐다.

趙燕奴者, 合州石鏡人也. 其母初孕, 數月産一虎, 棄江中. 復孕, 數月産一巨龜, 又棄之. 又孕, 數月産一夜叉, 長尺餘, 棄之. 復孕, 數月而産燕奴, 眉目耳鼻口, 一一皆具, 自項已下, 其身如斷瓠. 亦有肩脾, 兩手足各長數寸, 無肘臂腕掌, 於圓肉上各生六指, 纔寸餘, 爪甲亦具. 其下布兩足, 一二寸, 亦皆六指. 旣産, 不忍棄之. 及長, 祇長二尺餘. 善入水, 能乘舟. 性甚狡慧, 詞喙辯給. 頗好殺戮, 以捕魚宰豚爲業. 每鬪船驅儺, 及歌〈竹枝詞〉較勝, 必爲首冠. 市肆交易, 必爲牙保. 常髡髮緇衣, 民間呼爲"趙師". 晚歲, 但禿頭白衫而已. 或拜跪跳躍, 倒踏倮露, 人多笑之. 或乘驢遠適, 祇使人持之, 橫臥鞍中, 若衣囊焉. 有二妻一女, 衣食豐足. 或擊室家, 力不可制. 乾德初, 年僅六十, 腰腹數圍, 面目如常人無異. 其女右手無名指, 長七八寸, 亦異於人.

* 이 고사는 《태평광기》 권86 〈이인(異人)·조연노〉에 실려 있다.

72-8(2345) 동도의 걸인

동도걸아(東都乞兒)

출《유양잡조》

 [당나라] 대력(大曆) 연간(766~779)에 동도[낙양] 천진교(天津橋)에 거지가 있었는데, 두 손이 없어서 오른발 발가락 사이에 붓을 끼고 경서(經書)를 써서 돈을 구걸했다. 글씨를 쓰려고 할 때면 먼저 붓을 1척 넘게 높이 던진 후에 발로 받았는데, 한 번도 떨어뜨린 적이 없었다. 그 글씨는 관가의 해서체도 그만 못했다.

大曆中, 東都天津橋有乞兒, 無兩手, 以右足夾筆, 寫經乞錢. 欲書時, 先用擲筆高尺餘, 以足接之, 未嘗失落. 書跡官楷書不如也.

* 이 고사는 《태평광기》 권209 〈서(書)·동도걸아〉에 실려 있다.

72-9(2346) 다리 없는 부인

무족부인(無足婦人)

출《옥당한화(玉堂閑話)》

[오대] 진(晉 : 후진)나라 소주[少主 : 출제(出帝)] 때 한 부인이 있었는데, 용모가 단아하고 엄숙해서 다른 미인에 못지않았다. 하지만 다리가 없어서 허리 아래 부분은 마치 칼로 잘라 놓은 듯이 가지런했으며, 나머지 부위는 모두 갖추고 있었다. 그 아버지는 그녀를 독거(獨車)에 태우고 업중(鄴中)에서 남쪽으로 준도(浚都)까지 다니면서 시장에서 구걸했는데, 매일 1000명이 모여들었다. 깊은 마을이나 외진 골목부터 붉은 대문의 화려한 저택에 이르기까지 가지 않은 곳이 없었다. 당시 사람들은 기이하다고 탄식하면서 모두 돈을 던져 보시했다. 후에 도성에서 북융(北戎 : 거란)이 보낸 간첩을 잡았는데, 관부에서 심문했더니 그 부인이 바로 간악한 무리의 우두머리였다. 부인은 들어서 알고 있는 것이 너무 많았기 때문에 미 : 모를 수가 없다. 결국 그녀를 죽였다.

晉少主之代, 有婦人, 儀狀端嚴, 不下美人. 而無腿足, 由帶已下, 如截而齊, 餘皆具備. 其父載之於獨車, 自鄴南遊浚都, 乞丐於市, 日聚千人. 至於深坊曲巷, 華屋朱門, 無所不至. 時人嗟異, 皆擲而施之. 後京城獲北戎間諜, 官司案之, 乃此婦爲奸人之領袖. 所聽甚多, 眉:不可不知. 遂戮之.

* 이 고사는 《태평광기》 권367 〈인요·무족부인〉에 실려 있다.

72-10(2347) 맹씨 노파

맹구(孟嫗)

출《건손자(乾䐑子)》 미 : 이하는 여자가 남자로 가장한 것이다(以下 女假男).

[당나라] 정원(貞元) 연간(785~805) 말에 삼원현(三原縣) 남동점(南董店)의 동쪽에 맹씨 노파가 있었는데, 100살이 넘게 살고 죽었다. 객점 사람들은 모두 그곳을 "장대부점(張大夫店)"이라 했다. 이전에 팽성(彭城) 사람 유파(劉頗)가 위수(渭水) 북쪽에서 현성(縣城)으로 들어와 그 노파의 객점에 묵었는데, 예순 살 남짓 되어 보이는 한 노파가 누런 명주옷에 커다란 갖옷을 입고 검은 두건을 쓴 채 문에 걸터앉아 있었다. 좌위(左衛) 이 주조(李冑曹)는 이름이 사광(士廣)이었는데, 그 노파가 이사광에게 무슨 벼슬을 하고 있냐고 묻자 이사광이 갖추어 대답했더니 노파가 말했다.

"그건 사위(四衛)14)이니 아주 좋은 관직이오."

그러자 이사광이 말했다.

---

14) 사위(四衛) : 당나라 때는 모두 16위가 있었는데, 그중 좌우위(左右衛)와 좌우금오위(左右金吾衛)를 합쳐서 '사위'라 불렀고, 나머지 12위는 잡위(雜衛)라 불렀다.

"어찌하여 그렇게 말하시오?"

노파가 말했다.

"나는 스물여섯 살에 장찰(張詧)에게 시집가서 그의 아내가 되었소. 장찰은 힘이 세고 말타기와 활쏘기에 뛰어났소. 곽분양[郭汾陽 : 곽자의(郭子儀)]이 삭방절도사(朔方節度使)로 있을 때, 내 남편은 곽분양의 신임을 받아 늘 그의 좌우에 있었소. 장찰의 모습은 나와 아주 흡사했소. 장찰이 죽자 곽분양이 마음 아파했는데, 나는 마침내 남자의 의관(衣冠)으로 위장하고 장찰의 동생이라 명함을 내밀면서 곽분양을 모시겠다고 청했소. 곽분양은 크게 기뻐하며 남편의 빈자리를 대신하게 했소. 그렇게 또 혼자 15년을 살았소. 곽분양이 돌아가셨을 때 나는 이미 일흔두 살이었는데, 군중(軍中)에서 거듭 상주해 나는 어사대부(御史大夫)를 겸하게 되었소. 그런데 갑자기 외롭다는 생각이 들어서 결국 이 객점의 반씨(潘氏) 노인에게 시집가서 그의 부인이 되었소. 미 : 노파의 나이를 계산해 보면 이때 실제로 126세다. 또 아들 둘을 낳았는데, 반도(潘滔)와 반거(潘渠)라고 하오. 반도는 지금 쉰네 살이고 반거는 쉰두 살이오."

유파는 이를 기이하게 여겨 기록했다.

貞元末, 三原縣南董店東壁, 有孟嫗, 年一百餘而卒. 店人悉曰 "張大夫店". 彭城劉頗自渭北入城, 止於嫗店, 見一嫗, 年可六十餘, 衣黃紬大裘, 烏幘, 跨門而坐焉. 左衛李胄曹, 名士廣, 其媼問士廣何官, 廣具答之, 媼曰:"此四衛耳, 大好官." 廣曰:"何以言之?" 媼曰:"吾年二十六, 嫁與張詧爲妻. 詧爲人多力, 善騎射. 郭汾陽之總朔方, 吾夫爲汾陽所任, 常在左右. 詧之貌, 與吾酷類. 詧卒, 汾陽傷之, 吾遂僞衣丈夫冠, 投名爲詧弟, 請事汾陽. 汾陽大喜, 令替闕. 如此又寡居一十五年. 自汾陽之薨, 吾已年七十二, 軍中累奏, 兼御史大夫. 忽思煢獨, 遂嫁此店潘老爲婦. 眉:計媼年, 此際實一百二十六歲矣. 復誕二子, 曰滔, 曰渠. 滔今年五十有四, 渠五十有二矣." 頗異而記之.

* 이 고사는 《태평광기》 권367 〈인요·맹구〉에 실려 있다.

72-11(2348) 백항아

백항아(白項鴉)

출《옥당한화》

[오대 후진(後晉) 때] 거란(契丹)이 처음 궁궐을 침범했을 때, 도처에서 도적 떼가 벌떼같이 일어나자 융인(戎人 : 거란)들이 이를 근심했다. 진주(陳州)의 한 부인이 도적의 수장이 되었는데 "백항아"라 불렀다. 미 : 백항아(白項鴉)는 연지호(胭脂虎)[15]와 짝이 될 만하다. 그녀는 40세쯤 되었는데, 몸집이 통통하고 작았으며 머리카락은 누렇고 몸은 검었다. 그녀는 거란 왕을 찾아왔을 때, 남자의 성명을 썼으며 옷과 두건은 물론이고 무릎 꿇고 절하는 것까지 모두 남자의 모습이었다. 거란 왕은 그녀를 불러 접견하고 금포(錦袍)와 은대(銀帶)와 안장 얹은 말을 하사했으며, 회화장군(懷化將軍)에 임명해 산동(山東)의 여러 도적들을 불러 모아 안무

---

15) 연지호(胭脂虎) : 송(宋)나라 위씨현(尉氏縣)의 관리 육신언(陸愼言)의 부인인 주씨(朱氏)의 작호(綽號). 주씨가 아름답긴 했지만 사납기 짝이 없었기 때문에 당시 사람들이 그녀를 '연지호[화장한 호랑이]'라 불렀다. 나중에는 표독스러울 정도로 사나운 여자를 지칭하는 말로 쓰인다.

(按撫)하는 일을 맡기면서 아주 많은 재물을 하사했다. [거란에 의해 임명된] 위연왕(僞燕王) 조연수(趙延壽)가 백항아를 불러 묻자 그녀가 스스로 말했다.

"나는 두 개의 화살통을 찬 채 말을 달리면서도 좌우로 활을 쏠 수 있고, 하루에 200리를 갈 수 있습니다. 장창 휘두르기와 검 공격도 모두 잘하는 바입니다." 미 : 그 재주는 쓸 만하다.

그 휘하의 수천 명의 남자들은 모두 그녀의 부림을 받았다. 사람들이 물었다.

"남편은 있소?"

백항아가 말했다.

"전후로 수십 명의 남편이 있었지만 조금이라도 마음에 들지 않으면 모두 칼로 죽여 버렸소."

이 말을 들은 사람들은 모두 탄식하며 분해했다. 백항아는 나중에 연주절도사(兗州節度使) 부언경(符彦卿)에게 죽임을 당했다.

契丹犯闕之初, 所在群盜蜂起, 戎人患之. 陳州有一婦人, 爲賊帥, 號曰"白項鴉". 眉 : 白項鴉可對胭脂虎. 年可四十許, 形質粗短, 髮黃體黑. 來詣戎王, 襲男子姓名, 衣巾拜跪, 皆爲男子狀. 戎王召見, 賜錦袍·銀帶·鞍馬, 署爲懷化將軍, 委之招輯山東諸盜, 賜與甚厚. 僞燕王趙延壽召問之, 婦人自云 : "能左右馳射, 被雙鞬, 日可行二百里. 盤矛擊劍, 皆所善也." 眉 : 其才可用. 其屬數千男子, 皆役服之. 人問 : "有夫否?" 云 : "前後有夫數十人, 少不如意, 皆手刃之矣." 聞者無不嗟憤. 後爲兗州節度使符彦卿所戮.

* 이 고사는 《태평광기》 권367 〈인요 · 백항아〉에 실려 있다.

72-12(2349) 누영

누영(婁逞)

출《남사(南史)》

　　남제(南齊) 때 동양(東陽)의 여자 누영은 변장하고 사내로 속였다. 그녀는 대략 장기와 바둑을 둘 줄 알았고 글을 이해했으며 공경(公卿)의 집을 드나들었는데, 벼슬이 양주종사(揚州從事)에 이르렀다. 하지만 사실이 탄로 나자, 명제(明帝)는 그녀를 동양으로 돌아가게 했다. 그녀는 처음으로 부인의 옷을 만들면서 탄식했다.

　　"내가 이런 재주를 지니고 있지만 다시 노파가 되었으니 어찌 아깝지 않겠는가!"

　　사신(史臣)이 말했다.

　　"이는 인요(人妖)다. 음(陰)이 양(陽)으로 되는 것은 불가한 일이다. 나중에 최혜경(崔惠景)16)이 거사했다가 성공

---

16) 최혜경(崔惠景) : 최혜경(崔慧景)과 같다. 남조 제(齊)나라 때의 명장으로, 이오노(李烏奴)의 반란을 평정하고 북위군(北魏軍)의 공격을 방어해 전공을 세웠으며, 진현달(陳顯達)과 배숙업(裵叔業)의 반란 평정에 참여했다. 동혼후(東昏侯)가 즉위한 후 공신과 장상(將相)을 도륙하자, 그는 마음에 불안을 느껴 마침내 반란을 일으켜 강하왕(江夏王) 소보현(蕭寶玄)을 황제로 옹립하고 도성 건강(建康)을 공격했지

하지 못한 것이 이에 대한 응험이다."

평 : 장부가 부녀자의 머릿수건을 쓰고 노파가 남자의 의관을 부러워하지만, 그 현우(賢愚)가 이미 분명하니 역할을 뒤집어 보는 데 무슨 방해가 되겠는가?

南齊東陽女子婁逞, 變服詐爲丈夫. 粗會棋博, 解文義, 遊公卿門, 仕至揚州從事. 而事泄, 明帝令東還. 始作婦人服, 嘆曰: "有如此伎, 還爲老嫗, 豈不惜哉!" 史臣曰: "此人妖也. 陰爲陽, 事不可. 後崔惠景擧事不成, 應之."
評 : 丈夫受巾幗, 老嫗羨衣冠, 賢愚旣分明, 何防顚倒看?

* 이 고사는 《태평광기》 권367 〈인요·누영〉에 실려 있다.

만, 예주자사(豫州刺史) 소의(蕭懿)에게 패해 살해되었다.

72-13(2350) 황숭하

황숭하(黃崇嘏)

출《옥계편사(玉溪編事)》

    [오대십국] 왕촉(王蜀 : 전촉)의 재상 주상(周庠)은 처음에 공남(邛南)의 막부에서 부의 일을 맡아보고 있었다. 그때 임공현(臨邛縣)에서 실수로 불을 낸 황숭하를 압송해 하옥했는데, 황숭하가 곧바로 시 한 수를 바쳤다.

    "어쩌다 깊숙한 은거지를 떠나 임공에 살게 되었으나, 행동거지의 올곧음은 계곡의 소나무에 견줄 수 있으리. 어찌하여 수경(水鏡)처럼 맑은 정사를 펼치시면서, 저 들녘의 학을 잡아 깊은 새장에 가두려 하십니까?"

    주상은 그 시를 읽고 마침내 황숭하를 불러 만났다. 황숭하는 자신을 향공진사(鄕貢進士)라 칭했으며 나이는 30세쯤으로 보였는데, 공손한 태도로 치밀하고 민첩하게 대답하자 주상은 즉시 그를 석방하라고 명했다. 며칠 후에 황숭하가 노래를 바치자, 주상은 그를 빼어난 인재라 여기고 학원(學院)으로 불러들여 여러 조카들과 어울리게 했다. 황숭하는 바둑과 금(琴)에 뛰어났고 그림과 글씨에도 절묘했다. 이튿날 주상은 황숭하를 부(府)의 사호참군(司戶參軍)을 대리하도록 천거했는데, "삼어(三語)"[17]라는 칭송이 제법 자자

했으며, 서리(胥吏)들도 그를 경외하며 복종했다. 그가 작성한 공문서는 문장이 유려하고 조리가 분명했다. 주상은 이미 그의 총명함을 중시하고 있었는데 그의 풍채까지 훌륭하다고 여겨, 그가 직임을 맡은 지 1년이 넘어가려 할 때 마침내 자신의 딸을 그에게 시집보내려고 했다. 황숭하는 소매에 봉함한 장계를 넣어 와서 감사드렸으며 아울러 시 한 수를 바쳤다.

"푸른 강가에서 비취새 깃털 줍는 일[18] 그만두고, 가난하게 초가집 지키며 시만 지었네. 남삼(藍衫) 입고 하급 관리가 된 이후로, 화장 거울 보며 고운 눈썹 그리는 일 영원히 포기했네. 청송(靑松) 같은 지조로 탁월하게 몸을 세웠고, 백옥 같은 자태로 굳세게 뜻을 세웠네. 막부(幕府)께서 만약 나를 훌륭한 사윗감[19]으로 받아 주신다면, 하늘이 나를 어

---

17) 삼어(三語) : '삼어연(三語掾)' 고사를 말한다. 진(晉)나라 때 태위(太尉) 왕연(王衍)이 완수(阮脩)에게 노장과 공자의 가르침이 어떠한지 물었더니, 완수가 "장무동(將無同 : 거의 같지 않을는지요)"이라는 세 글자로 대답하자, 왕연이 매우 훌륭히 여겨 그를 속관으로 삼았다. 여기에서 세 글자로 속관이 되었다는 뜻의 '삼어연'이라는 성어가 나왔다.

18) 비취새 깃털 줍는 일 : 원문은 "습취(拾翠)". 여자들이 봄날에 강가에서 비취새 깃털을 주우며 노니는 것을 말한다.

19) 훌륭한 사윗감 : 원문은 "탄복(坦腹)". 진(晉)나라 때 치감(郗鑒)이

서 남자로 만들어 주길 원하네."

　주상은 시를 읽고 경악을 금치 못했다. 마침내 주상이 황숭하를 불러들여 캐물었더니, 그는 바로 황 사군(黃使君)의 딸이었으나 어려서 부모를 잃고 오직 늙은 유모와 함께 살면서 본래 시집을 가지 않았다고 했다. 주상은 그녀의 정결함을 더욱 우러렀으며, 군민들은 모두 기이한 일에 감탄했다. 미 : 지금 전기(傳奇 : 희곡) 중에 《여장원춘도기(女壯元春桃記)》가 있는데, 이 일을 내용으로 하고 있다. 얼마 후에 황숭하는 사직을 청하고 임공현으로 돌아갔는데, 결국 그 생사를 알 수 없었다.

　평 : 맹씨(孟氏) 노파와 백항아(白項鴉)는 부인이었지만 능력이 있는 자이고, 누영(婁逞)과 황숭하는 여자였지만 문재(文才)가 있는 자다. 하지만 괴이하다고 여김을 면치 못한 것은 그들이 부인과 여자에 안주하지 않았기 때문이다. 그렇지 않다면 무씨(武氏 : 측천무후)가 면류관을 드리우고 천

사위를 맞이하려고 왕도(王導)에게 사람을 보내 왕도의 자제들을 살펴보게 했는데, 다른 자제들은 사윗감을 찾으러 왔다는 말을 듣고 모두 자중했으나 오직 한 사람만 동쪽 평상에 누워 배를 드러내 놓고 두드리면서 전혀 관심을 보이지 않았다. 치감은 마침내 그 사람을 사위로 맞아들였는데, 그 사람이 바로 왕희지(王羲之)였다. 나중에 '탄복' 또는 '동상탄복(東床坦腹)'은 훌륭한 사윗감을 지칭하는 말로 사용된다.

자가 된 것도 괴이하다고 여기기에 부족하도다!

王蜀有僞相周庠者, 初在邛南幕中, 留司府事. 時臨邛縣送失火人黃崇嘏, 纔下獄, 便貢詩一章曰: "偶離幽隱住臨邛, 行止堅貞比澗松. 何事政淸如水鏡, 絆他野鶴向深籠?" 周覽詩, 遂召見. 稱鄕貢進士, 年三十許, 祗對詳敏, 卽命釋放. 後數日, 獻歌, 周極奇之, 召於學院, 與諸生侄相伴. 善棋琴, 妙書畫. 翌日, 薦攝府司戶參軍, 頗有"三語"之稱, 胥吏畏伏. 案牘麗明. 周旣重其英聰, 又美其風彩, 在任將踰一載, 遂欲以女妻之. 崇嘏又袖封狀謝, 仍貢詩一篇曰: "一辭拾翠碧江涯, 貧守蓬茅但賦詩. 自服藍衫居板橡, 永抛鸞鏡畫蛾眉. 立身卓爾靑松操, 挺志鏗然白璧姿. 幕府若容爲坦腹, 願天速變作男兒." 周覽詩, 驚駭不已. 遂召見詰問, 乃黃使君之女, 幼失覆蔭, 唯與老奶同居, 元未從人. 周益仰貞潔, 郡內咸嘆異. 眉: 今傳奇有《女壯元春桃記》, 用此事, 旋乞罷, 歸臨邛, 竟莫知存亡焉.

評: 孟嫗·白項鴉, 婦而能者也, 婁逞·崇嘏, 女而文者也. 然而不免於怪者, 以其不安於婦與女也. 不然, 武氏垂旒南面, 亦不足怪乎!

* 이 고사는 《태평광기》 권367 〈인요·황숭하〉에 실려 있다.

72-14(2351) 기이한 출산

산이(産異)

출《광고금오행기(廣古今五行記)》

진(晉)나라 안제(安帝) 의희(義熙) 연간(405~418)에 위흥(魏興) 사람 이선(李宣)의 아내 번씨(樊氏)가 임신했는데, 산달이 넘었는데도 아이가 나오지 않았다. 번씨의 이마 위에 종기가 있었는데, 아이가 그 종기를 뚫고 나왔다.

장산(長山) 사람 조선(趙宣)의 모친도 팔의 종기를 통해 아이를 낳았다.

[오호 십육국] 후촉[後蜀 : 성한(成漢)] 이세(李勢) 말년에 마씨(馬氏) 부인이 임신했는데, 아이가 겨드랑이 아래에서 나왔으나 모자 모두 별 탈이 없었다. 그해에 이세는 환온(桓溫)에게 멸망당했다.

[남조] 송(宋)나라 효무제(孝武帝) 때 형주(荊州) 사람 양환(楊歡)의 아내는 넓적다리로 딸을 낳았다. 효무제가 붕어하고 유자업(劉子業)이 제위에 올랐으나, 미치광이처럼 날뛰다가 폐위되어 살해되었다. 양환의 아내가 낳은 딸은 제(齊)나라 때까지도 살아 있었다.

晉安帝義熙中, 魏興李宣妻樊氏有娠, 過期不孕. 而額上有瘡, 兒穿之而出.

長山趙宣母, 亦從臂瘡中産兒.

後蜀李勢末年, 馬氏婦妊身, 兒從脅下出, 母子無恙. 其年, 勢爲桓溫所滅.

宋孝武時, 荊州人楊歡妻於股中生女. 及孝武崩, 子業立, 狂悖, 被廢見害. 所生女, 至齊猶存.

* 이 고사는 《태평광기》 권367 〈인요·이선처(李宣妻)〉·〈조선모(趙宣母)〉·〈마씨부(馬氏婦)〉·〈양환처(楊歡妻)〉에 실려 있다.

72-15(2352) 최광종

최광종(崔廣宗)

출《광고금오행기》

청하(淸河) 사람 최광종은 [당나라] 개원(開元) 연간(713~741)에 계현령(薊縣令)으로 있다가 국법을 범했는데, 장수규(張守珪)가 그를 극형에 처했다. 최광종은 효수(梟首)되었으나 그 몸은 죽지 않았기에 집안사람들이 둘러메고 돌아갔다. 그는 매번 배가 고프면 땅바닥에 '기(饑)' 자를 썼는데, 그러면 식구들이 목에 난 구멍 속으로 음식을 잘게 부숴 넣어 주었으며, 배가 부르면 곧장 '지(止)' 자를 썼다. 집안사람들이 잘못을 범하면 그는 글로 써서 처분을 내렸다. 그는 3~4년 동안 이렇게 했는데, 살아 있을 때와 달라지지 않았고 또 아들도 한 명 낳았다. 최광종이 하루는 땅에 이렇게 적었다.

"내일 분명 죽을 것이니 상구(喪具)를 준비하는 것이 좋겠다."

그의 말대로 되었다.

淸河崔廣宗者, 開元中爲薊縣令, 犯法, 張守珪致之極刑. 廣宗被梟首, 而形體不死, 家人舁歸. 每饑, 卽畫地作'饑'字, 家人遂屑食於頸孔中, 飽卽書'止'字. 家人等有過犯, 書令決之. 如是三四歲, 世情不替, 更生一男. 於一日書地云 : "後日當死, 宜備凶具." 如其言也.

* 이 고사는《태평광기》권367〈인요 · 최광종〉에 실려 있다.

72-16(2353) 영릉태수의 딸

영릉태수녀(零陵太守女)

출《수신기》

    영릉태수 사(史) 아무개에게 딸이 있었는데, 서리(書吏)를 사랑했다. 그녀는 몰래 몸종을 보내 서리가 세수하고 남은 물을 가져오게 해서 마셨는데, 결국 임신하게 되어 열 달 만에 아들 하나를 낳았다. 아이의 돌날에 태수는 딸에게 그 아이를 데리고 집을 나가라고 했다. 그랬더니 아이가 기어서 서리의 품 안으로 들어갔는데, 서리가 아이를 밀쳐 내자 땅에 넘어지더니 이내 물로 변했다. 태수는 딸에게 캐물어 이전의 일을 알고 나서 결국 딸을 그 서리에게 시집보냈다.

零陵太守史某有女, 悅書吏. 乃密使侍婢取吏盥殘水飮之, 遂有孕, 十月而生一子. 及晬, 太守令抱出門. 兒匍匐入吏懷, 吏推之, 仆地化爲水. 窮問得前事, 遂以女妻其吏.

* 이 고사는 《태평광기》 권359 〈요괴·영릉태수녀〉에 실려 있다.

72-17(2354) 이심언

이심언(李審言)

출《소상록(瀟湘錄)》 미 : 이하는 모두 사람이 가축으로 변한 것이다(以下皆人變畜).

[당나라] 만세(萬歲) 연간(695~697)에 장안(長安)의 백성 이심언이 갑자기 미치광이 같은 병에 걸려 반드시 양과 함께 같은 먹이를 먹었는데, 의원을 구해 치료했지만 효험이 없었다. 그 후에 그는 갑자기 서쪽으로 달려가서 거의 100리 쯤 갔을 때 길옆에 있던 양 떼를 보더니 황급히 그 무리 속으로 들어갔다. 미 : 사람이 양으로 변했다. 그를 뒤쫓아 온 사람들이 도착했더니 이심언은 이미 한 마리의 커다란 양으로 변해 있었는데, 양 떼 속에 섞여 있어서 분별해 낼 수 없었다. 그의 가족들이 한꺼번에 도착해 울면서 그를 찾아내려 하자, 커다란 양이 스스로 말했다.

"나를 데리고 가되 절대 나를 죽이지 마라. 나는 양이 되어 몹시 행복하니, 사람이 어찌 여기에 비하겠느냐?" 미 : 양이 되어 양의 삶을 즐기는 것이 사람이 되어 사람의 삶을 즐기는 것과 같다고 여기지만, 그 고통은 스스로 깨닫지 못한다.

가족들은 마침내 그 양을 데려가서 목숨이 끝날 때까지 잘 먹여 길렀다.

萬壽[1]年中, 長安百姓李審言, 忽得病如狂, 須與羊同食, 求醫不效. 後忽西走, 近將百里, 路傍遇群羊, 遽走入其內. 眉: 人變羊. 逐之者方至, 審言已作爲一大羊, 於衆中不能辨認. 及家人齊至, 泣而擇之, 大羊乃自語曰: "將我歸, 愼勿殺我. 我爲羊快樂, 人何以比?" 眉: 爲羊樂羊, 猶爲人樂人, 不自悟其苦也. 遂將歸飼養, 以終天年.

* 이 고사는《태평광기》권439 〈축수(畜獸)·이심언〉에 실려 있다.

1 만수(萬壽): 중국에서는 "만수"라는 연호를 사용한 적이 없으므로, "만세(萬歲)"의 오기로 추정한다. 당나라 측천무후 때 천책만세(天冊萬歲: 695), 만세등봉(萬歲登封: 696), 만세통천(萬歲通天: 696~697)이란 연호를 사용했다.

72-18(2355) 장전

장전(張全)

출《소상기(瀟湘記)》

 익주자사(益州刺史) 장전은 준마 한 마리를 기르면서 매우 애지중지해 오직 자신만 그 말을 탔으며, 매번 두 사람을 시켜 새벽부터 저녁까지 사육을 전담하게 했다. 어느 날 갑자기 그 말이 아름다운 여인으로 변해 마구간 안에 서 있었다. 좌우 사람들이 황급히 장 공(張公 : 장전)에게 알리자, 장 공이 직접 가서 살펴보았더니 그 여인이 앞으로 나와 절하며 말했다.

 "소첩은 본래 연(燕) 땅의 양갓집 규수였는데, 준마를 몹시 좋아해 매번 준마를 볼 때마다 반드시 그 준일함을 찬미했습니다. 몇 년 후에 갑자기 저절로 취해서 쓰러졌는데 순식간에 준마로 변해 뛰어나갔습니다. 미 : 사람이 말로 변했다. 마음껏 남쪽으로 달려 거의 1000리쯤 갔을 때 어떤 사람에게 붙잡혀 당신의 마구간으로 들어오게 되었는데, 다행히도 당신의 아낌을 받았습니다. 지금 우연히 한 축생으로 변한 것을 뒤늦게 한스러워하면서 흘린 눈물이 땅에 스며들었는데, 지신(地神)이 천제(天帝)께 상주한 덕분에 마침내 다시 사람의 몸으로 돌아가라는 명을 받았습니다. 지난 일을 생각하면 마치 꿈에서 깨어난 것 같습니다."

장 공은 크게 놀라고 기이해하면서 그녀를 집에 편안히 머물게 했다. 10여 년 뒤에 그 여인은 갑자기 고향으로 돌아가길 청했다. 장 공이 아직 허락하지 않았을 때 여인이 하늘을 우러러 울부짖으며 자신을 때리더니 갑자기 다시 준마로 변해 뛰쳐나갔는데, 어디로 갔는지 알 수 없었다.

益州刺史張全養一駿馬, 甚保惜之, 唯自乘跨, 每令二人曉夕專其飼飮. 忽一日, 馬化爲美婦人, 立於廐中. 左右遽白張公, 親至察視, 婦人前拜而言曰: "妾本燕中良家, 因癖好駿馬, 每睹之, 必嘆美其駿逸. 後數年, 忽自醉倒, 俄化成駿馬躍出. 眉: 人變馬. 隨意南走, 近將千里, 被人收入君廐, 幸君保惜. 今偶自追恨爲一畜生, 淚下入地, 被地神奏于帝, 遂有命再還人身. 思往事如夢覺." 張公大驚異之, 安存於家. 經十餘載, 其婦人忽爾求還鄕. 張公未允之間, 婦人仰天, 號叫自撲, 身復忽化爲駿馬, 奔突而出, 不知所至.

* 이 고사는 《태평광기》 권436 〈축수・장전〉에 실려 있다.

72-19(2356) 정습

정습(鄭襲)

출《이원(異苑)》 미 : 이하는 모두 사람이 호랑이로 변한 것이다(以下皆人變虎).

형양(滎陽) 사람 정습(鄭襲)이 진(晉)나라 태강(太康) 연간(280~289)에 태수(太守)로 있을 때, 문하의 마부가 갑자기 미친 것 같더니 문득 어디론가 사라졌다. 하루가 지나서 그를 찾았는데, 벌거벗은 채 신음하고 있었으며 살갗에 피가 흥건했다. 그 연유를 물었더니 마부가 말했다.

"사공(社公: 토지신)이 저를 호랑이로 만들고 얼룩무늬 가죽을 입혔습니다. 제가 마부이기 때문에 포효하며 뛰어오르는 일을 감당할 수 없다고 사양하자 신이 노해 가죽을 다시 벗기게 했는데, 가죽이 이미 살갗에 달라붙어 있어서 가죽을 벗길 때 상처가 나서 몹시 아팠습니다."

마부는 열흘 뒤에야 비로소 나았다.

滎陽鄭襲, 晉太康中, 爲太守, 門下騶, 忽如狂, 奄失其所. 經日尋得, 裸身呼吟, 膚血淋漓. 問其故, [云¹:] "社公令作虎, 以斑皮衣之. 辭以執鞭之士, 不堪虓躍, 神怒, 還使剝皮, 皮已著肉, 瘡毀慘痛." 旬日乃差.

* 이 고사는《태평광기》권426〈호(虎)·정습〉에 실려 있다.

1 운(云) : 저본과 《태평광기》에는 이 자가 없지만, 문맥상 필요하므로 《이원(異苑)》 권8에 의거해 보충했다.

72-20(2357) 침주의 좌사

침주좌사(郴州佐史)

출《오행지(五行志)》

당(唐)나라 장안(長安) 연간(701~704)에 침주좌사는 병을 앓다가 호랑이로 변했다. 그는 형수를 잡아먹으려다 마을 사람들에게 사로잡혔는데, 비록 모습이 완전히 바뀌지는 않았지만 꼬리는 영락없는 호랑이였다. 그래서 그를 수십 일 동안 나무에 묶어 두었더니 다시 사람으로 바뀌었다. 장사(長史) 최현간(崔玄簡)이 직접 그 영문을 물었더니 좌사가 말했다.

"처음에 한 호랑이에게 끌려가서 성대하게 차려입은 한 부인을 만났는데, 많은 호랑이들이 늘 모여들면 부인은 각 호랑이들에게 당일의 먹이를 가져오게 했습니다. 그때 저는 새로 호랑이의 대열에 참여했고 모습도 온전하게 갖춰지지 않았던 터라 달리 다른 사람을 구할 수 없었기에, 형수를 잡아가서 바치려다가 결국 사람들에게 잡히고 말았습니다. 지금 비록 호랑이가 될 수는 없지만 그래도 그 울음소리는 낼 수 있습니다."

최현간이 시험 삼아 호랑이 소리를 내 보라고 하자 좌사가 곧장 호랑이 소리를 냈더니, 좌우 사람들이 두려움에 떨었고 처마의 기와가 흔들려 떨어졌다.

唐長安中, 郴州佐史因病爲虎. 將啖其嫂, 村人擒獲, 雖形未全改, 而尾實虎矣. 因繫樹數十日, 還復爲人. 長史崔玄簡親問其故, 佐史云: "初被一虎引見一婦人, 盛服, 諸虎恒參集, 各令取當日之食. 時某新預虎列, 質未全, 不能別覓他人, 將取嫂以供, 遂爲所擒. 今雖作虎不得, 尙能其聲耳." 簡令試之, 史乃作虎聲, 震駭左右, 檐瓦振落.

* 이 고사는 《태평광기》 권426 〈호(虎)·침주좌사〉에 실려 있다.

72-21(2358) 형주 사람

형주인(荊州人)

출《광이기》

 형주의 어떤 사람이 산길을 가다가 난데없이 창귀(倀鬼 : 호랑이에게 잡아먹힌 후에 호랑이의 앞잡이 노릇을 하는 귀신)와 마주쳤는데, 창귀가 그에게 호랑이 가죽을 씌우자 그는 호랑이로 변해 창귀의 지시를 받게 되었다. 그렇게 3~4년 동안 그가 잡아먹은 사람과 가축과 들짐승은 이루 셀 수 없이 많았다. 그는 몸은 비록 호랑이가 되었어도 마음속으로는 그것을 원치 않았지만 어쩔 도리가 없었다. 나중에 창귀가 호랑이를 이끌고 한 절문 앞을 지나가자, 호랑이가 황급히 절의 창고로 뛰어 들어가서 창고를 지키는 스님의 침상 밑에 엎드렸더니, 스님이 놀라고 두려워했다. 그때 여러 사나운 짐승을 복종시킬 수 있는 한 선사가 호랑이 있는 곳으로 가서 석장(錫杖)을 두드리며 호랑이에게 물었다.

 "제자는 바라는 것이 무엇인가? 사람을 잡아먹고자 하는가, 아니면 짐승의 몸을 싫어하는가?"

 호랑이는 귀를 늘어뜨린 채 눈물을 흘렸다. 선사가 수건으로 호랑이의 목을 묶어 본원(本院)으로 끌고 와서 호랑이에게 사람들이 먹는 음식과 그 밖의 음식을 먹였더니, 호랑이는 반년 만에 털이 빠지고 사람의 모습으로 변했다. 그 사람은 처음에 자기가 호랑이로 변하게 된 사정을 자세히 얘기했으며, 2년 동안 감히 절을 떠나지 않았다. 나중에 잠깐 절을 나갔다가 갑자기 다시 창귀를 만났는데, 창귀가 또 그에게 호랑이 가죽을 씌웠다. 그는 황급히 절 안으로 뛰어 들어갔으나 가죽이 허리 아래까지 내려오자 결국 다시 호랑이로 변했다. 호랑이는 독실하게 불경을 염송한 끝에 1년 남짓 만에 비로소 사람으로 변했다. 그때부터 그는 죽을 때까지 감히 절문을 나가지 않았다.

荊州有人山行, 忽遇倀鬼, 以虎皮冒己, 因化爲虎, 受倀鬼指揮. 凡三四年, 搏食人畜及諸野獸, 不可勝數. 身雖虎而心不願, 無如之何. 後倀引虎經一寺門過, 因邊走入寺庫, 伏庫僧牀下, 道人驚恐. 時有禪師能伏諸橫獸, 因至虎所, 頓錫問: "弟子何所求耶? 爲欲食人, 爲厭獸身?" 虎弭耳流涕. 禪師手巾繫頸, 牽還本房, 恒以衆生食及他味哺之, 半年毛落, 變人形. 具說始事, 二年不敢離寺. 後暫出門, 忽復遇倀, 以皮冒己. 遽走入寺, 皮及其腰下, 遂復成虎. 篤志誦經, 歲餘方變. 自此不敢出寺門, 竟至死.

* 이 고사는 《태평광기》 권431 〈호(虎)·형주인〉에 실려 있다.

72-22(2359) 사도선

사도선(師道宣)

출《제해기(齊諧記)》

진(晉)나라 태원(太元) 원년(376)에 강하군(江夏郡) 안륙현(安陸縣)의 사도선은 스물두 살이었다. 그는 어려서부터 일을 제대로 하지 못했는데, 후에 갑자기 미쳐 날뛰다가 호랑이로 변하더니 셀 수 없이 많은 사람을 잡아먹었다. 나중에 호랑이는 나무 위에서 뽕잎을 따고 있는 한 여자를 잡아먹고 나서 그녀의 비녀와 팔찌를 산의 바위 사이에 숨겨두었다. 그 후에 사도선은 다시 사람의 모습으로 돌아왔는데, 그 비녀와 팔찌가 있는 곳을 알고 가져왔다. 1년 뒤에 사도선은 집으로 돌아와서 다시 사람이 되었는데, 마침내 벼슬길에 나아가 전중영사(殿中令史)가 되었다. 사도선은 밤에 사람들과 함께 얘기하다가 문득 천지간의 괴이한 변화의 일을 언급하면서 스스로 말했다.

"나는 일찍이 병이 들어 미쳐 날뛰다가 마침내 호랑이로 변해 사람들을 잡아먹었소."

그러고는 잡아먹은 사람들의 성명을 말했는데, 함께 앉아 있던 사람들 중에 부자(父子)와 형제들이 잡아먹힌 사람도 있었다. 그 말을 들은 사람들은 대성통곡하면서 사도선을 붙잡아 관부로 넘겼는데, 그는 결국 건강(建康)의 옥중에서 굶어 죽었다.

晉太元元年, 江夏郡安陸縣師道宣, 年二十二. 少未了事, 後忽發狂, 變爲虎, 食人不可紀. 後有一女子, 樹上採桑, 虎取食之, 竟乃藏其釵釧於山石間. 後復人形, 知而取之. 經年還家, 復爲人, 遂出仕, 官爲殿中令史. 夜共人語, 忽道天地變怪之事, 道宣自云:"吾曾得病發狂, 遂化爲虎啖人." 言其姓名, 同坐人或有食其父子兄弟者, 於是號哭, 捉送赴官, 遂餓死建康獄中.

* 이 고사는《태평광기》권426〈호(虎)·사도선〉에 실려 있다.

72-23(2360) 황묘

황묘(黃苗)

출《술이기(述異記)》

[남조] 송(宋)나라 원가(元嘉) 연간(424~453)에 남강군(南康郡) 평고현(平固縣) 사람 황묘는 주(州)의 관리로 있을 때 휴가를 받았다가 돌아갈 기일을 어겼다. 그는 돌아가는 길에 궁정호(宮亭湖)를 지나가다가 사당에 들어가서 소원을 빌었다.

"벌을 받지 않길 바라며 또 집으로 돌아가고 싶으니, 만약 소원이 모두 이루어진다면 틀림없이 돼지와 술을 바치겠습니다."

황묘는 주에 도착했는데 모두 뜻대로 되어서 집으로 돌아가게 되었다. 그러나 그는 노자와 재물이 많지 않았기에 결국 궁정호의 사당에 들르지 않았고, 주(州)의 경계에 이르러 동행과 함께 배를 정박하고 잠을 잤다. 그런데 한밤중에 배가 갑자기 강물을 따라 저절로 아래로 내려갔는데, 바람처럼 빨랐다. 그날 밤 사경(四更)에 황묘는 궁정호에 도착해서야 비로소 깨어났다. 배 위에 세 사람이 보였는데, 그들은 모두 검은 옷을 입고 밧줄을 들고 있다가 황묘를 포박해 사당 계단 아래로 끌고 갔다. 궁정호신은 40세쯤 되어 보였고 비단 도포를 입고 있었다. 대들보 위에는 구슬 하나가 매달려 있었는데, 그 크기는 탄환만 했으며 사당 안을 환하게 비추고 있었다. 한 사람이 문밖에서 말했다.

"평고현의 황묘가 소원을 빌면서 돼지와 술을 바치겠다고 하고는 몰래 달아나 집으로 돌아가기에 분부대로 체포해 지금 대령했습니다."

신은 명을 내려 황묘를 3년 동안 귀양 보내고 30명을 잡아 오게 했다. 미 : 기이한 일이로다! 신은 관리를 파견해 황묘를 깊은 산의 숲속으로 데려가서 쇠사슬로 허리를 나무에 묶어 놓고 날마다 생고기를 먹이게 했다. 황묘는 실의에 빠져 근심하고 있었는데, 몸에 한기가 들다 열이 났다 하면서 종기가 생기더니 온몸에 얼룩덜룩한 털이 돋아났다. 열흘이 지나자 털이 온몸을 덮었고 발톱과 송곳니가 자랐으며 뭔가를 후려치고 씹어 먹고 싶었다. 그러자 관리는 쇠사슬을 풀어 그를 놓아주고 마음대로 행동하도록 내버려두었다. 그는 3년 동안 모두 29명을 잡아먹었다. 다음으로는 신감현(新淦縣)의 한 여자를 잡아먹어야 했는데, 그 여자는 사족(士族) 출신으로 외출을 전혀 하지 않았다. 그러다가 나중에 그녀가 여동생과 함께 뒷문으로 나가 친척 집을 찾아갔는데, 그녀가 맨 뒤에 있었기에 잡아먹을 수 있었다. 그 여자는 얻기 어려웠기 때문에 5년이 걸려서야 사람 수를 겨우 채웠다. 관리가 그를 데리고 사당으로 가자, 신은 그를 놓아주라고 분부했다. 그래서 그에게 소금밥을 먹였더니, 그의 몸에 난 털이 조금씩 빠지고 수염과 머리카락이 모두 돌아났으며, 발톱과 송곳니가 떨어졌다. 그렇게 15일이 지나서 사람 같은 모습으로 돌아오고 생각도 정상을 회복하자, 관리는 그를 큰길로 데려다주었다. 현령은 황묘를 불러 그가 겪은 일을 자세히 기록하게 했으며, 전후로 그가 잡아먹은 사람을 조사하면서 집집마다 두루 물어보았더니, 모두 그의 말과 맞아떨어졌다. 황묘의 넓적다리는 창에 찔려 상처를 입었는데 그 흉터가 여전히 남아 있었다.

宋元嘉中, 南康平固人黃苗爲州吏, 受假違期. 行經宮亭湖, 入廟下願: "希免罰坐, 又欲還家, 若所願並遂, 當上猪酒." 苗至州, 皆得如志, 乃還. 資裝旣薄, 遂不過廟, 行至都界, 與同侶並船泊宿. 中夜, 船忽從水自下, 其疾如風. 介夜四更, 苗至宮亭, 始醒悟. 見船上有三人, 並烏衣, 持繩收縛苗, 投廟階下. 神年可四十, 披錦袍. 梁上懸一珠, 大如彈丸, 光耀照屋. 一人戶外曰: "平固黃苗, 上願猪酒, 逅回家, 數錄今到." 命謫三年, 取三十人. 眉: 奇事! 遣吏送苗窮山林中, 鎖腰繫樹, 日以生肉食之. 苗忽忽憂思, 但覺寒熱身瘡, 擧體生斑毛. 經一旬, 毛蔽身, 爪牙生, 性欲搏噬. 吏解鎖放之, 隨其行止. 三年, 凡得二十九人. 次應取新淦一女, 而此女士族, 初不出外. 後値與娣妹從後門出, 詣親家, 女最在後, 因取之. 爲此女難得, 涉五年, 人數乃充. 吏送至廟, 神敎發遣. 乃以鹽飯飮之, 體毛稍落, 鬚髮悉出, 爪牙墮. 經十五日, 還如人形, 意慮復常, 送出大路. 縣令呼苗具疏其事, 前後所取人, 遍問其家, 並符合焉. 髀爲戟所傷, 創瘢尙在.

* 이 고사는 《태평광기》 권296 〈신(神)・황묘〉에 실려 있다.
1 수(數) : 《태평광기》에는 "교(敎)"라 되어 있는데, 문맥상 보다 타당하다.

72-24(2361) 봉소
봉소(封邵)
출《술이기》

한(漢)나라의 선성군수(宣城郡守) 봉소가 어느 날 갑자기 호랑이로 변해서 군민들을 잡아먹자, 백성이 "봉 사군(封使君)"[20]이라고 불렀더니 호랑이는 그 길로 떠나서 다시는 오지 않았다. 미 : 그를 부르면 떠났으니 아직은 부끄러워하는 마음이 있는 것이다. 아마도 호랑이로 변하지 않았을 때는 오히려 반드시 그러지는 않았을 것이다. 그래서 당시 사람들은 말했다.

"봉 사군은 되지 말지니, 살아서는 백성을 다스리지 않고 죽어서는 백성을 잡아먹는다."

漢宣城郡守封邵, 一日忽化爲虎, 食郡民, 民呼曰"封使君", 因去不復來. 眉 : 呼之則去, 尙有恥心在. 恐未變虎時, 反未必然也. 故時人語曰 : "無作封使君, 生不治民死食民."

* 이 고사는《태평광기》권426 〈호(虎)·봉소〉에 실려 있다.

20) 봉 사군(封使君) : '사군'은 자사(刺史)·태수(太守)·군수(郡守)에 대한 존칭이다. 후대에 '봉 사군'은 호랑이의 별칭으로도 쓰인다.

72-25(2362) 이징

이징(李徵)

출《선실지》

농서(隴西) 사람 이징은 황족(皇族)의 자제로 괵략(虢略)에서 살았다. 그는 젊어서부터 박학하고 글을 잘 지어서 당시에 명사(名士)로 불렸다. [당나라] 천보(天寶) 10년(751) 봄에 그는 진사(進士)에 급제했으며 강남현위(江南縣尉)에 보임되었다. 이징은 성격이 소탈하고 호방했으며 재주를 믿고 오만했기 때문에 낮은 관직에 굴욕스럽게 있을 수 없어 늘 우울해했다. 그는 매번 동료 관원들과 연회를 열 때마다 술에 취하면 그들을 돌아보며 말했다.

"내가 그대들과 같은 부류가 되다니!"

그래서 동료들은 모두 그를 미워했다. 그는 임기를 마치고 물러나 고향으로 돌아온 뒤 문을 걸어 잠그고 사람들과 접촉하지 않은 지 거의 1년이 넘었다. 그러나 나중에는 먹고 살기가 힘들어지자 동쪽으로 오초(吳楚) 일대를 유람하면서 군국(郡國)의 장리(長吏)들에게 도움을 청했다. 오초 사람들은 평소 그의 명성을 들어 오던 터라 그가 도착하자 모두 관사를 열어 놓고 그를 기다렸다가 매우 즐겁게 연회를 열어 주었다. 이징이 그곳에서 만 1년을 보내고 떠나려 할 때 사람들이 모두 후하게 선물을 보내 주었다. 이징은 다시 서쪽 괵략으로 돌아갔는데, 도착하기 전에 여분(汝墳)의 여관에서 묵었다. 그런데 갑자기 병에 걸려 발광하더니 채찍으로 하인을 마구 때려 하인은 그 고통을 참을 수 없었다. 그렇게 열흘 남짓 지났으나 병은 더욱 심해졌다. 얼마 후에 이징은 밤에 미친 듯이 달려갔는데 어디로 갔는지 알 수 없었다. 한 달이 되도록 이징은 결국 돌아오지 않았다. 그러자 하인은 그가 타던 말을 몰고 그의 보따리를 들고 멀리 도망가 숨어 버렸다. 이듬해에 진군(陳郡) 사람 원참(袁傪)은 감찰어사(監察御史)로서 조서를 받들어 영남에 사신으로 가던 도중에 역마를 타고 상오(商於)의 경계에 이르렀다. 새벽에 그가 출발하려고 하자 역참의 관리가 아뢰었다.

"길에 포악한 호랑이가 있으니 이곳을 지나가는 사람은 대낮이 아니면 감히 가지 못합니다. 지금 아직 시간이 이르니 잠시 더 머무르시길 바랍니다."

그러자 원참이 화내며 말했다.

"나는 천자의 사신이고 따르는 기병이 아주 많은데, 산택의 짐승이 해를 끼칠 수 있겠느냐?"

마침내 수레 채비를 명했다. 그러나 채 1리도 못 갔을 때 과연 호랑이 한 마리가 풀 속에서 갑자기 튀어나오자 원참은 몹시 놀랐다. 잠시 후 호랑이가 풀 속에 몸을 숨기고 사람의 말로 말했다.

"이상하구나! 하마터면 내 친구를 다치게 할 뻔했다." 미 : 호랑이는 이류(異類)이며 사나운 짐승이다. 게다가 사람이 호랑이로 변했으니 그 본래 마음이 사라졌을 텐데도 오히려 간절하게 친구를 잊지 않았다. 인간 중에는 하루아침에 뜻을 이루면 빈궁할 때 사귀던 친구를 잡아먹는 자가 있는데, 그런 자는 대체 어떤 마음이란 말인가!

원참이 그 목소리를 들어 보니 이징과 비슷했다. 원참은 예전에 이징과 함께 같은 해에 진사에 급제해 교분이 매우 깊었으나 헤어진 지 이미 몇 년이 지났다. 그런데 갑자기 그의 말소리를 듣게 되자 원참은 놀랍고도 이상했으며 대체 어찌 된 영문인지 알 수 없었다. 마침내 원참이 물었다.

"그대는 뉘신가? 혹시 내 친구 농서 사람이 아닌가?"

호랑이는 몇 차례 신음 소리를 내면서 마치 한탄하며 울고 있는 것 같았는데, 잠시 후에 호랑이가 원참에게 말했다.

"나는 이징이네. 자네는 잠시 머물면서 나와 얘기를 나누었으면 하네."

원참이 즉시 말에서 내려 물었다.

"이 군(李君 : 이징)은 어쩌다 이 지경이 되었는가?"

호랑이가 말했다.

"내가 자네와 헤어진 이후로 오래도록 소식이 끊겼는데, 다행히 별 탈이 없으니 기쁘네. 지금 또 어디로 가는가? 아까 자네를 보니 두 명의 관리가 앞장서서 말을 몰고 역참의 시종이 관인(官印) 주머니를 들고 길을 인도하던데, 혹시 어사가 되어 사신으로 나온 것이 아닌가?"

원참이 말했다.

"근자에 요행히도 어사의 반열에 올라 지금 영남에 사신으로 가고 있는 중이네."

호랑이가 말했다.

"자네는 문학(文學)으로 입신해 조정의 반열에 올랐으니 대단하다 할 만하네. 하물며 헌대(憲臺 : 어사대)는 청렴하고 위엄 있는 곳이며 백관을 규찰할 뿐만 아니라, 성명(聖明)하신 천자께서 특히 뛰어난 인재를 삼가 가려 뽑아 세우시는 자리네. 내 친구가 그런 자리에 오른 것이 기쁘기 그지없으니, 참으로 축하할 만하네!"

원참이 말했다.

"옛날에 나와 집사(執事 : 이징)는 같은 해에 급제했으며 친밀한 교분이 보통 친구와는 달랐네. 그러나 서로 연락이 두절된 후로 시간은 물 흐르듯이 지나갔고, 그 의용(儀容)을 그리워하는 마음에 애간장이 모두 끊겼는데, 뜻밖에도 지금 옛날을 그리워하는 자네의 말을 듣게 되었네. 그렇지만 집사는 어찌하여 나를 만나 주지 않고 수풀 속에 숨어 있는가? 친구의 교분으로 봐서 어찌 이럴 수 있단 말인가?"

호랑이가 말했다.

"지금 나는 사람이 아니니 어떻게 자네를 볼 수 있겠는가?"

원참이 무슨 일이냐고 캐묻자 호랑이가 말했다.

"나는 몇 년 전에 오초 일대에서 객지 생활을 하다가 작년에 고향으로 돌아가던 참이었는데, 여분에 이르렀을 때 갑자기 병을 얻어 미쳐 날뛰다가 계곡 속으로 달아났네. 얼마 후에 나는 양손으로 땅을 짚고 걸었는데, 그때부터 성정이 더욱 사나워지고 힘이 몇 배나 더 세지는 것을 느꼈네. 미 : 사람은 마음을 사납게 할 수는 있지만[21] 힘은 어찌할 수 없다. 팔뚝과 넓적다리를 보았더니 가는 털이 나 있었네. 또 날개를 펴고 날아가는 새나 털을 날리며 달려가는 짐승을 보면 잡아먹고 싶은 생각이 들었네. 한음(漢陰)의 남쪽에 이르렀을 때 몹시 배가 고팠는데, 마침 통통하게 살찐 한 사람을 만나자 사로잡아 그 자리에서 깨끗이 먹어 치웠네. 그때부터 그런 일이 일상이 되었네. 내가 처자식을 생각하지 않거나 친구를 그리워하지 않은 것은 아니지만, 다만 내 행실이 천지신명을 어겨 하루아침에 짐승이 되고 보니, 사람에게 부끄러워 차마 만날 수 없네. 아! 나와 자네는 같은 해에 급제해 교분이 본디 두터웠네. 자네는 지금 천헌(天憲 : 어사대)에서

---

[21] 사람은 마음을 사납게 할 수는 있지만 : 이 미비(眉批)의 원문은 "인사한심자□유(人使狠心者□有)"라 되어 있어 한 글자가 판독 불가한데, 문맥을 고려해 추정해서 번역했다. 쑨다펑(孫大鵬)의 교점본에서는 "천사한심자편유(天使狠心者偏有)"로 추정했다.

일하며 친구들을 빛내고 있지만, 나는 수풀 속에 몸을 숨기고 영원히 인간 세상과 작별한 채, 뛰어올라 하늘에 탄식하고 몸을 숙여 땅에 울부짖는 그런 쓸모없는 존재가 되었으니, 이것이 바로 운명 아니겠는가!"

그러면서 소리 내어 탄식하면서 거의 스스로를 가누지 못하다가 결국 울었다. 원참이 물었다.

"자네는 지금 짐승이 되었는데, 어떻게 아직도 사람의 말을 할 수 있는가?"

호랑이가 말했다.

"나는 지금 모습은 변했지만 마음으로 깨달은 바가 많네. 다행히 친구가 나를 염려해 나의 무도함을 용서해 준다면 그 또한 나의 바람이네. 그렇지만 자네가 남쪽에서 돌아오는 길에 내가 다시 자네와 마주치게 된다면, 나는 필시 예전에 있었던 일을 까맣게 잊고 있을 것이네. 그때 나는 자네의 몸을 내 밥상 위의 한 음식물과 마찬가지로 여길 것이니, 자네는 또한 경계를 단단히 해 방비함으로써 나로 하여금 죄를 짓고 선비들의 웃음거리가 되게 하지 말게." 미 : 가볍게 얘기해서 웃을 만하다. 그렇지만 오히려 인간들이 암전(暗箭)으로 남을 해치는 것보다 낫다.

호랑이가 또 말했다.

"나와 자네는 정말로 막역한 벗이니, 장차 부탁할 것이 있는데 괜찮겠는가?"

원참이 말했다.

"예전부터 친구 사이인데, 안 될 게 뭐 있겠는가? 자세히 일러 주길 바라네."

호랑이가 말했다.

"자네가 허락하지 않는다면 내가 어찌 감히 말을 하겠는가? 지금 기왕 허락했으니 어찌 숨기겠는가? 처음에 내가 여관에 있다가 병이 들어 미쳐 날뛰며 황량한 산속으로 들어가자, 종놈이 내 말을 몰고 내 옷 보따리를 가지고 도망가 버렸네. 내 처자식은 아직 곽략에 있는데, 내가 짐승으로 변했으리라고 어찌 생각이나 하겠는가? 자네가 남쪽에서 돌아오거든 이 편지를 가지고 내 처자식을 찾아가서, 그저 내가 이미 죽었다고만 말하고 오늘 있었던 일은 말하지 말게. 부디 기억해 주길 바라네!"

그러고는 또 말했다.

"나는 인간 세상에 있으면서 자산을 일구지 못했는데, 자식들은 아직 어려서 스스로 살아갈 길을 도모하기 진실로 어렵네. 자네는 본디 도의를 지니고 있으니 반드시 바라건대, 그 외롭고 연약한 자식들을 염려해 때때로 궁핍함을 구제해 주어 길에서 굶어 죽지 않게만 해 준다면 크나큰 은혜일 것이네."

말을 마치고는 또 슬피 울었다. 원참도 울며 말했다.

"나와 자네는 기쁨과 슬픔을 함께하는 사이네. 그러니 자네의 자식은 또한 내 자식이네. 그들이 편히 살 수 있도록 힘껏 돕는 것이 당연한데, 또한 어찌 그렇게 하지 않을까 걱정하는가?"

호랑이가 말했다.

"나에게 예전에 지어 놓은 문장 수십 편이 있는데, 아직 세상에 전해지지 않았네. 비록 유고(遺稿)가 있긴 하지만 모두 여기저기 흩어져 있으니, 자네가 나를 위해 이것들을 기록해서 전해 주게. 진실로 감히 훌륭한 문인들 틈에 끼지는 못하겠지만 그래도 자손에게 귀히 물려줄 수는 있을 것이네."

원참은 즉시 하인을 불러 붓을 가져오게 해서 호랑이가 부르는 대로 받아 적었는데, 거의 20편이 되었다. 문장이 매우 고상하고 이치가 매우 심원해서, 미 : 호랑이에게도 문집이 있다. 원참은 그것을 읽고 두세 번 감탄했다. 호랑이가 말했다.

"이것은 내가 평생에 해 온 일이네."

또 말했다.

"자네는 어명을 받들고 역마를 타고 가는 길이라 틀림없이 시간에 쫓길 터인데, 지금 역참의 시종을 오래 붙잡아 놓았으니 여러모로 근심되고 두렵네. 이제 자네와 영원히 작별하면 서로 다른 길을 가야 하는 그 한스러움을 어찌 말로 다 할 수 있겠는가!"

원참도 호랑이와 작별의 말을 나누고 나서 한참 뒤에야 떠나갔다.

隴西李徵, 皇族子, 家於虢略. 少博學, 善屬文, 時號名士. 天寶十載春, 登進士第, 調補江南尉. 徵性疏逸, 恃才倨傲, 不能屈跡卑僚, 常鬱鬱不樂. 每同舍會, 旣酣, 顧謂其群官曰: "生乃與君等爲伍耶!" 其寮佐咸嫉之. 及謝秩, 則退歸閉門, 不與人通者近歲餘. 後迫衣食, 乃東遊吳楚之間, 以干郡國長吏. 吳楚人素聞其聲, 及至, 皆開館俟之, 宴遊極歡. 周歲將去, 悉厚遺贈. 西歸虢略, 未至, 舍於汝墳逆旅中. 忽被疾發狂, 鞭捶僕者, 僕者不勝其苦. 如是旬餘, 疾益甚. 無何, 夜狂走, 莫知其適. 至一月, 竟不回. 於是僕者驅其乘馬, 挈其囊橐而遠遁去. 至明年, 陳郡袁傪以監察御史奉詔使嶺南, 乘傳至商於界. 晨將發, 其驛吏白曰: "道有虎暴, 過此者非晝莫敢. 今向早, 願且駐車." 傪怒曰: "我天子使, 衆騎極多, 山澤之獸, 能爲害耶?" 遂命駕. 行未盡一里, 果有一虎自草中突出, 傪驚甚. 俄而虎匿身草間, 人聲而言曰: "異乎哉! 幾傷我故人也." 眉: 虎, 異類也, 戾獸也. 且人而變虎, 其心亡矣, 乃猶惓惓不忘故人. 而人類之中, 一朝得志, 輒呑噬窮交者, 彼何心哉! 傪聆其音, 似李徵. 傪昔與徵同登進士第, 分極深, 別有年矣. 忽聞其語, 旣驚且異, 而莫測焉. 遂問曰: "子爲誰? 得非故人隴西子乎?" 虎呻吟數聲, 若嗟泣狀, 已而謂傪曰: "我李徵也. 君幸少留, 與我一語." 傪卽降騎, 因問: "李君何爲至是?" 虎曰: "我自與足下別, 音問曠阻, 幸喜無恙. 今又去何適? 向者見君, 有二吏驅而前, 驛隸挈印囊以導, 庸非爲御史而出使乎?" 傪曰: "近者幸得備御史之列, 今乃使嶺南." 虎曰: "吾子以文學立身, 位登朝序, 可謂盛矣. 況憲臺清峻，分糺百揆，聖明慎擇，尤異於人．心喜故人居此地，大可賀！"儵曰："往者吾與執事同年成名，交挈[1]深密，異於常友．自聲容間阻，時去如流，想望風儀，心目俱斷，不意今日獲君念舊之言．雖然，執事何爲不我見，而自匿於草莽中？故人之分，豈當如是耶？"虎曰："我今不爲人矣，安得見君乎？"儵卽詰其事，虎曰："我前身客吳楚，去歲方還，道次汝墳，忽嬰疾發狂，走山谷中．俄以左右手據地而步，自是覺心愈狠，力愈倍．眉：人使狠心者□有，力未如之何．及視其肱髀，則有髭毛生焉．見翼而翱者，毳而馳者，則欲得而噉之．旣至漢陰南，以饑腸所迫，値一人腯然其肌，因擒以咀之立盡．由此率以爲常．非不念妻孥，思朋友，直以行負神祇，一日化爲異物，有靦於人，故分不見矣．嗟夫！我與君同年登第，交挈[2]素厚．今日執天憲，耀親友，而我匿身林藪，永謝人寰，躍而吁天，俯而泣地，身毀不用，是果命也！"因呼吟咨嗟，殆不自勝，遂泣．儵因問曰："君今旣爲異類，何尙能言耶？"虎曰："我今形變而心甚悟．幸故人念我，恕我無狀，亦其願也．然君自南回，我再値君，必當昧其平生耳．此時視君之軀，猶吾几上一物，君亦宜嚴其警從以備之，無使成我之罪，取笑於士君子."眉：說得輕便可笑．雖然，猶勝人類中暗箭傷人也．又云："我與君眞忘形之友，將有所託，可乎？"儵曰："平昔故人，安有不可哉？願盡教之."虎曰："君不許我，我何敢言？今旣許我，豈有隱耶？初我於逆旅中，爲疾發狂，旣入荒山，而僕者驅我乘馬衣囊悉逃去．吾妻孥尙在虢谷，豈念我化爲異類乎？君若自南回，爲賫書訪妻子，但云我已死，無言今日事．幸記之！"又曰："吾於人世，且無資業，有子尙稚，固難自謀．君素秉夙義，必望念其孤弱，時賑其困乏，無使殍死道途，恩之大者."言已，又悲泣．儵亦泣曰："儵與足下休戚同焉．然則足下子亦儵子也．當力副厚命，又何虞其不至哉?" 虎曰 : "我有舊文數十首, 未行於代. 雖有遺稿, 盡皆散落, 君爲我傳錄. 誠不敢列人之闌, 然亦貴傳於子孫也." 傪卽呼僕命筆, 隨其口錄之, 近二十章. 文甚高, 理甚遠, 眉 : 虎亦有文集矣. 傪閱而嘆者再三. 虎曰 : "此吾平生之素也." 又曰 : "君銜命乘傳, 當甚奔迫, 今久留驛隷, 兢悚萬端. 與君永訣, 異途之恨, 何可言哉!" 傪亦與叙別, 久而方去.

* 이 고사는 《태평광기》 권427 〈호(虎)·이징〉에 실려 있다.

1 설(挈) : 《태평광기》에는 "계(契)"라 되어 있는데, 문맥상 보다 타당하다.

2 설(挈) : 《태평광기》에는 "계(契)"라 되어 있는데, 문맥상 보다 타당하다.

72-26(2363) 장봉

장봉(張逢)

출《속현괴록(續玄怪錄)》

남양(南陽) 사람 장봉은 [당나라] 정원(貞元) 연간(785~805) 말에 정처 없이 영표(嶺表 : 영남)를 유람하다가 도중에 복주(福州) 복당현(福唐縣)의 횡산점(橫山店)에서 묵었다. 그때는 날이 막 개었고 해 질 무렵이었는데, 산의 빛깔이 곱고 아름다웠으며 이내22)가 자욱이 피어올랐다. 장봉은 지팡이를 짚고 그 멋진 풍광을 찾아가다가 자기도 모르는 사이에 아주 멀리까지 갔다. 그때 갑자기 사방 100여 보쯤 되는 부드러운 풀밭이 나타났는데 그 푸른 빛깔이 정말 아름다웠다. 그 옆에 작은 나무 한 그루가 있자, 장봉은 옷을 벗어 나무에 걸고 지팡이를 기대 놓은 뒤에 몸을 풀밭에 던져 좌우로 뒹굴었다. 그는 달게 자고 난 뒤에 마치 짐승처럼 땅을 밟다가 기분 좋게 일어났더니, 자신의 몸이 이미 호랑이로 변해 있었으며 털 빛깔이 반짝거렸다. 또 스스로 살펴보니 발톱과 이빨이 날카롭고 가슴팍과 발목이 강력해 천하무

---

22) 이내 : 해 질 무렵 멀리 보이는 산의 푸르스름하고 흐릿한 기운.

적이었다. 그는 마침내 펄쩍 뛰어 일어나 산과 계곡을 뛰어넘었는데 번개처럼 빨랐다. 장봉은 밤이 깊어 배가 고프자 촌락 근처를 천천히 돌아다녔는데, 개·돼지·망아지·송아지 등 잡아먹을 만한 것이 전혀 없었다. 그는 어렴풋한 기억을 더듬다가 복주의 정 녹사(鄭錄事)를 틀림없이 잡을 수 있을 것이라고 생각해 길옆에 몰래 숨어 있었다. 얼마 되지 않아서 어떤 사람이 남쪽에서 왔는데, 그 사람은 정 녹사를 영접하러 나온 후리(候吏 : 빈객의 영접과 전송을 담당하는 관리)였다. 후리가 어떤 행인을 만나 물었다.

"복주의 녹사 정번(鄭璠)은 여정으로 보아 틀림없이 앞의 객점에서 묵었을 텐데, 그가 언제 출발했다는 소리는 듣지 못했소?"

행인이 말했다.

"그분은 저의 주인이십니다. 행장을 꾸리고 계신다고 들었으니 머지않아 도착하실 것입니다."

후리가 말했다.

"혼자만 온답니까? 아니면 다른 동행이 있답니까? 내가 그를 영접할 때 실수할까 봐 걱정되오."

행인이 말했다.

"세 사람 중에서 짙은 녹색 옷을 입은 사람이 그분입니다."

그때 장봉은 한창 배가 고팠는데, 이윽고 정번이 앞뒤로 아주 많은 시종을 거느리고 도착했다. 정번은 짙은 녹색 옷을 입고 아주 뚱뚱한 몸으로 의기양양하게 오고 있었다. 정번이 도착하자 장봉은 그를 물고 내달려 산으로 올라갔다. 그때는 아직 날이 밝기 전이어서 사람들이 많긴 했지만 감히 뒤쫓아 가지 못했다. 장봉은 정번을 실컷 먹고 나서 내장과 머리카락만 남겨 놓았다. 얼마 후 장봉은 산림을 돌아다니다가 옆에 아무도 없이 덩그러니 혼자만 있게 되자, 문득 이런 생각을 했다.

"나는 본래 사람인데 뭐가 즐겁다고 호랑이가 되어 스스로 이 깊은 산속에 갇혀 지낸단 말인가! 어찌하여 처음 호랑이로 변한 곳을 찾아가 다시 사람으로 돌아가지 않겠는가?"

그러고는 한 걸음 한 걸음 찾아가서 해 질 무렵에야 그 장소에 도착했는데, 옷이 여전히 나무에 걸려 있고 지팡이도 있었으며 부드러운 풀밭도 그대로였다. 그래서 그 위에서 몸을 뒹굴다가 기분 좋게 일어났더니 즉시 사람의 모습으로 되돌아왔다. 미 : 사람이 되고 짐승이 되는 것이 단지 한 번만 뒹굴면 된다. 그리하여 장봉은 옷을 입고 지팡이를 짚고 돌아왔다. 처음에 장봉의 종복은 그가 실종되자 놀라 이웃 사람들에게 물어보았는데, 어떤 사람이 그가 지팡이를 짚고 산으로 올라갔다고 했다. 산에는 갈림길이 많았기에 그를 찾아 헤맸지만 행적이 묘연했다. 나중에 장봉이 돌아오자 종복이 놀라고 기뻐하면서 어찌 된 영문인지 물었더니, 장봉이 속여 말했다.

"우연히 산의 샘물을 찾다가 한 산사(山寺)에 이르러 스님과 함께 불교에 대해 담론하다 보니 나도 모르게 시간이 지나가 버렸다."

종복이 말했다.

"오늘 아침에 이 근처에서 호랑이가 나타나 복주의 정 녹사를 잡아먹었는데 남은 뼈도 찾을 수 없었습니다. 산림에는 본래 맹수가 많아서 쉽사리 혼자 다닐 수 없는데, 나리께서 돌아오시지 않자 정말 걱정이 태산 같았습니다. 그런데 이렇게 별 탈 없이 무사하시니 기쁩니다."

장봉은 마침내 길을 떠났다. 원화(元和) 6년(811)에 장봉은 여행하다가 회양(淮陽)에 이르러 공관(公館)에 묵었는데, 공관의 관리가 빈객들에게 연회를 베풀었다. 그 자리에서 어떤 사람이 주령(酒令 : 술자리의 흥을 돋우기 위한 벌주놀이)을 제의하며 말했다.

"술 마실 차례가 돌아오면 각자 자신이 겪은 기이한 일을 말하되, 일이 기이하지 않으면 벌주를 마시기로 합시다."

술잔이 장봉에게 돌아오자 장봉은 횡산점에서의 일을 말했다. 말석에 진사(進士) 정하(鄭遐)라는 사람이 있었는데, 그는 바로 정번의 아들이었다. 그는 장봉의 말을 듣더니 눈을 부릅뜨며 일어나 칼을 들고 장봉을 죽이려 하면서 부친의 원수를 갚겠다고 말했다. 사람들이 함께 정하를 가로막

앉으나 정하는 분노가 풀리지 않아 마침내 군장(郡將)에게 아뢰었다. 결국 군장은 정하를 회남(淮南)으로 보내면서 나루터 관리에게 [그가 회양으로 돌아오지 못하도록] 그를 다시 건네주지 말라고 명을 내렸으며, 장봉에게는 서쪽으로 멀리 가서 이름을 바꾸고 피신하라고 권유했다. 어떤 사람이 말했다.

"부친의 원수를 알게 되면 복수하지 않을 수 없다. 하지만 이 원수[장봉]는 일부러 사람을 죽인 것이 아니니, 만약 정하가 기필코 장봉을 죽인다면 정하도 마땅히 죄를 받아야 한다."

장봉은 마침내 몰래 숨어서 떠났다.

南陽張逢, 貞元末, 薄遊嶺表, 行次福州福唐縣橫山店. 時初霽, 日將暮, 山色鮮媚, 烟嵐靄然. 策杖尋勝, 不覺極遠. 忽有一段細草, 縱廣百餘步, 碧蒻可愛. 其旁有一小樹, 遂脫衣掛樹, 以杖倚之, 投身草上, 左右翻轉. 旣酣睡, 若獸蹋然, 意足而起, 其身已成虎矣, 文彩爛然. 自視其爪牙之利, 胸膊之力, 天下無敵. 遂騰躍而起, 越山超壑, 其疾如電. 夜久頗饑, 因旁村落徐行, 犬彘駒犢之輩, 悉無可取. 意中恍惚, 自謂當得福州鄭錄事, 乃道旁潛伏. 未幾, 有人自南行, 乃候吏迎鄭. 見人問曰: "福州鄭錄事, 名璠, 計程當宿前店, 見說何時發?" 來人曰: "我之主人也. 聞其飾裝, 到亦非久." 候吏曰: "祇一人來? 且復有同行? 吾當迎拜時, 慮其誤也." 曰: "三人之中, 縿綠者是." 其時逢方饿而鄭到, 導從甚衆. 衣縿綠, 甚肥, 昂昂而來. 適到, 逢銜之, 走而上山. 時天未曙,人雖多, 莫敢逐. 得恣食之, 唯餘腸髮. 旣而行於山林, 孑然無侶, 乃忽思曰: "我本人也, 何樂爲虎, 自囚深山! 盍求初化之地而復焉?" 乃步步尋求, 日暮方到其所, 衣服猶掛, 杖亦在, 細草依然. 翻復轉身於其上, 意足而起, 卽復人形矣. 眉: 爲人爲獸, 原祇一轉. 於是衣衣策杖而歸. 初, 僕夫失逢, 驚訪之於鄰, 或云策杖登山. 山多岐, 尋之, 杳無形迹. 及其來, 驚喜問其故, 逢紿之曰: "偶尋山泉, 到一山院, 共談釋敎, 不覺移時." 僕夫曰: "今旦側近有虎, 食福州鄭錄事, 求餘不得. 山林故多猛獸, 不易獨行, 郎之未回, 憂虞實極. 且喜平安無他." 逢遂行. 元和六年, 旅次淮陽, 舍於公館, 館吏賓¹客. 坐有爲令者, 曰: "巡若至, 各言己之奇事, 事不奇者罰." 巡到逢, 逢言橫山事. 末坐有進士鄭遐者, 乃鄭瑤之子也. 怒目而起, 持刀將殺逢, 言復父讎. 衆其²隔之, 遐怒不已, 遂入白郡將. 於是送遐南行, 敕津吏勿復渡, 使逢西邁, 且勸改名以避之. 或曰: "聞父之讎, 不可以不報. 然此讎非故殺, 若必殺逢, 遐亦當坐." 逢遂獲遁去.

* 이 고사는 《태평광기》 권429 〈호(虎)·장봉〉에 실려 있다.

1 빈(賓) : 《태평광기》와 《속현괴록(續玄怪錄)》 권4에는 "연(宴)"이라 되어 있는데, 문맥상 보다 타당하다.

2 기(其) : 《태평광기》와 《속현괴록》에는 "공(共)"이라 되어 있는데, 문맥상 보다 타당하다.

72-27(2364) 양진

양진(楊眞)

출《소상기》

　업중(鄴中)의 양진은 병적으로 호랑이를 그리길 좋아했으며, 매번 앉거나 누울 때도 반드시 호랑이 그림을 보고 싶어 했다. 그런데 나중에 나이가 들자 그는 가족들에게 자기가 그린 호랑이 그림을 모두 없애라고 했다. 그는 90세가 되었을 때 갑자기 병들어 눕게 되자 자손들을 불러 말했다.

　"나는 평생 호랑이 그리는 것을 병적으로 좋아했는데 그러면 안 되는 것이었다. 나는 매번 꿈속에서 호랑이 떼와 어울려 다녔는데, 너희들에게 그것을 말하고 싶지 않았다. 그런데 나이가 들자 그 정도가 더욱 심해져서 한가로이 산책하며 경치를 감상하는 곳에서 종종 호랑이가 보였는데, 함께 놀러 온 사람들에게 물어보면 모두 보지 못했다고 했다. 그제야 나는 두려움에 떨면서 내가 그린 호랑이 그림을 모두 없애라고 했다. 지금 병들어 누운 후로는 꿈속에서도 호랑이로 변하는데, 꿈에서 깨어나 한참이 지나야만 다시 사람의 몸으로 돌아온다. 내가 죽은 뒤에 어쩌면 필시 호랑이로 변할 것 같다. 혹시 너희들은 호랑이를 만나더라도 절대 죽이지 마라."

그날 저녁에 양진은 죽었다. 가족들이 한창 장례를 의논하고 있을 때 갑자기 양진의 시신이 호랑이로 변해 펄쩍 뛰어 밖으로 나갔다. 양진의 한 아들이 호랑이를 뒤쫓아 가서 살펴보았는데, 호랑이가 다시 돌아와 그 아들을 쫓아가서 잡아먹고 떠났다.

鄴中楊眞, 癖好畫虎, 每坐臥, 必欲見之. 後老年, 令家人毁去所畫之虎. 至年九十, 忽臥疾, 召兒孫謂之曰 : "我平生不合癖好畫虎. 每夢中多與群虎遊, 我不欲言於兒孫. 晩年尤甚, 至於縱步遊賞之處, 往往見虎, 及問同遊人, 又不見. 我方恐懼, 尋乃盡毁去所畫之虎. 今臥疾後, 又夢化身爲虎, 夢覺旣久, 方復人身. 我死之後, 恐必化爲虎. 兒孫輩遇虎, 愼勿殺之." 其夕卒. 家方謀葬, 其屍忽化爲虎, 跳躍而出. 其一子逐出觀之, 虎回趕其子, 食之而去.

* 이 고사는 《태평광기》 권430 〈호(虎)·양진〉에 실려 있다.

72-28(2365) 왕거정

왕거정(王居正)

출《전기》

명경(明經) 출신 왕거정은 과거에서 낙방해 낙주(洛州)의 영양현(潁陽縣)으로 돌아오는 길이었다. 그는 도성을 나오다가 한 도사와 동행하게 되었는데, 도사는 온종일 아무것도 먹지 않으면서 말했다.

"나는 흡기술(吸氣術 : 도가의 호흡 수련법)을 하고 있소."

도사는 매번 왕거정이 잠든 후에 등불을 끄고 곧장 한 베자루를 열어 가죽 하나를 꺼내 걸치고는 떠났다가 오경(五更)에 다시 왔다. 다른 날 왕거정이 잠자는 척하고 있다가 급히 그 자루를 빼앗자, 도사가 머리를 조아리며 돌려 달라고 간청했다. 왕거정이 말했다.

"사실대로 말한다면 곧장 돌려주겠소."

그러자 도사가 말했다.

"나는 사람이 아니오. 내가 입었던 것은 호랑이 가죽이오. 밤이 되면 촌락으로 가서 먹을 것을 찾는데, 그 가죽을 걸치면 밤에 500리를 달려갈 수 있소."

왕거정은 집을 떠난 지 오래되었기 때문에 몹시 집으로

돌아가고 싶어서 말했다.

"내가 걸쳐 봐도 되겠소?"

도사가 말했다.

"좋소."

왕거정은 집에서 100여 리나 떨어진 곳에 있었는데, 마침내 호랑이 가죽을 걸치고 집으로 돌아갔다. 그러나 깊은 밤이어서 집 안으로 들어갈 수 없었는데, 그때 돼지 한 마리가 문밖에 서 있는 것을 보고 잡아먹었다. 왕거정은 잠시 후에 돌아와서 도사에게 호랑이 가죽을 돌려주었다. 나중에 왕거정이 집에 갔더니 사람들이 말했다.

"당신의 둘째 아들이 밤에 나갔다가 호랑이에게 잡아먹혔습니다."

그 날짜를 물어보았더니 바로 왕거정이 잠시 집으로 돌아왔던 그날이었다. 그날 후로 왕거정은 하루 이틀 동안 배가 너무 불러서 다른 음식은 전혀 먹지 않았다.

明經王居貞者, 下第, 歸洛之潁陽. 出京, 與一道士同行, 道士盡日不食, 云:"我咽氣術也." 每至居貞睡後, 燈滅, 卽開一布囊, 取一皮, 披之而去, 五更復來. 他日, 居貞佯寢, 急奪其囊, 道士叩頭乞還. 居貞曰:"言之卽還汝." 遂言:"我非人. 衣者, 虎皮也. 夜卽求食村鄙中, 衣其皮, 卽夜可馳五百里." 居貞以離家多時, 甚思歸, 曰:"吾可披乎?" 曰:"可也." 居貞去家猶百餘里, 遂披以歸. 深夜, 不可入其門, 乃見一豬立於門外, 擒而食之. 逡巡回, 乃還道士皮. 及至家, 云

: "居貞之次子夜出, 爲虎所食." 問其日, 乃居貞回日. 自後一兩日甚飽, 並不食他物.

* 이 고사는《태평광기》권430〈호(虎)·왕거정〉에 실려 있다.

72-29(2366) 주 도사

주도사(朱都事)

출《원화기(原化記)》

송양(松陽)의 어떤 사람이 산에 들어가 땔나무를 하다가 해 질 무렵에 호랑이 두 마리에게 쫓기자 황급히 나무로 올라갔다. 나무가 그다지 높지 않아서 두 호랑이가 번갈아 뛰어올랐지만 끝내 그 사람이 있는 곳까지는 미치지 못했다. 그러자 호랑이들이 갑자기 서로 말했다.

"만약 주 도사라면 반드시 잡을 수 있을 거야."

그러고는 한 마리는 남아서 지키고 다른 한 마리는 떠났다. 잠시 후에 또 호랑이 한 마리가 왔는데, 몸이 가늘고 길며 낚아채길 잘했다. 그날 밤은 달이 아주 밝아 모두 다 볼 수 있었다. 그 호랑이가 그 사람의 옷을 여러 번 낚아채자, 그 사람은 허리춤에 차고 있던 땔나무 칼을 들고 그 호랑이가 다시 낚아채길 기다렸다가 칼로 내리쳐서 호랑이의 앞발톱을 잘랐다. 호랑이는 크게 울부짖더니 서로 뒤따라서 모두 떠났다. 날이 밝아서야 그 사람은 집으로 돌아올 수 있었다. 도중에 만난 마을 사람이 그에게 무슨 일인지 물어보자 그는 그 일을 말해 주었다. 마을 사람이 말했다.

"지금 현의 동쪽에 주 도사라는 사람이 있는데 가서 봅시다. 혹시 그 사람이 아닐까요?"

몇 사람이 함께 가서 물어보았더니 그 집 사람이 대답했다.

"어제 저녁에 잠시 외출했다가 손을 다쳐서 지금 누워 있습니다."

이에 그가 진짜 호랑이임이 증명되었다. 그래서 사람들이 현령에게 그 사실을 아뢰자, 현령은 관리들에게 칼을 가지고 가서 주 도사가 사는 곳을 에워싸고 불을 지르게 했다. 주 도사는 갑자기 일어나 맹렬히 몸을 떨쳐 호랑이로 변하더니 사람들의 포위를 뚫고 나갔는데, 어디로 갔는지 알 수 없었다.

松陽人入山採薪, 會暮, 爲二虎所逐, 遽得上樹. 樹不甚高, 二虎迭躍之, 終不能及. 忽相語云:"若得朱都事應必捷." 留一虎守之, 一虎乃去. 俄而又一虎, 細長善攫. 時夜月正明, 備見所以. 此虎頻攫其人衣, 其人樵刀猶在腰下, 伺其復攫, 因以刀砍之, 斷其前爪. 大吼, 相隨皆去. 至明, 人始得還. 會村人相問, 因說其事. 村人云:"今縣東有朱都事, 往候之. 得無是乎?" 數人同往問訊, 答曰:"昨夜暫出傷手, 今見頓臥." 乃驗其眞虎矣. 遂以白縣令, 命群吏持刀, 圍其所而燒之. 朱都事忽起, 奮迅成虎, 突人而去, 不知所之.

* 이 고사는 《태평광기》 권432 〈호(虎)·송양인(松陽人)〉에 실려 있는데, 출전이 "《광이기(廣異記)》"라 되어 있다.

72-30(2367) 호랑이로 변한 승려

승호(僧虎)

출《고승전(高僧傳)》

원주(袁州)의 산중에 한 시골 승원(僧院)의 스님이 있었는데 그 법명은 잊어버렸다. 그는 우연히 호랑이 가죽 하나를 얻어 장난삼아 몸에 걸치고 머리와 꼬리를 흔들어 보았더니 진짜 호랑이와 정말로 비슷했다. 그가 간혹 길옆에서 장난을 치면 마을 사람들은 모두 겁을 먹고 되돌아 도망갔으며, 심지어 가지고 있던 물건을 내버리는 사람도 있었는데, 스님은 그 물건을 차지하고 좋아했다. 스님이 중요한 길목에 숨어서 왕래하는 사람 중에 보부상이 오기를 기다렸다가 갑자기 풀 속에서 뛰어나오면, 영락없는 호랑이였는지라 상인들은 모두 지고 가던 물건을 내버리고 도망갔다. 스님은 호랑이 가죽을 뒤집어쓰고 나갈 때마다 늘 얻는 것이 있었으므로, 스스로 계략이 성공했다고 생각해 때때로 그렇게 했다. 그런데 하루는 호랑이 가죽을 걸쳤더니 갑자기 가죽이 몸에 착 달라붙는 듯한 느낌이 들었는데, 풀 속에서 한참 동안 엎드려 있다가 [가죽을 벗으려 했지만] 결국 벗을 수 없었다. 자신을 살펴보았더니 손과 발도 호랑이였고 발톱과 이빨도 호랑이였다. 물에 가까이 가서 비춰 보았더니, 얼굴과 모습이 모두 호랑이였다. 스님은 마음속으로 풀 속에 있는 것을 좋아해 마침내 여우와 토끼를 잡아서 먹었다. 그 후로 스님은 늘 다른 호랑이들과 함께 지냈는데, 나중에는 귀신에게 부림을 당해 밤이면 산속을 왕래하느라 추우나 더우나 비가 오나 눈이 오나 쉴 수가 없었으므로 몹시 고달팠다. 그렇게 1년 남짓 지난 어느 날 스님은 배가 몹시 고파서 먹이를 찾았으나 잡지 못한 채 길옆에 몰래 엎드려 있었는데, 갑자기 한 사람이 앞으로 지나가자 곧장 뛰어나와 물었다. 그 사람이 죽은 뒤에 찢어 먹으려다가 자세히 살펴보니 다름 아닌 장삼을 입은 승려였다. 스님은 마음속으로 생각했다.

"나도 승려인데 금계(禁戒)를 지키지 않고 스스로 악업을 지어 살아서 호랑이로 변했다. 지금 또 승려를 죽여 주린 배를 채운다면 지옥에서 어찌 나를 용서하겠는가? 나는 차라리 굶어 죽을지언정 더 이상 죄를 짓지 않겠다."

그러고는 하늘을 우러르며 큰 소리로 울부짖었는데, 울부짖는 소리가 끝나기도 전에 갑자기 호랑이 가죽이 옷을 벗듯이 몸에서 떨어졌다. 자신을 살펴보니 벌거벗은 중이었다. 스님이 옛 승원으로 달려갔더니 승원은 이미 황폐해져 있었다. 그래서 풀잎으로 몸을 가리고 민가를 찾아가서 해어진 옷 몇 벌을 얻어 입었다. 그리하여 사방을 떠돌다가 임천(臨川)의 숭수원(崇壽院)에 머물면서 원초 상인(圓超上

人)에게 몸을 의탁하고, 머리를 조아리고 예를 갖춰 죄업의 참회를 구했다. 원초 상인은 그에게 민중(閩中)으로 가서 대선지식(大善知識)[23]에게 가르침을 구하라고 권했다. 그 스님이 떠난 후에 원초 상인이 그를 찾아가서 얘기를 나누었는데, 그는 두 눈이 여전히 벌겠으며 노려보는 모습이 섬뜩했다.

평 : 사람이 이류(異類)로 변하는 것은 대부분 해묵은 인연이 현세의 죄업으로 우연히 나타난 것일 뿐이다. 하지만 그 마음이 미혹되기도 하고 깨닫기도 하며 그 모습이 본래대로 돌아오기도 하고 돌아오지 않기도 해서 정확히 알 수 없다. 귀등(歸登)이 거북이 된 것[24]과 두예(杜預)가 뱀이 된 것과 같은 경우는 또한 사람과 짐승 사이를 오가니 더욱 알 수 없다. 이세(李勢)의 궁인이 뱀으로 변한 것은 구징(咎徵 : 불길한 징조)이라 여기는데, 어찌 항상 그렇다고 할 수 있겠는가?

《유씨소설(劉氏小說)》에서 이르길, "두예가 양양(襄陽)

---

[23] 대선지식(大善知識) : 올바른 도리와 이치를 가르쳐 주는 이. 본래 불교에서 비롯한 말이지만 출가한 스님에게만 한정되지는 않으며, 일반적으로도 널리 쓰인다.

[24] 귀등(歸登)이 거북이 된 것 : 본서 35-43(0931) 〈귀등〉에 나온다.

을 진수할 때 일찍이 크게 취해 혼자 잠을 잤는데, 아전이 서재에서 아주 고통스럽게 구토하는 소리를 듣고 몰래 문을 열고 보았더니, 바로 침상 위에서 커다란 뱀 한 마리가 머리를 숙인 채 토하고 있었다"라고 했다.

《독이지(獨異志)》에서 이르길, "[오호 십육국] 촉왕[蜀王: 성한왕(成漢王)] 이세의 궁인 장씨(張氏)는 용모가 아리따워서 이세가 그녀를 총애했다. 어느 날 갑자기 그녀가 커다란 뱀으로 변했는데, 길이가 1장(丈)이 넘었다. 그 뱀을 원유(苑囿)로 보냈더니 밤에 다시 침상 아래로 오자, 이세가 두려워해서 마침내 그 뱀을 죽였다. 또 미인(美人 : 비빈의 칭호) 정씨(鄭氏)가 암호랑이로 변해 어느 날 저녁에 이세가 총애하는 희첩을 잡아먹었다. 얼마 되지 않아 이세는 환온(桓溫)에게 살해당했다"라고 했다.

袁州山中, 有一村院僧, 忘其法名. 偶得一虎皮, 戲被於身, 搖尾掉頭, 頗克肖之. 或於道旁戲, 鄉人皆懼而返走, 至有遺其所携之物者, 僧得之喜. 潛於要衝, 伺往來有負販者, 欻自草中躍出, 昂然虎也, 皆棄所賣而奔. 每蒙皮而出, 常有所獲, 自以得計, 時時爲之. 忽一日被之, 覺其衣粘着膚體, 及伏草中良久, 遂不能脫. 自視手足, 虎也, 爪牙, 虎也. 近水照之, 面貌皆虎矣. 心又樂草間, 遂捕狐兔以食. 是後常與同類處, 復爲鬼神所役, 夜則往來山中, 寒暑雨雪, 不得休息, 甚厭苦之, 但不能言耳. 周歲餘, 一旦餒甚, 求無所得, 乃潛伏道傍, 忽一人過於前, 遂躍而噬之. 旣死, 將分裂而食, 細視之, 一衲僧也. 心惟曰: "我亦僧也, 不守禁戒, 自造惡業, 活變爲虎. 今乃殺僧以充腸, 地獄安容我哉? 我寧餒死, 不重其罪也." 因仰天大號, 聲未絶, 忽然皮落如脫. 自視一裸僧也. 奔舊院, 院已荒廢. 乃用草遮身, 投於俗家, 得破衣數件. 因遊方, 止臨川崇壽院, 私質於圓超上人, 叩頭作禮, 求懺罪業. 上人勸之遊閩中, 求大善知識開示. 僧去後, 上人尋話之, 雙目猶赤, 耽耽可畏.

評: 人化異類, 大半夙因, 現業其偶耳. 然其心或迷或覺, 其形或復或不復, 不可得而知也. 若夫歸登爲龜, 杜預爲蛇, 則又出入人禽, 更不可知矣. 至於李勢宮人之變, 謂之咎徵, 豈曰恒乎?

《劉氏小說》云: "杜預鎭襄陽日, 嘗大醉獨眠. 小吏聞齋中嘔吐甚苦, 私啓戶視之, 正見床上一大蛇, 垂頭下吐."

《獨異志》云: "蜀王李勢宮人張氏, 有妖容, 勢寵之. 一旦化爲大蛇, 長丈餘. 送於苑中, 夜復來寢牀下, 勢懼, 遂殺之. 又有鄭美人, 化爲雌虎, 一夕, 食勢寵姬. 未幾, 勢爲桓溫所殺."

* 이 고사는 《태평광기》 권433 〈호(虎)・승호〉, 권456 〈사(蛇)・두예(杜預)〉, 권360 〈요괴・이세(李勢)〉에 실려 있다.

72-31(2368) 정평현의 마을 사람
정평현촌인(正平縣村人)

출《광이기》미 : 사람이 이리로 변한 것이다(人變狼).

당(唐)나라 영태(永泰) 연간(765~766) 말에 강주(絳州) 정평현의 한 마을에 노인이 있었는데, 몇 달 동안 병을 앓고 있었다. 나중에 노인은 10여 일 동안 아무것도 먹지 않다가 밤이 되면 어디론가 사라졌는데, 사람들은 그 까닭을 알 수 없었다. 다른 날 저녁 무렵에 마을 사람이 밭에 가서 뽕잎을 따다가 수컷 이리에게 쫓겨 황급히 나무 위로 올라갔는데, 나무가 그다지 높지 않아서 이리가 선 채로 그 사람의 옷자락을 물었다. 마을 사람은 다급한 나머지 뽕나무를 자르는 도끼로 이리를 내리쳤는데, 이리는 이마를 정통으로 얻어맞고 쓰러져 누워 있다가 한참 후에야 비로소 떠났다. 마을 사람은 날이 밝은 뒤에야 나무에서 내려와 이리의 발자국을 찾아갔는데, 발자국이 노인의 집에 이르러 안채로 들어가 있었다. 마을 사람은 마침내 노인의 아들을 불러내 자초지종을 말해 주었다. 아들은 부친의 이마 위에 도끼 자국이 있는 것을 살펴보고 부친이 또 사람을 해칠까 봐 두려워서 부친을 목 졸라 죽였는데, 부친이 한 마리의 늙은 이리로 변했다. 아들이 현을 찾아가서 자수하자 현에서는 그에게 죄를 묻지 않았다.

唐永泰末, 絳州正平縣有村間老翁, 患疾數月. 後不食十餘日, 至夜輒失所在, 人莫知其所由. 他夕, 村人有詣田採桑者, 爲牡狼所逐, 遑遽上樹, 樹不甚高, 狼乃立銜其衣裙. 村人危急, 以桑斧斫之, 正中其額, 狼頓臥, 久之始去. 村人平曙方得下樹, 因尋狼跡, 至老翁家, 入堂中. 遂呼其子, 說始末. 子省父額上斧痕, 恐更傷人, 因扼殺之, 成一老狼. 詣縣自理, 縣不之罪.

* 이 고사는 《태평광기》 권442 〈축수(畜獸) · 정평현촌인〉에 실려 있다.

72-32(2369) 양 무제의 황후
양무후(梁武后)

출《양경기(兩京記)》 미 : 이하는 사람이 물고기로 변한 것이다(以下 人變水族).

[남조] 양(梁)나라 무제(武帝)의 치 황후(郗皇后)는 천성이 투기가 심했다. 무제가 막 즉위해서 미처 황후의 책명(冊命)을 내리지 않았더니, 그녀는 분노해 갑자기 궁정의 우물 속으로 뛰어들었다. 사람들이 구하러 우물로 달려갔는데, 치 황후는 이미 독룡(毒龍)으로 변해 연기와 화염이 하늘로 치솟아 사람들이 감히 접근할 수 없었다. 무제는 한참 동안 슬피 탄식하며 치 황후를 용천왕(龍天王) 미 : 용천왕은 투기하는 부인의 존호(尊號)로 올릴 만하다. 에 책봉하고 우물가에 사당을 세웠다.

평 : 무제가 이로 인해 수참(水懺)[25]을 지었는데, 지금의 《양왕참(梁王懺)》[26]이 이것이다.

---

[25] 수참(水懺) : 물로 죄업을 씻어 내며 참회한다는 뜻이다.
[26] 《양왕참(梁王懺)》 : 불경 가운데 하나로, 《자비도량참법전(慈悲道場懺法傳)》의 약칭이다. 《양황참(梁皇懺)》·《양무참(梁武懺)》이라고

梁武郗皇后性妒忌. 武帝初立, 未及冊命, 因忿怒, 忽投殿庭井中. 衆趨井救之, 后已化爲毒龍, 烟燄衝天, 人莫敢近. 帝悲嘆久之, 因冊爲龍天王, 眉:龍天王可上妒婦尊號. 便於井上立祠.

評:武帝因之作水懺, 今〈梁王懺〉也.

* 이 고사는《태평광기》권418〈용(龍)·양무후〉에 실려 있다.

도 한다.

72-33(2370) 송사종의 모친
송사종모(宋士宗母)
출《속수신기(續搜神記)》

[삼국 시대] 위(魏)나라 때 청하(淸河) 사람 송사종의 어머니는 황초(黃初) 연간(220~226)의 어느 해 여름에 욕실로 가면서 집 안의 자녀들에게 문을 닫으라고 했다. 가족들이 벽에 난 구멍으로 엿보았더니, 욕조 물 안에 커다란 자라 한 마리가 있었다. 이에 문을 열고 어른과 아이 모두 욕실 안으로 들어갔는데, 자라는 전혀 사람과 상대하려 하지 않았다. 어머니는 전부터 은비녀를 꽂고 있었는데, 그 비녀가 여전히 자라의 머리 위에 꽂혀 있었다. 가족들은 그 자라를 지키며 울었지만 어찌할 수 없었다. 자라는 밖으로 나가더니 도저히 쫓아갈 수 없을 정도로 쏜살같이 달려가 물속으로 들어갔다. 며칠 후에 어머니는 홀연히 집으로 돌아와 평소처럼 집을 둘러보다가 아무 말도 하지 않고 떠났다. 당시 사람들은 송사종이 장례를 치러야 마땅하다고 말했으나, 송사종은 비록 어머니의 모습은 변했어도 여전히 살아 계시다고 여겨 끝내 장례를 치르지 않았다.

평 : 이 일은 한(漢)나라 영제(靈帝) 때 강하(江夏)의 황

씨(黃氏) 모친의 일27)과 서로 비슷하다.

魏淸河宋士宗母, 以黃初中, 夏天就浴室, 遣家中子女闔戶. 家人於壁穿中, 窺見沐盆水中有一大鼈. 遂開戶, 大小悉入, 了不與人相承. 嘗先著銀釵, 猶在頭上. 相與守之啼泣, 無可奈何. 出外, 去甚馳, 逐之不可及, 便入水. 後數日, 忽還, 巡行舍宅如平生, 了無所言而去. 時人謂士宗應行喪, 士宗以母形雖變, 而生理尚存, 竟不治喪.
評 : 此與漢靈帝時江夏黃母相似.

* 이 고사는 《태평광기》 권471 〈수족(水族)・송사종모〉에 실려 있다.

27) 황씨(黃氏) 모친의 일 : 《태평광기》 권471 〈수족(水族)・황씨모(黃氏母)〉에 나온다.

72-34(2371) 제나라의 왕후
제왕후(齊王后)
출'최표(崔豹)《고금주(古今注)》'

　[춘추 시대] 제(齊)나라의 왕후가 왕을 원망하다가 화를 못 이겨 죽었는데, 그 시체가 매미로 변해 궁정의 나무로 올라가서 가냘프게 울었다. 나중에 왕은 후회하며 매미의 울음소리를 들으면 슬피 탄식했다.

齊王后怨王, 怒死, 屍化而蟬, 遂登庭樹, 嘒唳而鳴. 後王悔恨, 聞蟬鳴, 卽悲嘆.

* 이 고사는 《태평광기》 권473 〈곤충(昆蟲)·화선(化蟬)〉에 실려 있다.

권73 요괴부(妖怪部)

요괴(妖怪) 2

이 권은 귀요와 고요 및 이름 없는 요괴를 실었다.

此卷載鬼妖·蠱妖及無名妖怪.

73-1(2372) 장한

장한(張翰)

출《기문》미 : 이하는 모두 도깨비다(以下皆鬼怪).

우감문위(右監門衛) 녹사참군(錄事參軍) 장한의 친구 부인이 [당나라] 천보(天寶) 연간(742~756) 초에 아들을 낳았는데, 낳은 아들을 막 거두고 보니 머리 없는 또 다른 아이 하나가 옆에서 뛰놀고 있었다. 부인이 그 아이를 잡으면 사라졌다가 손을 떼면 다시 옆에 있곤 했다. 《백택도(白澤圖)》[28]에 따르면, 그것은 이름이 "상(常)"이다. 그 그림에 의거해 그것의 이름을 세 번 부르면 순식간에 사라진다고 한다.

石[1]監門衛錄事參軍張翰, 有親故妻, 天寶初, 生子, 方收所生男, 更有一無首孩子, 在旁跳躍. 攬之則不見, 手去則復在左右. 按《白澤圖》, 其名曰"常". 依圖呼名, 至三呼, 奄然已滅.

* 이 고사는 《태평광기》 권361 〈요괴 · 장한〉에 실려 있다.
1 석(石) : 《태평광기》에는 "우(右)"라 되어 있는데 타당하다.

28) 《백택도(白澤圖)》: 황제(黃帝)가 순수(巡狩)하다가 바다에 이르러 백택이라는 신수(神獸)를 얻었는데, 그것이 말을 잘하고 만물의 정(情)을 꿰뚫고 있자 황제가 그것과 함께 천하 귀신의 일을 논하고 신하에게 그것을 그리게 했다고 한다.

73-2(2373) 강회의 선비
강회사인(江淮士人)
출《유양잡조》

 강회(江淮)의 어떤 선비가 장원에 살고 있었다. 선비의 아들은 20여 세였는데 늘 악몽에 시달리는 병을 앓았다. 그의 아버지가 하루는 차를 마시고 있었는데, 찻잔 속에서 갑자기 물거품 같은 종기가 일더니 찻잔 밖으로 높이 떠올랐다. 그 물거품은 유리처럼 맑고 영롱했는데, 키가 1촌인 사람이 물거품 위에 서 있었다. 자세히 보았더니 옷과 생김새가 바로 자기 아들이었다. 한 식경 후에 물거품이 터지더니 아무것도 보이지 않았다. 찻잔은 이전 그대로였고 단지 미세한 금이 가 있을 뿐이었다. 며칠 후에 그 아들은 마침내 신이 들려서 신의 말을 전달했는데, 사람들의 길흉을 판단함에 틀림이 없었다.

江淮有士人莊居. 其子年二十餘, 嘗病厭[1]. 其父一日飮茗, 甌中忽疱起如漚, 高出甌外. 瑩淨若琉璃, 有人長一寸, 立於漚上. 細視之, 衣服狀貌, 乃其子也. 食頃爆破, 一無所見. 茶盌如舊, 但有微壘耳. 數日, 其子遂著神, 譯神言, 斷人休咎不差.

* 이 고사는 《태평광기》 권364 〈요괴·강회사인〉에 실려 있다.

1 염(厭) : 《유양잡조(酉陽雜俎)》 권10에는 "염(魘)"이라 되어 있는데, 문맥상 보다 타당하다.

73-3(2374) 이우

이우(李虞)

출《기문》

  전절(全節) 사람 이우는 개와 말을 좋아했으며, 젊어서부터 제멋대로 행동했다. 그의 부친이 일찍이 현령(縣令)이 되자 이우는 부친을 따라 임지로 가서 여러 곳을 마음껏 돌아다녔다. 밤마다 이우는 개구멍을 통해 도망가서 사람들과 함께 술을 마셨다. 후에 이우가 개구멍에 갔더니 어떤 사람이 몸을 등지고 엉덩이로 개구멍을 막고 있었다. 이우가 밀쳤지만 움직이지 않자 검으로 찔러 검이 코등이까지 들어갔는데도 여전히 그대로 있었다. 그제야 이우는 그가 사람이 아닌 것을 알고 두려워하면서 집으로 돌아왔다. 또 세모에 이우가 야외에서 날짐승을 쫓다가 날짐승이 무덤 숲으로 들어가자 그것을 찾아갔더니 숲속에 죽은 사람이 있었는데, 얼굴을 위로 하고 몸이 크게 불어 있어서 몹시 혐오스러웠다. 시체는 커다란 코에 커다란 눈을 하고 눈동자가 튀어나와 움직이고 있었는데, 광채가 번쩍이는 눈동자로 이우를 똑바로 쳐다보았다. 이우는 놀라고 무서워서 거의 죽을 뻔했으며, 이후로는 감히 사냥을 나가지 않았다.

全節李虞, 好犬馬, 少而不逞. 父嘗爲縣令, 虞隨之官, 爲諸漫遊. 每夜, 逃出自竇, 從人飮酒. 後至竇中, 有人背其身, 以尻窒穴. 虞排之不動, 以劍刺之, 劍沒至鐔, 猶如故. 乃知非人也, 懼而歸. 又歲暮, 野外從禽, 禽入墓林, 訪之, 林中有死人, 面仰, 其身洪脹, 甚可憎惡. 巨鼻大目, 挺動其眼, 眼仍光起, 直視於虞. 虞驚怖殆死, 自是不敢畋獵焉.

* 이 고사는 《태평광기》 권362 〈요괴·이우〉에 실려 있다.

73-4(2375) 이반

이반(李泮)

출《기문》

 함양현위(咸陽縣尉) 이반에게는 용맹하고 완고한 조카가 있었는데, 그 조카는 늘 손님들에게 귀신 따위는 두려워하지 않는다고 스스로 말하면서 몹시 허풍을 떨었다. 어느 날 갑자기 조카가 사는 집의 남쪽 담에서 얼굴 하나가 나왔는데, 붉은색에 1척이 넘었고 들창코에 움푹 팬 눈, 그리고 날카로운 어금니에 뾰족한 입을 하고 있어서 몹시 혐오스러웠다. 조카가 크게 화내며 주먹으로 그것을 쳤더니 손에 닿자마자 바로 사라졌다. 그런데 조금 있다가 또 서쪽 벽에서 흰 얼굴이 나타나고 또 동쪽 벽에서 푸른 얼굴이 나타났는데, 그 생김새가 모두 이전 것과 같았다. 조카가 주먹으로 쳤더니 역시 사라졌다. 나중에 검은 얼굴이 북쪽 담에서 나타났는데, 그 모습이 더욱 사람을 두렵게 했으며 그 크기는 이전보다 배나 되었다. 조카는 더욱 화가 나서 연달아 주먹으로 쳤으나 그것이 떠나가지 않자, 칼을 뽑아 찔러서 맞혔더니 검은 얼굴이 담에서 떨어져 나와 조카를 덮쳤는데, 조카가 손으로 그것을 밀쳐 냈지만 떼어 낼 수 없었다. 검은 얼굴은 마침내 조카의 얼굴과 합쳐져서 옻칠처럼 새까맣게 되었다. 조카는 결국 땅에 쓰러져 죽었는데 염할 때까지도 그 얼굴빛이 끝내 바뀌지 않았다. 미 : 조카는 이미 죽었는데, 그가 본 것을 또 누가 말해 주었나?

咸陽縣尉李泮, 有甥勇而頑, 常對客自言不懼神鬼, 言甚誇誕. 忽所居南牆, 有面出焉, 赤色, 大尺餘, 跋鼻眴目, 鋒牙利口, 殊可憎惡. 甥大怒, 拳毆之, 應手而滅. 俄又見於西壁, 其色白, 又見東壁, 其色靑, 狀皆如前. 拳擊亦滅. 後黑面見於北墻, 貌益恐人, 其大則倍. 甥滋怒, 擊數拳, 不去, 拔刀刺之, 乃中, 面乃去牆來掩甥, 手推之, 不能去. 黑面遂合於甥面, 色如漆. 甥仆地死, 及殯殮, 其色終不改. 眉 : 甥旣死矣, 又誰言所見乎?

* 이 고사는 《태평광기》 권361 〈요괴·이반〉에 실려 있다.

73-5(2376) 요원기

요원기(姚元起)

출《영귀지(靈鬼志)》

하내(河內)의 요원기는 산림 근처에서 살았는데, 온 가족이 늘 들에 가서 농사를 지었다. 오직 일곱 살 된 딸만이 집을 지켰는데, 딸이 점점 수척해지자 부모가 딸에게 물었더니 딸이 말했다.

"늘 한 사람이 찾아오는데 키가 1장(丈) 남짓 되고 얼굴이 네 개이며, 각 얼굴에는 모두 일곱 개의 구멍이 있습니다. 스스로 '고천대장군(高天大將軍)'이라고 부르면서, 오자마자 나를 삼켰다가 곧장 밑으로 배설하는데, 이렇게 몇 번을 합니다. 그러면서 '절대로 내 얘기를 하지 마라. 얘기했다간 내 배 속에 오래 잡아 둘 테다'라고 했습니다." 미 : 극악하다!

온 가족은 놀라 탄식하다가 마침내 집을 옮겨 그 사람을 피했다.

河內姚元起, 居近山林, 擧家恒入野耕種. 唯有七歲女守屋, 而漸消瘦, 父母問女, 女云 : "常有一人, 長丈餘而有四面, 面皆有七孔. 自號'高天大將軍', 來輒見呑, 徑出下部, 如此數過. 云 : '愼勿道我. 道我當長留腹中.'" 眉 : 惡極! 闔門駭惋, 遂移避.

* 이 고사는《태평광기》권320〈귀(鬼)·요원기〉에 실려 있다.

73-6(2377) 도정방의 집

도정방택(道政坊宅)

출《건손자》

[당나라] 정원(貞元) 연간(785~805)에 도정리(道政里)의 네거리 동쪽에 있던 작은 집은 괴이한 일이 날마다 일어났으며, 그 집에 살던 사람은 반드시 큰 화를 당했다. 당시 진사(進士) 방차경(房次卿)이 그 집의 서쪽 별채를 빌려 살았는데, 몇 달 동안 아무런 근심이 없자 사람들에게 자랑삼아 말했다.

"이제 내 앞길은 저절로 열리게 될 것이오. 모두들 이 집이 흉가라고 하지만 나 차경에게는 아무런 일도 일어나지 않았소."

이직방(李直方)이 그 말을 듣고 대꾸했다.

"그건 선배(先輩)가 이 집보다 흉측하기 때문이지요."

사람들이 모두 크게 웃었다. 미 : 멋진 해학이다. 나중에 동평절도사(東平節度使) 이사고(李師古)가 그 집을 사들여 진주원(進奏院)[29]으로 삼았다. 당시 동평군(東平軍)에서는

---

29) 진주원(進奏院) : 당나라 때 번진(藩鎭)이 도성에 설치한 관저인 상도지진주원(上都知進奏院). 장주(章奏)와 조령(詔令) 및 각종 문서의

동짓날을 축하할 때가 되면, 늘 50~60명이 사냥매와 사냥개를 끌고 왔으며 무장(武將)과 군리(軍吏)들이 짐승을 잡아 요리해서 먹었는데, 모두들 이것을 일상적인 일로 여겼다. 진사 이장무(李章武)는 막 급제했으며 젊은 패기를 자부하고 있었는데, 아침 일찍 태사승(太史丞) 서택(徐澤)을 찾아갔다. 그런데 때마침 서택이 일찍 출타하고 없었기에 이장무는 그 집에서 말을 쉬게 했다. 그날은 동평군의 군사들이 모두 돌아간 뒤였다. 그때 갑자기 당상(堂上)에 등이 구부정하고 검붉은 옷을 입은 어떤 노인이 보였는데, 그 노인은 붉은 눈에 눈물을 흘리면서 계단 앞에서 햇볕을 쬐고 있었다. 서쪽 별채에는 짙은 노란색 치마에 해진 흰 잠방이를 입은 노모가 대바구니 두 개를 짊어지고 있었는데, 그 바구니에는 죽은 사람의 뼈다귀와 나귀·말 등의 뼈가 가득 담겨 있었다. 또 그 노모는 사람의 갈비뼈 예닐곱 개를 비녀 삼아 머리에 꽂고서 이사하려는 듯이 보였다. 노인이 노모를 불러 말했다.

"사낭자(四娘子)는 어찌하여 이곳에 왔소?"

노모가 대답했다.

"고팔장(高八丈)은 만복을 누리세요!"

전달을 담당했다.

그러고는 황급히 말했다.

"잠시 고팔장께 작별을 고하고 이사하려 합니다. 근자에 이 집은 너무 시끄러워서 살려고 해도 도저히 살 수 없습니다." 미 : 귀신도 시끄러운 것을 두려워하니 쉽게 이길 수 있다.

道政里十字街東, 貞元中, 有小宅, 怪異日見, 人居者必大遭兇禍. 時進士房次卿假西院住, 累月無患, 乃衆誇之云 : "僕前程事, 可以自得矣. 咸謂此宅兇, 於次卿無何有." 李直方聞而答曰 : "是先輩兇於宅." 人皆大笑. 眉 : 雅謔. 後爲東平節度李師古買爲進奏院. 是時東平軍每賀冬正, 常五六十人, 鷹犬隨之, 武將軍吏, 烹炰屠宰, 悉以爲常. 進士李章武初及第, 亦負壯氣, 詰朝, 訪太史丞徐澤. 遇早出, 遂憩馬於其院. 此日東平軍士悉歸. 忽見堂上有傴背衣黳緋老人, 目且赤而有淚, 臨階曝陽. 西軒有一衣暗黃裙白襠襠老母, 荷擔二籠, 皆盛亡人碎骸及驢馬等骨. 又揷六七枚人肋骨於其髻爲釵, 似欲移徙. 老人呼曰 : "四娘子何爲至此?" 老母應曰 : "高八丈萬福!" 遽云 : "且辭八丈移去. 近來此宅大蹀䚢, 求住不得也." 眉 : 鬼亦怕蹀䚢, 易勝耳.

* 이 고사는《태평광기》권341〈귀·도정방택〉에 실려 있다.

73-7(2378) 강교

강교(姜皎)

출《유양잡조》

강교가 한번은 선정사(禪定寺)에 놀러 갔는데, 당시 경조부(京兆府)는 관서가 매우 성대했다. 술을 마시는 자리에 절색의 기녀가 한 명 있었는데, 그녀는 술을 올리거나 쪽 찐 머리를 정돈하면서도 손을 내보인 적이 없었기에 사람들이 이상하게 생각했다. 술에 취한 어떤 손님이 장난삼아 말했다.

"혹시 육손이 아니오?"

그러면서 억지로 잡아당겨 보려고 하자 기녀는 끌려오면서 쓰러졌는데, 다름 아닌 마른 해골이었다. 강교는 결국 화를 당했다.

姜皎嘗遊禪定寺, 京兆辦局甚盛. 及飲酒, 座上一妓絶色, 獻酒整鬢, 未嘗見手, 衆怪之. 有客被酒, 戲曰:"非支指乎?" 乃強牽視, 妓隨牽而倒, 乃枯骸也. 姜竟及禍焉.

* 이 고사는《태평광기》권362〈요괴·강교〉에 실려 있다.

73-8(2379) 주제천

주제천(周濟川)

출《상이기(祥異記)》

　주제천은 여남(汝南) 사람으로 양주(揚州)의 서쪽에 별장이 있었다. 그의 형제 몇 명은 모두 학문을 좋아했는데, 한번은 어느 날 밤에 강학(講學)을 끝낸 뒤 삼경(三更) 즈음에 각자 침상에 가서 자려고 했다. 그때 갑자기 창밖에서 딸깍거리는 소리가 한참 동안 계속 들렸다. 주제천이 창틈으로 엿보았더니 백골의 한 아이가 정원의 사방을 달려 다니고 있었는데, 처음에는 손가락을 깍지 끼더니 잠시 뒤에는 팔을 흔들었다. 딸깍거리는 소리는 바로 뼈마디가 서로 부딪쳐 나는 소리였다. 주제천은 형제들을 불러 함께 그 광경을 지켜보았다. 한참 뒤에 주제천의 동생 주거천(周巨川)이 매서운 목소리로 한 번 꾸짖자 아이는 섬돌 위로 뛰어올랐고, 다시 소리치자 문으로 들어왔으며, 세 번째 소리치자 곧장 침상 위로 올라오려 했다. 주거천이 더욱 다급하게 꾸짖자 아이가 말했다.

　"엄마 젖 좀 주세요!"

　주거천이 손바닥으로 아이를 치자 아이는 바닥에 떨어졌다가 다시 일어나서 곧장 침상 위로 올라갔는데, 뛰어 올라

가는 민첩함이 마치 원숭이 같았다. 집안 식구들이 그 소리를 듣고 괴이한 일이 일어났다고 생각해 칼과 몽둥이를 들고 왔다. 아이가 또 말했다.

"엄마 젖 좀 주세요!"

집안 식구들이 몽둥이로 아이를 때렸더니, 몽둥이에 맞은 아이는 뼈마디가 별처럼 흩어졌다가 이내 다시 모이기를 여러 차례 했다. 아이가 또 말했다.

"엄마 젖 좀 주세요!"

집안 식구들은 자루에 아이를 담아 들고 멀리 나갔는데, 아이는 여전히 젖을 달라고 했다. 미 : 틀림없이 젖이 고픈 귀신이다. 집안 식구들은 성곽을 나가 4~5리 떨어진 마른 우물에 아이를 던졌다. 다음 날 밤에 아이가 또 왔는데, 손에 자루를 들고 던지면서 신나게 뛰놀았다. 집안 식구들은 아이를 붙잡아 이전과 마찬가지로 자루에 담아 밧줄로 자루를 묶고 커다란 돌을 매달아 강에 빠뜨렸다. 며칠 후에 아이가 또 왔는데, 왼손에는 자루를 들고 오른손에는 끊어진 밧줄을 쥔 채 이전처럼 이리저리 달려 다니면서 놀았다. 집안 식구들은 미리 커다란 나무를 준비해서 그 속을 파내 북처럼 만든 뒤에 아이를 그 속에 몰아넣었다. 그러고는 커다란 철판으로 그 양 끝을 덮고 못을 박은 뒤에 자물쇠로 잠그고 커다란 돌을 매달아 장강(長江)에 띄워 보냈다. 아이는 돌을 지고 급히 밖으로 나오려 하면서 말했다.

"관을 만들어 보내 주셔서 감사합니다!"

그 후로 아이는 더 이상 오지 않았다. 그때는 [당나라] 정원(貞元) 17년(801)이었다.

周濟川, 汝南人, 有別墅在揚州之西. 兄弟數人俱好學, 嘗一夜講授罷, 可三更, 各就榻將寐. 忽聞窓外有格格之聲, 久而不已. 濟川於窓間窺之, 乃一白骨小兒, 於庭中四向趨走, 始則叉手, 俄而擺臂. 格格者, 骨節相磨之聲也. 濟川呼兄弟共覘之. 良久, 其弟巨川厲聲呵之, 一聲, 小兒跳上階, 再聲, 入門, 三聲, 卽欲上床. 巨川呵罵轉急, 小兒曰:"阿母與兒乳!" 巨川以掌擊之, 隨掌墮地, 擧卽在床矣, 騰趍之捷, 若猿玃. 家人聞之, 意有非常, 遂持刀棒而至. 小兒又曰:"阿母與兒乳!" 家人以棒擊中之, 小兒節節解散如星, 而復聚者數四. 又曰:"阿母與兒乳!" 家人以布囊盛之, 提出遠, 猶求乳. 眉:當是渴乳鬼. 出郭四五里, 擲一枯井. 明夜又至, 手擎布囊, 抛擲跳躍自得. 家人輩擁得, 又以布囊如前法盛之, 以索括囊, 懸巨石而沉諸河. 餘日又來, 左手携囊, 右手執斷索, 趨馳戱弄如前. 家人先備大木, 鑿空其中, 如鼓, 撲擁小兒於內. 以大鐵葉, 冒其兩端而釘之, 然後鎖一鐵, 懸巨石, 流之大江. 欲負趨出, 云:"謝以棺槨相送!" 自是更不復來. 時貞元十七年.

* 이 고사는 《태평광기》 권342 〈귀·주제천〉에 실려 있다.

73-9(2380) 돈구현 사람

돈구인(頓丘人)

출《수신기》

[삼국 시대 위나라] 황초(黃初) 연간(220~226)에 돈구현의 경계에서 말을 타고 밤길을 가고 있던 사람이 길에서 한 물체를 보았는데, 크기는 귀신만 했고 미 : "크기는 귀신만 했다"라고 말했으니, 필시 귀신을 본 적이 있는 사람이다. 두 눈은 거울 같았다. 그 물체는 함부로 날뛰어 말을 막으며 그 사람을 앞으로 가지 못하게 했다. 그 사람이 놀라고 두려워서 말에서 떨어지자, 그 도깨비가 곧장 달려와 그를 공격했다. 그 사람은 한참 만에 풀려났는데, 도깨비는 사라져 어디로 갔는지 알 수 없었다. 그 사람은 다시 말을 타고 앞으로 몇 리를 가다가 한 사람을 만나 인사를 나누면서 아까 겁에 질렸던 일을 얘기했는데, 마침내 서로 만나게 된 것을 매우 기뻐했다. 길에서 만난 사람이 말했다.

"나는 혼자 길을 가다가 길동무를 만나게 되어 말할 수 없이 기쁩니다."

그러고는 그 사람을 따라 걸어가면서 물었다.

"아까 그 물체가 대체 어떠했기에 당신을 그렇게 두렵게 만들었습니까?"

그 사람이 대답했다.

"몸은 귀신처럼 생겼고 눈은 거울 같았는데, 그 모습이 정말 끔찍했습니다."

길에서 만난 사람이 말했다.

"내 눈을 한번 돌아보시오."

그 사람이 보았더니 바로 이전의 그 도깨비였다. 도깨비가 곧장 말에 뛰어오르자 그 사람은 땅에 떨어져 겁에 질려 죽을 뻔했다. 그의 집안 식구들은 말이 혼자 돌아온 것을 이상히 여겨 즉시 찾아 나선 끝에 길가에서 그를 발견했다. 그 사람은 하룻밤 만에 깨어나서 그 일의 상황을 얘기해 주었다.

黃初中, 頓丘界騎馬夜行者, 見道中有物, 大如鬼[1], 眉:曰"大如鬼", 是必曾見鬼者. 兩眼如鏡. 跳梁遮馬, 令不得前. 人遂驚懼, 墮馬, 魅便就地犯之. 良久得解, 遂失魅, 不知所往. 乃更上馬, 前行數里, 逢一人問訊, 因說向者所怖, 遂相得甚歡. 人曰:"我獨行得伴, 快不可言." 因步隨之, 問:"向者物何如, 乃令君如此怖?" 對曰:"身如鬼, 眼如鏡, 形狀可惡." 人曰:"試顧我眼." 及視之, 猶前魅也. 就跳上馬, 人墮地, 怖死. 家人怪馬獨歸, 即行推索, 於道邊得之. 宿昔乃甦, 說事如此狀.

* 이 고사는 《태평광기》 권359 〈요괴·돈구인〉에 실려 있다.

1 귀(鬼):《태평광기》와 《수신기(搜神記)》 권17에는 "토(兔)"라 되어 있다. 이하도 마찬가지다.

73-10(2381) 형양군의 요씨

형양요씨(榮陽廖氏)

출《영귀지》·《수신기》 미 : 이하는 모두 고독 요괴다(以下皆蠱妖).

　형양군에 성이 요씨인 집이 있었는데, 대대로 고독(蠱毒)30)을 만들어 이로써 부자가 되었다. 후에 며느리를 맞이했는데 그 사실을 말해 주지 않았다. 한번은 집안 식구가 모두 외출하고 며느리 혼자만 집을 지키고 있었는데, 문득 보았더니 집 안에 커다란 항아리가 있었다. 며느리가 열어 보았더니 그 안에 커다란 뱀이 있자 물을 끓여서 그 위에 부어 뱀을 죽였다. 집안 식구가 돌아오자 며느리가 그 일을 얘기했더니, 온 식구들이 놀라고 탄식했다. 얼마 되지 않아 그 집에 역병이 돌아 식구들이 거의 다 죽었다. 또 담유(曇遊)라는 스님이 있었는데, 불가의 계율과 고행에 정진했다. 그때 섬현(剡縣)의 한 집에서 고독을 섬겼는데, 그 집의 음식을 먹은 사람들은 하나같이 피를 토하며 죽었다. 담유가 일찍이 그 집을 찾아갔더니 주인이 음식을 내왔는데, 담유가 곧장 주문을 외웠더니 1척이 넘는 지네 한 쌍이 쟁반 속에서

---

30) 고독(蠱毒) : 뱀·지네·전갈·두꺼비 등의 독으로 만든 독약을 사람에게 몰래 먹여 점차 미치거나 실신하게 해서 죽게 만드는 일.

기어 나왔다. 담유는 배불리 먹고 돌아갔으나 결국 별 탈이 없었다.

평 : 《녹이기(錄異記)》에서 이르길, "무릇 독충을 기르는 집에 들어갈 때는 삼가 주인에게 '당신 집에 고독이 있지만, 쉽사리 나를 해칠 수는 없습니다'라고 고해야 한다. 이렇게 하면 고독의 해를 입지 않는다"라고 했다.

滎陽郡有一家, 姓廖, 累世爲蠱, 以此致富. 後取新婦, 不以此語之. 曾遇家人咸出, 唯此婦守舍, 忽見屋中有大缸. 婦試發之, 見有大蛇, 婦乃作湯, 灌殺之. 及家人歸, 婦白其事, 擧家驚惋. 未幾, 其家疾疫, 死亡略盡. 又有沙門曇遊, 戒行淸苦. 時剡縣有一家事蠱, 人啖其食飮, 無不吐血而死. 曇遊曾詣之, 主人下食, 遊便咒焉, 見一雙蜈蚣, 長尺餘, 於盤中走出. 遊因飽食而歸, 竟無他.
評 : 《錄異記》云 : "凡入蠱家, 愼告主人曰 : '汝家有蠱毒, 不得容易害我.' 如此則毒不行矣."

* 이 고사는 《태평광기》 권359 〈요괴 · 형양요씨〉, 권478 〈곤충 · 수노(水弩)〉에 실려 있다.

73-11(2382) 고양이 귀신

묘귀(猫鬼)

출《북사(北史)》

    수(隋)나라의 독고타(獨孤陁)는 자가 여사(黎邪)이며, 문제(文帝) 때 연주자사(延州刺史)를 지냈다. 그는 본래 좌도[左道 : 사도(邪道)]를 좋아했다. 독고타의 외가(外家)인 고씨(高氏) 집안은 이전에 고양이 귀신을 섬겼는데, 고양이 귀신이 독고타의 외숙부 곽사라(郭沙羅)를 살해한 뒤 그 재물을 독고타의 집으로 옮겼다. 문제는 그러한 얘기를 은밀히 들었지만 믿지 않았다. 황후가 된 독고타의 누나와 양소(楊素)의 부인 정씨(鄭氏)가 함께 병이 들어, 의원들을 불러 진찰하게 했더니 모두 말했다.

    "이는 고양이 귀신으로 인해 생긴 병입니다."

    문제는 독고타가 황후의 이복 남동생이고 독고타의 부인이 양소의 이복 여동생이었기에 이 때문에 독고타가 한 짓이라고 의심해서, 은밀히 독고타의 형 독고목(獨孤穆)에게 진심으로 그를 깨우쳐 주게 했다. 또한 문제는 측근을 보내 독고타를 타이르게 했으나, 그는 그런 일이 없다고 잡아뗐다. 문제가 불쾌해하며 독고타를 좌천시키자 그는 원망의 말을 했다. 문제가 좌복야(左僕射) 고영(高熲), 납언(納言)

소위(蘇威), 대리(大理) 양원(楊遠)·황보효서(皇甫孝緖)에게 명해 함께 사건을 조사하게 했더니, 독고타의 여종 서아니(徐阿尼)가 자백했다.

"저는 본래 독고타의 모친 집에서 왔습니다. 그 집에서는 늘 고양이 귀신을 섬겼는데, 매번 자일(子日) 밤이면 고양이 귀신에게 제사를 지냈습니다. 자(子)는 쥐를 말합니다. 고양이 귀신은 매번 사람을 죽이면 살해된 사람 집의 재물을 고양이 귀신을 섬기는 집으로 은밀히 옮겼습니다."

문제가 그 일에 대해 공경(公卿)에게 물었더니, 기장공(奇章公) 우홍(牛弘)이 말했다.

"요괴는 사람으로 인해 생겨나니 그 사람을 죽이면 요괴를 근절할 수 있습니다."

그래서 문제는 소달구지에 독고타 부부를 실어 오라고 명해 장차 처형하려고 했는데, 독고타의 동생이 대궐로 와서 살려 달라고 애원하자, 문제는 사형을 면해 주고 명적(名籍)에서 삭제하게 했으며, 그의 부인 양씨(楊氏)는 비구니가 되게 했다. 이전에 어떤 사람이 자기 어머니가 고양이 귀신에게 살해당했다고 고소했을 때, 문제는 그 일을 요망하다고 생각해 화를 내며 그를 유배 보냈는데, 이때에 이르러 조서를 내려 그 사람을 사면해 주었다. 독고타는 얼마 되지 않아서 죽었다. 미 : 요사한 술법과 괴이한 술법을 극한까지 사용하면 죽는다.

隋獨孤陁, 字黎邪, 文帝時, 爲延州刺史. 性好左道. 其外家高氏, 先事猫鬼, 已殺其舅郭沙羅, 因轉入其家. 帝微聞之而不信. 其姊爲皇后, 與楊素妻鄭氏俱有疾, 召醫視之, 皆曰: "此猫鬼疾." 帝以陁后之異母弟, 陁妻乃楊素之異母妹也, 由是疑陁所爲, 陰令其兄穆以情喩之. 上又遣左右諷陁, 言無有. 上不悅, 左遷陁, 陁遂出怨言. 上令左僕射高潁·納言蘇威·大理楊遠·皇甫孝緒雜按之, 而陁婢徐阿尼供言: "本從陁母家來. 常事猫鬼, 每以子日夜祀之. 言子者, 鼠也. 猫鬼每殺人, 被殺者家財遂潛移於畜猫鬼家." 帝乃以事問公卿, 奇章公牛弘曰: "妖由人興, 殺其人, 可以絶矣." 上令犢車載陁夫妻, 將死, 弟詣闕哀求, 於是免死除名, 以其妻楊氏爲尼. 先是有人訴其母爲猫鬼殺者, 上以爲妖妄, 怒而遣之, 及是, 乃詔赦焉. 陁未幾卒. 眉: 行妖術怪術極則死.

* 이 고사는 《태평광기》 권361 〈요괴·독고타(獨孤陁)〉에 실려 있다.

73-12(2383) 낙양의 부인

낙양부인(洛陽婦人)

출《광이기》미 : 천마 요괴다(天魔怪).

[당나라] 현종(玄宗) 때 낙양의 어떤 부인이 마귀에 씌었는데 술사가 치료할 수 없었다. 그래서 부인의 아들이 도사 섭법선(葉法善)을 찾아가 법술을 부려 귀신을 쫓아 달라고 청하자 섭법선이 말했다.

"그것은 천마(天魔)요. 그것은 천상에서 죄를 지어 천제에게 벌을 받고 잠시 인간 세상에 내려와 있는 것이오. 그러나 그 벌 받는 기간이 이미 차서 머지않아 스스로 떠날 것이니 번거롭게 쫓아낼 필요 없소."

그러나 부인의 아들은 섭법선이 그의 마음을 달래려고 하는 말이라고 생각해 한사코 도와 달라고 청하자 섭법선이 말했다.

"진실로 가는 걸 꺼리는 것은 아니오."

그러고는 그 사람을 데리고 양적산(陽翟山) 속으로 들어갔더니 깎아지른 산마루에 연못 물이 있었는데, 섭법선은 그 연못가에서 귀신을 막는 법술을 행했다. 한참 후에 연못 물속에서 세 칸짜리 집채만 한 상투머리 하나가 나타나 천천히 나왔는데, 두 눈이 번갯불처럼 번쩍였다. 잠시 후에 운무가 사방을 에워싸더니 그것은 어디론가 사라져 버렸다.

玄宗時, 洛陽婦人患魔魅, 術者不能治. 婦人子詣葉法善道士, 求爲法遣, 善云 : "此是天魔. 彼自天上負罪, 爲帝所譴, 暫在人間. 然其譴已滿, 尋當自去, 無煩遣之也." 其人意是相解之詞, 故求祐助, 善云 : "誠不惜往." 乃携人深入陽翟山中, 絶嶺有池水, 善於池邊行禁. 久之, 水中見一頭髻, 如三間屋, 冉冉而出, 兩目睒如電光. 須臾, 雲霧四合, 因失所在.

* 이 고사는《태평광기》권361 〈요괴 · 낙양부인〉에 실려 있다.

73-13(2384) 왕헌

왕헌(王獻)

출《수신기》 미 : 이하는 이름 없는 요괴다(以下無名怪).

　　왕헌이 거울을 잃어버렸는데, 그 거울이 물병 속에 있었다. 그 물병은 입구가 겨우 몇 촌이었는데 거울은 1척이 넘었다. 왕헌이 그 일을 곽박(郭璞)에게 물었더니 곽박이 말했다.

　　"이는 사악한 귀신이 한 짓이오. 수레의 굴대 빗장을 태워 거울을 겨냥하면, 거울이 즉시 나올 것이오." 미 : 무슨 이치인지 이해할 수 없다.

王獻失鏡, 鏡在罌中. 罌纔數寸, 而鏡尺餘. 以問郭璞, 曰 : "此乃邪魅所爲. 使燒車轄以擬鏡, 鏡卽出焉." 眉 : 理不可曉.

* 이 고사는 《태평광기》 권359 〈요괴 · 왕헌〉에 실려 있다.

73-14(2385) 맹씨

맹씨(孟氏)

출《소상기》

    유양(維揚 : 양주) 사람 만정(萬貞)은 대상인이었다. 그의 부인 맹씨는 예전에 수춘(壽春)의 기녀였는데, 용모가 아름답고 가무에 뛰어났으며 글을 알았다. 만정이 외지에서 장사했기에 맹씨는 혼자 집의 정원을 노닐면서 사방을 둘러보며 시를 읊조렸다.

    "가련하게도 이 좋은 봄날에, 여전히 혼자 외롭게 노니네. 이유 없이 흐르는 두 줄기 눈물, 오래도록 꽃 마주한 채 흘리네."

    맹씨는 시를 읊고 나서 눈물을 주르륵 흘렸다. 그때 갑자기 용모가 매우 수려한 한 젊은이가 담을 넘어 들어오더니 웃으면서 맹씨에게 말했다.

    "어찌하여 그리 고통스럽게 시를 읊으시오?"

    맹씨가 깜짝 놀라며 말했다.

    "당신은 뉘 댁 자제입니까? 어찌하여 난데없이 이곳에 왔습니까?"

    젊은이가 말했다.

    "나는 성격이 활달하고 자유분방해 그저 큰 소리로 노래 부르고 실컷 취하길 좋아하오. 방금 전에 당신이 시 읊는 소리를 듣고 나도 모르게 너무 기뻐서 담을 넘어온 것이오. 만약 내가 꽃 아래에서 당신과 한번 만나 좋은 얘기를 나눌 수 있도록 허락해 준다면, 나도 멋진 노래로 답해 드리겠소."

맹씨가 말했다.

"시를 읊고 싶으세요?"

젊은이가 말했다.

"아까는 당신의 시 읊는 고운 소리를 들었고 지금은 당신의 아름다운 얼굴을 보았으니, 남은 즐거움을 누릴 수 있다면 죽더라도 여한이 없겠소."

그러자 맹씨는 즉시 시를 지었다.

"뉘 댁 젊은이일까? 마음속으로 몰래 스스로를 속인다네. 끝내 안 된다고 말하지 못하지만, 된다 하면 남편이 알까 걱정이라네."

젊은이가 곧장 화답했다.

"신녀(神女)31)는 장석(張碩)을 얻었고, 문군(文君)32)은

---

31) 신녀(神女) : 전설 속 선녀 두난향(杜蘭香)을 말한다. 동진(東晉) 때 두난향이 장석(張碩)과 사랑에 빠졌다가 나중에 장석을 득선시켰다고 한다.

32) 문군(文君) : 전한(前漢) 때 부호 탁왕손(卓王孫)의 딸 탁문군(卓文君)을 말한다. 젊어서 과부가 되어 친정에 있을 때 사마상여(司馬相如)

장경[長卿 : 사마상여(司馬相如)]을 만났네. 만날 때 두 마음 서로 하나 되니, 다정한 이 위로하기에 충분하네."

맹씨는 마침내 그 젊은이를 받아들여 그를 데리고 안방으로 돌아갔다. 이렇게 1년이 지난 뒤에 맹씨의 남편이 외지에서 돌아오자, 맹씨가 걱정하면서 울었더니 젊은이가 말했다.

"이러지 마시오! 나는 본디 우리의 만남이 오래가지 못하리란 것을 알고 있었소."

젊은이는 말을 마친 뒤 몸을 솟구쳐 떠나더니 금세 사라져 버렸다. 결국 그 젊은이가 어떤 요괴였는지 알 수 없었다.

維揚萬貞者, 大商也. 妻孟氏, 先壽春之妓人, 美容質, 能歌舞, 知書. 貞商於外, 孟氏獨遊家園, 四望而吟曰 : "可惜春時節, 依然獨自遊. 無端兩行淚, 長祇對花流." 吟詩罷, 泣下數行. 忽有一少年, 容貌甚秀美, 踰垣而入, 笑謂孟氏曰 : "何吟之大苦耶?" 孟氏大驚曰 : "君誰家子? 何得至此?" 少年曰 : "我性落魄, 唯愛高歌大醉. 適聞吟聲, 不覺喜極, 踰垣而至. 苟能容我於花下, 一接良談, 我亦可强攀淸調也." 孟氏曰 : "欲吟詩耶?" 少年曰 : "向聞雅詠, 今睹麗容, 願接餘歡, 雖死不恨." 孟氏卽賦曰 : "誰家少年兒? 心中暗自欺. 不道終不可, 可卽恐郞知." 少年乃報之曰 : "神女得張碩, 文君

와 눈이 맞아 함께 도망쳐 부부가 되었다.

遇長卿. 逢時兩相得, 聊足慰多情." 孟氏遂私之, 挈歸內室. 凡踰年, 而夫自外至, 孟氏憂且泣, 少年曰 : "勿爾. 吾固知其不久也." 言訖, 騰身而去, 頃之方沒. 竟不知其何怪也.

* 이 고사는《태평광기》권345〈귀・맹씨〉에 실려 있다.

73-15(2386) 하북의 군장

하북군장(河北軍將)

출《유양잡조》

하북의 군장이 채 몇 리를 가지 않았을 때 갑자기 말[斗]과 같은 회오리바람이 말[馬] 앞에서 일어났다. 군장이 채찍으로 치자 그것은 점점 커지더니 마침내 말 머리를 휘감아 말갈기를 심어 놓은 것처럼 곤두서게 만들었다. 군장이 두려워서 말에서 내려 살펴보았더니, 몇 척이나 되는 말갈기 속에 붉은 실 같은 가느다란 노끈이 있었다. 말이 사람처럼 서서 히힝! 하며 울자 군장이 노해 차고 있던 칼을 빼서 휘둘렀더니, 회오리바람이 흩어지고 말도 죽었다. 군장이 말의 배를 가르고 보았더니 배 속에는 이미 창자가 없었다. 그것이 무슨 요괴인지 알 수 없었다.

有河北軍將, 行未數里, 忽旋風如斗, 起於馬前. 軍將以鞭擊之, 轉大, 遂旋馬首, 鬣起竪如植. 軍將懼, 下馬觀之, 覺鬣長數尺, 中有細綆, 如紅綖. 馬如人立嘶鳴, 軍將怒, 乃取佩刀拂之, 風散, 馬亦死. 剖馬腹視之, 腹中已無腸. 不知何怪.

* 이 고사는 《태평광기》 권365 〈요괴 · 하북군장〉에 실려 있다.

73-16(2387) 궁산의 승려

궁산승(宮山僧)

출《집이기(集異記)》

궁산은 기주(沂州)의 서쪽 구석에 있는데, 홀로 우뚝 솟아 다른 봉우리들보다 훨씬 높으며 그 주위로 30리 안에는 인가가 전혀 없다. [당나라] 정원(貞元) 연간(785~805) 초에 두 스님이 궁산에 와서 나무 그늘 아래에 살면서 밤낮으로 예불과 독경에 정진했다. 나중에 사방의 먼 마을 사람들이 그들을 위해 거처를 만들어 주었는데, 열흘도 안 되어 승원(僧院)이 완성되었다. 그래서 두 스님은 더욱 수도에 매진해 승방을 나가지 않기로 맹세한 지 20여 년이나 되었다. 원화(元和) 연간(806~820)의 어느 달 밝은 겨울밤에 두 스님은 각자 동쪽과 서쪽 행랑에서 낭랑한 목소리로 불경을 독송하고 있었는데, 고요하기만 한 허공에서 때때로 산 아래의 어떤 남자가 통곡하는 소리가 들려왔으며, 그 소리는 점점 승원의 문에 가까워졌다. 두 스님이 움직이지 않자 그 곡성도 멈추더니 어떤 사람이 담을 넘어 들어왔다. 동쪽 행랑의 스님이 멀리서 보았더니, 몸집이 굉장히 큰 사람이 서쪽 행랑으로 뛰어 들어갔고, 이내 불경을 독송하는 소리가 멈추었다. 그러더니 서로 치고받으며 다투는 듯한 소리가 들렸으며, 한참 후에는 또 무언가를 씹어 먹는 소리가 아주 크게 들렸다. 동쪽 행랑의 스님은 너무 놀라고 두려워서 뛰쳐나와 도망쳤는데, 오랫동안 산을 나가지 않았기 때문에 길을 모두 잊어버렸으며, 엎어지기도 하고 넘어지기도 하면서 기력이 거의 바닥났다. 그때 뒤돌아보았더니 그 사람이 비틀거리며 와서 거의 따라잡으려 해서, 그는 다시 죽어라 뛰었다. 갑자기 개울이 나오자 그는 옷을 입은 채로 곧장 건너갔는데, 뒤쫓아 온 사람이 막 이르러 멀리서 욕하며 말했다.

"개울이 가로막지 않았다면 너까지 잡아먹었을 텐데!"

동쪽 행랑의 스님은 두려워하면서 걸어갔지만 어디로 가야 할지 몰랐다. 잠시 후 눈이 많이 내려 지척지간도 보이지 않을 정도로 어두웠는데, 그때 문득 인가의 외양간이 나타나자 그는 그 속에 몸을 숨겼다. 밤이 깊어져서 눈발이 점점 그쳐 갈 때 문득 보았더니, 검은 옷을 입은 한 사람이 밖에서 칼과 창을 들고 천천히 우리 앞으로 왔다. 동쪽 행랑의 스님이 숨을 죽인 채 몰래 엿보았더니, 검은 옷을 입은 사람은 머뭇대며 왔다 갔다 하면서 마치 누군가를 기다리는 것 같았다. 잠시 후 갑자기 정원 담 안에서 옷 보따리 같은 것을 던지자, 검은 옷을 입은 사람은 그것을 주워서 묶은 다음 짊어졌다. 이어서 한 여자가 담을 넘어 나오자 검은 옷을 입은 사람은 그녀를 데리고 떠났다. 동쪽 행랑의 스님은 자신이 그 일에 연루될까 봐 두려워서 다시 도망쳤는데, 정신이 흐릿

해 어디로 가야 할지 몰랐다. 그는 10여 리도 못 가서 돌연 버려진 우물 속으로 떨어졌다. 우물 속에는 죽은 사람이 있었는데 몸과 머리는 이미 떨어져 있었지만 피와 몸이 아직 따스한 것으로 보아 아마도 방금 살해된 것 같았다. 스님은 너무 놀라고 무서워서 어찌할 바를 몰랐다. 얼마 후 날이 밝자 그 시체를 살펴보았더니 다름 아닌 어젯밤에 담을 넘은 그 여자였다. 한참 지난 뒤에 살인범을 체포하러 온 사람들이 함께 오더니 우물 아래를 들여다보며 말했다.

"강도가 여기 있다!"

그러고는 밧줄을 타고 내려와 우물 안에서 그를 포박하고 마구 때려 초주검을 만들었다. 그는 위로 끌어 올려진 뒤에 어젯밤의 일을 자세히 진술했는데, 이전에 궁산에 왔던 마을 사람 중에 그가 동쪽 행랑의 스님임을 알아본 자가 있었다. 하지만 그는 자신이 죽은 여자와 함께 발견된 것을 스스로 해명할 수가 없어서 결국 현읍(縣邑)으로 압송되었다. 그는 또 이제까지 일의 경과를 자세히 열거하면서 서쪽 행랑의 스님이 이미 괴물에게 잡아먹혔다고 말했다. 그래서 현읍에서 관리를 궁산으로 파견해 확인해 보게 했는데, 서쪽 행랑의 스님은 아무 탈 없이 단정히 앉아서 말했다.

"애당초 괴물 따위는 없었습니다. 다만 이경(二更)이 되어 갈 무렵에 서로 마주 보며 정진하고 있었는데, 동쪽 행랑의 스님이 갑자기 혼자 떠났습니다. 우리는 승원 문을 나가지 않기로 오래전에 함께 맹세했으므로, 나는 놀라고 이상해하면서 그를 쫓아가 불렀지만 따라잡지 못했습니다. 산 아래서의 일은 나는 모릅니다."

현읍의 관리는 동쪽 행랑의 스님이 터무니없는 말로 속인다고 생각해 그를 살인강도로 체포해서 매질하고 불로 지지면서 모진 고통을 주었다. 동쪽 행랑의 스님은 없는 죄를 뒤집어쓴 것이 하도 원통해서 차라리 죽고 싶었다. 그러나 증거로 삼을 만한 장물이 없어서 법관은 결국 그의 죄를 성립시킬 수 없었다. 한 달이 지난 뒤에 여자를 죽이고 재물을 훔친 강도가 다른 곳에서 저지른 사건이 발각되는 바람에 그 사실이 밝혀져, 동쪽 행랑의 스님은 비로소 억울함을 면할 수 있었다.

宮山在沂州之西鄙, 孤拔聳峭, 逈出衆峯, 環三十里, 皆無人居. 貞元初, 有二僧至山, 葺木而居, 精勤禮念, 以晝繼夜. 四遠村落, 爲構屋室, 不旬日, 院宇立焉. 二僧尤加怒勵, 誓不出房, 二十餘載. 元和中, 冬夜月明, 二僧各在東西廊, 朗聲唄唱, 空中虛靜, 時聞山下有男子慟哭之聲, 漸近院門. 二僧不動, 哭聲亦止, 踰垣遂入. 東廊僧遙見其身絶大, 躍入西廊, 而唄唱之聲尋輟. 如聞擊撲爭力之狀, 久又聞咀嚼甚勵. 東廊僧惶駭突走, 久不出山, 都忘途路, 或仆或躓, 氣力殆盡. 回望, 見其人踉蹌將至, 則又跳迸. 忽逢一水, 褰衣徑渡, 而追者適至, 遙詬曰: "不阻水, 當並食之!" 東廊僧且懼且行, 罔知所詣. 俄而大雪, 咫尺昏迷, 忽得人家牛坊, 遂隱身於其中. 夜久, 雪勢稍晴, 忽見一黑衣人, 自外執刀鎗, 徐至欄下. 東廊僧屛氣潛窺, 黑衣踟躕徙倚, 如有所伺. 有頃, 忽院牆中搬過衣物之類, 黑衣取之, 束縛負擔. 續有一女子, 攀牆而出, 黑衣挈之而去. 僧懼涉踪迹, 則又逃竄, 恍惚莫知所之. 不十數里, 忽墜廢井. 井中有死者, 身首已離, 血體猶暖, 蓋適遭殺者也. 僧驚悸, 不知所爲. 俄而天明, 視之, 則昨夜攀牆女子也. 久之, 卽有捕逐者數輩偕至, 下窺曰:"盜在此矣!" 遂以索縋人, 就井縶縛, 加以毆擊, 與死爲鄰. 及引上, 具述昨夜之事, 而村人有曾至山中, 識爲東廊僧者. 然且與死女子俱得, 未能自解, 乃送之於邑. 又細列其由, 謂西廊僧已爲異物啖噬矣. 邑遣吏至山中尋驗, 西廊僧端居無恙, 曰:"初無物. 但將二更, 方對持念, 東廊僧忽然獨去. 久與誓約, 不出院門, 驚異之際, 追呼已不及矣. 山下之事, 我則不知." 邑吏以東廊僧誑妄, 執爲殺人之盜, 榜掠薰灼, 楚痛備施. 僧寃痛誣, 甘置於死. 贓狀無據, 法吏終無以成其獄也. 踰月, 而殺女竊資之盜, 他處發敗, 具得情實, 僧乃獲免.

* 이 고사는 《태평광기》 권365 〈요괴·궁산승〉에 실려 있다.

73-17(2388) 왕종신

왕종신(王宗信)

출《왕씨견문(王氏見聞)》

당(唐)나라 말에 촉(蜀 : 전촉) 사람들이 기주(岐州)를 공격하고 돌아오는 길에 백석진(白石鎭)에 이르렀을 때, 비장(裨將 : 부장) 왕종신은 보안선원(普安禪院)의 승방에서 머물렀다. 때마침 엄동설한이라 승방 안에는 커다란 선로(禪爐)가 있었는데, 불꽃이 아주 활활 타오르고 있었다. 왕종신은 기녀 10여 명을 데리고 있었는데, 그녀들은 각자 승방의 침상에 기대어 쉬고 있었다. 왕종신이 문득 보았더니 한 기녀가 화로 속으로 날아 들어가 활활 타오르는 불 위를 구르고 있었다. 왕종신은 황급히 그녀를 구해 냈는데, 불길에서 꺼냈더니 기녀의 옷이 전혀 그을리지 않았다. 또 다른 기녀가 방금 전과 마찬가지로 화로 속으로 날아 들어가자, 왕종신은 또 그녀를 구해 냈다. 잠시 뒤에는 다른 기녀들도 화로 속을 들락날락했는데, 모두 정신이 혼미해져 말을 하지 못했다. 역참의 담 너머에 있던 한 심복 관리가 그 일을 도초토사(都招討使) 왕종주(王宗儔)에게 알렸다. 왕종주는 그곳에 도착해서 천천히 안으로 들어가더니 하나하나 기녀들의 팔을 잡아 화로에서 꺼냈다. 왕종주가 보았더니 기녀들의 옷자락은 조금도 불에 타지 않았으나, 기녀들은 놀라고 두려워하면서 잠을 자지 못했다. 기녀들에게 물어보았더니 이렇게 말했다.

"한 호승(胡僧)에게 이끌려 불 속으로 들어갔습니다."

기녀들이 본 것은 모두 똑같았다. 왕종신은 버럭 화를 내며 스님들을 모두 불러내 앞에 세워 놓고 기녀들에게 찾게 했다. 그중 주 화상(周和尙)이란 자가 키와 생김새가 호승과 닮았는데, 기녀들이 모두 말했다.

"이 사람입니다!"

왕종신은 주 화상이 환술(幻術)을 부렸다고 의심해 채찍으로 수백 대를 때렸다. 하지만 그 스님은 시골 사람으로 막 삭발하고 스님이 되었기 때문에 아는 것이 하나도 없었. 미 : 이 요괴는 바로 주 화상의 전생의 원수였다. 왕종주는 그의 억울함을 알고 마침내 풀어 주어 도망가게 했다. 끝내 어떤 요괴의 짓인지 알 수 없었다.

唐末, 蜀人攻岐還, 至於白石鎭, 裨將王宗信止普安禪院僧房. 時嚴冬, 房中有大禪爐, 熾炭甚盛. 信擁妓女十餘人, 各據僧床寢息. 信忽見一姬飛入爐中, 宛轉於熾炭之上. 宗信忙遽救之, 及離火, 衣服並不焦灼. 又一姬飛入如前, 又救之. 頃之, 諸妓或出或入, 各迷悶失音. 有親吏隔驛牆, 告都招討使王宗儔. 宗儔至, 則徐入, 一一提臂而出. 視之, 衣裾纖毫不毁[1], 但驚悸不寐. 訊之, 云 : "被胡僧提入火中." 所見皆同. 宗信大怒, 悉索諸僧立於前, 令妓識之. 有周和尙者,身長貌胡, 皆曰 : "是此也!" 宗信疑有幻術, 遂鞭之數百. 此僧乃一村夫, 新落髪, 一無所解. 眉 : 此怪卽周和尙之前寃也. 宗儒知其屈, 遂解之使逸. 訖不知何怪.

* 이 고사는 《태평광기》 권366 〈요괴 · 왕종신〉에 실려 있다.

1 훼(毀) : 《태평광기》 명초본에는 "훼(燬)"라 되어 있는데, 문맥상 보다 타당하다.

73-18(2389) 두불의
두불의(竇不疑)
출《기문》

 태원(太原) 사람 두불의는 용감하고 담력이 있었으며, 젊어서부터 협사(俠士)의 기질이 있었다. 그는 늘 10여 명과 한데 어울려 닭싸움과 개 달리기 시합을 했으며, 저포(樗蒲)33) 노름에서는 한 번에 수만 냥을 걸곤 했는데, 그들은 서로 의기가 투합했다. 태원성 동북쪽의 몇 리에는 늘 키가 2장(丈)이나 되는 떠돌이 귀신이 나타났다. 그 귀신은 매번 음산한 비가 내리고 해가 져서 어둑어둑해진 이후에 자주 나타났는데, 사람들이 그 귀신을 보고 간혹 겁에 질려 죽기도 했다. 젊은이들이 말했다.

 "가서 떠돌이 귀신에게 활을 쏘는 자에게는 5000냥을 주겠소."

 두불의는 자기가 가겠다고 흔쾌히 청하며 해 질 무렵에 갔는데, 나머지 사람들이 말했다.

---

33) 저포(樗蒲) : 360개의 눈을 반상(盤上)에 그려 놓고 여섯 개의 말을 붙인 다음 윷짝처럼 생긴 오목(五木)을 던져서 나오는 점수로 겨루는 노름.

"저 사람이 성을 나가서 몰래 숨어 있다가 나중에 귀신을 쏘았다고 우리를 속일 수도 있으니, 어찌 믿을 수 있겠소? 은밀히 뒤따라가 보는 것이 어떻겠소?"

두불의가 귀신이 있는 곳에 도착했더니 마침 귀신이 나와서 걸어가고 있었다. 두불의가 쫓아가서 활을 쏘자 귀신은 화살에 맞은 채 도망쳤다. 두불의가 추격해 모두 세 발의 화살을 명중시켰더니, 귀신이 언덕 아래로 몸을 던졌다. 두불의가 마침내 돌아오자 사람들이 웃으며 맞이하면서 그에게 말했다.

"우리는 그대가 몰래 숨어 있다가 나중에 우리를 속일까 봐 걱정해서 은밀히 그대를 따라갔는데, 그대의 담력이 그토록 대단하다는 사실을 알게 되었소."

그러고는 두불의에게 돈을 주었는데, 두불의는 그 돈을 술 마시는 데 다 써 버렸다. 이튿날 사람들은 두불의가 귀신을 쏘았던 곳을 찾아갔는데, 언덕 아래에서 가시나무로 엮어 만든 방상(方相)34) 하나를 발견했고, 미 : 방상은 대나무를 엮어 만드는데, 태원에는 대나무가 없기 때문에 가시나무를 사용한 것이다. 그 옆에서 화살 세 개를 발견했다. 그 이후로 떠돌이 귀

---

34) 방상(方相) : 방상시(方相氏)를 말한다. 귀신을 쫓기 위해 장례 행렬의 맨 앞에 세우는 신상(神像)으로 모습이 매우 험악하다.

신은 마침내 사라졌다. 두불의는 이때부터 용맹함으로 소문이 나서 나중에 중랑장(中郞將)이 되었다. 두불의가 늙어서 고향으로 돌아갔을 때는 이미 70세가 넘었으나 의기(意氣)만은 쇠하지 않았다. [당나라] 천보(天寶) 2년(743) 겨울 10월에 두불의는 양곡(陽曲)으로 가서 사람들과 어울려 술을 마셨는데, 술이 얼큰해져 집으로 돌아가려 했으나 주인이 한사코 붙들었다. 그러자 두불의는 하인들을 모두 먼저 떠나게 하고 자기가 타는 말만 남겨 놓게 했다가, 저녁이 된 후에 태원으로 돌아갔다. 양곡은 주부(州府)에서 3사(舍 : 1사는 30리)나 떨어져 있었기에 두불의는 급히 말을 몰아 돌아갔다. 양곡에서 주부 사이의 길은 본래 모래밭이었고 여우와 살쾡이, 그리고 도깨비불이 모여 있었으며 인가는 전혀 없었다. 그런데 그날 밤에는 난데없이 길 양쪽으로 끝도 없이 줄지어 늘어선 가게들이 보였다. 그때 하늘에는 보름달이 떠 있었고 구름은 얇게 드리워 있었다. 두불의는 괴이하다고 생각했다. 잠시 후 가게가 더욱 많아지더니 여러 남녀들이 나타나 노래하거나 춤을 추면서 술을 마시고 즐겼으며, 어떤 사람들은 서로 짝을 지어 발로 땅을 구르기도 했다. 동자 100여 명이 두불의의 말을 에워싸고 발로 땅을 구르며 노래하는 바람에 말이 앞으로 갈 수 없었다. 마침 길가에 나무가 있었는데, 두불의가 그 가지를 꺾어서 발을 구르며 노래하던 사람들을 내리치고서야 앞으로 갈 수 있었다. 두불의는 여관에 도착해서 또 200여 명의 사람들을 보았는데, 모두 키가 크고 덩치가 좋았으며 성대한 옷을 차려입고 있었다. 그들은 두불의에게 오더니 에워싸고 땅을 구르며 노래를 불렀다. 두불의가 크게 화내며 또 나뭇가지로 내리치자 키 큰 사람들이 모두 사라졌다. 두불의는 두려워서 샛길로 내달려 시골 마을에 투숙하려 했는데, 홀연히 한 곳에 100여 가구가 있었고 집들이 매우 웅장했다. 두불의가 문을 두드리며 묵어갈 것을 청했지만 모두 응답하는 사람이 없었다. 크게 소리치며 문을 두드렸지만 사람은 여전히 나오지 않았다. 마을 안에 사당이 있자 두불의는 그곳으로 들어가서 기둥에 말을 매어 두고 계단에 기대앉았다. 그때는 달이 밝았는데, 밤이 깊어지기 전에 소복을 입고 곱게 단장한 어떤 부인이 갑자기 문으로 들어오더니 곧장 두불의를 향해 재배했다. 두불의가 누구냐고 묻자 부인이 말했다.

"서방님께서 혼자 계신 것을 보고 짝이 되어 드리려고 왔습니다."

두불의가 말했다.

"누가 서방이란 말이오?"

부인이 말했다

"공이 바로 그 사람입니다."

두불의는 그 여자가 요괴임을 알아차리고 나뭇가지로 내리쳤더니 부인이 떠나갔다. 사당 안에 침상이 있기에 두불의가 거기에서 쉬고 있었는데, 갑자기 대들보 사이에서 동이만 한 크기의 어떤 물체가 그의 배 위로 툭 떨어졌다. 두불의가 그것을 두들겨 패자 그것은 개 짖는 소리를 내며 침상 아래로 떨어지더니 키가 2척 남짓 되는 화인(火人)으로 변했는데, 그 빛이 사방을 밝게 비추었다. 그 물체는 벽 속으로 들어가더니 더 이상 보이지 않았다. 두불의는 다시 문을 나와 말을 타고 그곳을 떠나 마침내 숲속으로 들어가서 쉬면서 동이 틀 때까지 떠날 수 없었다. 때마침 그의 집에서 그를 찾아냈는데, 그는 이미 혼미해져 정신이 나가 있었다. 그를 떠메고 돌아오자 자기가 본 것을 얘기했는데, 그는 한 달 넘게 병을 앓다가 결국 죽었다.

太原竇不疑, 爲人有膽勇, 少而任俠. 常結絆十數人, 鬪鷄走狗, 樗蒲一擲數萬, 皆以意氣相期. 而太原城東北數里, 常有道鬼, 身長二丈. 每陰雨昏黑後, 多出, 人見之, 或怖而死. 諸少年言曰: "能往射道鬼者, 與錢五千." 不疑欣然請行, 迨昏而往, 衆曰: "此人出城便潛藏, 而紿我以射, 其可信乎? 盍密隨之?" 不疑旣至魅所, 鬼正出行. 不疑逐而射之, 鬼被箭走. 不疑追之, 凡中三矢, 鬼自投於岸下. 不疑乃還, 諸人笑而迎之, 謂不疑曰: "吾恐子潛而紿我, 故密隨子, 乃知子膽力若此." 因授之財, 不疑盡以飮焉. 明日, 往尋所射, 岸下得一方相, 身則編荊也, 眉: 方相編竹, 太原無竹, 故用荊. 其旁仍得三矢. 自是道鬼遂亡. 不疑從此以雄勇聞, 後爲中郞將. 及歸老, 七十餘矣, 而意氣不衰. 天寶二年冬十月, 不疑往陽曲, 從人飮, 飮酣欲返, 主苦留之. 不疑盡令從者先, 獨留所乘馬, 昏後歸太原. 陽曲去州三舍, 不疑馳還. 其間則沙場也, 狐狸鬼火叢聚, 更無居人. 其夜, 忽見道左右皆爲店肆, 連延不絶. 時月滿雲薄. 不疑怪之. 俄而店肆轉衆, 有諸男女, 或歌或舞, 飮酒作樂, 或結伴踏蹄. 有童子百餘人, 圍不疑馬, 踏蹄且歌, 馬不得行. 道有樹, 不疑折其柯, 擊走歌者, 乃得前. 又至逆旅, 復見二百餘人, 身長且大, 衣服甚盛. 來繞不疑, 踏蹄歌焉. 不疑大怒, 又以樹柯擊之, 長人皆失. 不疑恐, 乃下道馳, 將投村野, 忽得一處百餘家, 屋宇甚盛. 不疑叩門求宿, 皆無人應. 雖甚叫擊, 人猶不出. 村中有廟, 不疑入之, 繫馬於柱, 據階而坐. 時朗月, 夜未半, 有婦人素服靚妝, 突門而入, 直向不疑再拜. 問之, 婦人曰: "吾見夫婿獨居, 故此相偶." 不疑曰: "孰爲夫婿?" 婦人曰: "公卽其人也." 不疑知是魅, 擊之, 婦人乃去. 廳房內有牀, 不疑息焉, 忽梁間有物, 墮於其腹, 大如盆盎. 不疑殿之, 則爲犬音, 自投床下, 化爲火人, 長二尺餘, 光明照耀. 入於壁中, 因爾不見. 不疑又出戶, 乘馬而去, 遂得入林木中憩止, 天曉不得去. 會其家求而得之, 已昏愚, 且喪魂矣. 舁之還, 猶說其所見, 乃病月餘卒.

* 이 고사는 《태평광기》 권371 〈정괴(精怪)·두불의〉에 실려 있다.

73-19(2390) 여강의 백성

여강민(廬江民)

출《선실지》

[당나라] 정원(貞元) 연간(785~805)에 여강군(廬江郡)의 백성이 땔나무를 하러 산에 갔다가 날이 저물었을 때 문득 보았더니, 키가 1장(丈)이 넘는 한 호인(胡人)이 산굴에서 나왔는데, 검은 옷을 입고 활과 화살을 들고 있었다. 그 백성은 너무 두려워서 황급히 도망쳐 고목 속에 숨은 채 엿보았다. 호인은 한참 동안 우두커니 서서 바라보다가 갑자기 동쪽을 향해 화살을 한 발 쏘았다. 백성이 화살을 좇아 바라보았더니 100보 밖에 사람처럼 생긴 한 물체가 있었는데, 온몸에 몇 촌이나 되는 누런 털이 덮여 있었고 검은 두건을 뒤집어쓴 채 서 있었다. 화살이 그 물체의 배에 명중했는데, 그 물체는 꿈쩍하지 않았다. 그러자 호인이 웃으며 말했다.

"과연 내가 미칠 수 있는 바가 아니군!"

그러고는 떠났다. 또 한 호인이 나타났는데, 역시 키가 1장이 넘었고 이전의 호인보다 훨씬 우람했다. 그 호인 역시 활과 화살을 들고 동쪽을 향해 쏘아 그 물체의 가슴에 명중시켰는데, 그 물체는 역시 꿈쩍하지 않았다. 그러자 호인이 또 말했다.

"장군이 아니면 안 되겠군!"

그러고는 또 떠났다. 잠시 후에 검은 옷을 입은 호인 수십 명이 팔에 활을 걸고 허리에 화살을 차고서 나타났는데, 마치 선봉대 같아 보였다. 또 보았더니 키가 몇 장이나 되고 자색 옷을 입고 생김새가 굉장히 기이한 한 거인이 천천히 걸어왔다. 백성은 그 거인을 보고 자기도 모르게 소름이 돋았다. 거인 호인은 동쪽을 바라보며 선봉대에게 말했다.

"그 목구멍을 쏘아라!"

호인들이 다투어 화살을 쏘려 하자 거인 호인이 주의를 주며 말했다.

"웅서(雄舒)가 아니면 안 되겠다."

그러자 다른 호인들이 모두 물러났다. 한 호인이 앞으로 나오더니 활을 팽팽히 당겨 한 발을 쏘아 마침내 그 물체의 목구멍에 명중시켰다. 하지만 그 물체는 역시 두려워하지 않으면서 천천히 손으로 세 발의 화살을 뽑아냈으며, 커다란 돌 하나를 들고 서쪽을 향해 왔다. 호인들이 모두 두려운 기색을 띠며 나아가 거인 호인에게 아뢰었다.

"사정이 급박하니 차라리 항복하는 게 낫겠습니다."

그러자 거인 호인이 명을 내리며 외쳤다.

"장군이 항복하기를 원합니다!"

그 물체는 그제야 돌을 땅에 던지고 스스로 두건을 벗었는데, 그 모습이 마치 부인 같았으나 머리카락이 없었다. 그 물체는 호인들 앞으로 가서 그들이 들고 있던 활과 화살을 전부 빼앗아 모두 부러뜨렸다. 그러고는 거인 호인을 땅에 무릎 꿇게 한 다음 손으로 연신 그의 뺨을 때렸다. 그 호인이 애걸하면서 죽을죄를 지었다고 몇 번이나 말하자, 그 물체는 그제야 그 호인을 풀어 주었다. 여러 호인들은 손을 높이 모은 채 서서 감히 꼼짝도 하지 못했다. 그 물체가 천천히 두건을 머리에 뒤집어쓰고 동쪽을 향해 떠나자, 호인들이 서로 경하하며 말했다.

"오늘이 갑자일(甲子日)인 덕을 보았다. 미 : 갑자는 간지(干支)의 처음이기 때문에 귀신이 꺼린 것일까? 그렇지 않았다면 우리는 다 죽었을 것이다!"

이윽고 호인들이 모두 거인 호인 앞에서 절을 올리자 거인 호인은 고개를 끄덕였다. 한참 후에 거인 호인은 마침내 무리를 인도해 산굴로 들어갔다. 그때는 날이 저물어 어둑어둑해지려 하고 있었다. 백성은 땀을 비 오듯이 흘리며 돌아왔으나, 그것이 어떤 물체인지 끝내 알지 못했다.

貞元中, 有廬江都[1]民, 因採樵至山, 會日暮, 忽見一胡人, 長丈餘, 自山崦中出, 衣黑衣, 執弓矢. 民大恐, 遽走匿古木中, 窺之. 胡人佇望良久, 忽東向發一矢. 民隨望之, 見百步外有一物, 狀類人, 擧體黃毛數寸, 蒙烏巾而立. 矢中其腹, 輒不動. 胡人笑曰: "果非吾所及!" 遂去. 又一胡, 亦長丈餘, 魁偉愈於前者. 亦執弧矢, 東望而射, 中其物之胸, 亦不動. 胡人又曰: "非將軍不可!" 又去. 俄有胡人數十, 衣黑, 臂弓腰矢, 若前驅者. 又見一巨人, 長數丈, 被紫衣, 狀貌極異, 緩步而來. 民見之, 不覺懔然. 巨胡東望, 謂其前驅者曰: "射其喉!" 群胡欲爭射之, 巨胡誡曰: "非雄舒莫可." 他胡皆退. 有一胡前, 引滿一發, 遂中其喉. 其物亦不懼, 徐以手拔去三矢, 持一巨礫, 西向而來. 胡人皆有懼色, 前白巨胡: "事迫矣, 不如降之." 巨胡卽命呼曰: "將軍願降!" 其物乃投礫於地, 自去其巾, 狀如婦人, 無髮. 至群胡前, 盡收奪所執弓矢, 皆折之. 遂令巨胡跪於地, 以手連掌其頰. 胡人哀祈, 稱死罪者數四, 方釋之. 諸胡高拱而立, 不敢輒動. 其物徐以巾蒙首, 東望而去, 胡人相賀曰: "賴今日甲子耳. 眉: 甲子干支之首, 鬼忌之耶? 不然, 吾輩其死乎!" 旣而俱拜於巨胡前, 巨胡頷之. 良久, 遂導而入山林崦. 時欲昏黑. 民雨汗而歸, 竟不知其何物也.

* 이 고사는《태평광기》권363〈요괴·여강민〉에 실려 있다.

1 도(都):《선실지(宣室志)》권7에는 "군(郡)"이라 되어 있는데, 문맥상 타당하다.

73-20(2391) 유씨

유씨(柳氏)

출《유양잡조》

당(唐)나라 대력(大曆) 연간(766~779)에 한 선비가 있었는데, 집은 위남(渭南)에 있었으나 병에 걸려 도성에서 죽었다. 그래서 그의 아내 유씨는 위남의 집에서 살았다. 선비의 기제사 날에 해가 저물자 유씨는 밖에 앉아 시원한 바람을 맞고 있었는데, 호봉(胡蜂 : 말벌)이 유씨의 머리와 얼굴을 맴돌았다. 유씨가 부채로 벌을 쳐서 땅에 떨어뜨리고 보았더니 다름 아닌 호두였다. 유씨가 그것을 가져와 당 안에 두었더니 마침내 그것이 자랐다. 처음에는 주먹이나 사발만 하던 것이 눈 깜짝할 사이에 이미 쟁반만 해졌다. 잠시 후 퍽! 하는 소리와 함께 두 쪽으로 갈라지더니 공중을 굴러다니면서 마치 분봉(分蜂)할 때처럼 소리가 났다. 그러다가 갑자기 유씨의 머리에서 합쳐지자, 유씨의 머리는 부서졌고 이는 나무에 박혔다. 그 물체는 날아가 버렸는데, 결국 그것이 무슨 요괴인지 알지 못했다.

唐大曆中, 有士人, 莊在渭南, 遇疾卒於京. 妻柳氏, 因莊居. 士人祥齋, 日暮, 柳氏露坐納凉, 有胡蜂繞其首面. 柳氏以扇擊墮地, 乃胡桃也. 柳氏取置堂中, 遂長. 初如拳如碗, 驚顧之際, 已如盤矣. 曝然分爲兩扇, 空中轉輪, 聲如分蜂. 忽合於柳氏首, 柳氏碎首, 齒著於樹. 其物飛去, 竟不知何怪也.

* 이 고사는 《태평광기》 권363 〈요괴·유씨〉에 실려 있다.

73-21(2392) 수반

수반(壽頒)

출《이원》

진(晉)나라 효무제(孝武帝) 태원(太元) 12년(387)에 오군(吳郡)의 수반은 도(道)에 뜻을 두고 물가에 집을 짓고 살았다. 어느 날 물가에서 홀연히 한 쌍의 물체가 자라났는데, 그 모습은 마치 푸른 등나무 같았으나 가지와 잎이 없었으며 며칠 만에 한 아름이나 커졌다. 수반이 시험 삼아 그것을 한꺼번에 베었더니, 곧바로 피가 흘러나오면서 공중에서 수거위가 우는 것 같은 소리가 나더니 두 물체에서 나는 소리가 서로 호응했다. 또 물체의 배 속에서 알 하나를 얻었는데 그 모양이 오리알 같았다. 그 물체의 뿌리 끝은 뱀의 얼굴과 눈과 비슷했다.

晉孝武太元十二年, 吳郡壽頒道志, 邊水爲居. 渚次忽生一雙物, 狀若靑藤而無枝葉, 數日盈拱. 試共伐之, 卽有血出, 聲在空中, 如雄鵝叫, 兩音相應. 腹中得一卵, 形如鴨子. 其根頭似蛇面眼.

* 이 고사는 《태평광기》 권360 〈요괴·수반〉에 실려 있다.

73-22(2393) 범계보

범계보(范季輔)

출《기문》

　부성현위(鄜城縣尉) 범계보는 아직 장가들지 않았는데, 영평리(永平里)에 사는 최씨(崔氏)라는 미인이 늘 그에게 의지했다. [당나라] 개원(開元) 28년(740) 1월에 최씨가 새벽에 일어나 당(堂)을 내려갔더니 어떤 물체가 계단 아래에 죽어 있었다. 그 물체는 몸이 개처럼 생겼고 목에 아홉 개의 머리가 달려 있었는데, 그 머리들은 모두 사람 얼굴 같았다. 얼굴 생김새는 한 가지가 아니어서 화내는 얼굴, 기뻐하는 얼굴, 잘생긴 얼굴, 못생긴 얼굴, 늙은 얼굴, 젊은 얼굴, 만족(蠻族) 얼굴, 이족(夷族) 얼굴 등이 있었는데, 모두 크기가 주먹만 하고 꼬리가 매우 길었으며 오색 빛깔이었다. 최씨는 두려워서 범계보에게 그 사실을 알렸다. 무당에게 물어보았더니 무당이 말했다.

　"다섯 방위의 길에서 그것을 태우면 재앙이 사라질 것입니다."

　그래서 네거리에 땔감을 쌓아 놓고 그것을 태웠다. 그런데 며칠 뒤에 최씨의 어머니가 죽었고, 또 며칠 뒤에 최씨가 죽었으며, 범계보마저 죽었다.

鄜城尉范季輔, 未娶, 有美人崔氏, 宅在永平里, 常依之. 開元二十八年一月, 崔氏晨起下堂, 有物死在階下. 身如狗, 項有九頭, 皆如人面. 面狀不一, 有怒者·喜者·姸者·醜者·老者·少者·蠻者·夷者, 皆大如拳, 尾甚長, 五色. 崔氏恐, 以告季輔. 問諸巫, 巫言: "焚之五道, 災則消矣." 乃於四達路積薪焚之. 後數日, 崔氏母殂, 又數日, 崔氏死, 季輔亡.

* 이 고사는《태평광기》권361〈요괴·범계보〉에 실려 있다.

권74 요괴부(妖怪部)

요괴(妖怪) 3

74-1(2394) 산정

산정(山精)

출《이원》

　《산해경(山海經)》에서 이르길, "산정[산의 요괴]은 사람처럼 생겼으며 얼굴에 털이 있다"라고 했다. 《포박자(抱朴子)》에서 이르길, "산정은 그 모습이 어린아이 같지만 발이 하나뿐이고 발이 뒤로 향해 있으며 사람을 덮치길 좋아한다. 그것은 이름이 '기(蚑)'인데 그 이름을 알고서 부르면 즉시 스스로 물러간다. 또한 '초공(超空)'이라고도 하는데 [두 가지 이름을] 한꺼번에 불러도 된다. 또 어떤 산정은 북처럼 생겼고 붉은색이며 발이 하나뿐인데 '혼(渾)'이라고 부른다. 또 어떤 산정은 사람처럼 생겼고 키가 9척이며 갖옷을 입고 삿갓을 썼는데 '금루(金累)'라고 부른다. 또 어떤 산정은 용처럼 생겼고 다섯 개의 붉은 뿔이 있는데 '비룡(飛龍)'이라고 부른다. 이것들을 만났을 때 모두 그 이름을 부르면 감히 해치지 못한다"라고 했다.

《山海經》云 : "山精如人, 面有毛." 《抱朴子》曰 : "山之精, 形如小兒而獨足, 足向後, 喜來犯人. 其名'蚑', 知而呼之, 卽當自却耳. 又名'超空', 亦可兼呼之. 又有山精, 或如鼓, 赤色, 一足, 其名曰'渾'. 又或如人, 長九尺, 衣裘戴笠, 名曰'金累'.

又或如龍, 有五赤色角, 名曰'飛龍'. 見之, 皆可呼其名, 不敢爲害."

* 이 고사는 《태평광기》 권397 〈산(山)·산정〉에 실려 있다.

74-2(2395) 산소

산소(山魈)

출《광이기》 미 : 이하는 산속 나무와 돌의 여러 요괴다(以下山中木石諸怪).

  산소[산의 요괴]는 영남(嶺南)의 도처에 있는데, 발 하나에 발꿈치가 앞에 있고 손가락과 발가락이 세 개씩이다. 그 암컷은 연지와 분 바르기를 좋아한다. 산소는 큰 나무 속에 둥지를 만들고 나무 병풍과 장막을 두르고 사는데, 먹을 것을 매우 풍성하게 갖추고 있다. 남방 사람들 중에 산길을 가는 자들은 대부분 누런 연지와 분, 돈 등을 몸에 지니고 다니는데, "산공(山公)"이라 불리는 수컷은 사람을 만나면 반드시 돈을 요구하고, "산고(山姑)"라 불리는 암컷은 사람을 만나면 반드시 연지와 분을 요구하기 때문이다. 요구하는 것을 준 사람은 그들의 보호를 받을 수 있다. 당(唐)나라 천보(天寶) 연간(742~756)에 북쪽에서 온 어떤 길손이 영남의 산길을 가다가 밤에 자주 나타나는 호랑이가 두려워서 나무 위에 올라가 잠을 자려고 했는데, 갑자기 암컷 산소를 만났다. 그 사람은 평소 약간의 재물을 가지고 다녔기에 나무에서 내려와 재배하면서 산고를 불렀다. 그러자 산고가 멀리 나무 속에서 물었다.

  "어떤 물건을 가지고 있는가?"

그 사람이 연지와 분을 산고에게 주었더니, 산고가 매우 기뻐하며 그 사람에게 말했다.

"아무 걱정 말고 편안히 주무시게." 미 : 요괴도 아첨을 좋아한다.

그 사람은 나무 아래에서 잤다. 한밤중에 호랑이 두 마리가 그가 자는 곳으로 다가오려 하자 산소가 나무에서 내려와 손으로 호랑이의 머리를 쓰다듬으며 말했다.

"반자(斑子 : 호랑이)야, 내 손님이 여기에 계시니 속히 물러가거라."

그러자 호랑이 두 마리가 떠났다. 다음 날 헤어질 때가 되자 산소는 매우 공손히 손님에게 감사를 표했다. 또 매년 산소는 사람과 함께 밭을 일구는데, 사람은 밭과 씨앗만 내줄 뿐 그 나머지 땅을 경작하고 씨앗을 심는 것은 모두 산소가 하는데도 곡식이 익으면 사람을 불러 공평히 나눈다. 산소는 성품이 소박하면서도 강직해 사람과 나눌 때 많이 가지지 않는다. 사람 또한 감히 많이 가지려 하지 않는데, 많이 가진 자는 역병에 걸린다.

천보 연간 말에 유천(劉薦)이라는 사람이 영남판관(嶺南判官)이 되었다. 그가 산길을 가다가 갑자기 산소를 만나자 요괴라고 외쳤더니 산소가 화를 내며 말했다.

"유 판관, 나는 혼자 잘 놀고 있는데 그대에게 무슨 누를 끼쳤다고 이처럼 나를 욕하시오?"

그러고는 나뭇가지로 올라가서 반자를 불렀다. 잠시 뒤에 호랑이가 오자 산소는 유 판관을 잡아가라고 했다. 유천이 겁에 질려 말을 채찍질하며 달아났지만 순식간에 호랑이에게 붙잡혀 호랑이 발아래에 앉혀졌다. 그러자 산소가 웃으며 말했다.

"유 판관, 다시 나를 욕할 게요?" 협 : 재미있다.

유천은 너무 무서워서 거의 기절할 뻔했다. 사람들이 유천을 부축해 돌아왔는데, 그는 며칠 동안 병을 앓고 나서야 비로소 나았다.

山魈者, 嶺南所在有之, 獨足反踵, 手足三岐. 其牝好傅脂粉. 於大樹空中作窠, 有木屛風帳幔, 食物甚備. 南人山行者, 多持黃脂鉛粉及錢等以自隨, 雄者謂之"山公", 必求金錢, 遇雌者, 謂之"山姑", 必求脂粉. 與者能相護. 唐天寶中, 北客有嶺南山行者, 多夜懼虎, 欲上樹宿, 忽遇雌山魈. 其人素有輕賚, 因下樹再拜, 呼山姑. 樹中遙問 : "有何貨物?" 人以脂粉與之, 甚喜, 謂其人曰 : "安臥無慮也." 眉 : 妖精亦好諛. 人宿樹下. 中夜, 有二虎欲至其所, 山魈下樹, 以手撫虎頭曰 : "斑子, 我客在, 宜速去也." 二虎遂去. 明日辭別, 謝客甚謹. 又每歲中與人營田, 人出田及種, 餘耕地種植, 並是山魈. 穀熟, 則來喚人平分, 性質直, 與人分, 不取其多. 人亦不敢取多, 取多者遇天疫疾.

天寶末, 劉薦者爲嶺南判官. 山行, 忽遇山魈, 呼爲妖鬼, 山魈怒曰 : "劉判官, 我自遊戱, 何累於汝, 乃爾罵我?" 遂登樹枝, 呼班子. 有頃虎至, 令取劉判官. 薦大懼, 策馬而走, 須

臾, 爲虎所攫, 坐脚下. 魁乃笑曰:"劉判官, 更罵我否?" 夾:
趣. 薦怖懼幾絶. 扶歸, 病數日方愈.

* 이 고사는《태평광기》권428〈호(虎)·반자(斑子)〉·〈유천(劉薦)〉
  에 실려 있다.

74-3(2396) 부양 사람

부양인(富陽人)

출《술이기》

　[남조] 송(宋)나라 원가(元嘉) 연간(424~453) 초에 부양 사람 왕씨(王氏)는 도랑 끝에 게잡이 통발을 놓았는데, 다음 날 아침에 가서 보았더니 2척가량 되는 나무토막 하나가 통발을 찢어 놓아서 게가 다 빠져나가고 없었다. 그래서 그는 통발을 수리하고 나무토막을 언덕 위로 꺼냈다. 다음 날 가서 보았더니 그 나무토막이 또 통발 속에 있었고 이전처럼 일을 망쳐 놓았다. 왕씨는 또 통발을 고치고 다시 가서 보았더니 처음과 마찬가지였다. 왕씨는 그 나무토막이 요괴일 것이라고 의심해 통발 안에 나무토막을 집어넣고 묶어서 머리에 이고 돌아오면서 말했다.

　"집에 가거든 쪼개서 불태워 버리겠다."

　집까지 3리 남았을 때 부스럭거리며 움직이는 소리가 들리기에 보았더니, 아까 그 나무토막이 한 물체로 변해 있었는데, 사람 얼굴에 원숭이 몸을 하고 팔과 다리가 각각 하나씩 달려 있었다. 그 물체가 왕씨에게 말했다.

　"내가 본디 게를 좋아해서 물속에 들어가 당신의 게잡이 통발을 찢은 것이 사실입니다. 당신을 너무 많이 괴롭혔지만 그래도 당신이 용서를 베풀어 나를 이 통발에서 꺼내 주길 바랍니다. 나는 산신이니 마땅히 당신을 도와 통발 가득 게를 잡을 수 있게 해 주겠습니다." 미 : 이미 사람에게 게를 많이 잡게 해 줄 수 있다면, 어찌하여 스스로 잡지 않고 굳이 남의 통발을 망가뜨린단 말인가?

왕씨가 말했다.

"네가 내게 횡포를 부린 것이 전후로 한두 번이 아니니 그 죄는 죽어 마땅하다."

그 물체는 놓아 달라고 간청하면서 또 자꾸 물었다.

"당신의 성명은 무엇입니까?"

왕씨는 대답하지 않았다. 집에 점점 가까워지자 물체가 말했다.

"나를 풀어 주지 않고 나에게 성명도 알려 주지 않으니 더 이상 무슨 방법이 있겠는가? 그저 죽음을 기다리는 수밖에 없구나!"

왕씨는 집에 도착한 뒤 불을 지펴 그 나무토막을 태워 버렸는데, 그 후로는 조용히 더 이상 괴이한 일이 일어나지 않았다. 그곳 민간에서는 그 물체를 "산소(山魈)"라고 부르는데, 그것이 사람의 성명을 알아내면 그 사람을 해칠 수 있다고 한다. 그 물체가 한사코 왕씨의 성명을 물었던 것은 바로 그를 해쳐서 스스로 화를 면하려 했기 때문이었다.

평 : 이름이 알려진 선비 중에 중상을 당하지 않은 자가 몇 명이나 되겠는가? 그래서 [춘추 시대 은자] 장저(長沮)와 걸익(桀溺)이 이름을 숨겼던 것이다.

살펴보니 《이원(異苑)》에서 "산정은 사람처럼 생겼고 발이 하나뿐이며 키가 3~4척 정도 되는데, 산에 사는 게를 먹으며 밤에 나오고 낮에 숨는다"라고 했다.

宋元嘉初, 富陽人姓王, 於窮瀆中作蟹籪, 旦往視, 見一材, 長二尺許, 在籪裂開, 蟹出都盡. 乃修治籪, 出材岸上. 明往看之, 材復在籪中, 敗如前. 王又治籪, 再往視, 所見如初. 王疑此材妖異, 乃取納籪籠中, 繫擔頭歸, 云: "至家當破燃之." 未至家三里, 聞中窣窣動轉, 見向材頭變成一物, 人面猴身, 一手一足. 語王曰: "我性嗜蟹, 實入水破若蟹籪. 相負已多, 望君見恕, 開籠出我. 我是山神, 當相佑助, 使全籪大得蟹." 眉: 旣能使人大得蟹, 何不能自得, 而必破人籪耶? 王曰: "汝犯暴人, 前後非一, 罪自應死." 此物苦請乞放, 又頻問: "君姓名爲何?" 王不答. 去家轉近, 物曰: "旣不放我, 又不告我姓名, 當復何計? 但應就死耳!" 王至家, 熾火焚之, 後寂無復異. 土俗謂之山魈, 云知人姓名則能中傷人. 所以勤問, 正欲害人自免.
評 : 知名之士, 不被中傷者幾人? 沮溺所以藏名也.
按《異苑》: "山精如人, 一足, 長三四尺, 食山蟹, 夜出晝藏."

* 이 고사는 《태평광기》 권323 〈귀(鬼)·부양인〉, 권397 〈산·산정(山精)〉에 실려 있다.

74-4(2397) **원자허**

원자허(元自虛)

출《회창해이록(會昌解頤錄)》

[당나라] 개원(開元) 연간(713~741)에 원자허가 정주자사(汀州刺史)가 되어 관아에 도착하자 여러 관원들이 모두 배알했는데, 80세 가까이 되어 보이는 한 사람이 자신을 소(蕭) 노인이라고 하면서 말했다.

"저희 일가족은 사군(使君 : 자사에 대한 존칭)의 댁에서 대대로 살고 있으니 부디 대청만은 차지하지 말아 주셨으면 합니다."

그러고는 말을 마친 뒤 사라졌다. 그 후로 좋은 일과 나쁜 일이 있을 때마다 소 노인이 반드시 미리 알려 주었는데 들어맞지 않은 적이 없었다. 그러나 원자허는 강직한 사람이었기에 그런 일 따위는 늘 믿지 않았다. 하지만 그의 집안 식구들은 밤마다 괴이한 일을 목격하곤 했는데, 어떤 사람이 처마 위에 앉아 다리를 땅에까지 늘어뜨리기도 했고, 사람들이 두세 명씩 짝지어 허공을 걸어 다니기도 했으며, 어떤 사람이 갓난아이를 안고 사람들에게 먹을 것을 구걸하기도 했고, 어떤 미인이 화장을 짙게 하고 아름다운 옷을 입은 채 달빛 아래에서 웃고 말하면서 벽돌이나 기와를 자주 던지기도 했다. 그래서 집안 식구들이 원자허에게 그러한 사실을 아뢰면서 말했다.

"주방 뒤의 빈집은 본래 신당(神堂)이었는데 이전 사람들이 모두 향과 초를 살라 그 신을 섬겼다고 늘 들었습니다. 그런데 지금은 그렇게 하지 않기 때문에 요괴들이 이처럼 나타나는 것입니다."

그러나 원자허는 화를 내며 결코 믿지 않았다. 어느 날 갑자기 소 노인이 원자허를 찾아뵙고 말했다.

"지금 먼 곳으로 친구를 찾아가려 하니 식구들을 당신께 부탁드립니다."

소 노인은 말을 마치고 떠났다. 원자허가 나이 든 관리에게 물었더니 관리가 말했다.

"사군의 저택 뒤에 있는 고목 안에 산소(山魈)가 있다고 늘 들었습니다."

그래서 원자허가 땔감을 고목 높이만큼 쌓아서 불을 놓아 그것을 태우게 했더니, 고목 안에서 원통함에 울부짖는 소리가 들렸는데 차마 들을 수 없을 정도였다. 미 : 늘 요괴와 함께 지내는 것은 중국이 이적(夷狄)과 함께 지내는 것과 같으니, 이미 해를 끼치지 않는 이상 어찌 괴롭힐 필요가 있겠는가? 화를 당함이 마땅하다. 달포 뒤에 소 노인이 돌아와서 흰 상복을 입고 슬피 곡하며 말했다.

"어쩔 수 없이 먼 곳으로 출타하면서 도적의 손에 처자식을 맡겼구나! 이제 사해(四海) 안에 나만 혈혈단신으로 남았 으니 반드시 공(公)에게 이 아픔을 알게 해 주겠소!"

그러고는 허리띠에서 탄환 크기만 한 작은 합(盒) 하나를 풀더니 그것을 땅에 던지며 말했다.

"속히 가거라! 속히 가거라!"

원자허가 몸을 숙여 그것을 주워 열었더니 겨우 파리만 한 크기의 작은 호랑이 한 마리가 보였다. 원자허가 그것을 잡으려고 하자 땅으로 뛰어내려 금세 몇 촌으로 자라나더니 계속해서 뛰어다녔다. 잠시 후에 그것은 커다란 호랑이로 변해 중문(中門)으로 달려 들어가더니, 집안의 어른과 아이 100여 명을 모조리 물어 죽였다. 그러고는 호랑이도 사라졌 다. 결국 원자허도 혼자만 남게 되었다.

開元中, 元自虛爲汀州刺史, 至郡部, 衆官皆見, 有一人, 年垂八十, 自稱蕭老:"一家數口, 在使君宅中累世, 幸不占廳堂." 言訖而沒. 自後凡有吉凶, 蕭老必預報, 無不應者. 自虛剛正, 常不信之. 而家人每夜見怪異, 或見有人坐於檜上, 脚垂於地, 或見人兩兩三三, 空中而行, 或抱嬰兒, 問人乞食, 或有美人, 濃妝美服, 在月下言笑, 多擲磚瓦. 家人乃白自虛曰:"常聞廚後空舍是神堂, 前人皆以香火事之. 今不然, 故妖怪如此." 自虛怒, 殊不信. 忽一日, 蕭老謁自虛云:"今當遠訪親舊, 以數口爲託." 言訖而去. 自虛以問老吏, 吏云:"常聞使宅堂後枯樹中有山魈." 自虛令積柴與樹齊, 縱火焚之, 聞樹中寃號之聲, 不可聽. 眉:常之與怪, 如中國之與夷狄,旣不爲害, 何必擾之? 宜其禍矣. 月餘, 蕭老歸, 縞素哀哭曰 : "無何遠出, 委妻子於賊手! 今四海之內, 孑然一身, 當令公知之耳!" 乃於衣帶解一小合, 大如彈丸, 擲之於地, 云 : "速去! 速去!" 自虛俯拾開之, 見有一小虎, 大纔如蠅. 自虛欲捉之, 遂跳於地, 已長數寸, 跳擲不已. 俄成大虎, 走入中門, 其家大小百餘人, 盡爲所斃. 虎亦不見. 自虛亦一身而已.

* 이 고사는《태평광기》권361〈요괴·원자허〉에 실려 있다.

74-5(2398) 산도와 목객

산도 · 목객(山都 · 木客)

출《술이기》· '등덕명(鄧德明)《남강기(南康記)》'

　남강군(南康郡)에 "산도"라고 하는 신이 있는데, 곤륜(昆侖: 지금의 베트남 남부와 인도네시아 일부 지역) 사람처럼 생겼고 키는 2척 남짓이며, 검은 피부와 붉은 눈에 누런 머리카락이 몸을 덮고 있다. 이 신은 깊은 산속 나무 위에 보금자리를 만드는데, 그 모양은 새알 같고 단단하며 3척 정도의 길이에 속은 매우 매끄럽고 오색이 선명하다. 보금자리는 두 개가 포개져 있는데 중앙으로 서로 연결되어 있다. 그곳 사람들은 "위의 것은 수컷 집이고 아래 것은 암컷 집이다"라고 말한다. 옆에는 모두 그림쇠처럼 둥근 입구가 뚫려 있고, 그 재질은 속이 비어 있고 가벼워서 마치 나무통 같으며, 가운데에는 새털로 깔개를 만들어 놓았다. 이 신은 몸을 변화시키고 숨기는 데 능한데, 그 모습을 언뜻 보면 대개 목객이나 산소(山獠: 산의 요괴)와 비슷하다. 공현(贛縣)에서 서북쪽으로 15리 떨어진 곳에 "여공당(余公塘)"이라고 하는 옛 연못이 있고 그 위에 커다란 가래나무가 있는데, 그 나무는 둘레가 20아름쯤 되고 해묵어서 비어 있는 속에 산도의 보금자리가 있다. [남조] 송(宋)나라 원가(元嘉) 원년(424)

에 공현 치소(治所)의 백성 도훈(道訓)과 도령(道靈) 형제 두 사람이 그 나무를 베어 쓰러뜨리고 산도의 보금자리를 가지고 집으로 돌아왔더니, 산도가 모습을 드러내고 두 사람을 꾸짖으며 말했다.

"나는 산야에 살고 있으니 어찌 너희의 일에 간섭하겠느냐! 쓸 수 있는 산의 나무가 어찌 이루 셀 수 있겠느냐? 미 : 옳은 말이다! 이 나무에 있는 내 보금자리를 너희가 일부러 베어 쓰러뜨렸으니, 이제 응당 너희 집을 불태워 너희의 무도함을 갚아 주겠다."

이경(二更)이 되자 집 안팎과 지붕 위에서 일시에 불이 일어나 온 집을 남김없이 불태웠다.

목객[35]은 머리와 얼굴과 말소리가 사람과 완전히 다르지는 않지만, 손발톱은 갈고리처럼 날카롭다. 목객은 반드시 높다란 바위나 깎아지른 산봉우리에서 사는데, 배 젓는 노를 잘 깎아 줄로 묶어 나무 위에 모아 놓는다. 목객을 찾아가 그 노를 사려는 사람은 먼저 나무 아래에 물건을 갖다 놓는데, 목객은 그 물건이 마음에 들면 곧 노를 그 사람에게 주며, 물건을 가져가지 않더라도 함부로 해치지는 않는다. 하

---

35) 목객 : 전설 속 깊은 산속에 산다고 하는 요괴. 실제로는 외부 세계와 단절된 채 깊은 산속에서 생활하는 야인(野人)으로 추정한다.

지만 끝내 사람과 대면하고서 교역하지는 않는다. 목객이 죽으면 모두 빈렴(殯殮)을 한다. 일찍이 어떤 사람이 가서 그 장사 지내는 방법을 구경했는데, 매번 관을 높은 언덕의 나무 끝에 두거나 바위 동굴 속에 넣어 둔다. 남강군의 삼영(三營)에서 배 만드는 병사가 말했다.

"나는 그들이 장사 지내는 곳에 가서 직접 보았는데, 춤추고 노래 부르는 가락은 비록 사람과 다르지만, 그것을 들으면 마치 바람이 숲에서 불고 조수가 밀려오는 것 같았으며, 그 소리는 노래와 연주가 잘 조화된 것 같았다."

[진(晉)나라] 의희(義熙) 연간(405~418)에 서도복(徐道覆)이 남쪽으로 출병할 때, 사람을 보내 노로 사용할 나무를 베어 와서 배의 난간에 장착하려 하자, 목객이 그에게 노를 바쳤지만 모습은 볼 수 없었다.

南康有神, 名曰"山都", 形如昆侖人, 長二尺餘, 黑色赤目, 髮黃被身. 於深山樹中作窠, 窠形如卵而堅, 長三尺許, 內甚澤, 五色鮮明. 三[1]枚沓之, 中央相連. 土人云: "上者雄舍, 下者雌室." 旁悉開口如規, 體質虛輕, 頗似木筒, 中央以鳥毛爲褥. 此神能變化隱形, 猝睹其狀, 蓋木客・山橰[2]之類也. 贛縣西北十五里, 有古塘, 名"余公塘", 上有大梓樹, 可二十圍, 樹老空中, 有山都窠. 宋元嘉元年, 縣治民有道訓・道靈兄弟二人, 伐倒此樹, 取窠還家, 山都見形, 罵二人曰: "我居山野, 何預汝事? 山木可用, 豈可勝數? 眉: 說得是! 樹有我窠, 故伐倒之, 今當焚汝宇, 以報汝之無道." 至二更中, 內外屋上, 一時火起, 合宅蕩盡.

木客, 頭面語聲, 亦不全異人, 但手脚爪如鉤利. 所居必高巖絶嶺, 能斫榜, 索著樹上聚之. 有人欲就其買榜, 先置物樹下, 若合其意, 便將榜與人, 不取, 亦不橫犯也. 但終不與人面對交易. 死皆加殯殮. 曾有人往看其葬棺法, 每在高岸樹杪, 或藏石窠之中. 南康三營伐船兵說:"往親睹葬所, 舞唱之節, 雖異於人, 聽如風林汎響, 聲類歌吹之和." 義熙中, 徐道覆南出, 遣人伐榜, 以裝盤[3]艦, 木客乃獻其榜而不得見.

* 이 고사는 《태평광기》 권324 〈귀・산도〉에 실려 있다.

1 삼(三) : 《태평광기》와 《태평어람(太平御覽)》 권884 〈신귀부(神鬼部)〉에 인용된 《술이기(述異記)》에는 "이(二)"라 되어 있는데, 문맥상 타당하다.

2 삼(槮) : 《태평어람》에 인용된 《술이기》에는 "소(㺜)"라 되어 있는데, 문맥상 타당하다.

3 반(盤) : 《태평광기》에는 "주(舟)"라 되어 있는데, 문맥상 보다 타당하다.

74-6(2399) 장요

장요(張遼)

출《법원주림(法苑珠林)》 미 : 나무와 돌의 정괴다(木石之精).

　　계양태수(桂陽太守)인 강하(江夏) 사람 장요는 자가 숙고(叔高)다. 그가 언릉(鄢陵)에서 살았을 때 밭 가운데에 커다란 나무가 있었는데, 둘레가 10아름이 넘고 드리운 그늘이 6무(畝)를 덮었으며 가지와 잎이 무성해 그 주변의 땅에서는 곡식이나 풀이 자라지 못했다. 장요는 문객을 보내 그 나무를 베게 했는데, 몇 번 도끼질을 하자 나무에서 많은 피가 흘러나왔다. 문객이 놀라 두려움에 떨며 돌아와서 장숙고에게 그 사실을 아뢰었더니 장숙고가 화를 내며 말했다.

　　"나무가 늙어 수액이 나온 것이거늘 그까짓 게 뭐가 이상하다는 게냐?"

　　그러고는 직접 나무를 베었는데, 많은 피가 계속 흘러나왔다. 장숙고가 계속 베었더니 나무 속에 빈 공간 하나가 있었고 그 속에서 키가 4~5척쯤 되는 백발노인이 튀어나와 장숙고에게 달려들자, 장숙고가 칼을 휘둘러 노인을 죽였다. 그랬더니 네댓 명의 노인이 한꺼번에 튀어나왔다. 좌우 사람들은 모두 놀라고 겁에 질려 땅에 엎드렸지만 장숙고는 변함없이 태연자약했다. 여러 사람들이 천천히 살펴보니 그 백발노인은 사람 같았지만 사람이 아니었고 짐승 같았지만 짐승이 아니었다. 그것이 이른바 나무와 돌의 요괴인 기(夔 : 용처럼 생긴 외발 괴물)나 망량(魍魎 : 산천의 요괴)인가? 그 나무를 벤 해에 장숙고는 사공(司空)·어사(御史)·연주자사(兗州刺史)로 초징되었다.

桂陽太守江夏張遼[1], 字叔高. 宿[2]鄢陵, 田中有大樹, 十圍餘, 蓋六畝, 枝葉扶疏, 蟠地不生穀草. 遣客伐之, 斧數下, 樹大血出. 客驚怖, 歸白叔高, 叔高怒曰 : "樹老汗出, 此等何怪!" 因自斫之, 血大流出. 叔高更斫之, 又有一空處, 白頭老翁長四五尺, 突跿趁叔高, 叔高以刀迎斫, 殺之. 四五老翁並出, 左右皆驚怖伏地, 叔高神慮恬然如舊. 諸人徐視之, 似人非人, 似獸非獸. 此所謂木石之怪夔魍魎者乎? 其伐樹年中, 叔高辟司空·御史·兗州刺史.

* 이 고사는 《태평광기》 권359 〈요괴·장유(張遺)〉에 실려 있다.
1 요(遼) : 《태평광기》에는 "유(遺)"라 되어 있다.
2 숙(宿) : 《태평광기》와 《법원주림(法苑珠林)》 권42에는 "거(居)"라 되어 있는데, 문맥상 보다 타당하다.

74-7(2400) 조낭

조낭(曹朗)

출《건손자》

진사(進士) 조낭은 [당나라] 문종(文宗) 때 송강(松江)의 화정현령(華亭縣令)을 지냈다. 그는 임기가 만료될 무렵에 오군(吳郡)에 집 한 채를 마련하고, 또 8만 냥을 들여 "화홍(花紅)"이라는 어린 여종을 사들였는데 용모가 아주 아름다웠다. 가을이 되어 조낭은 후임 현령과 교대한 뒤 가족을 데리고 오군의 집으로 들어갔다. 동지가 다가왔으나 새집의 수리가 아직 끝나지 않았기에, 본채 안의 서쪽 칸에 숯 200근을 쌓아 두고, 동쪽 칸의 창문 아래에 평상 하나를 놓고 그 위에 새로 자리를 깔았으며, 다시 그 위에 수레에 까는 가는 갈대 자리 10장을 깔아 놓았다. 동쪽으로 가서 남쪽 별채에 딸린 서쪽 행랑의 북쪽에 있는 한 방은 창고로 사용했고, 또 한 방은 화홍과 유모가 사용했으며, 다른 한 칸은 부엌으로 사용했다. 섣달그믐 하루 전날 밤에 제사 음식을 마련하고 있었는데, 솥 안에는 석 되가량의 기름이 끓고 있었고, 그 옆에는 10여 근의 숯불이 쌓여 있었다. 조낭의 누이가 떡을 만들 때 집안 식구들은 모두 옆에 있었는데, 화홍만 오지 않자 그녀가 게으르게 잠만 잔다고 생각해서 불러오게 했지만 화홍은 와서도 아무 일도 하지 않았다. 조낭이 화를 내며 화홍을 때렸더니 화홍은 그저 머리가 아프다고 했다. 그때 갑자기 큰 벽돌이 날아와 하마터면 조낭의 모친이 맞을 뻔했다. 잠시 뒤에 또 큰 벽돌 한 장이 날아와 기름 솥을 치자 사람들이 모두 놀라서 흩어졌다. 날이 저물고 나서 마침내 본채의 문을 걸어 잠근 채 집안 식구들이 서로 의지하고 앉아서 식은땀을 물처럼 흘렸지만, 어떤 요괴의 짓인지 알지 못했다. 조낭이 숯을 가져와 불을 피우자, 별안간 또 공중에서 쾅! 하는 소리가 나면서 불이 공중에서 오르락내리락했다. 갑자기 동쪽 창문 아래의 침상에 열네댓 살쯤 되어 보이는 한 여자가 양쪽으로 머리를 틀어 올리고 짧고 누런 저고리와 바지를 입은 채 침상에 무릎을 꿇고 있었는데, 마치 누군가를 따라 찻잎을 빻고 있는 것 같았다. 조낭이 일어나 달려가서 여자를 붙잡으려 했지만 집을 한 바퀴 돌도록 잡지 못했는데, 잠시 뒤에 여자가 포개 놓은 갈대 자리 속으로 숨었다. 조낭이 또 갈대 자리를 밟았더니 칙! 하는 소리가 나면서 여자는 어디론가 사라졌다. 조낭은 새벽이 될 때까지 앉아 있다가 닭이 울자 비로소 감히 문을 열었다. 유모와 화홍은 서쪽 방에서 달게 잠을 자고 있었다. 조낭은 옥지관(玉芝觀)의 고도사(顧道士)를 불러 법술을 행했다. 그로부터 며칠 뒤에 어떤 사람이 길게 탄식하며 말했다.

"나는 양원(梁苑)36)의 문객 매고(枚皋)37)입니다. 일전에 섣달그믐날 이곳에 밥을 얻어먹으러 왔는데, 당신 집에서 왜 나를 붙잡으려 했는지 모르겠습니다." 미 : 매고가 밥을 얻어먹으려 했다니 기이하도다!

조낭이 차와 술을 대접하면서 매고에게 근래의 문장을 보여 달라고 하자 매고가 말했다.

"나는 [당나라] 원화(元和) 연간(806~820)에 상원현(上元縣 : 남경의 옛 이름)의 와관각(瓦棺閣)에 놀러 갔다가 제2층의 서쪽 귀퉁이 벽 위에 시 한 수를 적었는데, 그때는 한창 심사가 즐겁지 못했습니다. 훗날 금릉(金陵 : 남경)에 가시거든 직접 베껴서 보십시오. 당신의 집에서 일어난 소동은 내가 한 것이 아닙니다. 그 사람은 멀지 않은 곳에 있으니, 다른 사람에게 물어보면 당연히 저절로 알게 될 것입니다."

조낭은 마침내 그 일을 고 도사에게 알리고 법술을 그만두게 했다. 마을에 주이낭(朱二娘)이라는 여자 무당이 있었는데, 조낭은 또 그녀를 불러 점을 치게 했다. 무당은 집안 식구들을 모두 불러서 나오게 했는데, 화홍만 머리가 아프

---

36) 양원(梁苑) : 전한(前漢) 때 양국(梁國)의 도성인 수양성(睢陽城) 안에 있던 동산.

37) 매고(枚皐) : 전한 무제(武帝) 때의 부(賦) 작가. 매승(枚乘)의 아들로, 해학과 재담을 잘했고 사부(辭賦)에 뛰어났다.

다면서 자리에서 일어나지 않았다. 그러자 무당이 억지로 그녀를 불러내서 꾸짖었다.

"무슨 까닭에 이렇게 하는지 낭자는 모르느냐? 너는 어찌하여 말을 하지 않느냐?"

그러고는 화홍의 팔을 잡아끌자, 팔꿈치 근처의 정맥이 1촌 남짓 불거지더니 [화홍의 입을 통해] 말했다.

"현성(賢聖)이 이곳에 계시는데, 부인은 무슨 까닭에 놀라게 하시오?"

화홍은 절을 하면서 그저 자기가 한 짓이 아니라고만 말했다. 조낭은 두려워서 값을 낮춰 화홍을 팔았다. 화홍은 두 집을 거쳤지만 모두 이와 같았기에 결국 쫓겨나서 몸을 둘 곳이 없어지자, 늘 여러 절에서 바느질하면서 먹고살았다. 나중에 포산도사(包山道士) 신도천령(申屠千齡)이 오군에 들렀다가 말했다.

"동정산(洞庭山)에 사는 주민들이 함께 한 집의 딸을 사들여 동정산의 사당을 지키게 했는데, 화홍이 바로 그녀입니다. 후에 동정관(洞庭觀)이 북쪽으로 200여 보 확장되면서 그 사당이 결국 없어졌는데, 주민들이 화홍을 조시용(曹時用: 조낭)38)에게 팔자 의지할 곳이 없어진 사당 안의 산

---

38) 조시용(曹時用) : '시용'은 세상을 다스릴 인재라는 뜻. 여기서는 조

귀신이 그 무리와 함께 화홍의 팔에 둥지를 튼 것입니다."

그래서 동오(東吳)의 사람들이 모두 이 일을 알았다.

進士曹朗, 文宗時任松江華亭令. 秋將滿, 於吳郡置一宅, 又用價八萬, 買小靑衣, 名"花紅", 貌甚美. 至秋受代, 朗將家人入宅. 逼冬至, 緣新堂修理未畢, 堂內西間貯炭二百斤, 東間窓下有一榻, 新設茵席, 其上有修車細蘆䕠十領. 東行南廈西廊之北, 一房充庫, 一房卽花紅及乳母, 一間充廚. 至除夕前一日, 辦奠祝之用, 鐺中煎三升許油, 旁堆炭火十餘斤. 朗妹作餠, 家人並在左右, 獨花紅不至, 意其惰寢, 遂召之至, 又無所執作. 朗怒, 笞之, 便云頭痛. 忽有大磚飛下, 幾中朗親. 俄又一大磚擊油鐺, 於是驚散. 日已晚, 遂扃堂門, 家人相依而坐, 汗流如水, 不諭其怪. 朗取炭燃火, 俄又空中轟塌之聲, 火又空中上下. 忽見東窓下牀上, 有一女子, 可年十四五, 作兩髻, 衣短黃襦褲, 跪於牀, 以效人碾茶. 朗走起擒之, 繞屋不及, 逡巡, 匿蘆䕠積中. 朗又踏之, 啾然有聲, 遂失所在. 坐以至旦, 雞鳴, 方敢開門. 乳母·花紅熟寢於西室. 朗召玉芝觀顧道士作法. 數日, 有人長吁曰: "吾是梁苑客枚皐. 前因節日, 求食於此, 君家不知云何見捕." 眉: 枚皐求食, 異哉! 朗具茶酒, 因求皐近文, 曰: "吾元和初, 遊上元瓦棺閣, 第二層西隅壁上, 題詩一首, 方心事無悰. 他日到金陵, 可自錄之. 足下之祟, 非吾所爲. 其人不遠, 但問他人, 當自知." 朗遂白顧道士, 捨之. 里中有女巫朱二娘, 又召令

낭을 가리킨다.

占. 巫悉召家人出, 唯花紅頭痛未起. 巫强呼之出, 責曰:
"何故如此, 娘子不知? 汝何不言?" 遂拽其臂, 近肘有靑脈寸
餘隆起, 曰: "賢聖宅於此, 夫人何故驚之?" 花紅拜, 唯稱不
由己. 朗懼, 減價賣之. 歷二家, 皆如此, 遂放之, 無所容身,
常於諸寺紉針以食. 後有包山道士申屠千齡過, 說: "花紅
本是洞庭山人戶, 共買人家一女, 令守洞庭山廟. 後爲洞庭
觀拓北境二百餘步, 其廟遂除, 人戶賣與曹時用, 廟中山魅
無所依, 遂與其類巢於其臂." 東吳人盡知其事.

* 이 고사는 《태평광기》 권366 〈요괴·조낭〉에 실려 있다.

74-8(2401) 등차

등차(鄧差)

출《광오행기》 미 : 집의 정괴다(宅舍之精).

[남조] 양(梁)나라의 등차는 남군(南郡) 임저현(臨沮縣) 사람이다. 그는 맥성(麥城)에서 밭을 갈다가 몇 곡(斛 : 1곡은 10말)의 옛 동전을 주워 큰 부자가 되었다. 어느 날 그가 길을 가다가 비를 만나 쥐엄나무 아래에서 쉬고 있었는데, 한 노인을 만났더니 노인이 등차에게 말했다.

"당신은 비록 부자이지만 내년에 가신(家神)이 나가면 집안이 기울 것이고, 후에 반드시 요리를 먹다가 재앙을 당할 것이오."

등차는 그 노인이 요사스런 술법을 사칭해서 자신에게 돈을 뜯어내려는 것이라 생각하고 전혀 귀담아듣지 않았다. 이듬해 등차의 집 안에 검푸른 색깔의 한 물체가 나타났는데, 자라 같았지만 자라는 아니었고 길이는 2척쯤 되었다. 그것은 마음대로 출입하며 숨었다가 나타났다 하면서 머리를 내밀었다 움츠렸다 했다. 개들이 그것을 보면 에워싸고 함께 짖었는데, 개가 짖으면 그것은 머리를 움츠렸다. 집안 식구들도 감히 건드리지 못했으며, 이렇게 100여 일이 지나갔다. 후에 어떤 사람이 밭일을 하고 저녁에 밖에서 들어오다가 그것을 보고 도롱뇽이라 생각했다. 그래서 낫으로 그것을 쳤더니 그것은 발에 상처를 입고 피를 흘리며 다리를 끌고 볏짚 더미 아래로 들어가더니 어디론가 사라졌다. 그 후로 집에 불이 나서 아들과 조카가 죽었으며, 관아에서 부역이 잇달아 부과되었다. 등차는 또 길에서 상인들을 만났는데, 이전에 서로 알지 못하는 사이였다. 그들은 길가에서 마주 앉아 함께 식사를 했는데, 차려 놓은 음식이 산해진미였다. 그들이 등차를 불러 함께 술을 마시자고 하자 등차가 말했다.

"당신 두 사람을 살펴보니 돌아다니는 상인으로 그다지 부유한 것 같지도 않은데, 어떻게 이런 진수성찬을 드십니까?"

상인이 말했다.

"촌음의 시간도 소중히 여겨야지요. 사람이 세상에 사는 것은 결국 입고 먹기 위한 것인데, 하루아침에 병들어 죽으면 어떻게 다시 산해진미를 맛볼 수 있겠습니까? 임저의 등생(鄧生 : 등차)처럼 평생 쓰지 않고 아껴서 수전노가 될 수는 없지요."

등차는 자신의 성명을 밝히지 않은 채 묵묵히 집으로 돌아와서 큰맘 먹고 거위를 잡아 혼자 먹었는데, 젓가락으로 뼈를 발라 먹다가 뼈가 목에 걸려 병들어 죽었다. 미 : 거위를 먹는 것에 익숙하지 않았기 때문이다.

梁鄧差, 南郡臨沮人. 於麥城耕地, 得古銅數斛, 因此大富. 行值雨, 止於皂莢樹下, 遇一老公, 謂差曰:"君雖富, 明年舍神若出, 方衰耗之後, 君必因火味獲殃." 差以爲此叟假稱邪術, 妄求施與, 都不採錄. 明年, 宅內見一物, 靑黑色, 似鱉而非, 可長二尺許. 自出自入, 或隱或見, 伸縮擧頭. 狗見, 輒圍繞共吠, 吠則縮頭. 家人亦不敢觸, 如此者百餘日. 後有人種作, 黃昏從外入, 見之, 謂是蚖. 乃以鎌斫之, 傷其足血, 曳脚入稻積下, 因失所在. 自後遭火, 兒姪喪亡, 官役連及. 差又於道逢估人, 先不相識. 道邊相對共食, 羅布甘美. 呼差同飮, 差謂曰:"觀君二人, 遊行商估, 勢在不豐, 何爲乃爾?" 估人曰:"寸光可惜. 人生在世, 終止爲身口耳, 一朝病死, 安能復進甘美乎? 終不如臨沮鄧生, 平生不用, 爲守錢奴耳." 差亦不告姓名, 默然歸至家, 宰鵝以自食, 動箸咬骨, 哽其喉, 病而死. 眉:由食不慣故.

* 이 고사는 《태평광기》 권360 〈요괴·등차〉에 실려 있다.

74-9(2402) 소아

소아(素娥)

출《감택요(甘澤謠)》미 : 꽃과 달의 요괴다(花月怪).

소아는 무삼사(武三思)의 기녀였다. 교씨(喬氏)의 하녀 요낭(窈娘)이 죽은 후로 무삼사가 그녀를 그리워하자, 좌우에서 소아를 추천한 사람이 말했다.

"상주(相州) 봉양문(鳳陽門)에 사는 송(宋) 노파의 딸로, 오현금(五弦琴)을 잘 타고 절세의 미인입니다."

무삼사는 비단 300단(段)을 가지고 가서 소아를 맞아 오게 했다. 소아가 도착하자 무삼사는 크게 기뻐하며 성대한 연회를 열어 소아를 나오게 했다. 공경들이 모두 연회에 모였으나 오직 납언(納言) 적인걸(狄仁傑)만 병을 핑계 대고 오지 않았다. 이에 무삼사가 노해 좌중에서 그 일을 언급하자, 연회가 끝나고 나서 어떤 사람이 그 일을 적인걸에게 알려 주었다. 다음 날 적인걸이 무삼사를 뵙고 사과하며 말했다.

"제가 어제 지병이 갑자기 도져서 초대에 응하지 못했습니다. 하지만 미인을 보지 못한 것도 저의 운명 탓이겠지요. 다른 날 혹시 좋은 연회가 다시 열린다면 어찌 감히 약속 시간보다 먼저 도착하지 않을 수 있겠습니까?" 미 : 양공(梁公 :

적인걸)도 악인을 두려워하지만, 그 완곡함이 이와 같다.

소아가 그 말을 듣고 무삼사에게 말했다.

"양공(梁公)은 강직한 선비로 시류에 영합하는 사람이 아니니, 어찌 굳이 그를 초청해서 그의 천성을 억압할 필요가 있겠습니까?"

무삼사가 말했다.

"만약 나의 연회를 거절한다면 반드시 그의 가문을 멸족시킬 것이다!"

며칠 뒤에 무삼사가 다시 연회를 열자 손님들이 아직 오기 전에 양공이 과연 먼저 도착했다. 무삼사는 특별히 양공을 맞이해 내실에 앉힌 뒤 천천히 술을 마시면서 다른 손님들이 오기를 기다렸다. 적인걸이 먼저 소아를 불러내서 그 기예를 대강 구경하게 해 달라고 청하자, 무삼사는 술잔을 놓고 자리를 마련해 소아를 불러오게 했다. 그런데 잠시 후에 하인이 나와서 말했다.

"소아가 숨어 버려서 어디에 있는지 모르겠습니다."

무삼사가 직접 들어가서 소아를 불렀으나 아무 데도 보이지 않았다. 그때 갑자기 안방 깊숙한 곳의 틈새에서 난초와 사향의 짙은 향기가 풍겨 오기에 무삼사가 귀를 대고 들어 보았더니 소아의 말소리가 들렸는데, 그 소리가 실보다도 가늘어서 겨우 알아들을 수 있었다. 소아가 말했다.

"공(公)께 양공을 부르지 마시라고 청했는데 지금 굳이 그를 불러왔으니 저는 더 이상 살 수 없습니다."

무삼사가 그 이유를 물었더니 소아가 말했다.

"저는 다른 요괴가 아니라 바로 꽃과 달의 요정입니다. 상제(上帝)께서 저를 보내신 것은 공의 마음을 흔들어서 장차 이씨(李氏 : 당 황실)를 중흥하고자 하기 때문입니다. 지금 양공은 이 시대의 올곧은 사람이므로 제가 감히 만날 수 없습니다. 하지만 저는 일찍이 공의 시첩(侍妾)이 되었으니 어찌 정이 없겠습니까? 바라건대 공께서는 열심히 양공을 섬기면서 다른 뜻은 품지 마십시오. 그렇지 않으면 무씨(武氏) 일족은 씨도 안 남을 것입니다."

소아가 말을 마치자 무삼사가 다시 물었지만 소아는 끝내 대답하지 않았다. 무삼사는 나가서 적인걸을 만나 소아가 갑자기 아파서 나올 수 없다고 둘러대면서, 더욱 예를 갖춰 적인걸을 공경히 모셨다. 적인걸은 그 연유를 알지 못했다. 다음 날 무삼사가 그 일을 은밀히 상주했더니 측천무후(則天武后)가 탄식하며 말했다.

"하늘이 부여한 명은 폐할 수 없구나!"

素娥者, 武三思之妓人也. 自喬氏竊娘死, 三思思之, 左右有舉素娥者, 曰 : "相州鳳陽門宋媼女, 善彈五弦, 世之殊色." 三思乃以帛三百段往聘焉. 至則三思大悅, 遂盛宴以出素娥. 公卿畢集, 唯納言狄仁傑稱疾不來. 三思怒, 於座中有言, 宴罷, 有告仁傑者. 明日, 謁謝曰 : "某昨日宿疾暴作, 不果應召. 然不睹麗人, 亦分也. 他後或有良宴, 敢不先期到門?" 眉: 梁公亦怕惡人, 宛轉乃爾. 素娥聞之, 謂三思曰: "梁公强毅之士, 非款狎之人, 何必請召, 固抑其性?" 三思曰: "倘阻我宴, 必族其家!" 後數日, 復宴, 客未來, 梁公果先至. 三思特延坐於內寢, 徐徐飲酒, 待諸賓客. 請先出素娥, 略觀其藝, 遂停杯, 設榻召之. 有頃, 蒼頭出曰: "素娥藏匿, 不知所在." 三思自入召之, 皆不見. 忽於堂奧隙中, 聞蘭麝芬馥, 乃附耳而聽, 卽素娥語音也, 細於屬絲, 纔能認辨. 曰: "請公不召梁公, 今固召之, 不復生也." 三思問其由, 曰: "某非他怪, 乃花月之妖. 上帝遣來, 蕩公之心, 將興李氏. 今梁公乃時之正人, 某固不敢見. 某嘗爲僕妾, 敢無情? 願公勉事梁公, 勿萌他志. 不然, 武氏無遺種矣." 言迄更問, 終不應. 三思出, 見仁傑, 稱素娥暴疾, 未可出, 敬事之禮有加. 仁傑莫知其由. 明日, 三思密奏其事, 則天嘆曰: "天之所授, 不可廢也!"

* 이 고사는《태평광기》권361〈요괴·소아〉에 실려 있다.

74-10(2403) 서명 부인

서명부인(西明夫人)

출《찬이기(纂異記)》미 : 불의 요괴다(火怪).

진사(進士) 양정(楊禎)은 [장안의] 위교(渭橋)에서 살았는데, 거처가 번잡해 학업에 자못 방해되자 소응현(昭應縣)으로 가서 석옹사(石甕寺) 문수원(文殊院)을 오랫동안 빌려 기거했다. 열흘 남짓 지났을 때 붉은 치마를 입은 미인이 다 지난 저녁에 오더니, 주렴 밖에서 천천히 거닐며 노래를 불렀다.

"서늘한 바람 저녁에 불고 여산(驪山)은 텅 비었는데, 장생전(長生殿)은 잠겨 있고 서리 맞은 나뭇잎은 붉네. 아침에 한번 화청궁(華淸宮)에 들어간 것이, 개원(開元) 연간의 일이었음을 분명히 기억하네."

양정이 말했다.

"노래하는 사람은 뉘시오? 어찌 그처럼 처량하오?"

붉은 치마 입은 여자가 또 노래를 불렀다.

"금전(金殿)은 가을을 이기지 못하고, 달 비껴 걸친 석루(石樓)는 차갑네. 뉘라서 날 돌아보며, 휘장 걷고 외로운 그림자 위로해 주려나?"

양정은 문에서 인사하고 그녀를 맞이했다. 그녀는 자리

에 앉고 나서 양정의 성씨를 물었는데, 양정의 조부모와 사촌 형제 등 내외 친족 중에서 석옹사에 놀러 간 적이 있는 사람들을 모두 잘 알고 있었다. 양정은 이상해하며 말했다.

"귀신이오? 여우요?"

여자가 대답했다.

"아닙니다."

양정이 여자의 성씨를 한사코 물었더니 여자가 말했다.

"저는 수인씨(燧人氏)의 후예입니다. 시조는 사람들에게 공적을 세웠으며, 병정(丙丁 : 불)을 통제하면서 남방을 진수했습니다. 다시 덕으로 신농씨(神農氏)와 도당씨(陶唐氏 : 요임금)를 왕 되게 했고, 나중에는 또 서한(西漢)에서 왕이 되어 송국(宋國)을 식읍(食邑)으로 받았습니다. 먼 조상인 송무기[宋無忌 : 전국 시대 연(燕)나라의 방사는 사나운 위엄을 부리고 포악해 사람들이 가까이할 수 없었기 때문에 결국 백택씨(白澤氏)39)에게 사로잡혔습니다. 미 : 상기생(桑寄生)과 □성군(□聲君)의 여러 전(傳)과 매우 비슷하다.40) 지금 초

---

39) 백택씨(白澤氏) : 사람의 말을 잘하고 만물의 정(情)을 잘 알고 있다는 전설 속 신수(神獸). 황제(黃帝)가 순수(巡狩)하다가 바다에 이르러 그것을 얻었다고 한다.

40) 상기생(桑寄生)과 □성군(□聲君)의 여러 전(傳)과 매우 비슷하다 : 이 미비(眉批)의 원문은 "극사상기생·□성군제전(極似桑寄生·□

동과 목동들도 그 이름을 잘 알고 있습니다. 한(漢)나라 명제(明帝) 때 불법이 동쪽[중국]으로 전해졌는데, 섭마등(攝摩騰)과 축법란(竺法蘭) 두 나한(羅漢)이 저의 14대 조상을 황제께 주청해 불교를 널리 선양하게 했으며, 마침내 그분을 장명공(長明公)41)에 봉했습니다. 위(魏)나라 무제(武帝)는 말년에 불법을 훼멸하고 도사(道士 : 화상)를 주살했으며 장명공도 유폐되어 죽었습니다. 양(梁)나라 무제는 제위에 올라 불법을 중흥하고 다시 장명세자(長明世子)를 장명공에 습봉(襲封)했습니다. [당나라] 개원 연간(713~741) 초에 이르러 현종(玄宗)은 여산을 닦아 화청궁을 세우고 조원각(朝元閣)을 짓고 장생전을 건립했으며, 나머지 목재로 이 절[석옹사]을 건축했습니다. 또 여러 불상을 모신 뒤에 동당(東幢)42)을 설치했습니다. 현종은 양귀비(楊貴妃)와 함께

聲君諸傳"이라 되어 있어 한 글자가 판독 불가하다. 쑨다펑의 교점본에서는 "극사상기생・춘성군제전(極似桑寄生・春聲君諸傳)"으로 추정했는데, 타당해 보인다. 〈상기생전(桑寄生傳)〉은 상기생(뽕나무겨우살이)을 의인화한 가전체(假傳體) 소설로, 명나라의 손대아(孫大雅) 또는 소소(蕭韶)가 지었다고 전한다. 〈춘성군전(春聲君傳)〉은 풍쟁(風箏 : 연)을 의인화한 가전체 소설로, 송나라의 임경희(林景熙)가 지었다.

41) 장명공(長明公) : 실제로는 장명등(長明燈)을 말한다. 장명등은 불상 앞에 밤낮으로 켜 두는 등불로 향등(香燈)이라고도 한다.

탕전(湯殿 : 온천궁, 즉 화청궁)에서 연회를 끝낸 뒤에 이 불전(佛殿)으로 미행(微行)해 예불을 마쳤는데, 그때 양귀비가 현종에게 '우리 부부가 화목하게 지내는43) 이때에 지금 동당만 짝도 없이 혼자 우뚝 서 있는 것은 마땅치 않습니다'라고 말했습니다. 그러자 현종은 그날로 서당(西幢)을 세우라고 명하고 마침내 저를 서명 부인에 봉했으며, 호박(琥珀) 기름을 하사해 제 피부와 뼈를 매끄럽게 해 주고 산호 휘장을 설치해 제 모습을 지켜 주었습니다. 어제 저는 당신이 고요히 은거할 뜻을 지니고 있다고 들었기에 한번 존안(尊顔)을 뵙고 싶었습니다. 사통(私通)의 비난44)을 듣더라도 수치스럽다 할 수 없습니다. 만약 잠시나마 옆에서 모실 수 있다면, 반드시 당신의 성덕(盛德)에 누를 끼치지는 않을 것입니다."

양정은 절하고 그녀를 받아들였다. 그때부터 그녀는 새

---

42) 동당(東幢) : '당'은 불교의 경문(經文)을 새긴 돌기둥을 말한다.
43) 우리 부부가 화목하게 지내는 : 원문은 "우비(于飛)". 부부간의 금슬이 좋은 것을 말한다. 《시경(詩經)》〈대아(大雅)·권아(卷阿)〉에 나온다.
44) 사통(私通)의 비난 : 원문은 "상중지기(桑中之譏)". '상중'은 《시경(詩經)》〈국풍(國風)·용풍(鄘風)〉의 편명으로, 남녀가 밀회하며 사통하는 음행을 풍자한 것이다.

벽에 떠났다가 저녁에 돌아오곤 했는데, 오직 흙비 오는 어두운 날에만 오지 않았다. 한번은 바람 불고 비 오는 날에 어떤 어린아이가 붉은 치마 입은 여자의 시를 가져왔는데, 그 내용은 이러했다.

"연기마저 사라진 석루는 쓸쓸한데, 아련히 기나긴 이 밤. 허전한 마음은 가을비 무서워하고, 어여쁜 자태는 회오리바람 두려워하네. 벽 향해 시든 꽃은 부서지고, 계단 위로 떨어진 낙엽은 붉네. 마치 무리 잃은 학이, 한(恨)을 삼키며 아로새긴 새장에 있는 것 같네."

반년 뒤에 양정의 가동(家童)이 집으로 돌아가서 양정의 유모에게 그동안의 일을 알렸다. 그래서 유모가 석옹사의 불탑(佛榻 : 불상을 모신 좌대)에 몰래 엎드려 날이 밝기를 기다렸다가 살펴보았더니, 과연 한 여자가 문틈에서 나와 서당으로 들어갔는데 다름 아닌 밝게 빛나는 등불이었다. 그래서 유모가 그 등불을 꺼 버렸더니 그 후로는 마침내 붉은 치마 입은 여자가 나타나지 않았다.

進士楊禎, 家於渭橋, 以居處繁雜, 頗妨肄業, 乃詣昭應縣, 長借石甕寺文殊院居. 旬餘, 有紅裳麗人, 旣夕而至, 徐步於簾外, 歌曰: "凉風暮起驪山空, 長生殿鎖霜葉紅, 朝來試入華淸宮, 分明憶得開元中." 禎曰: "歌者誰耶? 何淸苦之若是?" 紅裳又歌曰: "金殿不勝秋, 月斜石樓冷. 誰是相顧人, 褰帷吊孤影?" 禎拜迎於門. 旣卽席, 問禎之姓氏, 凡禎祖父母叔兄弟中外親族, 曾遊石甕寺者, 無不熟識. 禎異之曰:

"鬼物乎? 狐狸乎?" 對曰: "否." 禎固請氏族, 曰: "某燈人氏之苗裔也. 始祖有功烈於人, 乃統丙丁, 鎭南方. 復以德王神農·陶唐氏, 後又王於西漢, 因食采於宋. 遠祖無忌, 以威猛暴耗, 人不可親, 遂爲白澤氏所執. 眉: 極似桑寄生·□聲君諸傳. 今樵童牧竪, 得以知名. 漢明帝時, 佛法東流, 摩勝[1]·竺法蘭二羅漢, 奏請某十四代祖, 令顯揚釋敎, 遂封爲長明公. 魏武季年, 滅佛法, 誅道士, 而長明公幽死. 梁武嗣位, 佛法重興, 復以長明世子襲之. 至開元初, 玄宗治驪山, 起至華淸宮, 作朝元閣, 立長生殿, 以餘材因修此寺. 群像旣立, 遂設東幢. 帝與妃子, 自湯殿宴罷, 微行佛廟, 禮陁伽竟, 妃子謂帝曰: '當于飛之秋, 不當今東幢巋然無偶.' 帝卽日命立西幢, 遂封某爲西明夫人, 因賜琥珀膏, 潤於肌骨, 設珊瑚帳, 固予形貌. 昨聞足下有幽隱之志, 願一款顔. 桑中之譏, 亦不能恥. 倘少承周旋, 必無累於盛德." 禎拜而納之. 自是晨去暮還, 唯霾晦則不復至. 常遇風雨, 有嬰兒送紅裳詩, 其詞云: "烟滅石樓空, 悠悠永夜中. 虛心怯秋雨, 艶質畏飄風. 向壁殘花碎, 侵階墜葉紅. 還如失群鶴, 飮恨在雕籠." 後半年, 家童歸, 告禎乳母. 母乃潛伏於佛榻, 俟明以觀之, 果自隙而出, 入西幢, 澄澄一燈矣. 因撲滅, 後遂絶紅裳者.

* 이 고사는 《태평광기》 권373 〈정괴·양정(楊禎)〉에 실려 있는데, 출전이 "《모이기(慕異記)》"라 되어 있다.

1 마승(摩勝): "마등(摩騰)"의 오기로 보인다. 섭마등(攝摩騰)을 말한다. 축법란(竺法蘭)과 함께 낙양(洛陽)의 백마사(白馬寺)에서 주석(駐錫)했다.

74-11(2404) 노욱

노욱(盧郁)

출《선실지》미 : 온갖 기물의 요괴다(以下器用百物之怪).

진사(進士) 노욱은 하삭(河朔) 사람인데, 장안(長安)으로 이주해 살았다. 그가 한번은 북쪽으로 연조(燕趙) 지방을 유람하다가 내황군(內黃郡)에서 객지 생활을 했는데, 그곳 군수가 그를 관사(官舍)에 머물게 해 주었다. 이전에 그 관사에는 사람이 살지 않았는데, 노욱이 도착했더니 머리카락이 새하얗고 몸집이 작고 뚱뚱한 한 노파가 흰옷을 입고 와서 노욱에게 말했다.

"쇤네는 이곳에서 타향살이한 지 오래되었기 때문에 당신을 뵈러 왔습니다."

그러고는 잠시 후에 작별을 고하고 떠났다. 그날 저녁에 노욱은 혼자 당(堂) 앞에 있었는데, 눈바람이 치는 밤에 그 노파가 또 오자, 노욱이 앉으라 하고 함께 얘기를 나누었다. 노파가 말했다.

"쇤네는 성이 석씨(石氏)이며 화음군(華陰郡)에서 살다가 나중에 여 어사(呂御史)를 따라 이곳에 온 지 거의 40년이 되어 갑니다. 집이 몹시 가난하니 부디 귀한 손님께서 불쌍히 여겨 주셨으면 합니다."

그래서 노욱이 노파에게 음식을 먹으라고 했지만 노파는 끝내 돌아보지 않았다. 노욱이 물었다.

"왜 먹지 않소?"

노파가 말했다.

"쇤네는 몹시 배가 고프기는 하지만 곡식을 먹지 않기 때문에 이렇게 장수하고 건강합니다."

노욱은 호기심이 많았기에 그 말을 듣고 매우 기뻐했으며, 노파가 도술을 지니고 있는 사람이라고 생각해서 음식을 먹지 않을 수 있게 된 연유를 물었더니 노파가 말했다.

"선친이 신선술을 좋아해 태화산(太華山 : 화산)에서 지냈습니다. 그래서 쇤네도 일찍이 태화산 속에 은거하면서 도사로부터 장생법(長生法)을 배웠는데, 도사가 쇤네에게 불을 삼키는 도술을 가르쳐 주어 그때부터 곡기를 끊게 되었습니다. 지금 이미 아흔 살이 되었지만 아직 단 하루도 추위나 더위로 인한 병에 걸린 적이 없습니다."

노욱이 또 물었다.

"불을 삼키는 것이 어찌 신선술의 종지(宗旨)이겠소?"

노파가 말했다.

"지인(至人)은 불에 들어가도 타지 않으니 불을 삼키는 것이 진실로 당연합니다."

노욱이 불을 삼키는 것을 구경하고 싶어 하자, 노파는 곧바로 손으로 화로 속의 불을 집어서 삼켰는데, 불을 다 삼킬 때까지 조금도 안색이 변하지 않았다. 노욱이 놀라고 기이해하면서 마침내 일어나 의대를 고쳐 매고 재배하자 노파가 말했다.

"이것은 작은 도술일 뿐이니 어찌 귀하다 하겠습니까?"

노파가 말을 마친 뒤 작별을 고하고 떠나자, 노욱은 계단을 내려가 그녀를 전송하고 침실로 돌아왔다. 얼마 되지 않아 서쪽 행랑 아래에서 불이 나자, 노욱이 놀라 일어나서 살펴보았더니 서쪽 행랑채가 이미 불타고 있었다. 그래서 마을 사람들이 모두 와서 다투어 물을 끼얹어 새벽녘에야 겨우 불을 껐다. 불이 난 근원을 조사하다가 서쪽 행랑 아래의 구덩이 속에서 돌로 된 연통 하나를 발견했는데, 그 안에 아주 많은 불씨가 들어 있었다. 이전에 그 위에 썩은 풀을 쌓아 놓았기 때문에 그것에 옮겨붙어서 불이 났던 것이었다. 노욱은 그제야 노파가 바로 그 연통이라는 사실을 깨달았는데, 노파가 성이 석씨이고 화산에서 살았다고 말한 대로였다. 늙은 관리가 말했다.

"여 어사는 위주(魏州)의 종사(從事)였는데, 이 집에서 살았던 지가 지금까지 40년이 됩니다."

進士盧郁者, 河朔人, 徙家長安. 嘗北遊燕趙, 遂客於內黃, 郡守館郁於廨舍. 先是其舍無居人, 及郁至, 見一姥, 髮盡白, 身庫而肥, 被素衣來, 謂郁曰: "妾僑居此且久矣, 故相候謁." 已而告去. 是夕, 郁獨居堂之前, 夜風雪, 其姥又至, 郁命坐語論. 姥曰:"妾姓石氏, 家於華陰郡, 後隨呂御史至此, 且四十年. 家苦貧, 幸貴客見哀." 於是郁命食, 而老姥卒不顧. 郁問:"何爲不食?" 姥曰:"妾甚饑, 然不食粟, 以故壽而安." 郁好奇, 聞之甚喜, 且以爲有道術者, 因問其能不食之故, 姥曰:"先人好神仙, 廬於太華. 妾亦常隱於山中, 從道士學長生法, 道士敎妾吞火, 自是絶粒. 今已年九十矣, 未審一日有寒暑之疾." 郁又問曰:"吞火豈神仙之旨乎?" 姥曰:"至人入火不焚, 吞火固其宜也." 郁願觀吞火, 姥乃以手探爐中火而吞之, 火且盡, 其色不動. 郁驚異, 遂起束帶再拜, 姥曰:"此小術耳, 何足貴哉?" 言訖別去, 郁因降階送之. 遂歸寢堂. 未幾, 西廡下有火發, 郁驚起視之, 其西廡舍已焚. 於是里中人俱至, 競以水沃之, 迨旦方絶. 及窮火發之跡, 於廡下坎中, 得一石火通, 中有火甚多. 先有敗草積其上, 故延燒焉. 郁方悟老姥乃此火通耳, 所謂姓石氏, 居於華山者也. 老吏言:"呂御史, 魏之從事, 居此宅, 迨今四十年矣."

* 이 고사는 《태평광기》 권373 〈정괴·노욱〉에 실려 있다.

74-12(2405) 청강군의 노인

청강군수(淸江郡叟)

출《선실지》

당(唐)나라 개원(開元) 연간(713~741)에 청강군의 노인이 한번은 군의 남쪽 밭 사이에서 소를 치고 있었다. 그때 갑자기 땅속에서 이상한 소리가 들리자 노인과 목동 여러 명은 모두 놀라 피해 달아났다. 그 일이 있은 후부터 노인은 열병을 심하게 앓았는데, 열흘 남짓 지났더니 약간 차도가 있었다. 노인의 꿈속에 푸른 저고리를 입은 한 장부가 나타나 노인을 돌아보며 말했다.

"나를 개원관(開元觀)으로 옮겨 주시오."

노인은 놀라 깨어났으나 무슨 뜻인지 알 수 없었다. 며칠 후에 노인은 또 들판으로 나갔다가 다시 그 소리를 듣고 즉시 군수(郡守)에게 그 사실을 아뢰었다. 하지만 군수는 망령된 일이라고 여겨 노인을 꾸짖어 쫓아냈다. 그날 밤에 노인의 꿈에 또 푸른 저고리를 입은 장부가 나타나 말했다.

"나는 땅속에 버려진 지 오래되었으니 당신은 속히 나를 꺼내 주시오. 그러지 않으면 병에 걸릴 것이오."

노인은 크게 두려웠다. 새벽이 되자 노인은 자식들을 데리고 함께 군의 남쪽으로 가서 즉시 땅을 팠다. 1장 남짓 파

들어갔더니 푸른색 종 하나가 나왔는데, 바로 이전에 꿈속에 나타났던 장부의 옷 색깔이었다. 노인이 군수에게 그 사실을 아뢰자, 군수는 그 종을 개원관에 안치했다. 그날 진시(辰時 : 오전 8시경)에 종을 치지 않았는데도 갑자기 저절로 울렸는데, 그 소리가 매우 맑게 울려 퍼졌다. 청강군의 사람들은 모두 이상해하면서 경탄했다. 군수가 그 일을 황제에게 아뢰자, 현종(玄宗)은 재상 이임보(李林甫)에게 조서를 내려 그 종의 모양을 그려서 천하에 알리게 했다.

唐開元中, 淸江郡叟常牧牛於郡南田間. 忽聞有異聲自地中發, 叟與牧童數輩俱驚走辟易. 自是叟病熱且甚, 僅旬餘, 病少愈. 夢一丈夫, 衣靑襦, 顧謂叟曰 : "遷我於開元觀." 叟驚而寤, 然不知其旨. 後數日, 又適野, 復聞之, 卽以其事白於郡守. 守以爲妄, 叱遣之. 是夕, 叟又夢靑襦者告曰 : "吾委跡於地下久矣, 汝速出我. 不然得疾." 叟大懼. 及曉, 與其子偕往郡南, 卽鑿其地. 約丈餘, 得一鐘, 色靑, 乃向所夢丈夫色衣也. 遂白郡守, 郡守置於開元觀. 是日辰時, 不擊忽自鳴, 聲極震響. 淸江之人, 俱異而驚嘆. 郡守因上其事, 玄宗詔宰臣林甫寫其鐘樣, 告示天下.

* 이 고사는 《태평광기》 권368 〈정괴 · 청강군수〉에 실려 있다.

74-13(2406) 화음현의 촌장

화음촌정(華陰村正)

출《유양잡조》

    화음현의 칠급조(七級趙) 마을에서 마을 길이 갑자기 꺼져 계곡을 이루었기에 그곳에 다리를 놓아 오갈 수 있게 했다. 어떤 촌장이 한번은 밤에 그 다리를 건너가다가 보았더니, 한 무리의 아이들이 불 주위에 모여서 놀고 있었다. 촌장은 그들이 도깨비라는 것을 알고 활을 쏘았는데, 마치 화살이 나무에 꽂히는 듯한 소리가 나더니 불이 즉시 꺼졌다. 곧이어 웅성거리면서 말하는 소리가 들렸다.

    "우리 아련(阿連)이의 머리에 화살이 박혔다!"

    촌장이 현성(縣城)에 갔다가 돌아오는 길에 [어젯밤 자신이 화살을 쏘았던 곳을] 찾아보았더니 부서진 수레바퀴 예닐곱 조각이 보였는데, 그중 한 조각의 끝에 여전히 그 화살이 박혀 있었다.

華陰縣七級趙村, 村路因嚙成谷, 梁之以濟往來. 有村正常夜渡橋, 見群小兒聚火爲戲. 村正知其魅, 射之, 若中木聲, 火卽滅. 聞啾啾曰:"射着我阿連頭!" 村正上縣回, 尋之, 見破車輪六七片, 有頭杪尙銜其箭者.

* 이 고사는 《태평광기》 권369 〈정괴·화음촌정〉에 실려 있다.

74-14(2407) 안양현의 황씨

안양황씨(安陽黃氏)

출《광오행기》

북제(北齊) 무성제(武成帝) 때 안양현의 황씨는 옛 성의 남쪽에서 살았는데, 조상 대대로 거부(巨富)였다. 한번은 어떤 무당이 점을 치며 말했다.

"당신 집의 재물이 나가려 하니 스스로 잘 간수하십시오. 만약 재물이 떠나면 집은 즉시 매우 가난해질 것입니다."

그래서 황씨 집에서는 밤마다 사람을 나누어 배치해 지키게 했다. 그러던 어느 날 밤에 한 무리의 사람들이 모두 누런 옷을 입고 말을 타고서 북문으로 나갔고, 또 한 무리는 흰 옷을 입고 말을 타고서 서문으로 나갔으며, 또 한 무리는 푸른 옷을 입고 말을 타고서 동쪽 정원 문으로 나갔는데, 이들은 모두 조우(趙虞)의 집이 여기서 얼마나 떨어져 있는지 물었다. 당시 집안 식구들은 무당의 말을 까마득히 잊고 있다가 그들이 떠난 뒤에야 비로소 깨달았는데, 가슴을 치며 후회했으나 다시 쫓아갈 수 없었다. 황씨 집을 나간 누런 옷, 흰옷, 푸른 옷을 입은 사람들은 모두 금과 은과 돈이었다. 한참 후에 다시 한 사람이 나타나 다리를 절뚝거리면서 땔감을 지고 오더니 또 조우의 집을 묻자, 집안 식구들은 몹시 분노해 노복들에게 그 사람을 두들겨 패게 했다. 그러고는 다가가서 보았더니 다름 아닌 집에서 쓰던 다리 부러진 솥이었다. 미 : 다리 부러진 솥도 모름지기 복이 있어야 누리는데, 사람들은 어찌하여 과도하게 구하려 하는가! 그 이후로 황씨 집은 점점 가난해졌으며 사람들도 모두 죽었다.

北齊武成時, 安陽縣有黃家者, 住古城南, 其先累世巨富. 有巫師占 : "君家財物欲出, 好自防守. 若去, 家卽大貧." 其家每夜使人分守. 夜有一隊人, 盡著黃衣, 乘馬, 從北門出, 一隊白衣人, 乘馬, 從西門出, 一隊靑衣人, 乘馬, 從東園門出, 悉借問趙虞家此去近遠. 當時並忘, 去後醒覺, 撫心懊悔, 不可復追. 所出黃白靑者, 皆金銀錢貨. 良久, 復見一人, 跛脚負薪而來, 亦問趙虞, 家人忿極, 命奴擊之. 就視, 乃家折脚鐺也. 眉 : 卽折脚鐺亦須福享, 人何以過求爲哉! 自此之後, 漸貧, 死亡都盡.

* 이 고사는 《태평광기》 권361 〈요괴 · 안양황씨〉에 실려 있다.

74-15(2408) 정인

정인(鄭絪)

출《영괴집(靈怪集)》

당(唐)나라의 무양후(陽武侯) 정인은 재상을 그만둔 후, 영남절도사(嶺南節度使)로 있다가 조정에 들어가 이부상서(吏部尙書)가 되어 소국리(昭國里)에서 살았다. 그의 동생 정온(鄭縕)은 태상소경(太常少卿)이 되어 모두 한집에 있었다. 주방에서 음식을 준비하려고 할 때 갑자기 부뚜막에서 어떤 물체가 가마솥을 들어 올리는 것 같더니 부뚜막에서 1척 남짓 떨어진 채로 계속 떠 있었다. 그 옆에는 노구솥 10여 개가 있었는데, 모두 요리하느라 뜨거워져 솥마다 양쪽 손잡이가 마구 흔들렸다. 그러다가 한참 후에 모든 솥이 걸어가 부뚜막 위에서 멈추었다. 이윽고 세 개의 노구솥이 가마솥 하나씩을 업고 걸어가자 그 나머지 솥들도 줄지어 따라가 주방 안에서 밖으로 나갔다. 주방 바닥에는 다리가 부러지거나 버려져 못 쓰게 된 솥들이 있었는데, 그것들도 절름거리며 뛰어서 따라갔다. 솥들은 주방을 나와 동쪽으로 도랑을 건너갔는데, 여러 노구솥은 함께 가면서 아무런 어려움이 없었으나 다리 부러진 솥은 건너갈 수 없었다. 그 집의 어른과 아이들은 그 기이한 광경에 놀라 모여서 지켜보았지만 어찌 된 영문인지 알지 못했다. 그때 어떤 아이가 꾸짖으며 말했다.

"이미 괴이한 짓을 할 수 있다면, 다리 부러진 놈은 어찌하여 앞으로 갈 수 없단 말이냐?"

그러자 노구솥들이 업고 가던 가마솥을 뜰에 버리고 되돌아가더니, 노구솥 두 개가 다리 부러진 솥 하나씩을 업고 도랑을 건너갔다. 그리고는 태상소경[정온]의 정원으로 들어가 당(堂) 앞에서 줄지어 늘어섰다. 그러자 공중에서 집이 무너지는 듯한 굉음이 들리면서 노구솥과 가마솥들이 모두 누런 먼지와 시커먼 그을음으로 변하더니 하루가 다 가고 나서야 비로소 걷혔다. 그 집에서는 그 연유를 헤아릴 수 없었다. 며칠 후에 태상소경이 먼저 죽었고 상국(相國 : 정인)도 뒤따라 죽었다. 미 : 구징(咎徵 : 불길한 징조)이 덧붙어 나온다.

평 : [당나라의] 이적지(李適之)는 늘 세발솥을 늘어놓고 음식을 요리했는데, 하루는 정원의 솥들이 뛰어나와 서로 다투어 솥의 귀와 다리가 모두 떨어졌다. 얼마 되지 않아 이적지는 재상을 그만두었으며, 그 후에 이임보(李林甫)에게 모함을 받아 폄적당해 죽었다. 대저 솥을 늘어놓고 식사하는 집에서 세발솥과 노구솥 등이 괴이함을 보이는 것은 상서로운 징조가 아니다. 또 [위진 시대] 위관(衛瓘)의 하인이 밥을 짓다가 밥을 땅에 떨어뜨렸는데, 그 밥이 모두 소라로

변하고 다리가 생겨나 걸어 다녔다. 얼마 후에 위관은 가후(賈后)에게 죽임을 당했다.

唐陽武侯鄭絪罷相, 自嶺南節度入爲吏部尙書, 居昭國里. 弟縕爲太常少卿, 皆在家. 廚饌將備, 其釜忽如物於竈中築之, 離竈尺餘, 連築不已. 其旁有鐺十餘, 並烹庖將熱, 皆兩耳慢搖. 良久悉能行, 乃止竈上. 每三鐺負一釜而行, 其餘列行引從, 自廚中出. 在地有足折者, 有廢不用者, 亦跳躑而隨之. 出廚, 東過水渠, 諸鐺並行, 無所礙, 而折足者不能過. 其家大小驚異, 聚而視之, 不知所爲. 有小兒咒之曰: "旣能爲怪, 折足者何不能前?" 諸鐺乃棄釜於庭中, 却過, 每兩鐺負一折足者以過. 往入少卿院, 堂前排列定. 乃聞空中轟然如屋崩, 其鐺釜悉爲黃埃黑煤, 盡日方定. 其家莫測其故. 數日, 少卿卒, 相國相次而薨. 眉 : 咎徵附見.
評 : 李適之嘗列鼎具膳, 一旦, 庭中鼎躍出相鬪, 鼎耳及足皆落. 未幾罷相, 後爲李林甫所陷, 貶死. 大抵鼎食之家, 鼎鐺表異, 非祥微也. 又衛瓘家人炊, 飯墮地, 悉化爲螺, 出足而行. 尋爲賈后所誅.

* 이 고사는 《태평광기》 권365 〈요괴・정인〉, 권362 〈요괴・이적지(李適之)〉, 권359 〈요괴・위관(衛瓘)〉에 실려 있다.

74-16(2409) 요 사마

요사마(姚司馬)

출《유양잡조》

    요 사마가 빈주(邠州)에서 기거할 때 집 근처에 시내가 하나 있었는데, 어린 두 딸이 늘 장난삼아 시냇가에서 낚시했지만 한 번도 물고기를 낚은 적이 없었다. 그런데 어느 날 갑자기 낚싯대가 휘더니 두 딸은 각각 물체 하나씩을 낚았는데, 하나는 두렁허리 같았지만 털이 있었고, 다른 하나는 자라 같았지만 아가미가 있었다. 그 집에서는 기이해하며 그것들을 작은 연못에서 길렀다. 하룻밤이 지나자 두 딸은 모두 정신이 몽롱해지더니 밤마다 촛불을 밝혀 놓고 마주 앉아 장난치며 남색 물과 검은 물을 들인다고 하면서 잠시도 쉬지 않았는데, 물들이려는 물건은 보이지 않았다. 또 반년이 지나는 사이에 두 딸은 병세가 더욱 심해졌다. 그 집에서 한번은 등불을 밝혀 놓고 돈을 가지고 놀았는데, 갑자기 등불 그림자 아래에서 작은 손 두 개가 나오더니 큰 소리로 말했다.

  "한 냥만 주시오."

  가족 중에 누가 침을 뱉자 또 말했다.

  "나는 당신 집의 사위인데, 어찌 감히 무례하게 대하시오?"

　한 사람은 "오랑(烏郞)"이라 했고 다른 한 사람은 "황랑(黃郞)"이라 했다. 양 원수[楊元帥 : 빈주절도사 양원경(楊元卿)]가 그 사실을 알고 요 사마를 위해 도성에 있는 첨(瞻)이라는 스님을 모셔 왔다. 첨 스님은 귀신을 다스리는 법술에 뛰어났고 불경을 염송해 요괴에 홀린 사람을 치료했는데 많은 효험을 보았다. 첨 스님은 요 사마의 집에 도착해서 등잔을 내걸고 새끼로 금줄을 치고 나서 손을 모아 검에 주문을 건 뒤에 요괴를 불렀으며, 또 금줄 밖에 제사 음식과 술 한 동이를 차려 놓았다. 한밤중에 소처럼 생긴 한 물체가 술에 코를 박고 있었다. 첨 스님은 곧장 검을 숨긴 채 살금살금 걸어가서 고함치며 힘을 다해 그것을 찔렀다. 그 물체는 몸에 검이 꽂힌 채로 달아나며 피를 줄줄 흘렸다. 첨 스님은 사람들을 데리고 횃불을 밝혀 물체를 찾아 나섰다. 그것이 흘린 피를 쫓아서 뒷집의 모퉁이에 이르러 보았더니, 대나무 상자만 한 크기의 검은 가죽 주머니가 마치 풀무처럼 바람을 내쉬고 있었는데, 아마도 오랑인 것 같았다. 마침내 땔감에 불을 지펴 그것을 태워 죽였는데, 그 악취가 10여 리까지 퍼졌으며, 한 딸은 즉시 병이 나았다. 다른 딸은 여전히 병들어 있었는데, 첨 스님이 그녀 앞에 서서 벌절라(伐折羅 : 금강저)45)를 들고 꾸짖자, 그녀는 두려움에 떨면서 머리를 조아렸다. 첨 스님이 우연히 그녀의 허리띠에 검은 주머니 하나가 있는 것을 보고 시녀에게 풀어 오게 해서 보았더니 자그마한 열쇠였다. 그래서 그녀가 사용하는 기물을 뒤져 보았더니, 그 열쇠에 딱 맞는 대나무 상자 하나가 나왔다. 대나무 상자 안에는 상갓집에서 쓰는 휘장과 옷이 잔뜩 들어 있었는데, 옷 색깔은 누런색과 검은색뿐이었다. 그래서 첨 스님에게 청해 더욱 공력을 들여 치료했더니, 열흘쯤 뒤에 딸의 팔에 물거품 같은 종기가 돋아났는데, 그 크기가 오이만 했다. 미 : 주머니 마귀가 팔에 숨어 있다니 더욱 기이하다. 첨 스님이 주문을 건 침으로 종기를 찌르자 몇 홉의 피가 흘러나왔고, 마침내 딸의 병이 나았다.

姚司馬寄居邠州, 宅枕一溪, 有二小女, 常戲釣溪中, 未嘗有獲. 忽撓竿, 各得一物, 若鱸者而毛, 若鱉者而鰓. 其家異之, 養於盆池. 經夕, 二女悉患精神恍惚, 夜常明燭, 對作戲, 染藍涅皂, 未嘗暫息, 然莫見其所取也. 又歷半年, 女病彌甚. 其家嘗張燈戲錢, 忽見二小手出燈影下, 大言曰: "乞一錢." 家或唾之, 又曰 : "我是汝家女婿, 何敢無禮?" 一稱"烏郎", 一稱"黃郎". 楊元帥[1]知之, 因爲求上都僧瞻. 瞻善鬼神部, 持念, 治病魅者多著效. 瞻至姚家, 標釭界繩, 印手敕劍, 召之, 復設血食盆酒於界外. 中夜, 有物如牛, 鼻於酒上. 瞻乃匿

---

45) 벌절라(伐折羅) : 범어 '바즈라(vajra)'의 음역으로, 금강저(金剛杵)를 말한다. 발사라(跋闍羅)·발왈라(跋曰羅) 등으로도 음역한다.

劍, 躍步大言, 極力刺之. 其物匣刃而步, 血流如注. 瞻率左右, 明炬索之. 跡其血, 至後宇角中, 見若烏革囊, 大可合簣, 喘若輻輠, 蓋烏郞也. 遂毁²薪焚殺之, 臭聞十餘里, 一女卽愈. 次女猶病, 瞻因立於前, 擧代³折羅叱之, 女恐怖叩首. 瞻偶見其衣帶上有一皂袋子, 因令侍奴婢解視之, 乃小簣也. 遂搜其服玩, 勘得一簣. 簣中悉是喪家搭帳衣, 衣色唯黃與皂耳. 請瞻爲加功治之, 涉旬, 其女臂上腫起如漚, 大如瓜. 眉: 袋魔藏神於臂, 更異. 瞻禁針刺, 出血數合, 竟差.

* 이 고사는 《태평광기》 권370 〈정괴·요사마〉에 실려 있다.
1 수(帥): 《태평광기》와 《유양잡조(酉陽雜俎)》 〈속집(續集)〉 권2에는 "경(卿)"이라 되어 있다.
2 훼(毁): 《태평광기》와 《유양잡조》에는 "훼(燬)"라 되어 있는데, 문맥상 타당하다.
3 대(代): 《유양잡조》에는 "벌(伐)"이라 되어 있는데, 문맥상 타당하다.

74-17(2410) 최각

최각(崔珏)

출《선실지》

[당나라] 원화(元和) 연간(806~820)에 박릉(博陵) 사람 최각은 여정(汝鄭)에서 와서 장안(長安)의 연복리(延福里)에서 임시로 거주했다. 어느 날 그가 창 아래에서 책을 읽고 있었는데, 갑자기 키가 한 척도 되지 않는 한 아이가 머리를 드러내고 누런 옷을 입은 채 북쪽 담 아래에서 종종걸음으로 평상 앞으로 오더니 최각에게 말했다.

"당신이 공부하는 자리에서 지내고 싶은데 괜찮겠습니까?"

최각이 대꾸도 하지 않자 아이가 또 말했다.

"제가 그래도 아직은 튼튼해서 당신의 심부름이라도 하고 싶은데, 어찌하여 이렇게 심하게 거절하십니까?"

그래도 최각은 돌아보지 않았다. 잠시 뒤에 아이는 평상으로 폴짝 뛰어 올라오더니 두 손을 맞잡고 공손하게 서 있었다. 한참 뒤에 아이가 소매에서 작은 문서를 하나 꺼내 최각 앞에 놓았는데, 그것은 다름 아닌 시였다. 글씨는 마치 좁쌀처럼 작았지만 매우 또렷해서 알아볼 수 있었다. 시는 다음과 같았다.

"지난날 몽념(蒙恬)46)의 은혜를 입었는데, 얼마 후에 중숙(仲叔 : 반초)47)을 만나 내던져졌네. 당신이 나를 부리지 않겠다고 하니, 또 어디서 은구(銀鉤)48)를 찾아야 하나?"

시를 다 읽고 난 최각이 웃으면서 말했다.

"기왕 나를 따르고 싶다고 했으니 후회하지 않겠느냐?"

그 아이는 또 시 한 수를 꺼내 안석 위에 던졌는데, 시는 다음과 같았다.

"학문은 당신에게서 나오지만, 당신의 시문(詩文)은 나로 인해 전해진다네. 모름지기 알아야 하니 왕일소(王逸少 : 왕희지)는, 그 명성이 천년을 떠들썩하게 했음을."

최각이 또 말했다.

"나는 왕일소와 같은 재주가 없으니, 너를 얻는다 한들

---

46) 몽념(蒙恬) : 진(秦)나라의 몽념이 토끼털과 대나무 자루를 이용해서 처음으로 붓을 만들었다고 한다.

47) 중숙(仲叔) : 후한 초의 무장 반초(班超)를 말한다. 반초는 자가 중승(仲升)이고, 반표(班彪)의 아들이자 《한서(漢書)》를 완성한 반고(班固)의 동생이다. 처음에는 학문에 뜻을 두고 궁중 도서관에서 서책을 필사했는데, 흉노족이 변경을 침략해 약탈하고 백성을 살상한다는 소식을 듣자, 붓을 내던지고 군대에 들어가 흉노 원정군에 가담했다. 그 후 흉노와의 전쟁에서 많은 공을 세워 흉노의 지배하에 있던 서역의 50여 국을 한나라에 복종시켰다. 문인이 붓을 내던지고 종군(從軍)한다는 뜻의 '투필종융(投筆從戎)'이란 성어가 그에게서 나왔다.

48) 은구(銀鉤) : 서체(書體)가 힘이 넘치는 것을 말한다.

무슨 소용이 있겠느냐?"

잠시 뒤에 아이가 또 시 한 수를 던졌다.

"능히 소식을 천 리에 통하게 할 수 있고, 용과 뱀49)을 풀어놓아 팔행(八行)50)을 돌게 할 수도 있네. 강생(江生 : 강엄)51)은 자신을 칭찬해 주지 않는다고 슬퍼했는데, 그건 스스로 훌륭한 문장을 짓는다고 자부했기 때문이라네."

최각이 아이를 놀리며 말했다.

"안타깝게도 너는 오색필(五色筆)이 아닌가 보구나."

그 아이는 웃으면서 평상을 내려가 종종걸음으로 북쪽 담으로 달려가더니 한 구멍 속으로 들어갔다. 최각이 곧장 하인을 시켜 그 아래를 파 보게 했더니 붓 한 자루가 나왔다. 최각은 그것을 가져다 글씨를 써 보았는데, 새로 만든 것처럼 붓끝이 날카로웠다. 최각은 한 달 남짓 그 붓을 사용했으나 또한 다른 괴이한 일은 없었다. 미 : 장사는 보검(寶劍)을 얻

---

49) 용과 뱀 : 글씨가 용과 뱀처럼 구불구불한 것을 말한다.

50) 팔행(八行) : 옛날에 편지지가 대부분 여덟 줄로 되어 있었기 때문에 나중에 편지를 가리키는 말로 사용되었다.

51) 강생(江生) : 강엄(江淹). 남조 양(梁)나라의 문인 강엄은 만년에 꿈에서 진(晉)나라의 곽박(郭璞)이 자신의 붓이 그에게 있다며 돌려 달라고 하자, 자신의 품에서 오색필(五色筆)을 꺼내 곽박에게 돌려주었는데, 그 이후로 문재(文才)가 크게 줄어들었다고 한다. '오색필'은 나중에 문재가 뛰어난 사람을 가리키는 말로 사용된다.

고, 문인은 필묵(筆墨)을 귀히 여긴다. 이는 필시 문장 귀신이 관성자(管城子 : 붓의 별칭)가 묻혀 있는 것을 가엽게 여겨 보내온 것이다.

元和中, 博陵崔珏, 自汝鄭僑居長安延福里. 常一日, 讀書牖下, 忽見一童, 長不盡尺, 露髮衣黃, 自北垣下, 趨至榻前, 且謂珏曰 : "幸寄君硯席, 可乎?" 珏不應, 又曰 : "我尙壯, 願備指使, 何見拒之深耶?" 珏又不顧. 已而上榻, 躍然拱立. 良久, 於袖中出一小幅文書, 致珏前, 乃詩也. 細字如粟, 歷然可辨. 詩曰 : "昔荷蒙恬惠, 尋遭仲叔投. 夫君不指使, 何處覓銀鉤?" 覽訖, 笑而謂曰 : "旣願相從, 無乃後悔耶?" 其僮又出一詩, 投於几上, 詩曰 : "學問從君有, 詩書自我傳. 須知王逸少, 名價動千年." 又曰 : "吾無逸少之藝, 雖得汝, 安所用?" 俄而又投一篇曰 : "能令音信通千里, 解致龍蛇運八行. 惆悵江生不相賞, 應緣自負好文章." 珏戲曰 : "恨汝非五色者." 其僮笑而下榻, 遂趨北垣, 入一穴中. 珏卽命僕發其下, 得一管筆. 珏因取書, 鋒銳如新, 用之月餘, 亦無他怪. 眉 : 壯士得寶劍, 文人珍筆墨. 此必文鬼憐管城子沉埋而致之.

* 이 고사는 《태평광기》 권370 〈정괴·최각〉에 실려 있다.

74-18(2411) 요강성

요강성(姚康成)

출《영괴집》

    태원(太原)의 장서기(掌書記) 요강성은 사명을 받들고 견롱(汧隴)으로 갔는데, 때마침 절도사(節度使)가 교대하는 바람에 입번사(入蕃使)들이 돌아오느라 역참이 사람들로 가득했다. 그래서 요강성은 형군아(邢君牙)[52]의 옛집을 빌려 그 안에 방을 마련해 놓고 쉬는 장소로 삼았다. 그 집은 오래도록 비어 있었기 때문에 정원은 나무들이 무성했다. 요강성은 낮에는 관부의 연회에 끌려갔다가 밤이 되어서야 술에 취해 돌아오고 날이 밝으면 다시 나가느라 그곳에서 잠시도 제대로 쉰 적이 없었다. 어느 날 밤에 요강성은 군성(軍城)에서 일찌감치 돌아왔는데, 그 부하들이 노름을 하느라 모여 있어서 그는 술에 취하지 않을 수 있었다. 그가 당 안에 앉아서 손님들을 불렀으나 아무도 오지 않았다. 그래서 역관 사람에게 술을 가져오게 해서 종복들의 노고를 두루 위로하다 보니 모두 술에 취했다. 요강성은 잠자리에 들

---

[52] 형군아(邢君牙) : 당나라 현종·숙종·대종·덕종 때의 명장으로 변방을 안정시키는 데 큰 공을 세웠다.

었다가 이경(二更)이 지나서 달빛이 흰 비단처럼 밝게 빛나자, 옷을 걸치고 일어나서 대문을 나가 한참 동안 혼자 거닐다가 돌아와 집으로 들어갔다. 그때 멀리서 보았더니 한 사람이 한 사랑채의 방으로 들어갔는데, 잠시 후에 몇 사람이 술을 마시며 즐기는 소리가 들렸다. 요강성은 신발을 끌고 그곳으로 가서 귀를 기울였는데, 그들이 하는 말과 읊조리는 소리를 들어 보니 종복이 아니었다. 그래서 방문 옆에서 엿보았더니 이런 소리가 들려왔다.

"여러 공들도 아시겠지만 요즘 사람들이 지은 문장은 모두 일시적인 기교와 화려함에만 힘쓸 뿐이오. 감정을 기탁해 자신의 뜻을 빗대는 것이나 사물을 묘사해 회포를 펼치는 것은 모두 사라지고 말았소."

또 말했다.

"오늘 우리 세 사람이 각자 시 한 편씩 지어서 즐거움으로 삼으면 어떻겠소?"

사람들이 모두 말했다.

"좋소!"

그러자 마르고 키가 크며 얼굴이 아주 검은 한 사람이 나서서 읊었다.

"옛날에 뜨거웠음을 혼자만 알고 있을 뿐, 지금은 불 때는 아궁이도 없으니 무얼 하겠는가? 가련하게도 국병(國柄 : 국권)은 전혀 쓸모없으니, 과거에 낙방한 사람들만 일찍이 보았네."

또 역시 키가 크고 말랐으며 얼굴이 누렇고 곰보 자국이 많은 사람이 나서서 읊었다.

"한때 뜻을 얻었을 땐 기개가 마음에 가득해, 그대 앞에서 한 곡조 올리면 만금의 값이 나갔네. 지금은 마당의 대나무만도 못하지만, 바람 불어오면 그래도 용 울음소리 낼 수 있다네."

또 키가 작고 뚱뚱하며 머리를 풀어 헤친 사람이 읊었다.

"머리는 그슬리고 귀밑머리는 빠진 채 속만 남았나니, 먼지 속에서 진력한 건 말할 것도 없네. 지금은 썩은 풀과 같다고 웃지 마시라, 일찍이 종일토록 붉은 대문을 쓸었다네."

요강성은 자기도 모르게 소리 내어 훌륭하다고 크게 칭찬하면서 문을 밀치고 그들을 찾았으나 모두 사라지고 없었다. 날이 밝기를 기다렸다가 관아의 관리를 불러 물어보았더니 관리가 말했다.

"그런 사람은 전혀 없습니다."

요강성은 마음속으로 그들이 필시 요괴였을 것이라고 의심해 그들이 있을 만한 장소를 찾아보았더니, 쇠 냄비 하나와 망가진 피리 하나와 모지라진 수수 빗자루 하나만이 있었다. 요강성은 그것들을 해치고 싶지 않아서 각각 다른 곳에 묻어 주었다.

太原掌書記姚康成, 奉使之沂隴, 會節使交代, 入蕃使回, 郵館塡咽. 遂假邢君子牙¹舊宅, 設中室以爲休息之所. 其宅久空廢, 庭木森然. 康成晝爲公宴所率, 夜則醉歸, 及明復出, 未嘗暫歇於此. 一夜, 自軍城歸早, 其屬有博戲之會, 故得不醉焉. 旣坐堂中, 因召客, 客無至者. 乃令館人取酒, 遍勞僕使, 皆沾醉. 康成就寢, 二更後, 月色如練, 因披衣而起, 出宅門, 獨步移時, 方歸入院. 遙見一人, 入一廊房內, 尋聞數人飮樂之聲. 康成乃躡履而聽之, 聆其言語吟嘯, 非僕夫也. 因於門側窺之, 仍聞曰: "諸公知近日時人所作, 皆務一時巧麗. 其於託情喩己, 體物賦懷, 皆失之矣." 又曰: "今三人可各賦一篇, 以取樂乎?" 皆曰: "善!" 乃見一人, 細長而甚黑, 吟曰: "昔人炎炎徒自知, 今無烽竈欲何爲? 可憐國柄全無用, 曾見人人下第時." 又見一人, 亦長細而黃, 面多瘡孔, 而吟曰: "當時得意氣塡心, 一曲君前直萬金. 今日不如庭下竹, 風來猶得學龍吟." 又一人肥短, 鬚髮垂散, 而吟曰: "頭焦鬢禿但心存, 力盡塵埃不復論. 莫笑今來同腐草, 曾經終日掃朱門." 康成不覺失聲, 大贊其美, 因推門求之, 則皆失矣. 俟曉, 召館吏訊之, 曰: "並無此人." 康成心疑必魅精也, 遂尋其處, 方見有鐵銚子一柄, 破笛一管, 一禿黍穰帚而已. 康成不欲傷之, 遂各埋於他處.

* 이 고사는 《태평광기》 권371 〈정괴·요강성〉에 실려 있다.

1 형군자아(邢君子牙): 《태평광기》에는 "형군아(邢君牙)"라 되어 있는데 타당하다.

74-19(2412) 김우장

김우장(金友章)

출《집이기》미 : 이하는 마른 해골의 요괴다(以下枯骨怪).

　　김우장은 하내(河內) 사람으로 포주(蒲州)의 중조산(中條山)에서 은거한 지 5년이 되었다. 산에서 어떤 여자가 매일 계곡물을 길었는데, 용모가 매우 아름다웠다. 김우장은 서재에서 멀리 바라보다가 마음속으로 그녀를 매우 좋아하게 되었다. 하루는 여자가 다시 물을 길으러 오자, 김우장은 신발을 끌고 급히 가서 발돋움해 문에 머리를 내밀고 그녀에게 말했다.

　　"뉘 집의 미인이신데 자주 여기에서 물을 길으십니까?"

　　여자가 웃으며 말했다.

　　"계곡에 흐르는 샘물은 본디 주인이 없어서 필요하면 길어 갈 수 있는데 어찌 제한이 있단 말입니까? 예전에 알고 지내던 사이도 아닌데 어찌 이렇게 경솔하게 말을 거십니까? 저는 근처 마을에 사는데 어려서 고아가 되어 지금은 이모 댁에 몸을 기탁하고 있습니다. 온갖 고난을 다 겪느라 시집도 가지 못했습니다."

　　김우장이 말했다.

　　"낭자는 아직 시집을 가지 못했고 나는 혼처를 찾고 있는

중인데, 기왕 같은 마음을 지닌 사람끼리 만났으니 물리쳐서는 안 됩니다."

여자가 말했다.

"당신이 못생긴 저를 비루하다 여기지 않으신다면 소첩이 어찌 감히 거절하겠습니까? 밤이 되기를 기다렸다가 아름다운 명을 따르겠습니다."

말을 마치고는 물을 길어서 떠났다. 그날 밤에 과연 여자가 오자 김우장은 그녀를 맞이해 방으로 들어갔다. 부부간의 정의(情誼)가 시간이 지날수록 더욱 돈독해졌다. 김우장은 매일 한밤중까지 책을 읽었는데, 아내는 항상 그와 함께 앉아 있었으며, 이처럼 반년이 지났다. 그러던 어느 날 저녁에 김우장은 여느 때처럼 책을 읽고 있었는데, 아내가 앉지 않고 우두커니 서서 그의 시중을 들었다. 김우장이 캐묻자 아내는 다른 일로 둘러댔다. 그래서 김우장이 아내에게 먼저 잠을 자라고 했더니 아내가 말했다.

"당신은 오늘 밤 방으로 돌아오실 때 제발 촛불을 들고 오지 마세요. 소첩의 바람입니다."

얼마 후에 김우장이 촛불을 들고 침대로 가서 이불 아래를 보았더니 아내는 바로 마른 해골이었다. 김우장은 한참 동안 한탄하다가 다시 이불을 덮어 주었다. 잠시 후에 아내가 본래 모습으로 돌아와서는 크게 두려워하며 김우장에게 말했다.

"소첩은 사람이 아니라 산 남쪽에 있는 해골의 정령인데 이 산에 살고 있습니다. 항명왕(恒明王)은 귀신의 우두머리여서 매달 한 번씩 알현하러 가야 하는데, 소첩이 당신을 모시면서부터는 반년 동안 한 번도 그에게 가지 못했습니다. 아까 귀신에게 잡혀가서 쇠 곤장 100대를 맞았습니다. 소첩은 이런 고초를 당해 그 고통을 이기지 못했습니다. 아까 소첩이 아직 사람 몸으로 변하지 않았을 때 당신이 보게 될 줄을 어찌 생각했겠습니까? 일이 이미 드러났으니 당신은 속히 떠나시고 더 이상 미련을 두지 마십시오. 대개 이 산속에는 모든 물체에 정령이 붙어 있으니 그것들이 당신에게 화를 끼칠까 두렵습니다."

여자는 말을 마치고 눈물을 흘리며 흐느끼더니 사라져 버렸다. 김우장도 슬퍼하고 한스러워하며 산을 떠났다.

金友章者, 河內人, 隱於蒲州中條山, 凡五載. 山有女子, 日汲溪水, 容貌殊麗. 友章於齋中遙見, 心甚悅之. 一日, 女子復汲, 友章躡履企戶而謂之曰: "誰家麗人, 頻此汲耶?" 女子笑曰: "澗下流泉, 本無常主, 須則取之, 豈有定限? 先不相知, 一何造次? 然兒止居近里, 少小孤遺, 今且託身姨舍. 艱危歷盡, 無以自適." 友章曰: "娘子旣未適人, 友章方謀婚媾, 旣偶夙心, 無宜遐棄." 女曰: "君子旣不以貌陋見鄙, 妾焉敢違? 當夜候赴佳命耳." 言訖, 汲水而去. 是夕果至, 友章迎之入室. 夫婦之誼, 久而益篤. 友章每夜讀書, 常至宵分, 妻常坐伴之, 如此半年矣. 一夕, 友章如常執卷, 而妻不坐, 但佇立侍坐. 友章詰之, 以他事告. 友章乃令妻就寢, 妻曰:"君今夜歸房, 愼勿執燭. 妾之幸矣." 旣而友章秉燭就榻, 卽於被下, 見妻乃一枯骨耳. 友章惋嘆良久, 復以被覆之. 須臾, 乃復本形, 因大悖怖, 而謂友章曰:"妾非人也, 乃山南枯骨之精, 居此山. 有恒明王者, 鬼之首也, 常每月一朝, 妾自事金郞, 半年都不至彼. 向爲鬼所錄, 榜妾鐵杖百. 妾受此楚毒, 不勝其苦. 向以化身未得, 豈意金郞視之也? 事以彰矣, 君宜速出, 更不留戀. 蓋此山中, 凡物總有精魅附之, 恐禍金郞." 言訖, 涕泣嗚咽, 因爾不見. 友章亦凄恨而去.

* 이 고사는 《태평광기》 권364 〈요괴·김우장〉에 실려 있다.

74-20(2413) 우응

우응(于凝)

출《집이기》

　기주(岐州) 사람 우응은 본래 술을 좋아했는데, 늘 빈주(邠州)와 경양(涇陽) 사이를 왕래했다. 하루는 친구를 찾아가 술을 마시고 열흘 만에 돌아오는 길이었는데, 숙취가 아직 깨지 않아 동복에게 먼저 가서 쉴 곳을 마련하게 했다. 그때는 초여름이라 보리 들녘이 푸르고 아름다웠기에 우응은 천천히 말을 몰며 가다가, 저 멀리 길옆에 보기 좋은 나무가 멋진 그늘을 드리우고 있는 것을 보고 그곳으로 갔다. 그곳에 이르러 말을 매어 놓고 풀을 깔고 앉으려는 참에 문득 보았더니, 말이 남쪽을 돌아보며 마치 무언가를 본 것처럼 투레질하며 놀랐다. 우응이 즉시 말이 향하는 곳을 따라 보았더니, 100보 밖에 눈처럼 흰 해골이 황폐한 무덤 위에 다리를 뻗고 앉아 있었다. 그 해골은 오체의 뼈가 모두 갖춰져 있었고, 눈과 귀가 모두 훤히 뚫려 있었으며, 등과 갈빗대도 투명하게 보여서 마디까지 셀 수 있었다. 우응이 말을 타고 조금 앞으로 나아갔을 때 해골이 입을 열어 숨을 내쉬자 마른 잎과 먼지들이 어지럽게 밖으로 나왔다. 그 위에는 까마귀와 솔개가 빙빙 날며 떼 지어 아주 시끄럽게 지저귀었다. 한참 만에 우응이 조금씩 다가가자 해골이 꼿꼿이 일어섰는데 그 기골이 장대했다. 우응은 무서워서 가슴이 두근거렸고 말도 놀라 달아나서 결국 여관까지 급히 도망쳤다. 먼저 길을 나섰던 동복이 마중 나왔다가 우응을 보고 놀라며 말했다.

"주인님의 안색이 어찌하여 이렇게 초췌합니까?"

그러자 우응이 아까 있었던 일을 말해 주었다. 때마침 경양의 병졸 10여 명이 순찰하다가 그 얘기를 듣고 모두 말했다.

"어찌 그런 일이 있겠습니까?"

여관에 젊은이들이 아주 많이 모여 있었는데, 우응은 자기가 앞장서겠다고 하면서 사람들과 약속했다.

"만약 해골이 아직도 있다면 함께 부숴 버립시다. 그렇지만 아마도 볼 수 없을 것입니다."

잠시 후 그곳에 도착해서 보니 해골이 이전처럼 단정히 앉아 있었다. 사람들이 소리를 질렀지만 해골은 조금도 움직이지 않았고, 활을 당겨 화살을 쏘았지만 하나도 명중시키지 못했으며, 해골을 빙 둘러싸고 앞으로 나아가려 했지만 서로 얼굴만 쳐다보며 앞장서지 못했다. 한참 후에 해골이 벌떡 일어서더니 천천히 남쪽으로 떠났다. 해가 이미 기울어 저녁이 되자 사람들은 각자 두려워하며 하나둘씩 흩어졌다. 우응도 말을 몰아 돌아왔다. 우응이 멀리서 보았더니 여전히 까막까치들이 선회하며 날고 있었는데 쫓아내도 흩어지지 않았다. 그 후로 우응은 자주 그곳을 지나갔는데, 주변에 사는 사람들에게 물어보았지만 다시 해골을 본 사람은 없었다.

岐人于凝, 性嗜酒, 常往來邠涇間. 一日, 從故人飮酒, 涉旬乃返, 宿醒未愈, 令童僕先路, 以備休憩. 時孟夏, 麥野韶潤, 緩轡而行, 遙見道左嘉木美蔭, 因就焉. 至則繫馬藉草, 坐之未定, 忽見馬首南顧, 鼻息恐駭, 若有睹焉. 凝則隨向觀百步外, 有枯骨如雪, 箕踞於荒冢之上. 五體百骸咸具備, 眼鼻皆通明, 背肋玲瓏, 枝節可數. 凝卽跨馬稍前, 枯骨乃開口吹噓, 槁葉輕塵, 紛然自出. 上有烏鳶紛飛, 嘲噪甚衆. 凝良久稍逼, 枯骨乃竦然挺立, 骨節絶偉. 凝心悸, 馬亦驚走, 遂馳赴旅舍, 而先路童僕出迎, 相顧駭曰: "郎君神思, 一何慘悴?" 凝卽說之. 適有涇卒十餘, 巡行聞之, 皆曰: "豈有是哉?" 泊逆旅少年輩, 集聚極衆, 凝卽爲導, 仍與衆約曰: "倘尙在, 當共碎之. 雖然, 恐不得見矣." 俄至其處, 而端坐如故. 或則叫噪, 曾不動搖, 或則彎弓發矢, 又無中者, 或欲環之前進, 則亦相顧莫能先焉. 久之, 枯骸欻然自起, 徐徐南去. 日勢已晩, 衆各恐讋, 稍稍遂散. 凝亦鞭馬而回. 遠望, 尙見烏鵲翔集, 逐去不散. 自後凝屢經其地, 及詢左右居人, 乃無復見者.

* 이 고사는 《태평광기》 권364 〈요괴·우응〉에 실려 있다.

74-21(2414) 비현의 왕씨 집

비현왕가(費縣王家)

출《광고금오행기》 미 : 머리카락의 요괴다(髮怪).

진(晉)나라 안제(安帝) 의희(義熙) 연간(405~418)에 낭야군(琅琊郡) 비현의 왕씨 집에서는 늘 물건을 잃어버리곤 했는데, 다른 사람이 훔쳐 갔을 것이라고 생각해서 매번 문단속에 신경을 썼지만 계속 물건이 없어졌다. 살펴보았더니 집 뒤의 울타리에 구멍 하나가 뚫려 있었는데, 사람 팔이 들어갈 만했고 반들반들 매끄러웠다. 그래서 시험 삼아 새끼줄로 그물을 만들어 구멍 입구에 쳐 놓았다. 그날 밤에 파닥거리는 소리가 들리자 달려가서 덮치고 보았더니 길이가 3척쯤 되는 커다란 머리카락이었는데 금세 지렁이로 변했다. 그 후로는 물건을 잃어버리는 걱정이 없어졌다. 미 : 이미 지렁이로 변했다면 그것이 머리카락인지 누가 알아보겠는가?

晉安帝義熙年, 琅琊費縣王家恒失物, 謂是人偸, 每以扃鑰爲意, 而零落不已. 見宅後籬一孔穿, 可容人臂, 滑澤. 試作繩置, 施於穴口. 夜中聞有擺撲聲, 往掩, 得大髮, 長三尺許, 而變爲蟮. 從此無慮. 眉 : 旣變爲蟮, 孰辨其髮?

* 이 고사는《태평광기》권473〈곤충 · 발요(髮妖)〉에 실려 있다.

74-22(2415) **조혜**

조혜(曹惠)

출《현괴록(玄怪錄)》미 : 이하는 명기(明器)의 여러 요괴다(以下盟器諸怪).

[당나라] 무덕(武德) 연간(618~626) 초에 조혜는 강주참군(江州參軍)으로 있었다. 그곳 관사에는 불당이 있었고 불당 안에는 두 개의 나무 인형이 있었는데, 키가 1척 남짓 되었고 조각과 장식이 아주 정교했으나 색칠이 벗겨져 있었다. 조혜는 그 나무 인형을 가지고 돌아와서 어린 아들에게 주었다. 나중에 어린 아들이 막 전병을 먹으려 하는데 나무 인형이 손을 뻗어 달라고 하자, 아들이 깜짝 놀라 조혜에게 그 사실을 알렸더니 조혜가 웃으며 말했다.

"그 나무 인형을 가져오너라."

그러자 나무 인형이 사람의 말로 말했다.

"경홍(輕紅)과 소홍(素紅)이라는 이름이 본디 있는데 어찌하여 나무 인형이라 부르십니까?"

조혜가 물었다.

"너희는 어느 시대의 요물이기에 이런 괴이한 짓을 할 수 있느냐?"

인형들이 말했다.

"우리는 선성태수(宣城太守) 사씨[謝氏 : 사조(謝朓)] 집

안의 인형입니다. 당시 천하의 빼어난 목공들도 심은후[沈隱侯 : 심약(沈約)] 집의 늙은 하인 효충(孝忠)에 미치지 못했습니다. 저희는 바로 효충이 만들었습니다. 당시 저희는 선성태수의 무덤 속에 있었는데, 더운 물을 가져와서 악 부인(樂夫人)의 발을 씻겨 주고 있을 때 밖에서 무기를 들고 온 사람들이 명령을 하달하는 소리가 들렸습니다. 악 부인은 너무 두려워서 맨발인 채로 흰 땅강아지로 변했습니다. 얼마 후에 두 명의 도적이 횃불을 들고 안으로 들어와서 모든 재물을 약탈해 갔는데, 도적들이 저희를 비춰 보며 말하길, '이 두 명기(明器 : 무덤에 부장하는 기물)는 나쁘지 않으니 아이들에게 장난감으로 주어야겠다'라고 했습니다. 그러고는 저희를 가지고 나갔는데, 그때가 [북조 동위(東魏)] 천평(天平) 2년(535)이었습니다. 그 후로 저희는 여러 집을 전전하다가 진(陳)나라 말에 맥철장(麥鐵杖 : 수나라 때의 명장)의 조카에 의해 여기로 왔습니다."

조혜가 또 물었다.

"내가 듣기로 사 선성(謝宣城 : 사조)은 왕경칙(王敬則)의 딸과 결혼했다고 하던데, 너는 어찌하여 뜬금없이 악 부인이라고 하는 것이냐?"

소홍이 말했다.

"왕씨는 생전의 처이고 악씨는 저승에서의 배필입니다. 미 : 저승에서도 다시 장가들 수 있다. 왕씨는 본디 천박한 출신으로 성격이 거칠고 경솔하며 힘이 셌는데, 저승에 와서도 사 선성과 화목하게 지내지 못했습니다. 그래서 사 선성이 은밀히 천제(天帝)께 아뢰자 천제가 그녀를 쫓아내라고 허락해서, 두 딸과 한 아들은 모두 어미를 따라 돌아갔습니다. 사 선성은 마침내 악언보[樂彦輔 : 악광(樂廣)]의 여덟째 딸에게 다시 장가들었는데, 그녀는 용모가 아름답고 글씨를 잘 썼으며 금(琴)을 잘 탔기 때문에 동양태수(東陽太守) 은중문(殷仲文)과 형주도독(荊州都督) 사회(謝晦)의 부인과 뜻이 잘 맞아 날마다 서로 어울리곤 했습니다. 사 선성은 늘 말하길, '내 재능은 옛 문인과 비교하면 오직 동아[東阿 : 조식(曹植)]에게만 미치지 못할 따름이다. 그 밖의 문인들은 모두 내 도마 위에 오른 고기와 같아서 마음대로 썰어 버릴 수 있다'라고 했습니다. 사 선성은 지금 [천계의] 남조전전랑(南曹典銓郞)이 되어서 반 황문[潘黃門 : 반악(潘岳)]과 같은 반열에 있는데, 살진 말을 타고 가벼운 옷을 입고 지내니 그 부귀가 생전의 백배나 됩니다. 미 : 사 선성과 반 황문이 저승 관리가 된 일이 덧붙어 나온다. 다만 열 달마다 한 번씩 진(晉)·송(宋)·제(齊)·양(梁)나라의 황제들에게 조회를 올려야 해서 고생스럽다 할 수 있었으나, 근자에 들으니 그 일을 이미 그만두었다고 합니다."

조혜가 또 물었다.

"너희 둘의 영험함이 이와 같으니 장차 너희를 어떻게 해 주면 좋겠느냐?"

그러자 둘이 말했다.

"여산신(廬山神)이 저희를 데려가 무희(舞姬)로 삼고 싶어 한 지 오래되었으니, 이제 삼가 당신께 작별을 고하고 떠나면 당연히 그 부귀영화를 받게 될 것입니다. 당신이 은혜를 끝까지 베푸시겠다면 화공에게 명해 저희를 단장해 주시길 청합니다."

조혜는 즉시 화공에게 인형을 색칠하게 했다. 그러자 경홍과 소홍이 웃으면서 은어(隱語 : 수수께끼)를 남기고 작별하며 말했다.

"100대(代) 안에 그 은어의 뜻을 알아낼 수 있는 사람이 있으면, 모두 높은 지위에 오르게 될 것입니다."

후에 어떤 사람이 여산신에게 기도했는데 무당이 말했다.

"산신이 두 명의 첩을 새로 맞아들였는데, 비취 비녀와 꽃 떨잠을 원하오. 당신이 그것을 구해 주면 틀림없이 큰 복을 내릴 것이오."

기도한 사람이 그것을 구해 태웠더니 결국 원하는 대로 되었다. 조혜는 당시 현명하다는 사람들에게 그 은어의 뜻을 물어보았지만 모두 알아내지 못했다. 어떤 사람이 말하길, "[당나라] 중서령(中書令) 잠문본(岑文本)이 그중 세 구절의 뜻을 알았으나 다른 사람에게 말해 주지 않았다"라고 했다. 미: 다른 사람에게 말하지 않았다면 그가 은어의 뜻을 알아낸 것을 어떻게 알 수 있겠는가?

武德初, 有曹惠爲江州參軍. 官舍有佛堂, 堂中有二木偶人, 長尺餘, 雕飾甚巧, 丹靑剝落. 惠因持歸與稚兒. 後稚兒方食餠, 木偶引手請之, 兒驚報惠, 惠笑曰: "取木偶來." 卽人言曰: "輕紅・素紅自有名, 何呼木偶?" 惠問曰: "汝何時物, 頗能作怪?" 答曰: "是宣城太守謝家俑偶. 當時天下工巧, 皆不及沈隱侯家老蒼頭孝忠也. 輕・素, 卽孝忠所造. 時素在壙中, 方持湯與樂夫人濯足, 聞外有持兵稱敕聲. 夫人畏懼, 跣足化爲白螻. 少頃, 二賊執炬至, 盡掠財物, 照見輕紅等曰: '二明器不惡, 可與小兒爲戲具.' 遂持出, 時天平二年也. 自爾流落數家, 陳末, 麥鐵杖猶子將至此." 惠又問曰: "曾聞宣城婚王敬則女, 爾何遽云樂夫人?" 素曰: "王氏乃生前之妻, 樂氏乃冥婚耳." 眉: 冥中仍可改娶. 王氏本屠酤種, 性粗率多力, 至冥中, 猶與宣城不睦. 宣城密啓於天帝, 許逐之, 二女一男, 悉隨母歸. 遂再娶樂彦輔第八女, 美姿質, 善書, 好彈琴, 尤與殷東陽仲文・謝荊州晦夫人相得, 日恣追尋. 宣城常云: '我才方古詞人, 唯不及東阿耳. 其餘文士, 皆吾机中之肉, 可以宰割矣.' 見爲南曹典銓郎, 與潘黃門同列, 乘肥衣輕, 貴於生前百倍. 眉: 謂宣城・潘黃門爲冥官, 附見. 然十月一朝晉・宋・齊・梁, 可以爲勞, 近聞亦已停矣." 惠又問曰: "汝二人靈異若此, 終將若何?" 卽皆言曰: "廬山神欲取某等爲舞姬久矣, 今此奉辭, 便當受彼榮富. 然君能終恩, 請命畫工, 便賜粉黛." 惠卽令工人爲圖. 輕・素笑因以微言留別, 且曰: "百代之中, 但能會者, 無不居大位矣." 後有人禱廬山, 巫言: "神君新納二妾, 要翠釵花簪. 汝宜求之,當降大福." 禱者求而焚之, 遂如願焉. 惠微言訪之時賢, 皆不悟. 或云:"中書令岑文本識其三句, 亦不爲人說." 眉:不爲人說, 惡知能識?

* 이 고사는《태평광기》권371〈정괴·조혜〉에 실려 있다.

74-23(2416) 상향 사람

상향인(商鄕人)

출《광이기》

　근세에 어떤 사람이 상향의 교외를 여행했다. 그는 처음에 한 사람과 함께 길을 갔는데, 며칠 후 그 사람이 갑자기 말했다.

　"저는 바로 귀신입니다. 집안의 명기(明器)들이 반란을 일으켜 밤낮으로 싸우고 있어서, 당신의 말을 빌려 반란을 평정하고 싶습니다. 그러면 당신에게도 유익함이 있을 것입니다."

　저녁이 되자 그들은 한 커다란 무덤에 도착했는데, 귀신이 그 무덤을 가리켜 자기의 무덤이라 하면서 말했다.

　"당신은 무덤 앞에서 큰 소리로 '금은부락(金銀部落)을 참수하라는 칙령을 가지고 왔다!'라고 외치십시오. 그렇게만 하면 됩니다."

　귀신은 말을 마치고 무덤 속으로 들어갔다. 그 사람이 곧바로 칙령을 선포했더니, 잠시 후 참수하는 소리가 났다. 조금 있다가 귀신이 무덤에서 나오면서 금은으로 된 사람과 말 몇 개를 손에 들고 있었는데, 모두 머리가 잘려 나간 상태였다. 귀신이 그 사람에게 말했다.

"이것이면 일생 동안 쓰기에 충분할 것이니 이로써 은혜를 갚고자 합니다."

그 사람은 서경(西京 : 장안)에 이르렀을 때 장안(長安)의 착사인(捉事人 : 범인을 체포하는 사람)에게 고발당했다. 현관(縣官)이 말했다.

"이것은 옛 물건들이니 무덤을 파헤쳐서 얻은 것이 틀림없다."

그 사람이 사실대로 아뢰었더니, 현관은 경조윤(京兆尹)에게 그 일을 알렸고 경조윤은 황제께 상주했다. 황제가 사자를 파견해 그 무덤을 파 보게 했더니, 금은으로 만든 사람과 말이 나왔는데, 목이 잘려 나간 것이 수백 개나 되었다.

近世有人, 旅行商鄉之郊. 初與一人同行, 數日, 忽謂人曰 : "我乃是鬼. 爲家中明器叛逆, 日夜戰鬪, 欲假一言, 以定禍亂. 於君亦有益." 會日晚, 至一大墳, 鬼指墳, 言是己家 : "君於冢前大呼 : '有敕斬金銀部落!' 如是畢矣." 言訖, 入冢中. 人便宣敕, 須臾, 聞斬決之聲. 有頃, 鬼從中出, 手持金銀人馬數枚, 頭悉斬落. 謂人曰 : "得此足一生用, 以報恩耳." 人至西京, 爲長安捉事人所告. 縣官云 : "此古器, 當是破冢得之." 人以實對, 縣白尹, 奏其事. 發使開冢, 得金銀人馬, 斬頭落者數百枚.

* 이 고사는 《태평광기》 권372 〈정괴 · 상향인〉에 실려 있다.

74-24(2417) 노함

노함(盧涵)

출《전기》

　[당나라] 개성(開成) 연간(836~840)에 학구(學究 : 명경과의 과목 가운데 하나) 출신 노함은 낙하(洛下 : 낙양)에서 살았고 만안산(萬安山)의 북쪽에 장원이 있었다. 어느 여름날 혼자 조랑말을 타고 장원에 갔는데, 장원에서 10여 리 떨어져 있을 때 보았더니 숲가에 새로 지은 깨끗한 집 몇 칸이 있었고 객점이었다. 마침 해가 지려고 해서 노함이 그곳에서 말을 쉬게 했는데, 머리를 양쪽으로 쪽 찐 매우 아름다운 한 여자가 보였다. 노함이 누구냐고 묻자 그 여자가 말했다.

　"저는 경 장군(耿將軍)의 무덤을 지키는 하녀로 부모 형제가 없습니다."

　노함은 그녀를 좋아하게 되어 함께 얘기를 나누었는데, 그녀는 아주 예쁘고 고왔다. 그녀가 노함에게 말했다.

　"집에서 담근 술이 조금 있는데 낭군께서는 두어 잔 드시겠어요?"

　노함이 대답했다.

　"싫지 않지요."

　마침내 그녀는 오래된 구리 술통을 받쳐 들고 나와서 노함과 즐겁게 술을 마셨다. 하녀는 자리를 두드리면서 노래를 불렀는데, 노생(盧生 : 노함)에게 술을 따라 주며 노래했다.

"홀로 수건과 빗53)을 들고 현관(玄關)을 지키는데, 작은 휘장 속엔 아무도 없이 등불 그림자만 잦아드네. 옛날 비단옷은 지금 썩어 없어졌으니, 백양나무에 바람 일어날 제 농두[隴頭 : 농산(隴山)]가 차갑네."

노함은 그 노래 가사의 상서롭지 않음이 꺼림칙했다. 잠시 후에 술이 떨어지자 하녀가 술을 더 가지러 방으로 들어갔다. 노함이 뒤따라가서 엿보았더니 방 안에 커다란 검은 뱀이 매달려 있었는데, 그녀가 칼로 뱀을 찌르자 뱀의 피가 술통 안으로 떨어져서 술로 변했다. 노함은 너무 두려워 떨면서 그제야 그녀가 요괴임을 알아차리고, 황급히 문을 뛰쳐나와 조랑말을 풀어 타고서 내달렸다. 하녀가 잇달아 몇 번 소리치며 말했다.

"오늘 저녁에 모름지기 낭군을 하룻밤 붙잡아 두어야만 하니 가서는 안 됩니다."

그녀는 노함을 붙잡을 수 없음을 알고 또 소리쳤다.

---

53) 수건과 빗 : 원문은 "건즐(巾櫛)". 여인들이 자신을 겸손하게 부르는 말.

"동쪽의 방대[方大 : 방상시(方相氏)]님! 나를 대신해 낭군을 막아서 데려오세요."

곧이어 측백나무 숲속에서 한 장대한 사내가 매우 우렁차게 대답하는 소리가 들렸다. 잠시 후 노함이 돌아보니 커다란 고목 같은 물체가 쫓아왔는데, 발걸음이 매우 무거웠고 100여 보 떨어져 있었다. 노함은 그저 급히 채찍질하며 도망가다가 또 작은 측백나무 숲을 지나갔는데, 숲속에 눈처럼 새하얀 커다란 물체가 있었다. 어떤 사람이 그 물체를 부르며 말했다.

"오늘 저녁에 반드시 이 사람을 잡아야 한다. 안 그러면 내일 아침에 네가 화를 당할 것이다."

노함은 그 말을 듣고 더욱 겁이 났다. 노함이 장원의 문에 이르렀을 때는 이미 삼경(三更)이었는데, 문은 닫혀 있고 인기척이 없었으며, 문밖에 빈 수레 몇 대만 있었고 양 떼가 한창 풀을 뜯어 먹고 있을 뿐 사람이라곤 없었다. 노함이 말을 버리고 수레 밑에 쪼그리고 숨어서 엿보았더니 커다란 사내가 걸어 들어왔는데, 아주 높다란 문과 담장이 겨우 그 사내의 허리춤에 닿았다. 그 사내는 손에 창을 들고 장원 안을 살펴보더니, 마침내 창으로 장원 안에 있던 어린애를 찌르고는 한참 후에 떠났다. 노함은 그가 이미 멀리 갔을 것이라고 생각해 비로소 일어나 문을 두드렸다. 장원의 소작농은 노함이 밤중에 온 것에 놀랐는데, 노함은 숨을 헐떡이고 땀을 흘리면서 말을 하지 못했다. 아침이 되어 갑자기 장원 안의 소작농이 울면서 말하는 소리가 들렸다.

"세 살 난 어린애가 어젯밤에 급병이 나서 죽었소!"

노함은 그 일을 매우 꺼림칙하게 여겨 가동과 소작농 10여 명을 거느리고 칼과 도끼, 활과 화살을 들고 요괴를 찾아나섰다. 어젯밤에 와서 술을 마셨던 곳을 보았더니 빈집 몇 칸만 있을 뿐이었고 사람은 전혀 없었다. 마침내 측백나무 숲속을 뒤졌더니 키가 2척쯤 되는 커다란 순장용 하녀 인형 하나가 있었고, 그 옆에는 검은 뱀 한 마리가 있었는데 이미 죽어 있었다. 또한 동쪽 측백나무 숲속에서 커다란 방상시(方相氏)의 해골 하나를 발견했다. 마침내 노함은 그것들을 모두 부수고 쪼개서 불태워 버렸다. 그리고 밤에 와서 말했던 흰 물체를 찾아보았더니 바로 한 구의 사람 백골이었는데, 사지의 마디가 힘줄로 이어져 있었고 조금도 부족한 부분이 없었다. 노함이 구리 도끼로 그것을 찍었지만 끝내 흠집조차 낼 수 없어서 결국 그것을 구덩이에 던져 버렸다. 노함은 본래 풍질(風疾 : 중풍)이 있었는데 그 뱀술을 마시고 나았다. 미 : 결국 손해 보지는 않았다.

開成中, 有盧涵學究, 家於洛下, 有莊於萬安山之陰. 夏日, 獨跨小馬造焉, 去十餘里, 見林畔有新潔室數間, 而作店肆. 時日欲沉, 涵因憩馬, 睹一雙鬟, 甚有媚態. 詰之, 云:"是耿將軍守塋靑衣, 父兄不在." 涵悅之, 與語, 多巧麗. 謂涵曰:

"有少許家醞, 郎君能飮三兩杯否?" 涵曰: "不惡." 遂捧古銅樽而出, 與涵飮歡. 靑衣遂擊席而謳, 送盧生酒曰: "獨持巾櫛掩玄關, 小帳無人燭影殘. 昔日羅衣今化盡, 白楊風起隴頭寒." 涵惡其詞之不祥. 俄而酒盡, 靑衣入室添杯. 涵躡足窺之, 見懸大烏蛇, 以刀刺蛇之血, 滴於樽中, 以變爲酒. 涵大恐慄, 方悟怪魅, 遂急出戶, 解小馬而走. 靑衣連呼數聲曰: "今夕事須留郎君一宵, 且不得去." 知勢不可, 又呼: "東邊方大! 且與我遮取郎君." 俄聞柏林中有一大漢, 應聲甚偉. 須臾, 回顧, 有物如大枯樹而趨, 擧足甚沉重, 相去百餘步. 涵但疾加鞭, 又經一小柏林, 中有一巨物, 白如雪. 有人喚云: "今宵必須擒取此人. 不然者, 明晨君當受禍." 涵聞之, 益怖怯. 及莊門, 已三更, 扃戶闃然, 唯有數乘空車在門外, 群羊方咀草次, 更無人物. 涵棄馬, 潛跧於車箱之下, 窺見大漢步來, 門牆極高, 祇及斯人腰胯. 手持戟, 瞻視莊內, 遂以戟刺莊內外[1]小兒, 良久而去. 涵度其已遠, 方起叩門. 莊客驚涵之夜至, 涵喘汗不能言. 及旦, 忽聞莊院內客哭聲, 云: "三歲小兒, 因昨宵中惡死矣!" 涵甚惡之, 遂率家僮及莊客十餘人, 持刀斧弓矢而究之. 但見夜來飮處, 空屋數間而已, 更無人物. 遂搜柏林中, 見一大盟器婢子, 高二尺許, 傍有烏蛇一條, 已斃. 又東畔柏林中, 見一大方相骨. 遂俱毀拆而焚之. 尋夜來白物而言者, 卽是人白骨一具, 肢節筋綴, 而不欠分毫. 鍛以銅斧, 終無缺損, 遂投之於塹. 涵本有風疾, 因飮蛇酒而愈焉. 眉: 到底不折本.

* 이 고사는 《태평광기》 권372 〈정괴·노함〉에 실려 있다.

1 외(外): 《태평광기》와 배형(裴鉶)의 《전기(傳奇)》에는 이 자가 없는데, 문맥상 보다 타당하다.

74-25(2418) 장불의

장불의(張不疑)

출《선실지》

 남양(南陽) 사람 장불의는 [당나라] 개성(開成) 4년(839)에 굉사과(宏詞科)에 급제해 비서랑(秘書郎)에 제수되었다. 그는 도성에 기거하면서 고향도 멀고 아는 사람도 없어 하녀를 사려고 했는데, 달포쯤 지나서 아인(牙人: 중개인)이 와서 말했다.

"새로 하인을 팔려고 하는 사람이 있으니 둘러보시기 바랍니다."

 장불의가 다음 날로 약속을 정하고 그 집을 찾아갔더니, 붉은 옷을 입고 상아 홀(笏)을 든 사람이 전(前) 절서사마(浙西司馬) 호(胡) 아무개라고 칭하며 장불의에게 인사하고 자리에 앉게 했다. 장불의가 그와 말을 나누어 보았더니 매우 시원시원했다. 호 아무개가 말했다.

"제가 근래에 남해(南海)에 사신으로 갔을 때 영중(嶺中: 영남)에서 우연히 하녀와 하인 30여 명을 얻었습니다. 그 후로 절우(浙右: 절동)에서 남형(南荊)을 거치면서 거의 다 팔아 버리고 지금은 겨우 몇 명만 남았습니다."

 말을 마치고는 하녀 예닐곱 명에게 정원에 나란히 서게

한 뒤 장불의에게 말했다.

"고르기만 하십시오."

장불의가 말했다.

"저는 종복이 부족하지만 지금 가지고 있는 돈이 6만 냥뿐이니, 고명하신 당신이 그 값에 해당하는 한 사람을 보여 주십시오."

그러자 붉은 옷을 입은 사람이 두 갈래로 쪽 찐 머리를 한 사람을 가리키며 말했다.

"춘조(春條)가 그만한 가치가 있습니다."

장불의는 그날로 계약하고 돈을 지불했다. 춘조는 글씨를 잘 쓰고 말소리가 맑고 나긋나긋했으며 시키는 일마다 흡족하지 않은 적이 없었다. 또 배우기를 좋아하고 시를 잘 지었기에 장불의는 그녀를 총애했다. 장불의가 평소에 예를 갖춰 모시는 문도(門徒) 존사(尊師)[54]가 민천관(旻天觀)에 있었는데, 달포쯤 지났을 때 존사를 만났더니 존사가 장불의에게 사기(邪氣)가 있다고 말했다. 장불의가 그 연유를 모르자 존사가 말했다.

"새로 첩을 들였습니까?"

---

54) 문도(門徒) 존사(尊師) : 권문세가에서 정해 놓고 공양하면서 왕래하는 스님이나 도사를 말한다. '존사'는 도사나 스님의 높임말이다.

장불의가 말했다.

"첩을 들인 적은 없고 하녀 하나를 샀을 뿐입니다."

존사가 말했다.

"그것이 화근입니다!"

장불의가 두려워하며 계책을 묻자 존사가 말했다.

"내일 아침에 제가 갈 테니 절대로 하녀에게 알게 하지 마십시오."

다음 날 아침에 존사가 도착해서 장불의에게 말했다.

"요물을 불러 나오게 하십시오."

춘조는 가림막 사이에서 울고 있었는데, 장불의가 다그쳐 불러도 끝내 나오지 않았다. 존사는 향을 피우고 법술을 행하더니 동쪽을 향해 물을 세 번 내뿜고 나서 장불의에게 말했다.

"가서 살펴보십시오."

장불의가 보고 와서 말했다.

"대략 아직도 이전 모습인데 아주 조금 작아졌을 뿐입니다."

존사가 말했다.

"아직 안 됐군요."

그러고는 다시 우보법(禹步法 : 도사들이 법술을 행하면서 절뚝거리며 걷는 보행법)을 행하고 또 문을 향해 물을 세 번 내뿜고 나서 장불위에게 말했다.

"다시 가서 보십시오."

춘조는 1척 남짓 정도로 작아져서 꼿꼿이 선 채로 움직이지 않았다. 나중에 장불의가 다시 보았더니 바로 바닥에 넘어지며 쿵! 하는 소리가 났는데, 살펴보았더니 그것은 바로 썩은 명기(盟器: 무덤에 부장하는 기물)였고 등 위에 "춘조"라고 적혀 있었으며 그 옷은 마치 매미가 허물을 벗어 놓은 것 같았다. 장불의는 크게 놀랐다. 존사가 칼로 그것을 베게 했더니 허리와 목 사이에 이미 피가 생겨서 나무에 스며들어 있었다. 마침내 그것을 불살라 버렸다. 존사가 말했다.

"만약 피가 몸 전체에 있었다면 당신의 일가족은 모두 화를 당했을 것입니다."

南陽張不疑, 開成四年, 宏詞登科, 授秘書. 寓京, 以家遠無人, 欲市青衣, 月餘, 牙人來云: "有新鬻僕者, 請閱焉." 期翌日, 抵其家, 有披朱衣牙笏者, 稱前浙西胡司馬, 揖不疑, 就位. 與語甚爽. 胡云: "某近使南海, 於嶺中偶獲婢僕等三數十人. 自浙右歷南荊, 貨鬻殆盡, 今纔餘數人耳." 語畢, 命青衣六七人並列於庭, 曰: "唯所選擇." 不疑曰: "某以乏於僕使, 今唯有錢六萬, 却望高明, 度其直者一人示之." 朱衣人遂指一鴉鬟重耳者, 曰: "春條可以償耳." 不疑卽日操契付金. 春條善書錄, 音旨淸婉, 所有指使, 無不愜適. 又好學, 能詩, 不疑寵之. 月餘, 不疑素有禮奉門徒尊師, 居旻天觀. 相見, 因言不疑有邪氣. 不疑莫知所自, 尊師曰: "得無新聘否?" 不疑曰: "聘納則無, 市一婢耳." 尊師曰: "禍矣!" 不疑恐, 遂問計焉. 尊師曰: "明旦告歸, 愼勿令覺." 明早, 尊師至, 謂不疑曰:"喚怪物出來." 春條泣於屛幕間, 亟呼之, 終不出. 尊師焚香作法, 以水向東而噀者三, 謂不疑曰:"可往觀之." 不疑視之曰:"大抵是舊貌, 但短小尺寸間耳." 尊師曰:"未也." 復作法禹步, 又以水向門而噴者三, 謂不疑:"可更視之." 止長尺餘, 僵立不動. 後更視之, 乃仆地, 撲然作聲, 視之, 一朽盟器耳, 背上題曰"春條", 其衣服若蟬蛻然. 不疑大驚. 尊師命刀劈之, 腰頸間已有血, 浸潤於木矣. 遂焚之. 尊師曰:"向使血偏體, 則郞君一家, 皆遭禍也."

* 이 고사는 《태평광기》 권372 〈정괴·장불의〉에 실려 있는데, 출전이 "《박이지(博異志)》"라 되어 있다.

74-26(2419) 잠순

잠순(岑順)

출《현괴록》

여남(汝南) 사람 잠순은 자가 효백(孝伯)으로, 어려서부터 학문을 좋아하고 글재주가 있었으며 나이가 들어서는 병략(兵略)에 특히 정통했다. 그는 섬주(陝州)에서 객지 생활을 했으나 가난해서 집이 없었다. 그의 외가 친척인 여씨(呂氏)는 산장을 가지고 있었는데, 그것을 헐어 버리려고 하자 잠순이 그곳에 살겠다고 청했다. 잠순을 말리는 사람이 있었지만 잠순은 아랑곳하지 않고 그곳에서 살았다. 1년 남짓 후에 잠순은 늘 혼자 서재에 앉아 있었는데, 밤중에 어디서 나는지 알 수 없는 군대의 북소리가 들리자 문밖으로 나갔더니 소리가 들리지 않았다. 잠순은 혼자 기뻐하면서 옛날 석륵(石勒)이 겪었던 상서로운 징조[55]라고 자부했다. 그러고는 기도했다.

---

55) 석륵(石勒)이 겪었던 상서로운 징조 : 오호 십육국 후조(後趙)의 군주 석륵이 어려서 밭을 갈 때 늘 군악 소리가 앞뒤에서 들렸으며, 나중에 포로가 되어 노비로 팔려갔을 때에도 밤마다 예전에 밭에서 들었던 군악 소리가 들렸다고 한다.

"이는 필시 음병(陰兵 : 저승 병사)이 나를 도와주는 것이니, 만약 그렇다면 꼭 부귀하게 될 날을 나에게 알려 주소서!"

며칠 밤이 지난 후에 잠순의 꿈에 갑옷과 투구를 착용한 한 사람이 다가와서 알렸다.

"금상장군(金象將軍)께서 잠 군(岑君 : 잠순)께 말씀을 전하시길, '군성(軍城)에서 밤마다 경계하는데 시끄럽게 소란을 피우는 자가 있습니다. 당신은 이미 장대한 뜻을 세우고 계시지만, 뜻을 굽혀 저희처럼 작은 나라를 돌봐 주실 수 있겠습니까? 훌륭한 덕망과 명성을 지니신 당신께서 정월(旌鉞)56)을 잡아 주시길 바랍니다'라고 하셨습니다."

잠순이 감사하며 말했다.

"번거로움을 무릅쓰고 훌륭하신 말씀을 전해 비천한 저를 돌보아 주시니, 견마(犬馬)의 뜻이나마 반드시 펼쳐 보이고자 합니다."

사자는 돌아가 금상장군에게 보고했다. 잠순은 그때 갑자기 잠에서 깨어나 마치 무언가를 잃어버린 것처럼 멍하니 앉아서 꿈의 징조를 생각했다. 얼마 후 북과 호각 소리가 사

---

56) 정월(旌鉞) : 군대에서 장군이 사용하는 정기(旌旗)와 부월(斧鉞)로, 병권(兵權)을 비유한다.

방에서 들리더니 그 소리가 갈수록 더욱 커졌다. 그래서 잠순은 두건을 바로 하고 침상에서 내려와 재배하며 기도했다. 잠시 후 창문에서 바람이 불어와 휘장과 발이 날리더니, 등불 아래에서 갑자기 수백 명의 철기병이 좌우에서 나는 듯이 달려 나왔다. 그들은 모두 키가 몇 촌에 불과했지만 단단한 갑옷을 입고 날카로운 무기를 들고서 별처럼 온 바닥에 흩어지더니, 순식간에 구름처럼 진(陣)을 치며 사방을 에워쌌다. 잠순은 놀라 당황했으나 이내 정신을 가다듬고 살펴보았다. 잠시 후에 병졸 하나가 서찰을 가져와서 말했다.

"장군께서 전하시는 격문(檄文)입니다."

잠순이 그것을 받아 보니 다음과 같이 쓰여 있었다.

"국토가 훈로(獯虜 : 북방 오랑캐)와 맞붙어 있어서 군마(軍馬)는 쉬지 못하고, 장수는 늙고 병사는 바닥나서 적의 기세를 막을 수 없습니다. 누차 당신의 훌륭한 말씀을 접했으니 당신께 신명(神明)의 부절(符節)을 맡기고자 합니다. 하지만 명공은 이승의 관리로서 당연히 성군(聖君)의 시대에 큰 복록을 누리셔야 하니, 지금 저희처럼 작은 나라에서 어찌 감히 당신을 바라겠습니까? 천나국(天那國) 북쪽 산의 적들이 연합해 기일을 정해 놓고 전쟁을 하기로 했습니다. 전쟁은 오늘 밤 자시(子時)에 일어나는데 그 승패를 예측할 수 없기 때문에 진실로 두렵고 불안합니다."

잠순은 감사를 드린 뒤, 방 안에 등불을 더 밝혀 놓고 앉아서 그 변화를 살펴보았다. 자정이 지난 뒤에 북과 호각 소리가 사방에서 울렸다. 그 전에 동쪽 벽 아래에 있던 쥐구멍이 성문으로 변했으며 적군의 보루가 높이 솟아났다. 세 번 징과 북이 울리자 그 성의 네 문에서 병사들이 나왔으며, 수만 개의 연이은 깃발이 바람과 구름처럼 질주하더니 두 군대가 모두 진을 쳤다. 동쪽 벽 아래에는 천나군(天那軍)의 부대가, 그리고 서쪽 벽 아래에는 금상군(金象軍)의 부대가 각각 배치를 마쳤다. 그때 군사(軍師)가 앞으로 나아와 말했다.

"천마(天馬)는 비껴 날아가 세 언덕을 넘어가고, 상장군(上將軍)은 옆으로 가서 사방을 연계하며, 치거(輜車 : 군수품 운반 수레)는 선회하지 말고 곧장 들어가고, 육갑병(六甲兵)은 차례대로 나아가 대오를 흩뜨리지 말아야 합니다."

금상국왕이 말했다.

"좋다!"

이에 북을 치자 양쪽 군대에서 기마병 한 명씩이 나와 사선으로 3척을 가서 멈추었고, 또 북을 치자 각각 보병 한 명씩이 나와 옆으로 1척을 갔으며, 또다시 북을 치자 병거(兵車)가 전진했다. 이렇게 북소리가 점차 급해지자 포석(砲石)이 어지럽게 교차했다. 순식간에 천나군이 대패해 흩어져 달아났으며 사상자가 바닥을 덮었다. 천나국왕은 혼자 말을 타고 남쪽으로 도망쳤으며, 수백 명의 병사들은 서남쪽 모퉁이로 달아나 겨우 죽음을 면했다. 금상군은 위세를 떨치고 군사를 거두어 돌아갔다. 그때 한 기병이 잠순의 앞으로 급히 이르러 말했다.

"음양(陰陽)의 변화에는 일정한 이치가 있으니 그 이치를 터득하는 자가 흥성합니다. 드높은 하늘의 위엄으로 한판에 승리를 얻었으니 명공께서는 어떻게 생각하십니까?"

잠순이 말했다.

"장군은 영명함이 태양을 꿰뚫고 하늘의 뜻을 파악해 적절한 때를 이용하시니, 삼가 장군의 신비한 변화와 영묘한 교지(敎旨)를 살펴보면서 기쁨과 통쾌함을 가눌 수 없습니다."

이렇게 며칠 동안 전쟁을 치렀지만 승패를 가리지 못했다. 금상국왕은 신묘한 용모가 위엄 있고 웅장한 자태가 보기 드물었다. 그는 연회에서 진수성찬을 차려 잠순을 대접하고 수많은 보배와 명주(明珠 : 야광주)를 주었다. 잠순은 마침내 그 안에서 영화를 누리면서 원하는 모든 것을 가질 수 있었다. 그 후로 잠순이 점차 친구들과의 왕래를 끊자 가족들은 이상해했지만 그 이유를 알 수 없었는데, 잠순은 안색이 초췌해져서 귀신의 기운에 씐 것 같았다. 친척들은 모두 이상한 일이 있을 것이라고 생각해 캐물었으나 잠순은 말하지 않았는데, 진한 술을 마시다가 잠순이 취해 마침내 사실을 털어놓았다. 친구가 몰래 삽을 준비했다가 잠순이 측간에 간 틈에 삽으로 방 안을 마구 파서 8~9척쯤 들어갔을 때 갑자기 구덩이가 나왔는데 다름 아닌 옛 무덤이었다. 무덤에는 벽돌로 된 방이 있었고 그 안에 수많은 명기(盟器: 무덤에 부장하는 기물)가 들어 있었다. 그중에 수백 개의 갑옷과 투구가 있었고 그 앞에는 황금 평상 위에 장기판이 놓여 있었는데, 장기판에 가득 늘어선 말들은 모두 금과 동으로 만들었고 전투할 태세를 모두 갖추고 있었다. 그제야 비로소 군사(軍師)가 한 말이 바로 상희(象戲: 장기의 별칭)에서 말을 움직이는 형세였다는 것을 알게 되었다. 이윽고 그것들을 불태우고 서재의 바닥을 평평하게 메꾸었으며 많은 보배를 얻었는데, 그것은 모두 무덤 안에 쌓여 있던 것이었다. 잠순은 그것들을 들여다보고 멍하니 있다가 갑자기 정신을 차렸으며 곧바로 크게 토했다. 이때부터 잠순은 기력이 충만하고 기분이 좋아졌으며, 집에도 더 이상 괴이한 일이 일어나지 않았다. 그때는 [당나라] 보응(寶應) 원년(762)이었다.

汝南岑順, 字孝伯, 少好學有文, 老大尤精武略. 旅次陝州, 貧無第宅. 其外族呂氏有山宅, 將廢之, 順請居焉. 人有勸者, 順弗爲止. 後歲餘, 順常獨坐書閣下, 夜中聞鼓鼙聲, 不知所來, 及出戶則無聞. 而獨喜自負, 以爲石勒之祥也. 祝之曰: "此必陰兵助我, 若然, 當示我以富貴期!" 數夕後, 夢一人被甲冑, 前報曰: "金象將軍傳語岑君: '軍城夜警, 有喧諍者. 君旣負壯志, 能猥顧小國乎? 欽味芳聲, 願執旌鉞.'"

順謝曰:"猥煩德音,屈顧疵賤,然犬馬之志,惟所用之."使者復命. 順忽然而寤,恍若自失,坐而思夢之徵. 俄然鼓角四起,聲愈振厲. 順整巾下床,再拜祝之. 須臾,戶牖風生,帷簾飛揚,燈下忽有數百鐵騎,飛馳左右,悉高數寸,而被堅執銳,星散遍地,倏閃之間,雲陣四合. 順驚駭,定神氣以觀之. 須臾,有卒賫書云:"將軍傳檄." 順受之,云:"地連獯虜,戎馬不息,將老兵窮,勢不可止. 屢承嘉音,願託神契. 然明公陽官,固當享大祿於聖世,今小國安敢望之? 緣天那國北山賊合從,剋日會戰. 事圖子夜,撲滅未期,良用惶駭." 順謝之,室中益燭,坐視其變. 夜半後,鼓角四發. 先是東面壁下有鼠穴,化爲城門,壘敵崔嵬. 三奏金革,四門出兵,連旗萬計,風馳雲走,兩皆列陣. 其東壁下是天那軍,西壁下金象軍,部從各定. 軍師進曰:"天馬斜飛度三岡,上將橫行繫四方,輜車直入無回翔,六甲次第不乖行." 王曰:"善!" 於是鼓之,兩軍俱有一馬,斜去三尺止,又皷之,各有一步卒,橫行一尺,又鼓之,車進. 如是鼓漸急,而炮石亂交. 須臾之間,天那軍大敗奔潰,殺傷塗地. 王單馬奔馳,數百人投西南隅,僅獲免焉. 金象軍振旅而還. 於時一騎飛至順前曰:"陰陽有厝,得之者昌. 亭亭天威,一陣而勝,明公以爲何如?" 順曰:"將軍英貫白日,乘天用時,竊窺神化靈文,不勝慶快." 如是數日會戰,勝敗不常. 王神貌偉然,雄姿罕儔. 宴饌珍筵與順,致寶貝明珠無限. 順遂榮於其中,所欲皆備焉. 後遂與親朋稍絕,家人異之,莫究其由,而順顏色憔悴,爲鬼氣所中. 親戚共意有異,詰之不言,因飲以醇醪,醉而究洩之. 其親人潛備鍬鍤,因順如廁,荷鍤亂作,掘室內八九尺,忽坎陷,是古墓也. 墓有磚堂,其盟器悉多. 甲胄數百,前有金狀戲局,列馬滿枰,皆金銅成形,其干戈之事備矣. 乃悟軍師之詞,乃象戲行馬之勢也. 旣而焚之,遂平其地,多得寶貝,皆墓內所畜者. 順閱之, 恍然而醒, 乃大吐. 自此充悅, 宅亦不復凶矣. 時寶應元年也.

* 이 고사는 《태평광기》 권369 〈정괴·잠순〉에 실려 있다.

74-27(2420) 황금 봉황과 금옥 나비
금봉·금옥호접(金鳳·金玉蝴蝶)

출《속제해기(續齊諧記)》출《두양편(杜陽編)》미 : 이하는 금과 보물의 여러 요괴다(以下金寶諸怪).

한(漢)나라 선제(宣帝)가 일찍이 대장군(大將軍) 곽광(霍光)에게 검은 덮개 달린 수레 한 대를 하사했는데, 그 수레는 모두 황금으로 장식되어 있었다. 매일 밤 수레 굴대 위에 있던 황금 봉황이 어디론가 날아갔다가 새벽이 되면 다시 돌아왔다. 수레를 지키던 사람들도 그 모습을 보았다. 남군(南郡)의 황군중(黃君仲)이 북산(北山)에 그물을 쳐서 새를 잡았는데, 작은 봉황 한 마리가 걸려들었다. 황군중이 그 새를 손바닥에 놓자 자마금(紫磨金)으로 변했는데, 1척 남짓한 길이에 깃털과 날개가 완전히 제 모양을 갖추고 있었다. 수레를 지키던 사람이 곽광에게 알렸다.

"수레 굴대 위의 봉황이 항상 밤에 날아갔다가 새벽이 되면 되돌아오곤 했는데, 오늘 새벽에는 돌아오지 않았으니 아마도 사람에게 잡힌 것 같습니다."

곽광은 매우 기이하게 여겨서 선제에게 그 사실을 아뢰었다. 며칠 후에 황군중이 궁궐에 와서 황금 봉황을 바쳤다. 선제는 그 얘기를 듣고 의심해 승로반(承露盤)[57]에 그것을 놓았더니 갑자기 날아가 버렸다. 선제가 사람을 시켜 황금 봉황을 쫓아가게 했더니 그것이 곧장 곽광의 집으로 들어가 수레 굴대 위에 앉았기에 선제는 비로소 믿었다. 선제는 그 수레를 가져와 매번 나들이할 때마다 탔다. 그래서 혜강(嵇康)의 〈유선시(游仙詩)〉에서 "펄펄 날던 수레 굴대의 봉황, 이 그물에 걸렸네"라고 한 것이 바로 이것이다.

당(唐)나라 목종(穆宗)은 궁전 앞에 천엽모란(千葉牧丹)을 심었는데, 꽃이 피기 시작하면 그 향기가 코를 찔렀고 꽃 한 송이에 잎이 1000장이나 되었으며 꽃이 크고 붉었다. 황상은 꽃이 흐드러지게 핀 것을 볼 때마다 인간 세상에서 보기 드문 광경이라며 감탄했다. 그때부터 매일 밤 궁중에 노랑나비와 흰나비 수만 마리가 모란꽃 사이로 날아들었는데, 나비는 몸에서 빛을 발해 궁중을 환하게 비추다가 날이 밝을 무렵에야 비로소 날아갔다. 궁인들이 다투어 비단 수건으로 나비를 쳤는데 잡지 못하는 사람이 없었다. 황상은 궁중에 그물을 치게 해서 나비 수백 마리를 잡아 궁전 안에 풀어놓고 비빈들에게 잡게 하면서 즐거운 놀이로 삼았다. 날이 밝은 다음에 살펴보았더니 나비는 모두 황금과 백옥으로 만든 것이었다. 그 모양은 비할 데 없이 정교했으며, 궁인들

---

57) 승로반(承露盤) : 한나라 무제(武帝)는 신선술을 믿어 건장궁(建章宮)에 신명대(神明臺)를 세우고 그곳에 승로반을 든 구리로 만든 신선 동상을 세워 이슬을 받아 마셨다고 한다.

은 다투어 명주실로 나비의 다리를 묶어서 머리꾸미개로 사용했는데, 밤이 되면 화장 상자 안에서 빛이 새어 나왔다. 그날 밤에 보석 상자를 열고 보았더니, 그 안에 있던 금가루와 옥가루가 막 나비로 변하려고 했다. 궁중에서는 그제야 어찌 된 영문인지 깨달았다.

漢宣帝嘗以皂蓋車一乘, 賜大將軍霍光, 悉以金鉸飾之. 每夜, 車轄上有金鳳皇飛去, 莫知所, 至曉乃還. 守車人亦見之. 南郡黃君仲於北山羅鳥, 得一小鳳子. 入手便化成紫金, 毛羽宛然其足, 可長尺餘. 守車人列云: "車轄上鳳皇, 常夜飛去, 曉則俱還, 今曉不還, 恐爲人所得." 光甚異之, 具以列上. 後數日, 君仲詣闕, 上金鳳皇子. 帝聞而疑之, 以置承露盤, 倏然飛去. 帝使人尋之, 直入光家, 至車轄上, 乃知信然. 帝取其車, 每遊行, 輒乘之. 故嵇康〈游仙詩〉云"翩翩鳳轄, 逢此網羅", 是也.
唐穆宗嘗於殿前種千葉牡丹, 及花始開, 香氣襲人, 一朶千葉, 大而且紅. 上每睹芳盛, 嘆人間未有. 自是宮中每夜, 卽有黃白蝴蝶萬數, 飛集花間, 輝光照耀, 達曙方去. 宮人競以羅巾撲之, 無不獲者. 上令張網於宮中, 遂得數百, 於殿內縱嬪御追捉, 以爲娛樂. 遲明視之, 則皆金玉也. 其狀工巧無比, 而內人爭用絲縷絆其脚, 以爲首飾, 夜則光起於妝奩中. 其夜, 開寶廚, 視金屑玉屑藏內, 將有化爲蝶者. 宮中方覺焉.

* 이 고사는 《태평광기》 권400 〈보(寶)·곽광(霍光)〉, 권227 〈기교(伎巧)·한지화(韓志和)〉에 실려 있다.

74-28(2421) 우도현 사람

우도현인(雩都縣人)

출《술이기》

　남강군(南康郡) 우도현(雩都縣)에서 강을 건너 남쪽으로 나가면 현에서 3리 떨어진 곳에 "몽구(夢口)"라는 곳이 있고, 그곳에 석실처럼 생긴 동굴이 있다. 예부터 전하는 말에 따르면, 일찍이 황금 같은 빛깔의 신계(神鷄)가 그 동굴에서 나와 날아다니고 울면서 놀다가 사람을 보면 재빨리 동굴 안으로 들어갔기에 그 바위 동굴을 "계석(鷄石)"이라 부른다고 한다. 또 어떤 사람이 배를 타고 강의 하류를 따라 우도현으로 돌아가고 있었는데, 그 절벽에서 몇 리 떨어진 곳에서 온몸에 누런 옷을 입은 한 사람이 두 광주리의 누런 오이를 짊어지고 배를 태워 달라고 부탁했다. 누런 옷 입은 사람이 음식을 달라고 하자 배 주인이 그에게 음식을 주었다. 배가 절벽 아래에 도착하자 배 주인이 그 사람에게 오이를 달라고 했는데, 그 사람은 주지 않고 쟁반 위에 침을 뱉더니 곧바로 절벽으로 올라가서 곧장 바위 속으로 들어갔다. 배 주인은 처음에 몹시 화가 났으나 그가 바위 속으로 들어가는 것을 보고 비로소 신이한 사람이라는 것을 알았다. 아까 그 사람이 음식을 먹었던 그릇을 가져와 살펴보았더니,

쟁반 위에 뱉었던 침이 모두 황금이었다.

南康雩都縣, 跨江南出, 去縣三里, 名"夢口", 有穴, 狀如石室. 舊傳 : 嘗有神雞, 色如好金, 出穴飛鳴遊戲, 見之輒入穴中, 因號此石爲"雞石". 又有人乘船, 從下流還縣, 未至此崖數里, 有一人, 通身黃衣, 擔兩籠黃瓜, 求載. 黃衣人乞食, 船主與之. 至崖下, 船主乞瓜, 此人不與, 仍唾盤內, 徑上崖, 直入石中. 船主初甚忿之, 見其入石, 始知神異. 取向食器視之, 見盤上唾, 悉是黃金.

* 이 고사는 《태평광기》 권400 〈보(寶)·우도현인〉에 실려 있다.

74-29(2422) 금우

금우(金牛)

출《상중기(湘中記)》·《십도기(十道記)》

장사군(長沙郡)의 서남쪽에 금우강(金牛岡)이라는 곳이 있다. 한(漢)나라 무제(武帝) 때 한 농부가 붉은 소를 끌고 가다가 한 어부에게 말했다.

"강을 좀 건네주시오."

어부가 말했다.

"배가 작은데 어떻게 소를 태울 수 있겠소?"

농부가 말했다.

"태워 주기만 하면 되니 당신의 배를 무겁게 하지는 않을 것이오." 미 : 이미 황금 소인데 어떻게 무겁지 않을 수 있는가?

그리하여 사람과 소가 함께 배를 탔는데, 강을 반쯤 건넜을 때 소가 배에 똥을 싸자 농부가 말했다.

"이것을 당신에게 드리겠소."

강을 건넌 뒤에 어부는 배를 더럽혔다고 화를 내면서 노로 쇠똥을 떠서 물에 버렸는데, 거의 다 버렸을 때쯤에야 비로소 그것이 황금이라는 사실을 깨달았다. 그 신이함에 놀라 쫓아갔더니, 농부와 소가 산봉우리로 들어가는 것이 보여 뒤따라가서 그곳을 파 보았지만 붙잡을 수 없었다. 지금도 그 어부가 땅을 판 곳이 남아 있다.

증성현(增城縣)에서 동북쪽으로 20리 떨어진 곳에 바닥이 보이지 않는 깊은 동굴이 있고, 그 동굴의 북쪽 언덕에 둘레가 3장(丈)이나 되는 바위가 있다. 한 어부는 황금 소가 물에서 나와 그 바위에 누워 있는 것을 보았다. [동진] 의희(義熙) 연간(405~418)에 증성현의 사람이 한번은 그 동굴 못의 바위에서 황금 사슬을 발견하고 계속해서 그것을 따라갔는데, 갑자기 소가 물속에서 나와 황금 사슬을 잡아당겼다. 그 사람은 황금 사슬을 잡고 있을 수가 없어서 칼로 그것을 끊어 몇 토막을 얻었다. 그 사람은 마침내 부자가 되었고 장수를 누렸다. 그 후에 의흥군(義興郡)의 주영보(周靈甫)가 한번은 그 소가 바위 위에서 엎드려 자고 있는 것을 보았는데, 그 옆에 새끼줄처럼 생긴 황금 사슬이 있었다. 주영보는 평소 날래고 용감했기 때문에 그곳으로 가서 황금 사슬을 덮쳤는데, 그때 소가 황금 사슬을 잡아당겨 끊어 버렸다. 그리하여 주영보는 2장 정도의 황금 사슬을 얻어서 마침내 엄청난 부자로 일컬어졌다.

長沙西南有金牛岡. 漢武帝時, 有一田父牽赤牛, 告漁人曰: "寄渡江" 漁人云: "船小, 豈勝得牛?" 田父曰: "但相容, 不重君船." 眉: 旣是金牛, 那得不重? 於是人牛俱上, 及半江, 牛糞於船, 田父: "以此相贈." 旣渡, 漁人怒其汚船, 以橈撥糞棄水, 欲盡, 方覺是金. 訝其神異, 乃躡之, 但見人牛入嶺,隨而掘之, 莫能及也. 今掘處猶存.

增城縣東北二十里, 深洞無底, 北岸有石, 周圍三丈. 漁人見金牛自水出, 盤於此石. 義熙中, 縣人常於此潭石得金鎖, 尋之不已, 俄有牛從水中引之. 握不禁, 以刀扣斷, 得數段. 人遂致富, 年登上壽. 其後義興周靈甫常見此牛宿伏石上, 旁有金鎖如繩焉. 靈甫素驍勇, 往掩之, 此牛掣斷其鎖. 得二丈許, 遂以財雄稱.

* 이 고사는《태평광기》권434〈축수(畜獸)·금우〉에 실려 있다.

74-30(2423) 은우

은우(銀牛)

출《유양잡조》

　　태원현(太原縣)의 북쪽에 은우산(銀牛山)이 있다. 한(漢)나라 건무(建武) 24년(48)에 한 사람이 흰 소를 타고서 다른 사람의 밭을 밟고 지나갔다. 농부가 꾸짖으며 따져 묻자 그 사람이 말했다.

　　"나는 북해(北海)의 사신인데 천자의 등봉(登封 : 천자가 태산에 올라 봉선하는 의식)을 보러 가는 길이오."

　　그러고는 소를 타고 산으로 올라갔다. 농부가 그 사람을 찾아 산에 올라갔더니 소 발자국만 보였는데, 그 소가 싸 놓은 똥이 모두 은이었다. 이듬해에 세조[世祖 : 광무제(光武帝)]가 태산(泰山)에 올라 봉선(封禪)했다.

太原縣北有銀牛山. 漢建武二十四年, 有一人騎白牛, 蹊人田. 田父訶詰之, 乃曰 : "吾北海使, 將看天子登封." 遂乘牛上山. 田父尋至山上, 唯見牛迹, 遺糞皆銀也. 明年, 世祖封禪焉.

* 이 고사는《태평광기》권434〈축수(畜獸)·은우〉에 실려 있다.

74-31(2424) 위사현

위사현(韋思玄)

출《선실지》

[당나라] 보응(寶應) 연간(762~763)에 경조(京兆) 사람 위사현은 낙양(洛陽)에서 임시로 기거했다. 그는 본디 신선술을 흠모했는데, 나중에 숭산(嵩山)을 유람할 때 어떤 도사의 가르침을 받았다.

"대저 금액(金液)을 먹으면 생명을 연장할 수 있소. 그대는 마땅히 먼저 연금술을 배워야 하니, 그렇게 한다면 적송자(赤松子)와 광성자(廣成子) 같은 신선과 어깨를 나란히 할 수 있을 것이오."

그래서 위사현은 연금술을 배우고자 했다. 10년 동안 위사현은 수백 명의 술사(術士)를 만났지만 끝내 그 비결을 터득할 수 없었다. 나중에 어느 날 신예(辛銳)라는 거사(居士)가 왔는데, 깡마른 외모에 엄숙하게 차가운 얼굴빛을 띠고 남루한 갖옷을 입고 있었다. 그는 위사현의 집 문을 두드리며 말했다.

"저는 병들고 곤궁해서 돌아갈 곳이 없습니다. 선생께서 옛것을 좋아하고 기이한 것을 숭상해 천하의 이인(異人)과 방사(方士)를 불러 모으신다고 들었기 때문에 이렇게 찾아

뵈었습니다. 원컨대 선생께서 저를 받아 주십시오."

위사현은 즉시 거사를 집에 머물게 했는데, 위씨의 집안 사람들은 모두 그를 몹시 싫어했다. 위사현이 한번은 술사 몇 명을 불러 함께 식사했는데 거사는 참여할 수 없었다. 음식이 다 차려졌을 때 거사가 갑자기 손님들 앞으로 오더니 자리 위에 오줌을 누어 다 젖게 만들었다. 손님들은 화를 냈고 위씨의 가동들도 다투어 와서 그에게 욕을 해 댔다. 거사는 마침내 떠나겠다고 고했는데, 정원에 이르더니 순식간에 사라져 버리자 사람들이 모두 기이해했다. 그래서 그 오줌을 살펴보았더니 바로 자마금(紫磨金)이었다. 위사현은 놀라면서 탄식했다. 어떤 사람이 그 일을 해석하며 말했다.

"'신(辛)'은 [방위로는] 서방(西方)이고 [천간(天干)으로는] 경신(庚辛)이며 [오행으로는] 금(金)에 해당합니다. 또한 '예(銳)' 자는 '태(兌)' 자에 '금(金)' 자가 붙은 것으로 '태' 역시 서방의 바른 위치입니다. 따라서 그 성명을 헤아려 보면 거사는 바로 자마금의 정령입니다."

寶應中, 京兆韋思玄, 僑居洛陽. 性慕神仙之術, 後遊嵩山, 有道士教曰: "夫餌金液者, 可以延壽. 吾子當先學煉金, 如是則可以肩赤松, 駕廣成矣." 思玄於是求煉金之術. 積十年, 遇術士數百, 終不能得其妙. 後一日, 有居士辛銳者, 貌甚淸瘦, 俅然有寒色, 衣弊裘. 叩思玄門, 謂曰: "吾病窮無所歸. 聞先生好古尚奇, 集天下異人方士, 故我來謁耳. 願先生納之." 思玄卽止居士於舍, 韋氏一家盡厭惡之. 思玄嘗詔術士數人會食, 而居士不得與. 旣具膳, 居士突至客前, 溺於筵席上, 盡濕. 客怒, 韋氏家僮亦競來辱罵. 居士遂告去, 行至庭, 忽亡所見, 乃共異之. 因視其溺, 乃紫金也. 思玄且驚且嘆. 有解者曰:"'辛'者, 西方庚辛金也. 而'銳'字'兌'從'金', '兌'亦西方之正位. 推其名氏, 居士乃紫金精也."

* 이 고사는 《태평광기》 권400 〈보(寶)·위사현〉에 실려 있다.

74-32(2425) 소알과 하문

소알 · 하문(蘇遏 · 何文)

출《박이지(博異志)》 출《열이전(列異傳)》

[당나라] 천보(天寶) 연간(742~756)에 장안(長安)의 영락리(永樂里)에 한 흉가가 있었는데, 그 집에 살았던 사람은 모두 파산했기에 나중에는 더 이상 살려고 하는 사람이 없어서 결국 부서지고 허물어졌다. 단지 안방과 대청만 남아 있었고 초목이 자라나 매우 무성했다. 부풍(扶風) 사람 소알은 몹시 가난해서 거처가 없었기에 집주인에게 싼값에 집을 살 수 있냐고 물었는데, 겨우 계약서만 쓰고 아직 주인에게 한 푼도 주지 못했다. 밤이 되자 소알은 평상 하나를 스스로 들고 와서 안방에 놓았다. 일경(一更)이 지났지만 소알은 여전히 잠이 오지 않자 안방을 나와서 서성이며 거닐었다. 그때 갑자기 동쪽 담 밑에서 사람 모습을 한 붉은 물체가 나타났는데, 손발이 없었고 안팎으로 투명하게 빛을 내뿜고 있었다. 그 물체가 소리쳤다.

"이놈!"

소알은 그것을 보고서도 움직이지 않았다. 한참 뒤에 그것이 또 목소리를 깔며 불렀다.

"난목(爛木 : 썩은 나무), 이놈!"

서쪽 담 밑에서 어떤 물체가 말했다.

"네."

붉은 물체가 물었다.

"어떤 사람이냐?"

난목이 말했다.

"모르겠습니다."

붉은 물체가 또 말했다.

"크고 단단하며 쇳소리가 난다."

썩은 나무가 대답했다.

"무섭습니다."

한참 뒤에 붉은 물체는 어디론가 사라졌다. 소알은 계단을 내려와서 난목을 부르며 말했다.

"금정(金精)이 마땅히 나를 따르느냐?"

난목이 대답했다.

"모르겠습니다."

소알이 또 물었다.

"이전에 사람을 죽인 놈은 어디에 있느냐?"

난목이 말했다.

"다른 것은 없고 단지 금정만 있을 뿐입니다. 사람들의 복이 본디 박해서 여기서 살기에 마땅치 않았을 뿐입니다."

날이 밝자 더 이상 다른 일은 일어나지 않았다. 이에 소알은 직접 곡괭이를 빌려 먼저 서쪽 담 아래를 팠다. 3척쯤 파 들어갔더니 썩은 기둥 하나가 나타났는데, 나무속이 핏빛처럼 붉고 돌처럼 단단했다. 나중에 또 동쪽 담 아래를 이틀 동안 파서 1장(丈)쯤 들어갔더니, 1장 4촌의 넓이에 1장 8촌 길이의 네모난 돌이 하나 보였는데, 그 위에 전서(篆書)로 "하(夏)나라 천자께서 자마금(紫磨金) 30근을 덕이 있는 사람[有德]에게 하사하노라"라고 쓰여 있었다. 이에 소알이 스스로 생각했다.

"내가 어떻게 덕이 있는 사람이란 말인가?" 미 : 이런 생각이라면 바로 스스로 덕이 있는 것이다.

또 스스로 헤아려 보며 말했다.

"내가 이 보물을 얻은 후에 또한 덕을 수양해 재앙을 물리칠 수 있을까?"

소알은 고심하며 결정하지 못했다. 밤이 되었을 때 난목이 갑자기 말했다.

"어찌하여 이름을 유덕(有德)으로 바꾸지 않습니까? 그러면 될 것입니다."

소알이 말했다.

"좋은 생각이다!"

그러고는 이름을 유덕으로 바꿨다. 난목이 말했다.

"군자께서 저를 곤명지(昆明池)로 보내 주신다면 더 이상 사람을 귀찮게 하지 않겠습니다."

소유덕은 그러겠다고 했다. 다음 날 새벽에 소유덕이 다시 1장 남짓 파 들어가자 쇠 항아리 하나가 나왔는데, 열어 보았더니 자마금 30근이 들어 있었다. 이에 소유덕은 집값을 지불하고 집을 수리했으며 난목을 곤명지로 보냈다. 그러고는 문을 닫아걸고 학업에 열중했다. 3년 뒤에 그는 범양절도사(范陽節度使)의 막료가 되었고, 7년 안에 기주자사(冀州刺史)가 되었다.

장분(張奮)은 집이 매우 부유했으나 나중에 갑자기 몰락해 마침내 집을 여양현(黎陽縣)의 정씨(程氏)에게 팔았다. 정씨는 그 집에 들어와 살면서 죽고 병드는 사람이 계속 생기자 다시 업중(鄴中) 사람 하문에게 집을 팔았다. 하문은 날이 저물자 칼을 들고 북당(北堂) 안의 대들보 위에 올라가 앉았다. 이경(二更)에 이르자 갑자기 키가 1장 남짓 되고 높은 관에 누런 옷을 입은 한 사람이 나타나 당에 올라와서 소리쳐 물었다.

"세요(細腰)58)야! 집 안에서 어찌하여 살아 있는 사람의 냄새가 나느냐?"

세요가 대답했다.

"없습니다." 미 : 세요가 어찌하여 그를 이렇게 깊이 감싸 주었을

---

58) 세요(細腰) : 일반적으로는 허리가 가는 미인을 가리키는 말로 쓰이지만, 여기서는 절굿공이를 부르는 말로 쓰였다. 후에 '세요'가 절굿공이의 별칭이 된 것은 이 고사에서 비롯했다.

까? 틀림없이 운수가 다했기 때문일 것이다.

잠시 후 높은 관에 푸른 옷을 입은 사람이 나타났고 그 뒤로 또 높은 관에 흰옷을 입은 사람이 나타나 이전처럼 묻고 대답했다. 날이 밝으려 하자 하문은 당으로 내려와 이전 사람들이 했던 대로 세요를 불러 물었다.

"누런 옷을 입은 자는 누구냐?"

세요가 말했다.

"황금인데 당의 서쪽 벽 아래에 있습니다."

"푸른 옷을 입은 자는 누구냐?"

"동전인데 당 앞의 우물가에서 다섯 걸음 떨어진 곳에 있습니다."

"흰옷을 입은 자는 누구냐?"

"은인데 담장의 동쪽 모퉁이 기둥 아래에 있습니다."

"너는 누구냐?"

"저는 절굿공이인데 부뚜막 아래에 있습니다."

날이 밝자 하문은 차례대로 그것을 파내 금은 각 500근과 동전 1000여만 개를 얻었다. 아울러 절굿공이를 가져다 불태워 버렸더니, 협 : 큰 덕은 보답하지 않는다. 집이 마침내 평안해졌다.

天寶中, 長安永樂里有一凶宅, 居者皆破, 後無復人住, 遂至廢毀. 唯堂廳存, 因生草樹甚多. 有扶風蘇遏, 苦貧無居, 乃以賤價於本主質之, 纔立契書, 未有一錢歸主. 至夕, 乃自携一榻，當堂鋪設．更餘猶未寢，出堂，徬徨而行．忽見東牆下有一赤物，如人形，無手足，表裏通徹光明．而叫曰："咄!"遏視之不動．良久，又按聲呼曰："爛木，咄!"西牆下有物應曰："諾."問曰："甚人?"曰："不知."又曰："大硬鏘."爛木對曰："可畏."良久，乃失赤物所在．遏下階，呼爛木曰："金精合屬我?"對曰："不知."又問："前殺害人者在何處?"爛木曰："更無別物，祇是金精．人福自薄，不合居之耳．至明，更無事．遏乃自假鍬鍤，先於西牆下掘．入地三尺，見一朽柱，當心木如血色，其堅如石．後又於東牆下掘兩日，近一丈，方見一方石，闊一丈四寸，長一丈八寸，上有篆書曰："夏天子紫金三十斤，賜有德者."遏乃自思："我何以爲德?"眉：卽此一念，便自有德．又自爲計曰："我得此寶，亦可修德以禳之?"沉吟未決．至夜，爛木忽語曰："何不改名有德?卽可矣."遏曰："善!"遂稱有德．爛木曰："君子倘能送某於昆明池中，自是不復撓人矣."有德許之．明辰，更掘丈餘，得一鐵甕，開之，得紫金三十斤．有德乃還宅債，修葺院宇，送爛木於昆明池．遂閉戶讀書．三年，爲范陽請入幕，七年內，獲冀州刺史．

張奮者，家巨富，後暴衰，遂賣宅與黎陽程家．程入居，死病相繼，轉賣與鄴人何文．文日暮，乃持刀上北堂中梁上坐．至二更，忽見一人，長丈餘，高冠黃衣，升堂呼問："細腰!舍中何以有生人氣也?"答曰："無之."眉：細腰何相爲之甚?當是數盡．須臾，有一高冠青衣者，次之又有高冠白衣者，問答並如前．及將曙，文乃下堂中，如向法呼之，問曰："黃衣者誰也?"曰："金也，在堂西壁下．""青衣者誰也?"曰："錢也，在堂前井邊五步．""白衣者誰也?"曰："銀也，在牆東角柱下．""汝誰也?"曰："我杵也，在竈下．"及曉，文按次掘之，得金銀各五百斤，錢千餘萬．仍取杵焚之，夾：大德不報. 宅遂淸安.

* 이 고사는 《태평광기》 권400 〈보(寶)·소알〉·〈하문〉에 실려 있다.

74-33(2426) 잠문본
잠문본(岑文本)
출《박이지》

당(唐)나라 정관(貞觀) 연간(627~649)에 잠문본은 퇴조(退朝)한 후 대부분 산속 정자에서 더위를 피했다. 어느 날 정오에 잠문본이 잠에서 막 깼을 때, 갑자기 어떤 사람이 산속 정자의 문을 두드리며 말했다.

"상청동자(上淸童子)[59] 원보(元寶)가 삼가 뵈러 왔습니다."

잠문본은 본디 도사를 흠모했기에 의관을 갖춰 입고 그를 안으로 들어오게 했다. 그는 스무 살이 안 된 도사로 풍모가 고매하고 옷차림이 특이했다. 잠문본이 그에게 얘기를 건넸더니 그가 말했다.

"저는 상청동자인데 한(漢)나라 이후로 정과(正果 : 수행으로 얻은 깨달음의 결과)를 얻었습니다. 저는 본래 오(吳) 땅에서 태어나 이미 막힘이 없는 도를 체득했기 때문에 마침내 오왕(吳王)에 의해 도성으로 들여보내져서 한나라 황

---

[59] 상청동자(上淸童子) : '상청'은 옥청(玉淸)·태청(太淸)과 함께 도교의 최고 이상향인 삼청(三淸) 가운데 하나다.

제를 알현했습니다. 한나라 황제는 막히는 일이 있거나 교화가 시행되지 못할 때면 저에게 물어보지 않은 적이 없었습니다. 저는 일찍이 방원(方圓 : 모난 것과 둥근 것)과 함께 쓰여서 모두 원활하게 통할 수 있었는데, 이로 인해 대대로 은총을 받았습니다. 왕망(王莽)이 난을 일으켰을 때 비로소 바깥세상으로 나왔는데, 가는 곳마다 사람들의 아낌을 듬뿍 받았습니다. 한나라 성제(成帝) 때부터 인간 세상에 염증을 느껴 마침내 시해(尸解 : 육신은 남겨 두고 혼백만 빠져나가 신선이 되는 것)하고 떠났습니다. 그 후로 진(秦) 땅으로 초(楚) 땅으로 정처 없이 떠돌다가, 공께서 도술을 좋아하신다는 말을 듣고 일부러 이렇게 뵈러 왔습니다."

잠문본이 한・위(魏)・제(齊)・양(梁)나라 사이의 군주와 사직의 일에 대해 물었더니, 상청동자는 마치 눈으로 직접 본 것처럼 분명하게 대답하면서, 사전(史傳)의 기록 중에도 왜곡되거나 거짓된 것이 아주 많다고 말했다. 미 : 세간에 왜곡된 것과 거짓된 것을 동전도 알고 있는데, 돈을 좋아하는 자만 깨닫지 못할 뿐이다. 잠문본이 말했다.

"그대의 관과 어깨걸이는 어찌하여 그 양식이 다르오?"

상청동자가 대답했다.

"대저 도(道)란 방원(方圓 : 천지) 안에 있는데, 저는 겉으로는 둥근 옷을 입고 마음속은 방정(方正)하니, 이는 바로 시대에 도움이 되는 준칙입니다."

잠문본이 또 물었다.

"그대의 의복은 모두 가볍고 얇은데 대체 어느 땅에서 나온 것이오?"

상청동자가 대답했다.

"이것은 상청의 오수복(五銖服 : 1수는 1냥의 24분의 1)입니다."

잠문본이 또 물었다.

"내가 근자에 듣자 하니 육수복(六銖服)이 천상 사람들의 의복이라 하던데, 오수복과는 어떻게 다르오?"

상청동자가 대답했다.

"더욱 얇은 것이 오수복입니다."

이렇게 얘기를 나누다가 어느덧 날이 저물자 상청동자는 작별하고 떠났는데, 문을 나서자마자 홀연히 보이지 않았다. 잠문본은 그가 이인(異人)임을 알아차리고 퇴조할 때마다 즉시 사람을 시켜 그를 기다리게 했다가, 그가 도착하면 한참 동안 담론했다. 나중에 잠문본은 사람을 시켜 그가 머무는 곳을 몰래 찾아보게 했다. 상청동자는 산속 정자 문을 나서서 동쪽으로 몇 걸음 가더니 담장 밑에서 순식간에 사라졌다. 그래서 잠문본은 일꾼들에게 그곳을 파 보게 했는데, 3척을 파 들어갔을 때 오래된 무덤 하나가 나왔다. 무덤 속에는 다른 물건은 없고 단지 오래된 동전 하나만 있었다. 잠문본은 그제야 다음과 같은 사실을 깨달았다. 상청동자는 청동이고 원보라는 이름은 동전 위에 새겨진 문자이며, 겉이 둥글고 속이 네모난 것은 동전의 모양이며, 푸른 옷은 구리 녹이며, 오수복 역시 동전 위에 새겨진 문자이며, 한나라 때 오 땅에서 태어났다는 것은 한나라 때 오왕(吳王 : 유비)[60]이 오수전(五銖錢)[61]을 주조한 것을 말하는 것이었다. 잠문본은 그 후로 돈과 재물이 날로 많아졌으며, 벼슬이 중서령(中書令)에 이르렀다. 10년 뒤에 그 옛 동전은 홀연히 사라졌고 잠문본도 결국 죽었다.

唐貞觀中, 岑文本下朝, 多於山亭避暑. 日午時, 寢初覺, 忽有扣山亭院門者, 云:"上淸童子元寶參奉." 文本性素慕道, 束帶命入. 乃年二十已下道士, 儀質爽邁, 衣服纖異. 文本與語, 乃曰:"僕上淸童子, 自漢朝而果成. 本生於吳, 已得不凝滯之道, 遂爲吳王進入, 見漢帝. 漢帝有事, 擁遏敎化不得者, 無不相問. 僕嘗與方圓行下, 皆得通暢, 由是累世相眷. 王莽作亂, 遂出外方, 所至皆沐人憐愛. 自漢成帝時, 遂厭人間, 乃屍解而去. 或秦或楚, 不常厥居, 聞公好道, 故此相謁耳." 文本詰以漢·魏·齊·梁間君主社稷之事, 了了如目睹, 因言史傳間屈者·虛者亦甚多. 眉:世間屈者·虛者,

---

60) 오왕(吳王) : 유비(劉濞). 한나라 때 오왕 유비가 예장군(豫章郡)의 동산(銅山)에서 동전을 주조해 국가 재정을 풍부하게 했다고 한다.
61) 오수전(五銖錢) : 한나라 무제(武帝) 원수(元狩) 5년(BC 118)에 반냥전(半兩錢)을 폐지하고 오수전을 주조했다.

雖錢亦知之, 但愛錢者不覺耳. 文本曰: "吾子冠帔何制度之異?" 對曰 : "夫道在於方圓之中, 僕外服圓而心方正, 相時之儀也." 又問曰 : "衣服皆輕細, 何土所出?" 對曰: "此是上清五銖服." 又問曰 : "比聞六銖者天人衣, 何五銖之異?" 對曰 : "尤細者則五銖也." 談論不覺日晚, 乃別去, 纔出門而忽不見. 文本知是異人, 每下朝, 卽令伺之, 到則話論移時. 後令人潛瞷所止, 出山亭門, 東行數步, 於院牆下瞥然而沒. 乃命工力掘之, 三尺至一古墓. 墓中無餘物, 惟得古錢一枚. 方悟上青童子是青銅, 名元寶, 錢之文也, 外圓心方, 錢之狀也, 青衣, 銅衣也, 五銖服, 亦錢之文也, 漢時生於吳, 是漢朝鑄五銖錢於吳王也. 文本錢帛日盛, 至中書令. 十年, 忽失古錢所在, 文本遂薨.

* 이 고사는 《태평광기》 권405 〈보(寶)·잠문본〉에 실려 있다.

74-34(2427) 거연 부락의 우두머리

거연부락주(居延部落主)

출《원화기》

[북조] 주(周)나라 정제(靜帝) 초에 거연 부락의 우두머리인 발도골저(勃都骨低)는 난폭한 성격에 교만하고 사치스럽고 향락을 일삼았으며 거처가 매우 성대했다. 어느 날 갑자기 수십 명의 사람들이 그의 집에 왔는데, 그중 한 사람이 먼저 명함을 내밀며 말했다.

"성명 부락(省名部落)의 우두머리 성다수(成多受)입니다."

발도골저가 그들을 서둘러 들어오게 해서 물었다.

"무슨 이유로 성명 부락이라고 이름 지었소?"

성다수가 말했다.

"우리들 몇 사람은 모두 이름을 따로 짓지 않습니다. 성이 마씨(馬氏)인 사람도 있고, 피씨(皮氏)인 사람도 있고, 녹씨(鹿氏)인 사람도 있고, 웅씨(熊氏)인 사람도 있고, 장씨(獐氏)인 사람도 있고, 위씨(衛氏)인 사람도 있고, 반씨(班氏)인 사람도 있지만, 이름은 모두 수(受)입니다. 다만 우두머리인 저의 이름만 다수(多受)입니다." 미 : 다수(多受 : 많이 받는다는 뜻)는 자(字)를 낭대(囊袋 : 자루)로 하는 것이 좋겠다.

발도골저가 말했다.

"그대들은 모두 기예인 같은데 할 줄 아는 게 무엇이오?"

성다수가 말했다.

"농완주(弄碗珠 : 접시나 사발을 돌리는 잡기의 일종)를 잘하는데, 본디 비속한 것을 좋아하지 않아서 경전의 뜻만을 말합니다."

발도골저가 매우 기뻐하며 말했다.

"아직 본 적이 없소."

한 기예인이 앞으로 나오며 말했다.

"우리는 너무 허기져서 배 속에서 꼬르륵 소리가 나고 뱃가죽으로 몸을 세 번이나 두를 수 있을 것 같습니다. 주인(主人 : 발도골저)께서 음식을 충분히 주지 않으신다면 입을 벌리고 끝까지 다물지 않겠습니다."

발도골저는 기뻐하며 음식을 더 갖다주도록 했다. 그러자 한 사람이 말했다.

"우리가 '대소상성(大小相成)'과 '종시상생(終始相生)'을 하겠습니다."

그러고는 키 큰 사람이 작은 사람을 삼키고 뚱뚱한 사람이 마른 사람을 삼키더니, 두 사람만 남을 때까지 서로를 삼켰다. 또 말했다.

"이번엔 '종시상생'을 하겠습니다."

그러고는 한 사람을 뱉어 내니 그 사람이 또 한 사람을 뱉어 내고 연이어 서로 뱉어 내서 사람 수가 다시 찼다. 발도골저는 매우 놀라면서 그들에게 후한 상을 주어 돌려보냈다. 그들은 다음 날 또 와서 이전처럼 기예를 보여 주었다. 이런 일이 반달 동안 반복되자 발도골저는 자못 번거로웠고 매번 음식을 차릴 수도 없었다. 그러자 기예인들이 모두 화를 내며 말했다.

"주인께서는 우리가 환술(幻術)을 부린다고 생각하시나 본데, 그렇다면 당신의 아들과 딸을 빌려 시험해 보겠습니다."

그러고는 발도골저의 아들과 딸, 남동생과 여동생, 조카, 부인과 첩 등을 붙잡아 배 속으로 삼키자, 그들이 배 속에서 소리쳐 울며 살려 달라고 빌었다. 발도골저가 놀라고 두려워서 계단을 내려와 머리를 조아리며 애걸하자, 그들이 모두 웃으며 말했다.

"이들은 다치지 않을 테니 걱정하지 마십시오."

그러고는 토해 냈는데 친족들은 처음처럼 온전했다. 발도골저는 몹시 화가 나서 기회를 살펴 그들을 죽이려고 했다. 그래서 사람을 시켜 은밀히 그들을 따라가게 했는데, 그들은 한 오래된 집터에 도착하더니 사라졌다. 발도골저가 그곳을 파게 했는데, 몇 척쯤 파 들어갔더니 기와 조각 밑에서 커다란 나무 궤짝 하나가 나왔다. 그 안에는 수천 개의 가죽 자루가 있었고 궤짝 옆에는 곡식 낱알들이 있었는데, 만지자마자 부서져 재가 되었다. 또 궤짝 속에서 죽간을 얻었는데 글자가 마멸되어 알아볼 수 없었다. 단지 희미하게 서너 글자가 있었는데 [그중 한 글자가] '능(陵)' 자 같았다. 발도골저는 그 자루들이 요괴로 변한 것임을 알고 그것들을 꺼내 불태워 버리려고 했는데, 자루들이 궤짝 속에서 울부짖으며 말했다.

"저희는 생명이 없어 곧 사라져 버릴 것이었는데, 이 도위(李都尉 : 이능)62)께서 여기에 수은을 남겨 주셨기 때문에 잠시 살 수 있었습니다. 저희는 도위 이소경(李少卿 : 이능)의 양식을 운반하던 자루로 집이 무너져 깔리게 된 지 벌써 오랜 세월이 흘렀습니다. 지금은 이미 생명을 얻었고 거연산(居延山)의 신께서 거두어 기예인으로 삼으셨습니다. 거연산의 신에 대한 정을 생각하시어 저희를 없애지 말아 주시길 엎드려 간청합니다. 이제부터 다시는 감히 귀댁을 귀찮게 하지 않겠습니다."

하지만 발도골저가 그 수은을 탐해 자루들을 모두 태워 버리자, 그것들은 모두 원망과 고통의 소리를 내며 피를 흩뿌렸다. 자루를 다 태우고 나서 발도골저의 방과 복도, 문과

---

62) 이 도위(李都尉) : 이능(李陵). 자는 소경(少卿). 한나라 무제 때의 명장으로, 일찍이 기도위(騎都尉)를 지냈다.

창에서 모두 원망과 고통의 소리가 계속 들렸는데, 한 달이 지나도록 그치지 않았다. 그해에 발도골저의 온 가족이 병에 걸려 죽었는데, 1년 만에 한 사람도 남지 않았다. 수은도 나중에 어디로 갔는지 알 수 없었다.

周靜帝初, 居延部落主勃都骨低, 凌暴, 驕奢逸樂, 居處甚盛. 忽有人數十至門, 一人先投刺曰: "省名部落主成多受." 因趨入, 骨低問曰: "何故省名部落?" 多受曰: "某等數人名字, 皆不別造. 有姓馬者, 姓皮者, 姓鹿者, 姓熊者, 姓獐者, 姓衛者, 姓班者, 然皆名受. 唯某帥名多受耳." 眉: 多受可字囊袋. 骨低曰: "君等悉似伶官, 有何所解?" 多受曰: "曉弄椀珠, 性不愛俗, 言皆經義." 骨低大喜曰: "目所未睹." 有一優卽前曰: "某等肚饑, 膓膓怡怡, 皮漫遶身三匝. 主人食若不充, 開口終當不捨[1]." 骨低悅, 更命加食. 一人曰: "某請弄'大小相成'·'終始相生'." 於是長人吞短人, 肥人吞瘦人, 相吞訖, 止殘兩人. 又曰: "請作'終始相生'耳." 於是吐下一人, 吐者又吐一人, 遞相吐出, 人數復足. 骨低甚驚, 因重賜賣遣之. 明日又至, 戲弄如初. 連翻半月, 骨低頗煩, 不能設食. 諸伶皆怒曰: "主人當以某爲幻術, 請借郞君娘子試之." 於是持骨低兒女·弟妹·甥侄·妻妾等, 吞之於腹中, 腹中皆啼呼請命. 骨低惶怖, 降階, 頓首哀乞, 皆笑曰: "此無傷, 不足憂." 卽吐出之, 親屬完全如初. 骨低深怒, 欲用彝殺之, 因令密訪之, 見至一古宅基而滅. 骨低令掘之, 深數尺, 於瓦礫下得一大木檻. 中有皮袋數千, 檻旁有穀麥, 觸卽爲灰. 檻中得竹簡書, 文字磨滅, 不可識. 唯隱隱似有三數字, 若是'陵'字. 骨低知是諸袋爲怪, 欲擧出焚之, 諸袋因號呼檻中曰

: "某等無命, 尋合化滅, 緣李都尉留水銀在此, 故得且存. 某等卽都尉李少卿搬糧袋, 屋崩平壓, 綿歷歲月. 今已有命, 見爲居延山神收作伶人. 伏乞存情於神, 不相殘毁. 自此不敢復擾高居矣." 骨低利其水銀, 盡焚諸袋, 無不爲冤楚聲, 血流漂灑. 焚訖, 骨低房廊戶牖, 悉爲冤痛之音如一, 月餘日不止. 其年, 骨低擧家病死, 周歲, 無復子遺. 水銀後失所在.

* 이 고사는 《태평광기》 권368 〈정괴·거연부락주〉에 실려 있다.
1 사(捨):《현괴록(玄怪錄)》 권2에는 "합(合)"이라 되어 있는데, 문맥상 보다 타당하다.

74-35(2428) 여생

여생(呂生)

출《선실지》미 : 이하는 수은의 요괴다(以下水銀怪).

[당나라] 대력(大曆) 연간(766~779)에 여생이란 사람이 상우현위(上虞縣尉)로 있다가 임기가 만료되어 새 관직을 임명받기 위해 도성으로 와서 영숭리(永崇里)에 잠시 기거했다. 어느 날 밤에 잠자리에 들려고 했는데, 잠시 후에 얼굴과 옷이 새하얗고 키가 2척쯤 되는 한 노파가 방의 북쪽 모퉁이에서 나와 천천히 걸어왔는데 그 모습이 아주 이상했다. 노파가 여생의 침상으로 점점 다가오자 여생이 꾸짖었더니, 노파는 마침내 물러나 북쪽 모퉁이로 가더니 금세 사라져 보이지 않았다. 여생은 놀라고 기이해했지만 노파가 어디에서 왔는지 알 수 없었다. 다음 날 밤에 그 노파가 북쪽 모퉁이에서 또 나타났는데, 앞으로 오려다가 물러나면서 두려운 듯이 당황했다. 여생이 또 꾸짖자 노파는 사라졌다. 여생은 곰곰이 생각했다.

"필시 요괴일 것이니 만약 제거하지 않으면 반드시 나에게 근심이 될 것이다."

다음 날 여생은 하인에게 검 한 자루를 침상 아래에 놓아두게 했다. 그날 저녁에 다시 노파가 북쪽 모퉁이에서 천천히 걸어 나왔는데 두려워하는 기색이 없었다. 노파가 침상 앞에 이르렀을 때 여생이 검을 휘두르자 노파가 갑자기 침상으로 올라와 팔로 여생을 쳤는데, 그 순간 여생은 갑자기 몸에 서리를 뒤집어쓴 것처럼 온몸에 섬뜩한 기운을 느꼈다. 여생이 또 검을 마구 휘둘렀더니, 순식간에 여러 명의 노파가 생겨나 소매를 들고 춤을 추었다. 여생이 계속해서 검을 휘두르자, 각각 키가 1촌쯤 되는 10여 명의 노파가 또 생겨났는데, 노파들은 갈수록 많아졌지만 그 모습이 똑같아서 전혀 분간할 수 없었다. 노파들이 사방 벽을 돌며 달려 다녔지만 여생은 너무 두려워서 도무지 방법을 생각해 낼 수 없었다. 그중 한 노파가 여생에게 말했다.

"우리가 하나로 합쳐질 것이니 당신은 잘 보시오."

말을 마치고는 서로 바라보며 와서 모두 침상 앞에 이르더니 감쪽같이 합쳐져서 다시 한 명의 노파가 되었는데, 처음 보았던 노파와 다름이 없었다. 여생은 더욱 몹시 두려워하면서 노파에게 말했다.

"너는 어떤 요괴이기에 감히 살아 있는 사람을 괴롭히느냐? 당장 떠나지 않으면 내가 방사(方士)를 불러와 신령한 도술로 너를 제압할 것이다."

노파가 웃으며 말했다.

"만약 술사(術士)가 있다면 내가 그를 보고 싶소. 내가 찾아온 것은 당신을 놀리려는 것일 뿐 감히 해치려는 것은 아니오."

 말을 마치고는 마침내 북쪽 모퉁이로 물러가더니 사라졌다. 전씨(田氏)라는 사람은 부적술에 뛰어나 그 명성이 장안(長安)에 알려져 있었다. 여생이 전씨에게 그 일을 얘기했더니 전씨가 뛸 듯이 기뻐하며 말했다.

 "그건 내 일이오!"

 밤이 되어 여생과 전씨가 함께 방에 앉아 있었더니, 얼마 지나지 않아 그 노파가 뛰면서 춤추며 와서 여생의 침상 앞에 이르렀다. 전생(田生: 전씨)이 꾸짖어 말했다.

 "요괴는 속히 물러가거라!"

 하지만 노파는 아랑곳하지 않고 한참 동안 좌우로 왔다 갔다 하더니, 갑자기 손을 휘두르자 손이 바닥으로 떨어져 또 한 명의 아주 작은 노파로 변했는데, 그 노파가 침상으로 뛰어올라 가서 갑자기 전생의 입 속으로 들어갔다. 그러자 전생이 경악하며 말했다.

 "나 죽네!"

 노파가 여생에게 말했다.

 "내가 일전에 당신을 해치지 않겠다고 말했지만 당신은 듣지 않았소. 지금 전생이 이렇게 병들었으니 과연 어떠하오?"

 노파는 말을 마친 뒤 다시 떠났다. 다음 날 어떤 사람이 여생에게 북쪽 모퉁이를 파 보는 게 좋겠다고 말하자, 여생이 그 말대로 파서 1장(丈)에 못 미쳤을 때 1곡(斛 : 10말) 정도 들어갈 병 하나가 나왔는데, 그 속에 아주 많은 수은이 담겨 있었다. 여생은 그제야 그 노파가 바로 수은의 정령이었음을 깨달았다. 전생은 결국 오한으로 떨다가 죽었다.

大曆中, 有呂生自上虞尉調集京師, 僑居於永崇里. 一夕, 將就寢, 俄有一嫗, 容服潔白, 長二尺許, 出於室之北隅, 緩步而來, 其狀極異. 漸迫其榻, 呂生叱之, 遂退去, 至北隅, 乃亡所見. 且驚且異, 莫知其來也. 次夜, 又見其嫗在北隅下, 將前且退, 惶然有懼. 生又叱之, 遂沒. 生默念曰: "是必怪也, 不除, 必爲吾患." 明日, 命一劍置其榻下. 是夕, 復自北隅徐步而來, 顔色不懼. 至榻前, 生以劍揮之, 其嫗忽上榻, 以臂揕生, 生遽覺通身凛然, 若霜被體. 又以劍亂揮, 俄有數嫗, 擧袂而舞. 生揮劍不已, 又爲十餘嫗, 各長寸許, 雖愈多, 而貌如一焉, 皆不可辨. 環走四垣, 生懼甚, 計不能出. 中一嫗謂書生曰: "吾將合爲一矣, 君且觀之." 言已, 遂相望而來, 俱至榻前, 翕然而合, 又爲一嫗, 與始見者不異. 生懼益甚, 乃謂曰: "爾何怪, 而敢擾生人? 不疾去, 吾求方士, 將以神術制汝." 嫗笑曰: "若有術士, 吾願見之. 吾之來, 戱君耳, 非敢害也." 言畢, 遂退於北隅而沒. 有田氏子者, 善符術, 名聞長安中. 生告之, 田喜躍曰: "是我事也!" 至夜, 生與田俱坐於室, 未幾, 嫗果躍舞來, 至榻前. 田生叱曰: "魅疾去!" 嫗不顧, 左右來去者久之, 忽揮其手, 手墮於地, 又爲一嫗, 甚小, 躍而升榻, 突入田生口中. 田驚曰: "吾死乎!" 嫗謂生曰: "吾比言不爲君害, 君不聽. 今田生之疾, 果何如哉?" 言已, 又去. 明日, 或謂呂生宜於北隅發之, 生如其言, 不至丈, 得一甁, 可受斛許, 貯水銀甚多. 生方悟其嫗乃水銀精也. 田生竟以寒慄而卒.

* 이 고사는 《태평광기》 권401 〈보(寶)·여생〉에 실려 있다.

권75 요괴부(妖怪部)

요괴(妖怪) 4

75-1(2429) 용사초

용사초(龍蛇草)

출전《오행기(五行記)》미 : 이하는 초목과 화훼의 여러 요괴다(以下草木花卉諸怪).

후한(後漢) 영제(靈帝) 중평(中平) 연간(184~189) 여름에 진류군(陳留郡)의 여러 성곽 길옆에 풀이 자라났는데, 모두 용·뱀·날짐승·들짐승의 모습을 갖추고 있었다. 《속한지(續漢志)》에서 말하길, "그 풀의 모양은 오색으로 털·깃털·머리·눈·다리·날개가 모두 갖추어져 있었다. 혹은 사람의 모습으로 활과 쇠뇌를 들고 있기도 했고, 소·말 등 만물의 형상을 갖추고 있기도 했다"라고 했다. 그해에 흑산적(黑山賊) 장우각(張牛角) 등 10여 명이 한꺼번에 난을 일으켜 약탈을 자행했고, 황후의 오라비인 하진(何進)이 외부 병력을 불러들여 궁궐을 불태웠다.

後漢靈帝中平年夏, 陳留諸郡城郭路邊生草, 悉備龍蛇鳥獸之形.《續漢志》曰 : "其狀五色, 毛羽頭目足翅皆具. 或作人形, 操持弓弩, 牛馬萬物之狀." 是歲, 黑山賊張牛角等十餘輩並起抄掠, 后兄何進召外兵, 焚燒宮闕.

* 이 고사는《태평광기》권416〈초목·용사초〉에 실려 있다.

75-2(2430) 쪼갠 나무 속의 고기
파목유육(破木有肉)
출《계신록(稽神錄)》

　어떤 사람이 커다란 나무를 쪼갰더니 나무 안에 고기가 들어 있었는데, 5근쯤 되었고 삶은 돼지고기 같았다.

有人破大木, 木中有肉, 可五斤, 如熟猪肉.
* 이 고사는《태평광기》권407〈초목·파목유육〉에 실려 있다.

75-3(2431) 유 장군

유장군(柳將軍)

출《선실지》

　동락(東洛: 낙양)에 오래된 집이 있었는데, 비워 둔 채 잠가 놓은 지 이미 오래였다. [당나라] 정원(貞元) 연간(785~805)에 노건(盧虔)이 어사(御史)가 되어 동대[東臺: 동도 어사대(東都御史臺)]에서 근무하게 되자, 그 집을 사들여 살려고 했더니 어떤 사람이 말했다.

　"이 집에는 요괴가 있습니다."

　노건이 말했다.

　"내가 제압할 수 있소."

　하룻밤 뒤에 노건은 하급 관리와 함께 그 집의 안채에서 자면서 노복들에게 모두 문밖에 머물러 있도록 했다. 하급 관리는 용맹하고 활을 잘 쏘았기 때문에 활과 화살을 들고 앞 처마 아래에 앉아 있었다. 밤이 깊어 갈 무렵에 누군가가 문을 두드리는 소리가 들리자, 하급 관리가 누구냐고 물었더니 곧장 말했다.

　"유 장군께서 노 시어(盧侍御: 노건)께 보내신 서찰을 받들고 왔습니다."

　노건은 대답하지 않았다. 잠시 후 서찰 한 통이 처마 아래로 던져졌는데, 글자의 필획이 매우 가늘었다. 노건이 하급 관리에게 그것을 주워 읽어 보게 했더니 이렇게 적혀 있었다.

"내가 여기에서 산 지 여러 해가 되었소. 안채의 깊숙한 곳이나 처마와 계단 등은 모두 내가 살고 있는 곳이고, 문과 창호의 신령은 모두 내 부하들이오. 그런데 그대가 갑자기 내 집에 들어왔으니, 이것이 어찌 도리에 맞는 일이겠소? 그대는 속히 떠나서 모욕을 자초하지 마시오."

다 읽고 나자 그 서찰은 마치 재가 바람에 날리듯 사방으로 흩어졌다. 잠시 후 또 말소리가 들려왔다.

"유 장군께서 노 어사를 만나고자 하십니다."

잠시 후 키가 수십 심(尋 : 1심은 8척)이나 되는 커다란 귀신이 나타나 마당에 우뚝 섰는데, 손에는 표주박 하나를 들고 있었다. 하급 관리가 즉시 활을 잔뜩 당겨 쏘아 귀신이 들고 있는 물건을 맞혔더니, 귀신은 마침내 표주박을 버리고 물러갔다. 한참 후에 그 귀신이 또 와서 처마를 굽어보며 서더니 고개를 숙이고 엿보았는데, 그 모습이 아주 기이했다. 하급 관리가 또 활을 쏘아 귀신의 가슴을 맞혔더니, 귀신은 마치 두려워하는 듯이 놀라며 마침내 동쪽을 향해 떠났다. 날이 밝자 노건은 귀신의 자취를 추적하게 했다. 집 동쪽의 빈터에 높이가 100여 척이나 되는 버드나무가 있었는데, 그 위에 화살 하나가 박혀 있는 것으로 보아 그것이 바로 유 장군이었다. 노건이 그 나무를 베어 땔감으로 썼더니, 그 후로는 그 집에 사는 사람들에게 아무 탈도 생기지 않았다. 1년 남짓 후에 안채를 다시 지을 때 지붕의 기와 아래에서 길이가 약 1장(丈) 남짓 되는 표주박 하나가 나왔는데, 그 자루 부분에 화살이 박혀 있는 것으로 보아 그것은 바로 유 장군이 들고 있던 표주박이었다.

東洛有故宅, 空鍵且久. 貞元中, 盧虔爲御史, 分察東臺, 欲貰其宅而止焉, 或曰: "此宅有怪." 虔曰: "吾自能弭之." 後一夕, 虔與從吏同寢其堂, 命僕使盡止於門外. 從吏勇悍善射, 於是執弓矢, 坐前軒下. 夜將深, 聞有叩門者, 從吏卽問之, 應聲曰: "柳將軍遣奉書於盧侍御." 虔不應. 已而投一幅於軒下, 字畫纖然. 虔命從吏取視. 云: "吾家於此有年矣. 堂奧軒級, 皆吾之居也, 門神戶靈, 皆吾之隷也. 而君突入吾舍, 豈其理耶? 宜速去, 勿招辱." 讀畢, 其書飄然四散, 若飛燼之狀. 俄又聞言: "柳將軍願見盧御史." 已而有大厲至, 身長數十尋, 立庭, 手執一瓢. 其從吏卽引滿而發, 中所執, 厲遽退, 委其瓢. 久之又來, 俯軒而立, 俛其首且窺焉, 貌甚異. 從吏又射之, 中其胸, 厲驚, 若有懼, 遂東向而去. 至明, 虔命窮其迹. 至宅東隙地, 見柳高百餘尺, 有一矢貫其上, 所謂柳將軍也. 虔伐其薪, 自此其宅居者無恙. 後歲餘, 因重構堂室, 於屋瓦下得一瓢, 長約丈餘, 有矢貫其柄, 卽將軍所執之瓢也.

* 이 고사는 《태평광기》 권415 〈초목·노건(盧虔)〉에 실려 있다.

75-4(2432) 스님 지통

승지통(僧智通)

출《유양잡조》

임단사(臨湍寺)의 스님 지통은 늘 《법화경(法華經)》을 염송했다. 그는 참선에 들어 정좌할 때면 반드시 사람의 발길이 닿지 않는 차가운 숲의 깨끗한 곳을 찾아갔다. 1년쯤 지난 어느 날 밤에 갑자기 어떤 사람이 그가 머물고 있는 승원(僧院)을 맴돌며 지통을 불렀는데, 그 소리는 새벽이 되어서야 비로소 멈췄다. 그 소리는 사흘 밤 동안 계속되었는데, 소리가 창문으로 들어오자 지통은 견딜 수 없어서 대답했다.

"무슨 일로 나를 부르느냐? 들어와서 말해라."

그러자 한 물체가 모습을 드러냈는데, 키는 6척 남짓 되었고 검은 옷에 푸른 얼굴을 하고 있었으며 부릅뜬 눈에 커다란 입을 하고 있었다. 그 물체는 스님을 보고 처음에는 그래도 합장했다. 지통은 그것을 한참 동안 자세히 보다가 말했다.

"추우냐? 이리로 와서 불을 쬐어라."

물체가 다가와 자리에 앉아도 지통은 그저 불경을 염송할 따름이었다. 오경(五更)이 되었을 때 물체는 불기운에 취해[醉火], 미 : '취화(醉火)' 두 글자가 참신하다. 눈을 감고 입을 벌린 채 화로에 기대 코를 골며 잤다. 지통이 그 모습을 살펴보다가 향 숟가락으로 잿불을 떠서 그 물체의 입 속에 넣었더니, 물체가 크게 소리치며 일어나 달아났는데, 문에 이르렀을 때 넘어지는 듯한 소리가 났다. 그 절은 산을 등지고 있었다. 지통은 날이 밝자 그 물체가 넘어진 곳을 살펴보았는데, 거기에 나무껍질 한 조각이 떨어져 있었다. 지통은 산에 올라가 몇 리를 찾아다닌 끝에 커다란 벽오동나무 한 그루를 발견했는데, 이미 늙어 메말라 있었고 그 아래 뿌리 부분에 새로 생긴 듯이 보이는 움푹 들어간 흠집이 있었다. 지통이 나무껍질을 그곳에 붙여 보았더니 조금의 틈도 없이 딱 들어맞았다. 나무 중간 부분에 땔나무꾼이 만들어 놓은 것으로 보이는 6~7촌 남짓한 깊이의 발 디딤 구멍이 있었는데, 그곳이 요괴의 입인 것 같았으며 잿불이 그 안에 가득해 여전히 붉은 빛을 발하고 있었다. 지통이 그 나무를 불태웠더니 마침내 요괴가 나타나지 않았다.

臨湍寺僧智通, 常持《法華經》. 入禪宴坐, 必求寒林淨境, 人迹不至之處. 經年, 忽夜有人環其院呼智通, 至曉, 聲方息. 歷三夜, 聲侵戶, 智通不耐, 因應曰 : "呼我何事? 可入來言也." 有物長六尺餘, 皂衣靑面, 張目巨吻. 見僧, 初亦合手. 智通熟視良久, 謂曰 : "爾寒乎? 就此向火." 物乃就坐, 智通但念經. 至五更, 物爲火所醉, 眉 : '醉火'二字新. 因閉目開口, 據爐而鼾. 智通觀之, 乃以香匙擧灰火, 置其口中, 物大呼起, 至門, 若躡聲. 其寺背山. 智通及明, 視躡處, 得木皮一片. 登山尋之數里, 見大靑桐樹已老矣, 其下凹根若新缺. 僧以木皮附之, 合無纖隙. 其半, 有薪者創成一蹬, 深六七寸餘, 蓋魅之口, 灰火滿其中, 久猶熒熒. 智通焚之, 怪遂絶.

* 이 고사는《태평광기》권415〈초목·승지통〉에 실려 있다.

75-5(2433) 최현미

최현미(崔玄微)

출《박이지》

[당나라] 천보(天寶) 연간(742~756)에 처사(處士) 최현미는 낙양(洛陽) 동쪽에 집이 있었다. 그는 도교에 심취해 창출(蒼朮)과 복령(茯苓)을 30년 동안 복용했는데, 약이 다 떨어지자 동복들을 데리고 숭산(嵩山)으로 들어가서 영지(靈芝)를 캤다. 1년 만에야 돌아왔더니 집에는 아무도 없고 쑥과 명아주만 뜰에 가득했다. 당시는 늦봄이라 밤에 바람이 맑고 달이 밝았기에 최현미는 혼자 한 정원에 있었는데, 집안사람들은 별다른 일이 없으면 그곳에 오지 않았다. 삼경(三更)까지 잠들지 못하고 있을 때 한 하녀가 와서 말했다.

"당신이 정원 안에 계셔서 기쁩니다. 지금 한두 명의 여인과 함께 상동문(上東門)의 당이모 댁에 가려고 하는데, 잠시 이곳을 빌려 쉬어도 괜찮겠습니까?"

최현미는 허락했다. 잠시 후 10여 명의 여인들을 하녀가 인도해 들어왔다. 녹색 치마를 입은 여인이 앞으로 나오며 말했다.

"저는 성이 양씨(楊氏)입니다."

한 사람을 가리키자 그 사람이 말했다.

"이씨(李氏)입니다."

또 한 사람을 가리키자 그 사람이 말했다.

"도씨(陶氏)입니다."

또 붉은 옷을 입은 소녀를 가리키자 그 사람이 말했다.

"성은 석씨(石氏)이고 이름은 아조(阿措)입니다."

그녀들은 각자 시녀들을 거느리고 있었다. 최현미가 인사를 마치고 달빛 아래에 앉아 그녀들에게 나들이하는 이유를 물었더니 그녀들이 대답했다.

"봉십팔이(封十八姨 : 항렬이 18번째인 봉씨 이모)가 며칠 전에 만나러 오겠다고 했지만 그러지 못해서 오늘 저녁에 저희가 보러 가는 길입니다."

그녀들이 자리에 앉기도 전에 문밖에서 봉씨(封氏) 댁의 이모가 왔다고 알리자, 앉아 있던 사람들이 모두 놀라고 기뻐하며 나가서 이모를 맞이했다. 양씨가 말했다.

"주인께서는 매우 어지시고 이곳은 조용해서 좋습니다."

최현미가 또 나가서 봉씨를 만나 보니, 말이 시원시원하고 숲 아래에 이는 바람 같은 기품을 지니고 있었다. 그녀는 곧 인사하고 들어와 앉았다. 여인들은 모두 절세미인이었고 자리 가득 향기가 풍겨 짙은 향기가 사람들을 감쌌다. 사람들이 술을 내오게 해서 각자 노래를 부르며 술을 권했는데, 최현미는 그중 두 수를 기억했다. 붉은 치마를 입은 여인이 흰옷을 입은 여인에게 술을 건네며 노래했다.

"희고도 깨끗한 옥 같은 얼굴은 흰 눈보다도 하얀데, 하물며 한창 나이에 아름다운 달을 마주하고 있었을 때임에랴. 낮게 읊조리며 감히 봄바람을 원망하지는 않지만, 꽃 같은 얼굴이 어느새 시들어 버린 걸 스스로 탄식하네."

또 흰옷을 입은 여인이 술을 건네며 노래했다.

"나부끼는 붉은 옷에 이슬이 가득하고, 엷은 연지 물든 얼굴은 한 떨기 꽃처럼 가볍네. 홍안을 붙잡아 두지 못함을 스스로 한탄하지만, 봄바람이 박정하다고 원망하지는 마시라."

봉십팔이가 잔을 들다가 경솔한 성격 탓에 술을 엎어 아조의 옷을 더럽혔더니, 아조가 정색하며 말했다.

"다른 사람들은 이모에게 간절히 부탁하지만 나는 이모가 두렵지 않아요!"

그러고는 옷자락을 떨치며 일어나자 봉십팔이가 말했다.

"어린것이 술주정을 하는군!"

그러고는 모두 일어나 문밖에 이르러 헤어졌다. 봉십팔이는 남쪽으로 가고 다른 사람들은 서쪽 동산으로 들어가면서 헤어졌다. 최현미는 또한 이상함을 느끼지 못했다. 다음 날 밤에 그녀들이 또 와서 말했다.

"봉십팔이가 있는 곳에 가려고 합니다."

그러자 아조가 화내며 말했다.

"어찌하여 다시 봉씨 할멈 집에 가려고 합니까? 일이 있으면 처사께 부탁만 하면 된다는 것을 모르시나요?"

사람들이 좋다고 하자 아조가 최현미에게 말했다.

"저희들은 모두 동산 안에 살고 있는데, 매년 대부분 심한 바람에 시달려 지내기가 불안해서 늘 봉십팔이에게 보호해 달라고 부탁합니다. 그런데 어제 제가 순종하지 않아 도움을 받기가 어렵게 되었습니다. 처사께서 만약 마다하지 않고 저희를 보호해 주신다면 약소하나마 보답해 드리겠습니다."

최현미가 말했다.

"제가 무슨 힘이 있어 여러분을 돕겠습니까?"

아조가 말했다.

"처사께서 매년 정월 초하루에 붉은색 깃발 하나를 만들어 그 위에 일월오성(日月五星)의 무늬를 그려 넣고 동산 동쪽에 세워 놓기만 하면 저희들은 어려움을 피할 수 있습니다. 올해는 이미 지나갔으니, 청하건대 이달 21일 새벽녘에 약한 동풍이 불 때 즉시 깃발을 세워 주시면 저희는 아마도 화를 면할 수 있을 것입니다."

최현미가 허락하자 그녀들은 한목소리로 감사하며 말했다.

"감히 은덕을 잊지 않겠습니다."

그녀들은 감사의 절을 하고 떠났다. 최현미는 달빛 아래에서 그녀들을 따라 나가 전송했다. 그녀들은 동산의 담을 넘어 동산 안으로 들어가더니 각자 어디론가 사라졌다. 최현미는 아조의 말에 따라 그날이 되자 깃발을 세웠다. 그날 동풍이 땅을 뒤흔들어 낙양 남쪽에서부터 나무가 부러지고 모래가 날렸으나, 동산 안의 많은 꽃들은 움직이지도 않았다. 최현미는 여인들이 양씨·이씨·도씨라고 말하고 의복과 안색이 특이했던 것으로 미루어 보아 모두 꽃의 정령임을 비로소 깨달았다. 붉은 옷을 입은 여인은 이름이 아조이니 바로 안석류(安石榴 : 안식국에서 나는 석류)이며, 봉십팔이는 바로 풍신(風神)이었다. 며칠 밤이 지나 양씨 무리가 다시 와서 매우 감사했다. 그녀들은 각각 복사꽃과 오얏꽃 여러 말을 싸 가지고 와서 최현미에게 권하며 말했다.

"이것을 드시면 수명을 연장하고 늙음을 물리칠 수 있습니다. 바라건대 늘 여기에 머물면서 저희를 보호해 주신다면 또한 장수할 수 있을 것입니다."

원화(元和) 연간(806~820) 초까지 최현미는 여전히 살아 있었는데, 30세쯤 된 사람처럼 보였다.

天寶中, 處士崔玄微洛東有宅. 崔耽道, 餌朮及茯苓三十載, 因藥盡, 領僮僕輩入嵩山採芝. 一年方回, 宅中無人, 蒿萊滿院. 時春季夜間, 風淸月朗, 獨處一院, 家人無故輒不到. 三更未睡, 有一靑衣云 : "喜君在院中也. 今欲與一兩女伴, 過上東門表姨處, 暫借此歇, 可乎?" 玄微許之. 須臾, 乃有十餘人，青衣引入．有綠裳者前曰："某姓楊."指一人，曰："李氏."又一人，曰："陶氏."又指一緋小女，曰："姓石，名阿措."各有侍女輩．玄微相見畢，乃坐於月下，問行出之由，對曰："封十八姨數日云欲來相看，不得，今夕衆往看之."坐未定，門外報封家姨至，坐皆驚喜出迎．楊氏云："主人甚賢，祇此從容不惡."玄微又出見封氏，言詞冷冷，有林下風氣．遂揖入坐．色皆殊絶，滿座芳香，馥馥襲人．諸人命酒，各歌以送之，玄微誌其二焉．有紅裳人與白衣送酒，歌曰："皎潔玉顔勝白雪，況乃當年對芳月．沉吟不敢怨春風，自嘆容華暗消歇."又白衣人送酒，歌曰："絳衣披拂露盈盈，淡染胭脂一朶輕．自恨紅顔留不住，莫怨春風道薄情."至十八姨持盞，性頗輕佻，翻酒污阿措衣，阿措作色曰："諸人卽奉求，吾不畏耳！"拂衣而起，十八姨曰："小女弄酒！"皆起，至門外別．十八姨南去，諸人西入苑中而別．玄微亦不之異．明夜又來，云："欲往十八姨處."阿措怒曰："何用更去封嫗舍？有事祇求處士，不知可乎？"衆稱善，乃謂崔曰："諸侶皆住苑中，每歲多被惡風所撓，居止不安，常求十八姨相庇，昨阿措不能依回，應難取力．處士倘不阻見庇，亦有微報耳."玄微曰："某有何力，得及諸女？"阿措曰："但處士每歲歲日，與作一朱幡，上圖日月五星之文，於苑東立之，則免難矣．今歲已過，但請至此月二十一日，平旦微有東風，卽立之，庶可免也."玄微許之，乃齊聲謝曰："不敢忘德！"拜而去．玄微於月中隨而送之．踰苑牆，乃入苑中，各失所在．依其言，至此日立幡．是日東風振地，自洛南折樹飛沙，而苑中繁花不動．玄微乃悟諸女曰姓楊·李·陶，及衣服顔色之異，皆衆花之精也．緋衣名阿措，卽安石榴也．封十八姨，乃風神也．後數夜，楊氏輩復至愧謝．各裹桃李花數斗，勸崔生："服之，可延年却老．願長如此住，衛護某等，亦可致長生."至元和初，玄微猶在, 年如三十許人.

* 이 고사는 《태평광기》 권416 〈초목·최현미〉에 실려 있다.

75-6(2434) 소창원

소창원(蘇昌遠)

출《북몽쇄언(北夢瑣言)》

[당나라] 중화(中和) 연간(881~885)에 소창원이라는 선비가 소주(蘇州) 관할의 한 현읍(縣邑)에 살았는데, 관도(官道 : 역마가 다니는 큰 도로)에서 10리 떨어진 곳에 작은 별장을 가지고 있었다. 오중(吳中)은 물이 많은 고장이어서 어디든 대부분 연꽃이 많았다. 소창원은 어느 날 갑자기 한 여인을 만났는데, 그녀는 흰옷을 입고 홍안(紅顔)이었으며 용모가 아주 아름다웠다. 그녀의 고운 자태를 보면 마치 선계(仙界)의 선녀처럼 황홀했다. 그때부터 소창원은 그녀와 가까이 지내면서 별장을 밀회의 장소로 삼았다. 소생(蘇生 : 소창원)은 이미 그녀에게 깊이 빠져들어 일찍이 옥가락지를 주면서 은근한 정을 맺었다. 그러던 어느 날 소생은 난간 앞에 흰 연꽃이 피어 있는 것을 보았는데, 아주 특이했으므로 몸을 숙여 감상하다가 화방(花房 : 꽃집) 속에 어떤 물건이 있는 것을 보았다. 자세히 살펴보았더니 바로 자기가 그 여인에게 주었던 옥가락지였다. 그래서 소생이 그 연꽃을 꺾었더니 요괴는 마침내 나타나지 않았다.

中和中, 士人蘇昌遠居蘇州屬邑, 有小莊去官道十里. 吳中水鄕, 率多荷芰. 忽一日, 見一女郎, 素衣紅臉, 容質艷麗. 閱其色, 恍若神仙中人. 自是與之相狎, 以莊爲幽會之所. 蘇生惑之旣甚, 嘗以玉環贈之, 結繫殷勤. 或一日, 見檻前白蓮花開敷, 殊異, 俯而玩之, 見花房中有物. 細視, 乃所贈玉環也. 因折之, 其妖遂絶.

* 이 고사는 《태평광기》 권417 〈초목・소창원〉에 실려 있다.

75-7(2435) 전등낭
전등낭(田登娘)
출《유양잡조》 미 : 이하는 약의 요괴다(以下藥怪).

　섬주(陝州) 서북쪽 백경령(白徑嶺) 상라촌(上灑村)의 전씨(田氏)라는 사람이 일찍이 우물을 파다가 어떤 뿌리 하나를 얻었는데, 크기는 사람 팔뚝만 하고 마디 중간이 굵었으며 껍질은 복령(茯苓)과 같고 향기는 창출(蒼朮)과 비슷했다. 미 : 이약(異藥)을 복용하면 장수를 누릴 수 있는데, 전씨는 연분이 없었기 때문에 요괴를 보고 제거했다. 그 집은 불교를 신봉했기에 그 뿌리를 불상 앞에 놓아두었다. 전씨의 딸 등낭은 열예닐곱 살에 제법 자색(姿色)이 있었는데, 아버지가 늘 그녀에게 향불 공양을 드리게 했다. 1년 남짓 지난 어느 날 등낭은 흰옷에 나막신을 신은 한 젊은이가 불당을 드나드는 것을 보았다. 그녀는 결국 젊은이와 사통했다. 그 뿌리는 매년 봄이 되면 싹이 돋았다. 그녀는 임신하게 되자 그제야 어머니에게 모든 사실을 털어놓았는데, 어머니는 젊은이가 요괴일 것이라고 의심했다. 한번은 어떤 스님이 문 앞을 지나가자, 그의 집에서 스님을 붙들어 공양을 드렸다. 스님은 불당에 들어가려 했지만 번번이 어떤 물체에게 제지당했다. 하루는 등낭이 어머니를 따라 외출했을 때 스님이 불당으로 들어갔는데, 불당 문을 열자마자 집비둘기 한 마리가 스님을 스치며 날아갔다. 그날 저녁에 등낭은 그 요괴를 더 이상 보지 못했는데, 그 뿌리를 살펴보았더니 역시 썩고 좀 벌레가 갉아 먹은 상태였다. 등낭은 임신한 지 7개월 만에 마디가 세 개 있는 물체를 낳았는데, 그 모양이 불상 앞에 있는 뿌리를 닮아 있었다. 전씨가 그것들을 모두 불태워 버리자 그 요괴도 나타나지 않았다.

陝州西北白徑嶺上邏村, 村之田氏嘗穿井, 得一根, 大如臂, 節中粗, 皮若茯苓, 香氣似朮. 眉:服異藥可致上壽, 田氏無緣, 故見怪而去. 其家奉釋, 遂置於佛像前. 田氏女名登娘, 十六七, 有容質, 其父常令供香火焉. 經歲餘, 女嘗見一少年出入佛堂中, 白衣躡屐. 女遂私之. 其物根每歲至春萌芽. 其女有妊, 乃具白於母, 母疑其怪. 嘗有衲僧過門, 其家因留之供養. 僧將入佛宇, 輒爲物拒之. 一日, 女隨母他出, 僧入佛堂, 門纔啓, 有一鴿拂僧飛去. 其夕, 女不復見其怪, 視其根, 亦成朽蠹. 女娠纔七月, 産物三節, 其形如像前根也. 田氏並火焚之, 其怪亦絶.

* 이 고사는 《태평광기》 권417 〈초목・전등낭〉에 실려 있다.

75-8(2436) 조생

조생(趙生)

출《선실지》

[당나라] 천보(天寶) 연간(742~756)에 조생이란 사람이 있었는데, 그의 선대(先代)는 문학(文學 : 문장과 학술)으로 이름이 드러났다. 조생의 형제 몇 명은 모두 진사(進士)와 명경(明經) 출신으로 벼슬길에 나아갔지만, 조생만은 천성이 노둔해 비록 공부를 하더라도 문장의 구두(句讀)를 끊어 뜻을 이해할 수 없었다. 이 때문에 조생은 장년이 되도록 여전히 군공(郡貢)[63]에도 들 수 없었다. 한번은 조생이 형제의 친구들이 모인 연회에 참석했는데, 자리 가득 붉은 관복과 녹색 관복[64]을 입은 사람들이 서로 이어졌지만, 조생 혼자만 흰옷을 입고 있어서 기분이 몹시 좋지 않았다. 술기운이 달아오를 즈음에 어떤 사람이 조생을 조롱하자, 조생은 더욱 부끄럽고 화가 났다. 그 후 어느 날 조생은 집을 버리고

---

63) 군공(郡貢) : 당나라 때 매년 주군(州郡)에서 인재를 선발해 도성의 진사 시험에 참가시키는 것을 말한다.

64) 붉은 관복과 녹색 관복 : 당나라의 제도에 따르면 4·5품관은 주색(朱色) 관복을 입고, 6·7품관은 녹색 관복을 입었다.

몰래 떠나 진양산(晉陽山)에 은거하면서 띠를 엮어 집을 지었다. 조생은 100여 편의 책을 상자에 담아 산속으로 가져가서 낮에는 공부하고 밤에는 쉬면서 비록 춥고 덥더라도 멈추지 않았지만, 아무리 열심히 해도 공부에 진전이 거의 없었다. 조생은 더욱 화가 났지만 끝내 뜻을 바꾸지 않았다. 10여 일 뒤에 거친 베옷을 입은 어떤 노인이 찾아와 조생에게 말했다.

"그대의 뜻이 심히 굳건하니, 이 늙은이를 한번 찾아오면 또한 도움이 될 수 있을 것이네."

조생이 노인에게 머무는 곳을 물었더니 노인이 말했다.

"나는 단씨(段氏)인데 이 산 서쪽의 커다란 나무 밑에서 살고 있네."

노인은 말을 마친 뒤 홀연히 사라졌다. 조생은 이상해하며 곧장 산의 서쪽으로 가서 노인의 종적을 찾았는데, 과연 무성한 단수(椴樹 : 자작나무)가 있었다. 조생이 말했다.

"이 나무가 혹시 단씨가 아닐까?"

그러고는 곡괭이를 가져와 그 밑을 팠더니 1척 남짓한 인삼(人參)이 나왔는데, 이전에 만났던 노인의 모습과 아주 닮아 있었다. 조생이 말했다.

"나는 인삼 중에 요괴로 변할 수 있는 것은 병을 낫게 할 수 있다고 들었다." 미 : 인삼이 정말로 이와 같다면 더욱 마땅히 값을 따질 수 없다.

마침내 그 인삼을 삶아서 먹었더니, 그때부터 정신이 깨이면서 총명해지더니 보는 책마다 그 심오한 뜻을 모두 이해할 수 있었다. 1년 남짓 후에 조생은 명경과에 급제했으며, 여러 관직을 역임한 후에 죽었다.

天寶中, 有趙生者, 其先以文學顯. 生兄弟數人, 俱以進士·明經入仕, 獨生性魯鈍, 雖讀書, 然不能分句詳義. 由是年壯尙不得爲郡貢. 常與兄弟友生會宴, 盈座朱綠相接, 獨生白衣, 甚爲不樂. 及酒酣, 或靳之, 生益慚且怒. 後一日, 棄其家遁去, 隱晉陽山, 葺茅爲舍. 生有書百餘編, 笈而至山中, 晝習夜息, 雖寒暑不輟, 然力愈勤而功愈少. 生愈恚怒, 終不易其志. 後旬餘, 有翁衣褐來造之, 因謂生曰 : "吾子志甚堅, 幸一謁老夫, 亦能有補." 因徵其所止, 翁曰 : "吾段氏子, 家於山西大木之下." 言訖, 忽亡所見. 生怪之, 徑往山西, 尋其迹, 果有椵樹蕃茂. 生曰 : "豈非段氏子乎?" 因持鍤發其下, 得人參長尺餘, 甚肖所遇翁之貌. 生曰 : "吾聞人參能爲怪者, 可愈疾." 眉 : 人參盡如此, 益當無價. 遂瀹而食之, 自是醒然明悟, 目所覽書, 盡能窮奧. 後歲, 以明經及第, 歷官數任而卒.

* 이 고사는《태평광기》권417〈초목·조생〉에 실려 있다.

75-9(2437) 늙은 쥐

노서(老鼠)

출《광이기》미 : 이하는 온갖 동물의 여러 요괴다(以下百蟲諸怪).

[당나라] 천보(天寶) 연간(742~756) 초에 한단현(邯鄲縣)의 경계에는 늘 염귀(魘鬼 : 사람을 가위눌리게 하는 귀신)가 나타났는데, 비록 사람을 다치게 하지는 않지만 찾아오면 정신을 혼미하게 했으며, 일단 마을에 나타나면 10여 일 뒤에야 떠났다. 민간에서는 늘 있는 일로 여겼다. 확기(彉騎 : 당나라 때 숙위 기병) 세 사람이 밤에 마을에 투숙했는데, 그곳의 노파가 말했다.

"손님들이 머무는 것을 싫어하는 것이 아니라, 다만 염귀가 오면 필시 괴로움을 당할까 봐 걱정입니다."

확기들은 애초에 귀신을 두려워하지 않았던 터라 그곳에서 머물러 숙박하기로 했다. 이경(二更)이 지난 후에 두 사람은 앞의 침상에서 깊이 잠들었고 한 사람은 잠시 자다가 깨어났는데, 한 물체가 밖에서 들어오는 것이 보였다. 그 물체는 쥐처럼 생겼고 검었으며 털이 나 있었으며, 침상 앞으로 왔는데 녹색 적삼을 입고 5~6촌 길이의 홀(笏)을 들고 있었다. 그것이 깊이 잠든 사람을 향해 허리를 굽히고 떠나자 그 사람은 갑자기 가위에 눌렸다. 그것이 두 사람을 가위

놀리게 하고 나서 다음으로 깨어 있던 사람에게 다가가자, 깨어 있던 사람이 곧장 가서 그것의 발을 잡았다. 귀신은 움직이지 않았지만 몸이 얼음처럼 차가웠다. 그래서 세 사람이 번갈아 그것의 발을 잡고 있었는데, 새벽이 되자 마을 사람들이 모두 와서 귀신에게 따져 물었다. 귀신이 처음에 대답하지 않자 확기들이 화를 내며 말했다.

"네가 끝까지 말하지 않는다면 우리가 기름 솥에 너를 끓이겠다."

그러고는 마을 사람들에게 기름 솥을 준비하게 했다. 그러자 귀신이 말했다.

"저는 천년 묵은 쥐입니다. 3000명의 사람을 가위눌리게 하면 마땅히 살쾡이로 변할 수 있습니다. 미 : 뜻밖에도 살쾡이의 몸을 얻기 어려움이 이와 같으니 하물며 사람의 몸임에랴! 어찌하여 스스로를 아끼지 않는단 말인가! 하지만 저는 사람들을 가위눌리게 했을 뿐 다치게 한 적은 없습니다. 만약 저를 놓아주신다면 여기에서 1000리 밖으로 떠나가겠습니다."

그래서 확기들이 쥐를 놓아주었더니 그 요괴가 마침내 사라졌다.

어떤 사람이 10여 세 된 딸을 키우고 있었는데, 어느 날 사라져서 1년이 지나도록 종적을 찾지 못했다. 그 집 방 안의 지하에서 어린아이의 울음소리가 자주 들리기에 그곳을 파 보았더니, 처음에 구멍 하나가 나왔는데 점점 깊어지고 커지더니 가로세로 1장 남짓이 되었다. 그 구덩이 속에 딸이 앉아 있는 것이 보였는데, 손에는 아이를 안고 있었고 그 옆에는 말[斗]만 한 크기의 털이 없는 쥐가 있었다. 딸이 가족들을 보고도 알아보지 못하자 부모는 딸이 쥐에게 홀렸다는 것을 알고 쥐를 때려죽였다. 그러자 딸이 슬피 울며 말했다.

"내 남편이 어찌하여 갑자기 사람에게 죽임을 당했단 말인가!"

가족들이 또 그 아이를 죽이자, 딸은 계속해서 슬피 울더니 병을 치료하기도 전에 결국 죽었다.

天寶初, 邯鄲縣境恒有魘鬼, 雖不能傷人, 來輒迷悶, 所至村落, 十餘日方去. 俗以爲常. 彍騎三人, 夜投村宿, 媼云: "不惜留住, 但恐魘鬼至, 必當相苦." 騎初不畏鬼, 遂留止宿. 二更後, 其二人前榻寐熟, 一人少頃而覺, 見一物從外入. 狀如鼠, 黑而毛, 牀前著綠衫, 持笏, 長五六寸. 向睡熟者曲躬而去, 其人遽魘. 魘至二人, 次至覺者, 覺者徑往把脚. 鬼不動, 然而體冷如冰. 三人易持之, 至曙, 村人悉共詰問. 鬼初不言, 騎怒云: "汝竟不言, 我以油鑊煎汝!" 遂令村人具油鑊. 乃言: "己是千年老鼠, 若魘三千人, 當轉爲狸. 眉: 不謂狸身難得如此, 況人身乎! 奈何不自惜也! 然所魘亦未嘗損人. 若能見釋, 當去此千里外." 騎乃釋之, 其怪遂絶.

有人養女, 年十餘歲, 一旦失之, 經歲無踪迹. 其家房中, 屢聞地下有小兒啼聲, 掘之. 初得一孔, 漸深大, 縱廣丈餘. 見女在坎中坐, 手抱孩子, 傍有禿鼠, 大如斗. 女見家人不識, 父母乃知爲鼠所魅, 擊鼠殺之. 女便悲泣云: "我夫也, 何忽爲人所殺!" 家人又殺其孩子, 女乃悲泣不已, 未及療, 遂死.

* 이 고사는 《태평광기》 권440 〈축수(畜獸)·천보황기(天寶礦騎)〉·〈최회억(崔懷嶷)〉에 실려 있다.

75-10(2438) 노추

노추(盧樞)

출《계신록》

　시어사(侍御史) 노추가 이런 얘기를 했다.

　그의 친척이 건주자사(建州刺史)가 되었는데, 여름밤에 혼자 침실을 나와 정원에서 달을 바라보고 있었다. 그가 막 문을 나서려는데 당(堂)의 서쪽 계단 아래서 웃고 떠드는 것 같은 소리가 들렸다. 그가 까치발을 하고 엿보았더니, 흰옷을 입고 키가 1척이 넘지 않는 남녀 일고여덟 명이 서로 섞여 앉아 술을 마시고 있었다. 자리 위의 음식과 그릇들은 모두 작았지만 제대로 갖추어져 있었다. 한참 동안 술을 주고받으며 놀더니 자리에 있던 한 사람이 말했다.

　"오늘 밤은 매우 즐거웠지만 백노(白老)가 곧 도착할 테니 어찌하면 좋겠소?"

　그러면서 탄식했다. 잠시 후 좌중의 사람들이 모두 울면서 지하 도랑 속으로 들어가더니 마침내 보이지 않았다. 나중에 그가 건주자사를 그만두고 신임 자사가 부임했는데, 그 집에는 "백노"라는 고양이가 있었다. 신임 자사가 도착한 후에 백노는 당의 서쪽 계단 아래의 땅속을 파서 흰 쥐 일고여덟 마리를 잡아 모두 죽였다.

侍御史盧樞言:其親爲建州刺史,暑夜獨出寢室,望月於庭.始出戶,聞堂西階下若有語笑聲. 躡足窺之,見七八白衣人,長不踰尺,男女雜坐飲酒. 几席食器,皆具而微. 獻酬久之,其席一人曰:"今夕甚樂,然白老將至,奈何?"因嘆. 須臾,坐中皆哭,入陰溝中,遂不見. 後罷郡,新政家有猫,名"白老". 旣至,白老穴堂西階地中,獲白鼠七八,皆殺之.

* 이 고사는 《태평광기》 권440 〈축수·노추〉에 실려 있다.

75-11(2439) 주인

주인(朱仁)

출《소상기》

　주인이란 자는 농사를 생업으로 삼아 대대로 숭산(嵩山) 아래에서 살았다. 나중에 그는 다섯 살 된 어린 아들 하나를 잃어버렸는데, 10여 년 동안 찾아 헤맸지만 찾을 수 없었다. 하루는 어떤 스님이 그의 집을 찾아오면서 제자 한 명을 데리고 왔는데, 잃어버린 어린 아들의 모습과 흡사했다. 이에 주인은 스님을 맞이해 공양하고, 한참 후에 스님에게 그 사연을 얘기하면서 아울러 제자가 어디서 왔는지 캐물었다.

　그러자 스님이 놀라 일어나며 말했다.

　"소승은 숭산의 허름한 거처 안에서 30년을 살았습니다. 10년 전에 우연히 이 제자가 슬피 울면서 나에게 왔는데, 내가 그 이유를 물어보았지만 이 제자는 너무 어린 탓에 어찌다 길을 잃었는지도 제대로 알지 못했습니다. 그래서 내가 양육해서 머리를 깎아 주고 스님이 되게 했는데, 비할 데 없이 총명해서 혹시 성인(聖人)이 아닐까 늘 의심했습니다. 당신의 아들인지 다시 자세히 살펴보십시오."

　그 어머니가 말했다.

　"내 아들의 등에는 검정 사마귀 하나가 있습니다."

즉시 확인해 보았더니 정말로 그의 친아들이었다. 부모와 가족들은 일제히 통곡했다. 스님은 그 제자를 부모에게 남겨 두고 떠났다. 그 아들은 매일 밤이 되면 사라졌다가 새벽이 되면 집으로 돌아왔는데, 이와 같이 2~3년이 지났다. 부모는 그가 도둑질을 한다고 여겨서 그가 나가길 기다렸다가 몰래 살펴보았다. 아들은 매일 밤이 되면 큰 쥐 한 마리로 변해 달려 나가더니 새벽이 되어서야 돌아왔다. 부모가 어찌 된 영문인지 물었지만 그 아들은 말하지 않더니 한참 후에야 대답했다.

"저는 당신의 아들이 아닙니다. 사실은 숭산 아래에 있는 쥐왕 휘하의 작은 쥐입니다."

부모가 여전히 의혹하고 있는 사이에 그날 밤 그는 쥐로 변해 도망갔다.

朱仁者, 業耕, 世居嵩山下. 後失一五歲幼子, 求尋十餘年, 不得. 一日, 有僧造其門, 携一弟子, 宛似所失幼子之貌. 仁遂延僧設供養, 良久, 向僧言其故, 並詰弟子所從來. 僧驚起曰: "僧住嵩山薜蘿內三十年矣. 十年前, 偶此弟子悲號而來投我, 我問其故, 此弟子方孩幼, 迷其踪由, 不甚明. 因養育之, 及與落髮, 聰悟無敵, 常疑是一聖人也. 君子乎, 試更熟察之." 其母言: "我子背上有一靨記." 逡巡驗得, 實是親子. 父母家屬, 一齊號哭. 其僧便留與父母而去. 此子每至夜, 卽失所在, 曉却至家, 如此二三年. 父母以爲作盜, 伺而窺之. 見子每至夜, 化爲一大鼠走出, 及曉却來. 父母問之,此子不語, 多時對曰 : "我非君子也. 實是嵩山下鼠王下小鼠." 父母猶疑惑間, 其夜化鼠走去.

* 이 고사는 《태평광기》 권440 〈축수·주인〉에 실려 있다.

75-12(2440) 살쾡이

이(狸)

출《수신기》

오흥(吳興)의 어떤 사람에게 아들 두 명이 있었다. 그들이 밭에서 일하고 있을 때 아버지가 오더니 욕을 하면서 쫓아와 때렸다. 아들들이 집으로 돌아와 어머니에게 그 사실을 고하자 어머니가 아버지에게 물었더니, 아버지는 크게 놀라면서 분명 귀신의 짓임을 알아채고 두 아들에게 그 귀신을 베어 죽이라고 했는데, 귀신은 그 후로 조용히 숨어서 밭에 가지 않았다. 아버지는 두 아들이 귀신에게 곤욕을 치를까 걱정한 나머지 직접 밭으로 나갔는데, 두 아들은 진짜 아버지를 귀신이라 생각하고 곧장 죽여 땅에 묻었다. 귀신은 마침내 집으로 돌아와 아버지의 모습을 하고 가족들에게 말했다.

"두 아들이 이미 그 요괴를 죽였다."

몇 년이 지나도록 가족들은 그 사실을 깨닫지 못했다. 나중에 한 법사가 그 집에 들렀다가 두 아들에게 말했다.

"그대의 부친에게 사악한 기운이 크게 있소."

아들이 아버지에게 그 말을 아뢰자 아버지는 크게 화를 냈다. 법사가 곧장 소리를 치며 안으로 들어가자[作聲入], 미

: "작성입(作聲入)"은 [구체적으로 어떻게 하는 것인지] 미상이다. 아버지는 곧바로 한 마리 늙은 살쾡이로 변해 침상 아래로 들어갔다. 두 아들은 마침내 살쾡이를 잡아 죽였는데, 예전에 자신들이 죽였던 사람이 다름 아닌 진짜 아버지였다. 그들은 다시 장례를 치르고 상복을 입었지만, 한 아들은 결국 자살했고 다른 한 아들도 분을 이기지 못해 죽었다.

吳興一人, 有二男. 田中作時, 嘗見父來罵詈, 趕打之. 兒歸以告母, 母問其父, 父大驚, 知是鬼魅, 便令兒斫之, 鬼便寂不往. 父憂恐兒爲所困, 便自往, 兒謂是鬼, 便殺而埋之. 鬼遂歸, 作其父形, 且語其家: "二兒已殺妖矣." 積年不覺. 後一師過其家, 語二兒云: "君尊侯有大邪氣." 兒白父, 父大怒. 師便作聲入, 眉: 作聲入, 未詳. 父卽成一老狸, 入床下. 遂擒殺之, 向所殺者, 乃眞父也. 改殯治服, 一兒遂自殺, 一兒忿憤, 亦死.

* 이 고사는 《태평광기》 권442 〈축수·오흥전부(吳興田父)〉에 실려 있다.

75-13(2441) 파리

승(蠅)

출《현괴록》

[당나라] 문명(文明) 원년(684)에 비릉(毗陵) 사람 등정준(滕庭俊)은 열병을 앓은 지 여러 해가 되었다. 그는 발병할 때마다 몸이 불타는 듯했다가 며칠 뒤에야 비로소 안정되었는데, 명의도 치료할 수 없었다. 후에 등정준은 관리 선발에 참여하기 위해 낙양(洛陽)으로 갔는데, 형수(滎水) 서쪽으로 14~15리를 갔을 때 날이 저물어 더 이상 길을 가지 못하고 결국에는 길가의 한 장원에 투숙하게 되었다. 장원의 주인이 잠시 외출하고 아직 돌아오지 않았기에 등정준은 무료해하다가 탄식하며 시를 읊었다.

"나그네 되어 고생이 많은데, 날이 저물도록 주인은 돌아오지 않네."

그때 머리가 드문드문 벗겨지고 해진 옷을 입은 한 노인이 당(堂)의 서쪽에서 나오더니 절하며 말했다.

"이 늙은이는 본디 문장을 좋아해서 마침 화차야(和且耶)와 함께 연구(聯句)를 짓다가 당신이 멋진 시를 읊는 소리를 들었습니다. 이 늙은이가 비록 가난하지만 그래도 몇 말의 술이 있으니, 당신을 모시고 고상한 말씀을 나누었으면 합니다."

등정준은 몹시 이상해하면서 물었다.

"노인장은 어디에 살고 있습니까?"

그러자 노인이 화를 내며 말했다.

"나는 외람되게도 혼씨(渾氏) 댁에서 대문을 청소하는 객으로, 성은 마(麻)이고 이름은 내화(來和)이며 항렬은 첫째입니다[第大]. 미 : 제대(第大)는 항일(行一)이라 말하는 것과 같다. 당신은 어찌하여 나를 '마대(麻大)'라고 부르지 않습니까?"

등정준은 곧장 자신의 불민함을 사과하고 그와 함께 당의 서쪽 모퉁이를 돌아갔는데, 문 두 개가 보였다. 문을 열자 화려한 집과 중각(重閣)이 아주 수려했으며, 집 안에는 술과 음식이 가득 차려져 있었다. 마대는 등정준에게 읍양(揖讓)하고 함께 자리에 앉았다. 한참 뒤에 중문(中門)에서 또 한 명의 객이 나오자 마대가 말했다.

"화차야가 왔군요."

마대는 곧장 계단을 내려가 화차야에게 읍양하고 자리를 내주었다. 화차야가 마대에게 말했다.

"방금 그대와 연구를 지으려고 했는데, 그대는 시를 완성했소이까?"

마대는 곧장 시를 읊었다.

"혼씨 댁과 이웃한 이래로, 그윽한 향기가 온몸에서 나네. 무심히 조용히 지내는 것을 좋아하는데, 사람들은 나를 이용해 먼지를 쓸어 내는구나."

그러자 화차야가 말했다.

"내가 지은 시는 7언이고 사용한 운(韻)도 다른데 어떻겠소?"

마대가 말했다.

"따로 한 수를 짓는 것도 나쁘지 않겠지요."

화차야는 한참 있다가 시를 읊었다.

"겨울 되면 떠나가 연기 불에 의지하고, 봄 되면 돌아와 자손을 기른다네. 일찍이 부왕(苻王 : 부견)의 붓끝에 앉았으나,[65] 그 후로는 혼씨 댁에서 음식을 구하게 되었네."

등정준은 여전히 깨닫지 못한 채 객관이 화려한 것을 보고 오래 머무를 요량으로 시를 지었다.

"전문(田文 : 맹상군)은 식객을 좋아한다고 칭송받았으니, 무릇 얼마나 많은 사람을 길렀는가? 만약 풍훤(馮諼)[66]

---

65) 부왕(苻王 : 부견)의 붓끝에 앉았으나 : 위진 남북조 전진(前秦)의 부견(苻堅)이 사면령을 내리려고 문장을 짓고 있을 때 파리 한 마리가 붓끝에 내려앉았는데, 얼마 후에 사면 소식이 장안에 널리 퍼졌다고 한다. 본서 67-40(2250) 〈승사(蠅赦)〉에 나온다.

66) 풍훤(馮諼) : 맹상군(孟嘗君)의 식객. 《전국책(戰國策)》〈제책 4(齊策四)〉에 따르면, 제나라의 풍훤은 가난해 살기 어렵자 맹상군을 찾아가 식객이 되길 청하면서 칼자루를 두드리며 노래를 불렀는데, 맹상군

이 없었더라면, 오늘날 측간의 손님들이 드물었을 것이네."

화차야와 마대는 서로 돌아보고 웃으며 말했다.

"어찌하여 저희를 놀리십니까? 만약 당신이 혼씨 댁에서 지낸다면 딱 하루면 당연히 질릴 것입니다."

그러고는 진수성찬을 먹으면서 술을 가득 따라 수십 잔을 돌렸다. 주인이 돌아와서 등정준을 찾았지만 보이지 않자 하인에게 그를 부르게 했다. 등정준이 "예!" 하고 대답하는 순간 객관과 함께 마대와 화차야 두 사람이 일시에 사라졌고 자신은 측간[67]에 앉아 있었는데, 옆에는 큰 파리와 털이 빠진 빗자루만이 있을 뿐이었다. 등정준은 이전부터 앓고 있던 열병이 그 이후로 갑자기 치유되어 더 이상 발병하지 않았다.

文明元年, 毗陵滕庭俊患熱病積年. 每發, 身如火燒, 數日方定, 名醫不能治. 後之洛調選, 行至滎水西十四五里, 天向暮, 未達前所, 遂投一道傍莊家. 主人暫出, 未到, 庭俊無聊, 因嘆息曰: "爲客多苦辛, 日暮無主人." 卽有老父, 鬢髮疏禿, 衣服亦弊, 自堂西出, 拜曰: "老父性好文章, 適與和且耶連句次, 聞郞君高吟. 老父雖貧, 亦有斗酒, 接郞君淸話耳."

이 그를 식객으로 받아 주고 음식·수레·집을 주었다고 한다.

67) 측간 : '혼가(溷家)'의 '혼'은 측간을 뜻하는 '혼측(溷廁)'의 '혼'과 음이 같으므로, '혼씨 댁'은 측간을 뜻한다.

庭俊甚異之, 問曰: "老父住止何所?" 老父怒曰: "僕乔渾家掃門之客, 姓𧏙, 名來和, 第大. 眉: 第大, 猶云行一. 君何不呼爲'𧏙大'?" 庭俊卽謝不敏, 與之偕行, 繞堂西隅, 遇見二門. 門啓, 華堂複閣甚奇秀, 館中有樽酒盤核. 𧏙大揖讓庭俊同坐. 良久, 中門又有一客出, 𧏙大曰: "和至矣." 卽降階揖讓坐. 且耶謂𧏙大曰: "適與君欲連句, 君詩成未?" 𧏙大卽吟詩曰: "自與渾家鄰, 馨香遂滿身. 無心好淸靜, 人用去灰塵." 且耶曰: "僕是七言, 韻又不同, 如何?" 𧏙大曰: "但自爲一章, 亦不惡." 且耶良久吟曰: "冬朝每去依煙火, 春至還歸養子孫. 曾向符[1]王筆端坐, 爾來求食渾家門." 庭俊猶不悟, 見門館華盛, 因有淹留之計, 詩曰: "田文稱好客, 凡養幾多人? 如欠馮諼在, 今希廁下賓." 且耶·𧏙大相顧笑曰: "何得相譏? 向使君在渾家門, 一日當厭飫矣." 於是餐饍肴饌, 引滿數十巡. 主人至, 覓庭俊不見, 使人叫喚之. 庭俊應曰"唯", 而館宇並𧏙·和二人, 一時不見, 乃坐廁屋下, 傍有大蒼蠅·秃掃尋而已. 庭俊先有熱疾, 自此已後頓愈, 更不復發.

* 이 고사는 《태평광기》 권474 〈곤충·등정준(滕庭俊)〉에 실려 있다.

1 부(符): "부(苻)"의 오기다.

75-14(2442) 벌이 먹다 남긴 것

봉여(蜂餘)

출《계신록》

여릉(廬陵)의 어떤 사람이 과거에 응시하려고 길을 가다가 밤이 되자 한 시골집을 찾아가 투숙하길 청했다. 한 노인이 나와서 객을 보며 말했다.

"우리 집은 좁고 사람이 많지만 평상 하나를 들이는 것은 괜찮습니다."

그래서 그는 그 집에 묵기로 했다. 그 집은 방이 100여 칸이나 되었으며 매우 협소했다. 한참 뒤에 그가 배가 고프다고 하자 노인이 말했다.

"집이 가난해 먹을 것이라고는 야채뿐입니다."

그러고는 손님에게 음식을 차려 주었는데, 먹어 보았더니 아주 달콤하고 맛있는 것이 보통 야채와는 달랐다. 그가 잠자리에 들자 윙윙 하는 소리만 들릴 뿐이었다. 그는 날이 밝은 후에 잠에서 깨어났는데, 자신은 밭 가운데에 누워 있었으며 옆에는 커다란 벌집이 있었다. 그는 일찍이 풍병(風病)을 앓고 있었으나 그로 인해 마침내 치유되었으니, 이는 아마도 벌이 먹다 남긴 것을 먹었기 때문인 것 같았다.

廬陵有人應擧, 行遇夜, 詣一村舍求宿. 有老翁出見客曰:

"吾舍窄人多, 容一榻可矣." 因止其家. 屋室百餘間, 但窄小甚. 久之, 告饑, 翁曰:"居家貧, 所食唯野菜耳." 卽以設客, 食之, 甚甘美, 與常菜殊. 及就寢, 唯聞訌訌之聲. 旣曙而寤, 身臥田中, 旁有大蜂窠. 客嘗患風, 因爾遂愈, 蓋食蜂之餘爾.

* 이 고사는 《태평광기》 권479 〈곤충 · 봉여〉에 실려 있다.

75-15(2443) 도마뱀

수궁(守宮)

출《유양잡조》

[당나라] 대화(大和) 연간(827~835) 말에 송자현(松滋縣) 남쪽에 한 선비가 있었는데, 그는 친지의 장원에서 기거하며 학업에 열중했다. 처음 도착한 날 저녁에 이경(二更)이 지나서 그가 막 등불을 켜고 책상에 앉으려 했는데, 갑자기 반 촌(寸)쯤 되는 작은 사람이 갈포 두건을 쓰고 지팡이를 짚고 문으로 들어와서 선비에게 말했다.

"갑자기 도착했는데 주인이 없어서 적막했겠소." 미:본래 너의 손님이 아니다.

그 소리는 파리 소리만 했다. 선비는 평소 담력이 세서 처음에는 보지 못한 척했다. 그러자 그 사람이 침상으로 올라와 꾸짖으며 말했다.

"어찌 주인과 손님의 예의를 차리지 않는단 말인가?"

그러고는 다시 책상으로 올라가 책을 보면서 계속해서 욕을 해 댔다. 그러다가 책 위에 벼루를 엎어 버리자 선비가 참지 못하고 붓으로 그를 쳐서 바닥에 떨어뜨렸더니, 그 사람은 몇 마디 비명을 지르고 문을 나가 사라졌다. 잠시 후에 네다섯 명의 부인이 왔는데, 늙은 사람도 있었고 젊은 사람도 있었으며 키는 모두 1촌이었다. 그녀들이 크게 소리쳤다.

"진관[眞官 : 선관(仙官)]의 명을 받들어 미친 서생을 잡으러 왔다!"

선비는 꿈을 꾸는 것처럼 몽롱했다. 선비는 사지를 깨물려 몹시 아팠다. 그녀들이 다시 말했다.

"네가 가지 않겠다면 장차 너의 눈을 다치게 하겠다."

네다섯 명의 부인들이 선비의 얼굴로 올라오자, 선비는 놀라고 두려워서 그녀들을 따라 문을 나섰다. 당의 동쪽에 이르자 멀리 문 하나가 보였는데, 매우 작았으나 절도사(節度使)의 군문(軍門) 같았다. 이에 선비가 소리쳤다.

"무슨 요괴이기에 감히 이처럼 사람을 능멸하느냐!"

선비는 다시 부인들에게 깨물렸다. 정신이 몽롱한 사이에 그는 이미 작은 문 안에 들어와 있었다. 보았더니 한 사람이 높은 관을 쓰고 전각에 앉아 있었으며, 계단 아래에는 수천 명의 시위들이 있었는데, 모두 키가 1촌 남짓이었다. 그 사람이 선비를 꾸짖으며 말했다.

"나는 네가 혼자 있는 것이 딱해서 내 아들에게 가 보라고 했는데, 어찌하여 그에게 상처를 입혔느냐? 그 죄는 허리를 베어 죽임이 마땅하도다!"

그러자 수십 명의 사람들이 모두 칼을 들고 팔을 걷어붙이고 그에게 다가왔다. 선비는 너무 두려워서 사죄하며 말했다.

"제가 어리석어 두 눈으로 진관을 알아보지 못했으니 목숨만 살려 주십시오!"

한참 후에 그 사람이 말했다.

"그래도 후회할 줄은 아는구나."

그러고는 꾸짖으며 그를 끌고 나가게 했는데, 선비는 자기도 모르는 사이에 이미 작은 문 밖에 있었다. 그가 서재로 돌아왔을 때는 이미 오경(五更)이었으며 남은 등불이 여전히 타고 있었다. 날이 밝자 선비가 흔적을 찾아보았더니, 동쪽 벽의 오래된 계단 아래에 알밤만 한 작은 구멍이 있었는데, 그 구멍으로 도마뱀이 출입하고 있었다. 선비가 인부 몇 명을 사서 몇 장(丈) 깊이까지 파 들어갔더니 도마뱀이 10여 섬이나 있었다. 큰 것은 붉은색에 길이가 1척쯤 되었는데, 아마도 그들의 왕인 것 같았다. 그리고 누대 모양으로 흙이 쌓여 있었다. 선비가 땔나무를 모아 그것들을 불태웠더니 그 후로는 다른 일이 일어나지 않았다.

太和末, 松滋縣南有士人, 寄居親故莊中肄業. 初到之夕, 二更後, 方張燈臨案, 忽有小人半寸, 葛巾, 策杖入門, 謂士人曰:"乍到無主人, 當寂寞." 眉: 原非汝客. 其聲大如蒼蠅. 士人素有膽氣, 初若不見. 乃登牀責曰:"遽不存主客禮乎?" 復升案窺書, 詬罵不已. 因覆硯於書上, 士人不耐, 以筆擊之, 墮地, 叫數聲, 出門而滅. 有頃, 有婦人四五, 或老或少, 皆長一寸. 大呼曰:"奉眞官命來取狂生!" 士人恍然若夢. 因嚙四支, 疾苦甚. 復曰: "汝不去, 將損汝眼." 四五頭遂上其面, 士人驚懼, 隨出門. 至堂東, 遙望見一門, 絶小, 如節使牙門. 士人乃叫: "何物怪魅, 敢凌人如此!" 復被衆嚙之. 恍惚間, 已入小門內. 見一人, 峨冠當殿, 階下侍衛千數, 悉長寸餘. 叱士人曰: "吾憐汝獨處, 俾小兒往, 何苦致害? 罪當腰斬!" 乃見數十人悉持刃攘臂逼之. 士人大懼, 謝曰: "某愚駿, 肉眼不識眞官, 乞賜餘生!" 久之, 曰: "且解知悔." 叱令曳出, 不覺已在小門外. 及歸書堂, 已五更矣, 殘燈猶在. 及明, 尋其踪迹, 東壁右[1]階下有小穴如栗, 守宮出入焉. 士人卽儴數夫發之, 深數丈, 有守宮十餘石. 大者色赤, 長尺許, 蓋其王也. 壤土如樓狀. 士人聚蘇焚之, 後亦無他.

* 이 고사는 《태평광기》 권476 〈곤충·수궁〉에 실려 있다.

1 우(右): 《태평광기》와 《유양잡조(酉陽雜俎)》 권15에는 "고(古)"라 되어 있는데, 문맥상 보다 타당하다.

75-16(2444) 쥐며느리

서부(鼠婦)

출《수신기》

    예장군(豫章郡)의 어느 집 여종이 부엌에 있을 때 갑자기 키가 몇 촌에 불과한 사람들이 부엌에 나타났는데, 여종이 잘못해서 그중 한 사람을 신발로 밟아 죽였다. 그러자 수백 명의 사람이 거친 마포 상복을 입고 관을 들고 와서 영구를 맞이해 갔는데, 장례 의식을 모두 갖추었다. 그들은 동쪽 문을 나가 정원 안의 엎어 놓은 배 아래로 들어갔는데, 가서 살펴보았더니 모두 쥐며느리였다. 그래서 끓는 물을 부어 죽였더니 마침내 괴이한 일이 일어나지 않았다.

豫章有一家, 婢在竈下, 忽有人長數寸, 來竈間, 婢誤以履踐殺一人. 遂有數百人, 著縗麻, 持棺迎喪, 凶儀皆備. 出東門, 入園中覆船下, 就視, 皆是鼠婦. 作湯澆殺, 遂絶.

*   이 고사는 《태평광기》 권478 〈곤충·예장민비(豫章民婢)〉에 실려 있다.

75-17(2445) 박쥐

편복(蝙蝠)

출《유명록(幽明錄)》

[남조] 송(宋)나라 초에 회남군(淮南郡)에서 어떤 요물이 사람들의 상투를 훔쳐 갔는데, 태수(太守) 주탄(朱誕)이 말했다.

"나는 범인을 알고 있다."

그러고는 끈끈이[黐] 미 : 이(黐)는 음이 이(魑)다. 장대 위에 붙여서 새를 달라붙게 할 수 있다. 를 많이 사서 벽에 발라 놓았다. 저녁에 닭만 한 크기의 박쥐 한 마리가 그 벽 위에 앉았다가 달라붙어서 떠날 수 없었다. 그래서 그것을 죽였더니 마침내 그런 일이 일어나지 않았다. 살펴보았더니 처마 밑에 수백 사람의 상투가 있었다.

宋初, 淮南郡有物取人頭髻. 太守朱誕曰:"吾知之矣." 多買黐 眉: 黐音魑. 置竿上可以粘鳥. 以塗壁. 夕有一蝙蝠大如鷄, 集其上, 不得去. 殺之乃絶. 觀之, 鈎簾[1]下已有數百人頭髻.

* 이 고사는 《태평광기》 권473〈곤충·주탄(朱誕)〉에 실려 있다.
1 구렴(鈎簾):《태평어람(太平御覽)》 권946에 인용된 《유명록(幽明錄)》에는 "옥첨(屋簷)"이라 되어 있는데, 문맥상 보다 타당하다.

75-18(2446) 메뚜기

책맹(蚱蜢)

출《속이기(續異記)》

서막(徐邈)은 진(晉)나라 효무제(孝武帝) 때 중서시랑(中書侍郎)이 되었다. 서막이 중서성에서 숙직할 때 좌우 사람들은 그가 휘장 안에서 다른 사람과 얘기하는 것 같다고 늘 느꼈다. 그의 오래된 문생이 어느 날 저녁에 엿보았지만 아무것도 보이지 않았다. 날이 밝으려 할 때 막 창문을 열었더니, 한 물체가 병풍 속에서 날아 나와 곧장 앞의 쇠 가마솥 속으로 들어가는 것이 언뜻 보였다. 그래서 문생이 쫓아가서 살펴보았더니 다른 것은 없고 다만 가마솥 속에 창포 뿌리가 쌓여 있었으며, 그 아래에 커다란 푸른 메뚜기가 있었다. 문생은 그것이 요괴일 것이라고 의심했지만 예로부터 그런 일에 대해 들어 본 적이 없었기 때문에 그냥 메뚜기의 두 날개만 떼었다. 밤이 되자 [어떤 여자가] 서막의 꿈에 나타나 말했다.

"당신의 문생에게 곤욕을 당해 오가는 길이 끊어지는 바람에 비록 서로 가까이 있지만 산이나 강이 가로막혀 있는 것과 같습니다."

서막은 꿈을 꾸고 나서 몹시 애처로워했다. 문생이 서막의 마음을 알고서 가만히 그를 떠보았는데, 서막은 처음에 곧바로 말하지 않다가 잠시 후에 말했다.

"내가 처음에 숙직을 설 때 푸른 옷을 입은 한 여자를 보았는데, 그녀는 양 갈래로 머리를 틀어 올리고 자색이 아주 아름다웠네. 그래서 내가 한번 유혹해 보았더니 그녀가 곧장 나에게 왔는데, 어디에서 왔는지는 알지 못하네."

그러고는 꿈 얘기까지 해 주었다. 그러자 문생은 그 일을 서막에게 자세히 아뢰었지만, 다시 가서 메뚜기를 죽이지는 않았다.

徐邈, 晉孝武帝時, 爲中書侍郎. 在省直, 左右人恒覺邈獨在帳內, 似與人共語. 有舊門生, 一夕伺之, 無所見. 天將旦, 始開窗戶, 瞥觀一物從屛風裏飛出, 直入前鐵鑊中. 仍逐視之, 無餘物, 唯見鑊中聚菖蒲根, 下有大靑蚱蜢. 雖疑此爲魅, 而古來未聞, 但摘除其兩翼. 至夜, 遂入邈夢云: "爲君門生所困, 往來道絶, 相去雖近, 有若山河." 邈得夢, 甚凄慘. 門生知其意, 乃微發其端, 邈初不卽道, 頃之曰: "我始求直, 便見一靑衣女子, 作兩髻, 姿色甚美. 聊試挑謔, 卽來就己, 不知其從何而至也." 兼告夢. 門生因具以狀白, 亦不復追殺蚱蜢.

* 이 고사는《태평광기》권473〈곤충·책맹〉에 실려 있다.

75-19(2447) 매미

선(蟬)

출《수신기》

　주탄(朱誕)은 자가 영장(永長)이며, [삼국 시대] 오(吳)나라 손호(孫皓) 때 건안태수(建安太守)를 지냈다. 주탄의 급사(給使)의 부인이 귀신에게 홀렸는데, 그 남편은 그녀가 간통한 것이라고 의심했다. 나중에 급사가 외출하는 척하고 은밀히 벽을 뚫고 집 안을 엿보았더니, 부인이 베틀에 앉아 베를 짜면서 멀리 뽕나무 위를 처다보며 그곳을 향해 말하고 웃었다. 급사가 뽕나무 위를 올려다보았더니 열네댓 살쯤 된 소년이 있었는데, 옷깃과 소매가 푸른 옷을 입고 푸른 머리띠를 두르고 있었다. 급사는 그 소년을 진짜 사람이라고 생각해 쇠뇌를 당겨 쏘았는데, 소년은 키[箕]만 한 크기의 매미로 변해 높이 날아갔다. 부인도 곧바로 놀라며 말했다.

　"아이고! 사람이 너를 쏘았다!"

　나중에 급사는 소년 두 명이 밭두렁에서 함께 얘기하고 있는 것을 보았는데, 그중 한 소년이 말했다.

　"어째서 한동안 너를 볼 수 없었지?"

　다른 한 명은 바로 뽕나무 위에 있던 그 소년이었는데, 그가 대답했다.

"이전에 조심하지 않다가 사람에게 화살을 맞아 오랫동안 상처로 아팠어."

먼저 물었던 소년이 말했다.

"지금은 어떠니?"

그 소년이 말했다.

"주 부군(朱府君 : 주탄) 집의 대들보 위에 있는 고약을 바른 덕분에 나을 수 있었어."

이에 급사가 주탄에게 아뢰었다.

"어떤 자가 부군의 고약을 훔쳐 갔는데 알고 계십니까?"

주탄이 말했다.

"내 고약은 오랫동안 대들보 위에 두었는데 다른 사람이 어떻게 훔쳐 갈 수 있겠는가?"

급사가 말했다.

"그렇지 않을 것이니 부군께서는 살펴보십시오."

주탄은 믿지 않았지만 시험 삼아 살펴보았더니 봉인이 예전 그대였다. 주탄은 급사가 터무니없는 말을 한다고 내쳤지만, 급사가 한사코 열어 보라고 청해서 열어 보았더니 고약의 절반이 없어졌고 파낸 곳에 발톱 자국이 있었다. 그제야 주탄이 크게 놀라며 자세히 물었더니, 급사가 그 자초지종을 말해 주었다.

朱誕, 字永長, 吳孫皓時, 爲建安太守. 誕給使妻有鬼病, 其夫疑其爲奸. 後出行, 密穿壁窺之, 正見妻在機中織, 遙瞻桑樹上, 向之言笑. 給使仰視樹上, 有年少人, 可十四五, 衣靑衿袖, 靑幓頭. 給使以爲信人也, 張弩射之, 化爲鳴蟬, 其大如箕, 翔然飛去. 妻亦應聲驚曰: "噫! 人射汝!" 後給使見二小兒在陌上共語, 曰: "何以不復見汝?" 其一卽樹上小兒也, 答曰: "前不謹, 爲人所射, 病瘡積時." 彼兒曰: "今何如?" 曰: "賴朱府君梁上膏以傅之, 得愈." 給使白誕曰: "人盜君膏藥, 頗知否?" 誕曰: "吾膏久致梁上, 人安得盜之?" 給使曰: "不然, 府君視之." 誕殊不信, 試視之, 封題如故. 誕斥其妄言, 給使固請開之, 則膏去半焉, 所掊刮見有趾跡. 誕大驚, 乃詳問之, 給使具道其本末.

* 이 고사는 《태평광기》 권473 〈곤충 · 주탄급사(朱誕給使)〉에 실려 있다.

75-20(2448) 지렁이

구인(蚯蚓)

출《이원》

맹주(孟州) 사람 왕쌍(王雙)은 [남조] 송(宋)나라 문제(文帝) 원가(元嘉) 연간(424~453) 초에 갑자기 빛을 보려고 하지 않았다. 그는 늘 물을 가져다 바닥에 뿌리고 줄풀로 그 위를 덮고서 잠잘 때나 음식을 먹을 때나 모두 그 속에 들어가서 했다. 왕쌍의 말에 따르면, 푸른 치마에 흰 머리끈을 묶은 한 여자가 늘 찾아와서 그와 함께 잠을 잤다고 했다. 집안사람들이 매번 들어 보면 왕쌍의 자리 아래에서 분명히 무슨 소리가 났는데, 자리를 들춰내고 보았더니 푸른색에 목덜미가 흰 2척가량의 지렁이가 있었다. 또 그의 말에 따르면, 그 여자가 한번은 한 상자의 향을 보내 주었는데 그 냄새가 아주 향기로웠다고 했다. 사실 그 상자는 소라껍데기였고 향은 창포 뿌리였다. 당시에 사람들은 모두 왕쌍이 잠시 메뚜기와 같았다고 생각했다.[68]

---

68) 당시에 사람들은 모두 왕쌍이 잠시 메뚜기와 같았다고 생각했다 : 《이원(異苑)》권8 〈잠동부종(暫同阜螽)〉의 원주(原注)에 따르면, 민간의 속설에 지렁이가 메뚜기와 교접한다고 했다.

孟州王雙, 宋文帝元嘉初, 忽不欲見明. 常取水沃地, 以菰蔣覆上, 眠息飮食, 悉入其中. 云恒有一女子, 著靑裙白襠, 來就其寢. 每聽聞薦下歷歷有聲, 發之, 見一靑色白頸蚯蚓, 長二尺許. 云此女常以一奩香見遺, 氣甚淸芬. 奩乃螺殼, 香則菖蒲根. 於時咸以雙暫同阜蟲矣.

* 이 고사는 《태평광기》 권473 〈곤충·왕쌍(王雙)〉에 실려 있다.

75-21(2449) 개구리

와(蛙)

출《현괴록》

석헌(石憲)이란 자는 본적이 태원(太原)이었는데, 장사를 생업으로 삼아 항상 대주(代州 : 태원) 북쪽에서 물건을 팔았다. [당나라] 장경(長慶) 2년(822) 여름에 그는 안문관(雁門關)으로 갔는데, 가는 도중에 날이 너무 더워서 커다란 나무 밑에 누워 쉬었다. 갑자기 꿈에 별 같은 눈에 갈색 승복을 입은 스님이 나타났는데, 그 모습이 기이했다. 스님이 석헌에게 다가와 말했다.

"나는 오대산(五臺山)의 남쪽에 살고 있는데, 그곳은 숲이 우거지고 물이 많아서 속세와는 아주 멀리 떨어져 있으며, 실제로 스님들이 무더위를 피하는 곳이오. 단월(檀越 : 시주)님은 나와 함께 그곳에 놀러 가길 바라시오? 만약 그렇게 할 수 없다면 내가 보기에 단월님은 열병으로 곧 죽을 것 같으니, 후회하는 마음이 들지 않겠소?"

석헌은 한창 더위로 고생하고 있었기에 그 스님과 함께 가길 원했다. 이에 스님은 석헌을 데리고 서쪽으로 갔는데, 몇 리를 가자 과연 우거진 숲과 저수지가 있었으며, 모습이 똑같은 여러 스님들이 모두 물속에 있는 것이 보였다. 석헌이 이상해하며 물었더니 스님이 말했다.

"이곳은 현음지(玄陰池)69)이기 때문에 우리는 그 속에서 목욕하며 무더위를 식히고 있소."

그러고는 석헌을 데리고 연못을 빙 돌아서 갔다. 이윽고 날이 저물자 한 스님이 말했다.

"단월은 우리가 염불하는 소리를 들어 보시오."

이에 석헌이 연못가에 서자 스님들이 물속에서 소리를 모아 염불했다. 한 식경쯤 지나서 한 스님이 석헌의 손을 잡아끌며 말했다.

"단월도 우리와 함께 현음지에서 목욕하시오. 절대 두려워하지 마시오."

석헌은 스님을 따라 연못으로 들어갔는데, 갑자기 온몸에 냉기가 느껴져 벌벌 떨렸다. 이 때문에 석헌이 깜짝 놀라 잠을 깨고 보았더니, 자신은 커다란 나무 아래에 누워 있고 옷은 모두 젖어 있었으며 추워서 벌벌 떨고 있었다. 날이 이미 저물었기에 곧장 마을의 객점으로 갔다. 다음 날 석헌은 병이 조금 나아지자 다시 길을 나섰는데, 길가에서 개구리 울음소리를 듣고 스님들의 염불 소리와 매우 비슷하다고 여

---

69) 현음지(玄陰池) : 아주 차가운 연못이라는 뜻이다. '현음'은 겨울철의 극성한 음기(陰氣)를 말한다. 또는 달을 가리키기도 한다.

겼다. 그래서 곧장 찾아 나서서 몇 리를 갔더니 우거진 숲의 저수지에 개구리가 아주 많았다. 그 저수지는 이른바 "현음지"라고 한 것이었고, 그 스님들은 바로 개구리들이었다. 석헌이 말했다.

"이 개구리는 모습을 바꾸어 사람에게 감응할 수 있으니 혹시 요괴가 아닐까?"

그러고는 개구리들을 모두 죽였다. 미 : 병을 낫게 해 주었는데도 죽였으니, 원한으로 덕을 갚아도 되는가?[70]

有石憲者, 其籍編太原, 以商爲業, 常貨於代北. 長慶二年夏, 往雁門關, 行道中, 時暑方盛, 因偃大木下. 忽夢一僧, 蜂目披褐衲, 其狀奇異. 來憲前, 謂憲曰 : "我廬於五臺山之南, 有窮林積水, 出塵俗甚遠, 實群僧淸暑之城. 檀越幸偕我遊乎? 卽不能, 吾見檀越病熱且死, 得無悔心耶?" 憲正苦熱, 願與偕去. 於是僧引憲而西, 且數里, 果有窮林積水, 見群僧狀貌如一, 咸在水中. 憲怪而問之, 僧曰 : "此玄陰池, 故我徒浴於中, 且以蕩炎燠." 於是引憲環池行. 已而天暮, 有一僧曰 : "檀越可聽吾徒梵音也." 於是憲立池上, 群僧卽於水

---

70) 병을 낫게 해 주었는데도 죽였으니, 원한으로 덕을 갚아도 되는가? : 이 미비(眉批)의 원문은 "유기질이살□□□□□(愈其疾而殺□□□□□)"이라 되어 있어 다섯 글자가 판독 불가하다. 쑨다평의 교점본에서는 "유기질이살지(愈其疾而殺之), 이원보덕가호(以怨報德可乎)"로 추정했는데, 타당해 보인다.

中合聲而噪. 僅食頃, 有一僧挈手曰:"檀越與吾偕浴於玄陰池. 愼無畏." 憲卽隨僧入池中, 忽覺一身盡冷噤而戰. 由是驚悟, 見己臥於大木下, 衣盡濕, 而寒慄且甚. 時已日暮, 卽抵村舍中. 至明日, 病稍愈, 因行於道, 聞道中有蛙鳴, 甚類群僧之梵音. 於是徑往尋之, 行數里, 窮林積水, 有蛙甚多. 其水果謂"玄陰池"者, 其僧乃群蛙. 而憲曰:"此蛙能易形以感於人, 豈非怪乎?" 於是盡殺之. 眉:愈其疾而殺□□□□□.

* 이 고사는《태평광기》권476〈곤충·석헌(石憲)〉에 실려 있는데, 출전이 "《선실지(宣室志)》"라 되어 있다.

75-22(2450) 과두 낭군

과두낭군(科斗郞君)

출《현괴록》

 수(隋)나라 양제(煬帝) 때 요(遼)를 정벌했다가 12군(軍)이 전멸하자, 총관(總管) 내호(來護)는 국법에 따라 처형되었다. 양제가 그의 가족까지 모두 주살하려 하자, 아들 내군작(來君綽)은 날마다 근심하고 두려워하다가 수재(秀才) 나순(羅巡)·나적(羅逖)·이만진(李萬進)과 망명 친구를 맺고 함께 도망쳐 해주(海州)로 갔다. 어두운 밤에 길을 잃었는데, 길옆에 등불이 보이자 함께 그곳에서 묵으려 했다. 몇 차례 문을 두드리자 한 하인이 그들을 맞이하며 절을 했다. 내군작이 뉘 댁인지 묻자 하인이 대답했다.

 "과두 낭군의 댁인데, 낭군은 성이 위씨(威氏)이며 바로 이곳 부(府)의 수재입니다."

 하인이 마침내 문을 열고 등촉을 든 채 손님을 인도해 객관으로 갔는데, 침대와 이부자리가 잘 갖추어져 있었다. 잠시 뒤에 전언이 들렸다.

 "육랑자(六郞子)께서 나오십니다."

 내군작 등은 계단을 내려와 주인을 만났다. 주인은 말소리가 낭랑하고 말솜씨도 훌륭했는데, 스스로 통성명했다.

"위오확(威汚蠖)이라 합니다."

서로 인사를 나누고 나자 주인은 곧장 술을 내오게 해서 함께 마셨다. 점점 분위기가 무르익자 농담까지 주고받게 되었는데, 다른 사람들은 그의 말에 대꾸할 수 없었다. 내군작은 심기가 자못 불편해 이치로 그를 꺾어 보려 했지만 방법이 없자 술잔을 들며 말했다.

"제가 주령(酒令 : 술자리의 흥을 돋우기 위한 벌주놀이) 하나를 제안하길 청하니, 좌중에서 성명이 쌍성(雙聲)[71]인 사람은 규칙에 따라 벌주를 마셔야 합니다."

내군작이 말했다.

"위오확."

이는 사실 그의 성명을 놀리는 것이었기에 사람들은 모두 박장대소하며 말을 잘했다고 생각했다. 위오확의 차례가 되자 그는 주령을 바꾸며 말했다.

"좌중에 있는 사람들의 성으로 노랫소리를 만들되, 두 자에서 석 자까지로 합시다."

"나리(羅李), 나내리(羅來李)."

사람들은 모두 그의 민첩한 언변에 부끄러워졌다. 나순

---

[71] 쌍성(雙聲) : 두 글자 이상으로 된 한자어에서 각 글자의 초성이 같은 것을 말한다.

이 또 물었다.

"당신의 이름은 어찌하여 스스로를 폄하합니까?"

위오확이 말했다.

"저는 오래전부터 빈흥(賓興 : 빈공)72)에 참여했지만, 여러 차례 주고관에게 굴욕을 당하는 바람에 제가 다른 선비들보다 뒤처졌으니, 웅덩이[汚池]에 있는 자벌레[尺蠖]와 뭐가 다르겠습니까?"

나순이 또 물었다.

"공은 명문 귀족인데, 어찌하여 전적에 그 씨족이 실려 있지 않습니까?"

위오확이 말했다.

"저는 본래 전씨(田氏)로 [전국 시대] 제(齊)나라 위왕(威王)에서 나왔습니다. 이것은 또한 환씨(桓氏)가 [제나라] 환공(桓公)에서 시작된 것과 정씨(丁氏)가 [은(殷)나라] 무정(武丁)에서 시작된 것과 같은데, 그대는 어찌 그런 것도 배우지 못했습니까?"

잠시 뒤에 동자 와아(蝸兒)가 사방 1장이나 되는 쟁반을 들고 왔는데, 그 안에 산해진미가 넘쳐 났다. 내군작과 하인

---

72) 빈흥(賓興) : 빈공(賓貢). 옛날 지방 장관들이 연회를 열어 과거에 응시할 선비를 선발하던 일을 말한다. 향시(鄕試)를 뜻하기도 한다.

들까지 모두 물릴 정도로 실컷 먹었다. 그들은 밤이 깊어지자 등촉을 치우고 침상을 나란히 하고 잠을 잤다. 날이 밝은 뒤에 작별 인사를 하고 헤어졌는데, 모두 아쉬워하는 마음을 떨쳐 버리지 못했다. 내군작 등은 몇 리를 갔다가 여전히 위오확이 생각나자 다시 돌아와서 어제 모였던 곳을 보았더니, 인가는 전혀 없고 오직 더러운 연못가에 길이가 몇 척이나 되는 커다란 지렁이만 있었다. 또한 달팽이와 올챙이도 있었는데, 모두 보통 것보다 몇 배나 컸다. 그제야 내군작 등은 위오확과 두 하인이 모두 이것들이었음을 알았다. 마침내 모두 어젯밤에 먹었던 음식을 꺼림칙해하다가 각자 푸른 진흙과 흙탕물 몇 되씩을 토해 냈다.

隋煬帝征遼, 十二軍盡沒, 總管來護坐法受戮. 煬帝盡欲誅其家, 子君綽憂懼連日, 與秀才羅巡·羅逖·李萬進結爲奔友, 共亡命至海州. 夜黑迷路, 路傍有燈火, 因與共頓之. 扣門數下, 有一蒼頭迎拜. 君綽因問誰家, 答曰: "科斗郎君, 姓威, 卽當府秀才也." 遂啓門, 秉燭引客就館, 床榻茵褥甚備. 俄聞傳語: "六郎子出來." 君綽等降階見主人. 主人辭彩朗然, 文辭紛錯, 自通姓名曰: "威汚蠛." 叙寒溫訖, 卽命酒洽坐. 漸至酣暢, 談謔交至, 衆所不能對. 君綽頗不平, 欲以理挫之, 無計, 因擧觴曰: "君綽請起一令, 以坐中姓名雙聲者, 犯罰如律." 君綽曰: "威汚蠛." 實譏其姓, 衆皆撫手大笑, 以爲得言. 及至汚蠛, 改令曰: "以坐中人姓爲歌聲, 自二字至三字." 令曰: "羅李, 羅來李." 衆皆慙其辯捷. 羅巡又問: "君名何自貶耶?" 汚蠛曰: "僕久從賓興, 多爲主司見屈,以僕後於群士,何異尺蠖於汚池乎?" 巡又問:"公華宗, 氏族何爲不載?" 汚蠖曰:"我本田氏, 出於齊威王. 亦猶桓丁之類, 何足下之不學耶?" 旣而童子蝸兒擧方丈盤至, 珍羞水陸, 充溢其間. 君綽及僕, 無不飽飫. 夜闌徹燭, 連榻而寢. 遲明叙別, 恨悵俱不自勝. 君綽等行數里, 猶念汚蠖, 復來, 見昨所會之處, 了無人居, 唯汚池邊有大蟥, 長數尺. 又有螺蛳·丁子, 皆大常有數倍. 方知汚蠖及二竪, 皆此物也. 遂共惡昨宵所食, 各吐出靑泥及汚水數升.

* 이 고사는 《태평광기》 권474 〈곤충·내군작(來君綽)〉에 실려 있다.

75-23(2451) 땅강아지

누고(螻蛄)

출《속이기》

    진(晉)나라 의희(義熙) 연간(405~418)에 영릉(零陵) 사람 시자연(施子然)은 집에서 농사를 크게 지었는데, 밭가에 작은 초막을 짓고 농작물을 지키면서 항상 그 안에서 잤다. 어느 날 밤에 아직 잠들지 않았을 때 보았더니, 누런 누인 명주 홑옷을 입은 한 사내가 곧장 그의 자리로 다가와 두 손을 모은 채 그에게 말을 걸었다. 시자연이 사내의 성명을 묻자 사내가 곧장 대답했다.

    "저는 성이 노(盧)이고 이름이 구(鉤)이며, 집은 물에서 가까운 종계(粽溪) 가에 있습니다."

    다시 닷새가 지난 후에 일꾼이 밭두둑 서쪽 도랑가의 개밋둑을 팠더니, 별안간 커다란 구덩이가 나왔고 그 속에 거의 한 말[斗]쯤 되는 땅강아지가 가득했는데, 그중 한 마리는 굉장히 장대했다. 시자연은 비로소 깨닫고서 말했다.

    "'노구(盧鉤)'는 반어(反語)로 하면 '누고(螻蛄 : 땅강아지)'가 되고,[73] 집이 종계에 있다고 한 것은 바로 서쪽 구덩이를 말한다.[74]"

    그리하여 끓는 물을 그 구덩이에 가득 부었더니 마침내

괴이한 일이 일어나지 않았다.

晉義熙中, 零陵施子然, 家大作田, 爲蝸牛廬於田側守視, 恒宿在中. 其夜未眠, 見一丈夫, 著黃練單衣袷, 直造席, 捧手與子然語. 子然問其姓名, 卽答云: "僕姓盧, 名鈎, 家在粽溪邊, 臨水." 復經半旬, 其作人掘田塍西溝邊蟻垤, 忽見大坎, 滿中螻蛄, 將近斗許, 而有一頭極壯大. 子然悟曰: "'盧鈎'反音, 則'螻蛄'也, 家在粽溪, 卽西坎也." 悉灌以沸湯, 於是遂絶.

* 이 고사는 《태평광기》 권473 〈곤충·시자연(施子然)〉에 실려 있다.

73) '노구(盧鈎)'는 반어(反語)로 하면 '누고(螻蛄)'가 되고 : '반어'는 민간에서 쓰던 은어(隱語)로, 절어(切語)·절구(切口)·절각(切脚)이라고도 하는데, 위진 남북조 시대에 유행했다. '노'의 'ㄴ'과 '구'의 'ㅜ'를 합치면 '누'가 되고, '구'의 'ㄱ'과 '노'의 'ㅗ'를 합치면 '고'가 된다.

74) 집이 종계에 있다고 한 것은 바로 서쪽 구덩이를 말한다 : '종(粽)'과 '총(塚)'의 음이 통하고 '계(溪)'와 '서(西)'의 음이 통하기 때문에 이렇게 추론한 것이다.

75-24(2452) 심우당

심우당(審雨堂)

출《요이기(妖異記)》

하양(夏陽) 사람 노분(盧汾)은 자가 사제(士濟)로, 학문을 좋아해 게으르지 않았다. 후위(後魏:북위) 장제(莊帝) 영안(永安) 2년(529) 7월 20일에 노분이 장차 낙양(洛陽)으로 가려고 하자, 친구들이 서재에서 연회를 베풀어 주었다. 한밤중에 달이 뜬 후에 갑자기 대청 앞에 있는 홰나무 위의 공중에서 웃고 떠드는 소리와 함께 음악 소리가 들리자 사람들이 모두 의아해했다. 잠시 뒤에 미풍이 불어 숲이 흔들리면서 정신이 혼미해지는 것 같았는데, 눈을 들어 보았더니 궁궐이 활짝 열려 있고 대문이 아주 높았다. 푸른 옷을 입은 한 여자가 문을 나와 노분에게 말했다.

"낭자께서 여러 낭군들을 모셔 와 뵙고자 하십니다."

노분이 세 친구와 함께 들어갔더니 한 커다란 집이 보였는데, "심우당"이라는 편액이 걸려 있었다. 노분이 세 친구와 함께 계단으로 올라갔더니 당 안에서 자색 옷을 입은 부인이 노분에게 말했다.

"방금 같은 궁의 여자들과 모여 노래를 부르고 연회를 벌이던 차에 여러분께서 왕림하셨다는 말을 듣고 감히 거절할 수 없어 뵙기를 청했습니다."

그러고는 노분 등에게 연회에 참석하게 했다. 나중에 흰 옷을 입은 여자와 청황색 옷을 입은 여자 일고여덟 명이 당의 동쪽과 서쪽 전각에서 나왔는데, 모두 스무 살 남짓한 나이에 하나같이 절세미인이었다. 서로 인사를 나눈 뒤에 연회를 채 즐기기도 전에 갑자기 큰 바람이 부는 소리가 들리더니 심우당의 대들보가 기울어 부러져, 자리에 있던 사람들이 일시에 달아나 흩어졌다. 노분과 세 친구도 모두 달아나다가 그제야 정신을 차리고 보았더니, 정원에 있던 오래된 홰나무가 바람에 큰 가지가 부러지고 뿌리째 뽑혀 넘어져 있었다. 노분이 횃불을 들고 나뭇가지가 부러진 곳을 비추었더니, 커다란 개미굴이 하나 있었고 땅강아지 서너 마리와 지렁이 한두 마리가 모두 굴 안에 죽어 있었다.

夏陽盧汾, 字士濟, 好學不倦. 後魏莊帝永安二年七月二十日, 將赴洛, 友人宴於齋中. 夜闌月出之後, 忽聞廳前槐樹空中, 有語笑之音, 並絲竹之韻, 衆共訝之. 俄有微風動林, 有如昏昧, 及舉目, 見宮宇豁開, 門戶迥然, 有一女子衣青衣, 出戶謂汾曰: "娘子屈諸郎君相見." 汾以三友俱入, 見一大屋, 其額號曰"審雨堂". 汾與三友歷階而上, 堂中紫衣婦人謂汾曰: "適會同宮諸女, 歌宴之次, 聞諸郎降重, 不敢拒, 因拜見." 乃命汾等就宴. 後有衣白者·青黃者, 皆年二十餘, 自堂東西閣出, 約七八人, 悉妖艶絶世. 相揖之後, 歡宴未深, 忽聞大風至, 審雨堂梁傾折, 一時奔散. 汾與三友俱走,乃醒, 旣見庭中古槐, 風折大枝, 連根而墮. 因把火照所折之處, 一大蟻穴, 三四螻蛄, 一二蚯蚓, 俱死於穴中.

* 이 고사는 《태평광기》 권474 〈곤충·노분(盧汾)〉에 실려 있다.

75-25(2453) 서현지

서현지(徐玄之)

출《찬이기》

 서현지라는 사람이 절동(浙東)에서 오(吳) 땅으로 옮겨와 입의리(立義里)에서 살았다. 그가 살게 된 집은 평소 불길한 일이 일어나곤 했지만, 그는 진기한 꽃과 나무들이 탐나서 그것을 가꿔 보기로 했다. 한 달 남짓 지나서 서현지가 밤에 책을 읽다가 보았더니, 말 탄 무사 수백 명이 침상의 서남쪽 모퉁이에서 올라와 꽃무늬 양탄자 위에서 주살을 준비한 다음 병사를 풀어 대대적으로 사냥했는데, 셀 수 없을 정도로 많은 짐승을 잡았다. 사냥이 끝나자 표범 꼬리 달린 깃발이 붉은 두건에 자색 옷을 입은 사람을 에워싸고 시종 수천 명을 거느린 채 서현지의 책상 오른쪽에 이르렀다. 그러자 철관(鐵冠)[75]을 쓴 사람이 부월(斧鉞)을 들고 앞으로 나와 선포했다.

 "전하께서 장차 자석담(紫石潭)에서 고기 잡는 것을 구경하고자 하시니, 선봉 부대와 후군(後軍) 및 창을 든 병사

---

[75] 철관(鐵冠) : 고대 어사(御史)나 법관(法官)들이 머리에 쓰던 법관(法冠)으로, 관의 틀을 쇠로 만들었기에 그렇게 불렀다.

들은 따르지 말라."

이윽고 붉은 두건을 쓴 사람이 말에서 내려 좌우 수백 명과 함께 서현지의 돌벼루 위로 올라갔으며, 북쪽에 붉은 휘장을 친 장막을 설치했다. 잠시 후에 음식 탁자와 휘장 및 노래하고 춤추는 자리가 모두 준비되었다. 빈객 수십 명은 주홍색·자색·홍색·녹색 옷을 입고 있었다. 생(笙)·우(竽)·소(簫)·적(笛)을 든 사람이 또 수십 명이었고, 번갈아 노래하고 춤을 추었다. 술이 몇 순배 돌고 나서 붉은 두건을 쓴 사람이 좌우를 돌아보며 고기 잡는 도구를 가져오라고 하자, 그물과 통발과 같은 도구 수백 개를 가져와서 일제히 벼루 속으로 던져 넣었다. 얼마 되지 않아 수백수천 마리의 작은 물고기를 잡았다. 붉은 두건을 쓴 사람이 상객(上客)들에게 말했다.

"내가 임 공(任公)76)의 술법을 깊이 터득하고 있으니, 빈객들을 즐겁게 해 드리겠소."

그러고는 벼루의 남쪽 기슭에 낚싯대를 드리웠다. 미 : 연지(硯池)를 호수나 바다 이상으로 여긴다. 악대가 〈춘파인(春波

---

76) 임 공(任公) : 《장자(莊子)》〈외물편(外物篇)〉에 나오는 인물로 임공자(任公子)라고도 한다. 임 공은 엄청나게 크고 굵은 낚싯바늘과 낚싯줄에 황소 50마리를 미끼로 삼아 어마어마하게 큰 물고기를 낚았다고 한다.

引)〉이란 곡을 연주해 곡이 채 끝나기도 전에 방어 · 잉어 · 농어 · 쏘가리 등 100여 마리를 잡았다. 그 사람이 잡은 물고기로 회를 뜨고 음식을 만들라고 급히 명하자 모두 수십 가지의 음식이 차려졌는데, 그 향기는 말로 표현할 수 없을 정도였다. 다시 종과 경쇠 및 관현악기가 쟁강거리면서 일제히 연주되었다. 붉은 두건 쓴 사람에게 술이 이르자 그는 술잔을 들고 서현지를 돌아보며 빈객들에게 말했다.

"나는 주공(周公)의 예법도 익히지 않았고 공씨(孔氏 : 공자)의 서책도 공부하지 않았지만, 존귀하게 왕위에 있소. 지금 이 유생은 머리카락과 귀밑털이 다 빠지고 굶주린 기색이 역력하니, 비록 부지런히 애써 공부한들 또 무슨 소용이 있겠소? 기꺼이 절조를 꺾고 나의 신하가 된다면, 또한 오늘의 연회에 참석할 수 있소." 미 : 개미가 뜻을 얻은 때에 곤궁한 유생이 어찌할 수 있겠는가?[77]

서현지가 책으로 그들을 덮고 나서 촛불을 들고 살펴보았더니 아무것도 보이지 않았다. 서현지는 책을 놓고 잠자

---

77) 개미가 뜻을 얻은 때에 곤궁한 유생이 어찌할 수 있겠는가? : 이 미비(眉批)의 원문은 "의충득지지□□□□…(蟻蟲得志之□□□□□…)"라 되어 있어 여러 글자가 판독 불가하다. 쑨다평의 교점본에서는 "의충득지지추(蟻蟲得志之秋), 궁유기내지하(窮儒其奈之何)"로 추정했는데, 타당해 보인다.

리에 들었는데, 막 잠들려다 보았더니 단단한 갑옷을 입고 날카로운 무기를 든 기병 수천 명이 서쪽 창 아래에서 행렬을 나누고 대오를 갖추어 호령에 따라 다가오고 있었다. 서현지는 깜짝 놀라 종복을 불렀지만, 기병 몇 명이 이미 그의 침상 앞에 이르러 선포했다.

"비부국(蚍蜉國 : 왕개미국)의 왕자께서 우거진 양림(羊林)[78]에서 사냥하고 자석담에서 낚시하고 계실 때, 서현지란 용렬한 놈이 느닷없이 협박해 군졸들이 뿔뿔이 흩어지고 궁거(宮車)가 놀라 흔들렸으니, 그를 체포해 대장군 농정(蠬虰)에게 회부하고 죄과를 추궁토록 하라."

선포를 마치고 흰 명주로 서현지의 목을 묶자, 병사 수십 명이 그를 끌고 갔다. 그들은 굉장히 빨리 가서 순식간에 한 성문으로 들어갔는데, 구경꾼들이 서로 어깨를 밀치고 발을 포갤 정도로 많았다. 또 몇 리를 갔더니 자성(子城)[79]이 보였는데, 붉은 의관을 착용한 사람이 소리쳐 말했다.

"비부국왕께서 대노해 말씀하시길, '저자는 유생의 옷을 걸치고 유가의 책을 읽으면서 이전의 언행은 반성하지 않은 채 만용을 부려 윗사람을 능멸했으니, 삼사(三事 : 삼공) 이

---

78) 양림(羊林) : 여기서는 서현지의 양털로 짠 양탄자를 말한다.
79) 자성(子城) : 본성(本城)에 부속되어 있는 작은 성. 외성에 에워싸여 있는 내성이나 성문 밖에 딸려 있는 월성(月城) 등을 말한다.

하의 관원에게 회부해 그 죄를 논의토록 하라'라고 하셨다."

그러고는 서현지의 포박을 풀어 준 뒤 그를 데리고 의당(議堂)으로 들어갔다. 서현지가 자색 의관을 착용한 10명을 보고 두루 절을 올리자 그들은 모두 눈을 부릅뜨고 거만하게 절을 받았다. 배치된 기물들은 인간 세상의 것보다 훨씬 빛났다. 그때 왕자는 놀라움과 두려움으로 가슴이 떨려 병이 더욱 심해졌다. 삼사 이하의 관원들은 논의를 하고 나서 서현지를 육형(肉刑)80)에 처해야 한다고 주청했다. 논의문에 대한 비답(批答)이 아직 내려오지 않았을 때, 태사령(太史令) 마지현(馬知玄)이 상소문을 올려 논했다.

"삼가 생각건대, 왕자는 법도를 준수하지 않고 과도하게 유람하면서 위험한 곳을 평지처럼 여기다가 두려움에 놀라는 병을 자초했습니다. 서현지는 성품과 기질이 편벽하지 않으니 요망하다고 무고하기 어렵습니다. 지금 대왕께서는 자신을 헤아려 보지 않고 명철한 사람을 해치려 하십니다. 신이 삼가 보건대, 구름이 빈번히 일어나고 괴이한 일이 자주 일어나며, 저잣거리에는 그릇된 참언(讖言)이 떠돌아 사람들의 마음이 놀라고 의심하고 있습니다. 옛날에 진(秦)나

---

80) 육형(肉刑): 육벽(肉辟), 즉 체형(體刑)으로, 이마에 먹으로 글자를 새겨 넣는 묵형(墨刑), 코를 베는 의형(劓刑), 발을 자르는 비형(剕刑), 거세하는 궁형(宮刑) 등이 있다.

라 시황(始皇)은 거대한 물고기를 쏘아 죽였다가 쇠망했고, 은(殷)나라 주왕(紂王)은 맹수를 때려죽였다가 멸망했습니다. 지금 대왕께서 우리와 다른 인간을 해치려는 것은 장차 은나라와 진나라의 전철을 밟는 것이 될 것입니다."

비부국왕은 상소문을 보고 대노해 태사령 마지현을 국문(國門)에서 참수함으로써 요망한 말을 퍼뜨리는 자를 경계시켰다. 그때 폭우가 갑자기 쏟아지자 초야의 신하 위비(蠻飛)가 상소문을 올렸다.

"신이 삼가 병서(兵書)를 살펴보니, '구름도 없는데 비가 오는 것은 하늘이 우는 것이다'라고 했습니다. 지금 충직한 신하를 살육했기 때문에 하늘이 우는 것입니다. 삼가 생각건대, 아마도 비간(比干)[81]은 당시에 한을 품고 죽지 않았겠지만 마지현은 오늘 한을 품고 죽었습니다. 대왕께서는 또 서현지를 용서하지 않고 준엄한 형법을 시행하려 하시니, 이는 내 눈을 도려내 성문에 높이 매달아 놓아 월(越)나라 병사가 쳐들어오는 것을 지켜보겠다던 [오자서(伍子胥)의] 유언[82]이 오늘 다시 재연되는 것과 같습니다. 신은 삼가 감

---

81) 비간(比干) : 은나라 주왕(紂王)의 숙부로, 주왕의 무도함을 계속 간하다가 살해당했다.

82) [오자서(伍子胥)의] 유언 : 오자서는 춘추 시대 오(吳)나라의 대부(大夫)로 이름은 원(員), 자는 자서다. 부친 오사(伍奢)와 형 오상(伍

히 티끌처럼 비천한 이 몸으로 숭악(嵩嶽 : 숭산)처럼 높으신 대왕께 조금이나마 보탬이 되고자 합니다."

비부국왕은 상소문을 보고 즉시 위비를 간의대부(諫議大夫)에 임명하고, 태사령 마지현을 안국대장군(安國大將軍)에 추증했으며, 그의 아들 마지(馬蚳)를 태사령으로 삼고 베와 비단 500단(段)과 쌀 300석(石)을 조의금으로 하사했다. 그리고 서현지에 대해서는 기다렸다가 나중에 의견을 듣고 처리하기로 했다. 그러자 마지가 관직을 사양하는 상소문을 올렸는데 대략 이러했다.

"신이 어찌 주살당한 아비로 인해 국가의 총애를 받겠습니까? 하물며 지금은 천문(天文)이 장차 변하려 하고 역수(曆數)83)가 심히 근심스러우니, 엎드려 청하건대 신을 먼 곳으로 내쳐서 상란(喪亂)을 만나지 않게 해 주십시오!"

尙)이 초(楚)나라 평왕(平王)에게 살해당하자 오나라로 망명했다가 오왕 합려(闔廬)를 도와 초나라를 공략해 초나라의 수도 영(郢)으로 쳐들어갔는데, 당시에 평왕은 이미 죽은 후였지만 오자서는 그의 묘를 파내서 시체를 채찍질해 부친과 형의 원수를 갚았다. 그 후 오왕 부차(夫差) 때 오왕에게 월(越)나라의 화친 요청을 거절하고 제(齊)나라 침략을 그만두라고 간언하다가 점점 소원해져서 나중에 오왕의 명을 받고 자살했는데, 그때 위와 같은 유언을 남겼다고 한다.

83) 역수(曆數) : 왕위나 조대가 바뀌는 순서로, 옛날에는 그 순서가 천상(天象)의 운행과 맞아떨어진다고 생각했다.

비부국왕은 상소문을 보고 기분이 좋지 않아 후우전(候雨殿)으로 돌아가 잠자리에 들었다. 비부국왕은 깨어난 후에 능운대(陵雲臺)에서 백관에게 연회를 베풀며 말했다.

"방금 전에 길몽을 꾸었는데, 그것을 잘 해몽해 내 마음을 씻은 듯이 시원하게 할 수 있는 자에게는 작위를 한 등급 올려 주겠소."

신하들과 담당 관리들이 모두 머리를 조아리며 경청했다. 비부국왕이 말했다.

"나의 꿈에 상제(上帝)께서 나타나 '너에게 금을 보태 주고[助爾金] 너의 나라를 열어 주고[開爾國] 너의 강토를 넓혀 줄 것이며[展爾疆土], 남쪽에서 북쪽에서 옥과 돌을 붉게 만들어[赤玉洎石] 너의 덕에 보답하겠노라'라고 하셨소. 경들은 어떻게 생각하시오?"

신하들이 모두 절하고 춤추면서 경하드리며 말했다.

"이는 이웃 나라를 겸병해 강토를 넓혀 주겠다는 경사입니다."

그러자 위비가 말했다.

"아주 상서롭지 못한데 무슨 경사가 있겠습니까?"

비부국왕이 말했다.

"어째서 그렇게 생각하오?"

위비가 말했다.

"대왕께서 산 사람을 협박해 어두운 굴에 붙잡아 놓으셨기 때문에 하늘이 노해 이런 흉몽을 내리신 것입니다. 대저 '금을 보태 준다[助金]'는 것은 호미로 파헤친다[鋤]는 뜻이고, '나라를 연다[開國]'는 것은 제거한다[辟]는 뜻이며, '강토를 넓혀 준다[展疆土]'는 것은 쪼갠다는 뜻이고, '옥과 돌을 붉게 만든다[赤玉洎石]'는 것은 불에 옥석이 모두 타 버린다는 뜻입니다. 이는 서현지가 우리 땅을 호미로 파헤쳐 우리나라를 공격하고 남북으로 불을 놓아 자신을 묶어 끌고 간 치욕에 보복한다는 것이 아니겠습니까?"

그러자 비부국왕은 서현지의 죄를 사면하고 방술사(方術士)의 무리를 죽였으며 스스로 궁전을 허물어서 그 꿈에 대한 액막이를 했다. 그러고는 편안한 수레에 서현지를 태워 돌려보냈다. 서현지는 침상에 이르자마자 잠에서 깨어났다. 날이 밝은 후에 서현지가 가동을 불러 서쪽 창 아래의 땅을 5척 남짓 파게 했더니, 그곳에 3섬들이 장군만 한 개미굴이 있었다. 그래서 불을 놓아 개미 한 마리도 남김없이 모두 태워 버렸다. 그 후로는 그 집에 더 이상 불길한 일이 일어나지 않았다.

有徐玄之者, 自浙東遷於吳, 於立義里居. 其宅素凶, 玄之利其花木珍異, 乃營之. 月餘, 夜讀書, 見武士數百騎升自牀之西南隅, 於花甎上置繒繳, 縱兵大獵, 殺獲不可勝計. 獵訖, 有旌旗豹纛, 擁一赤幘紫衣者, 侍從數千, 至案之右. 有大¹鐵冠, 執鉞, 前宣言曰:"殿下將欲觀漁於紫石潭, 其先鋒後軍並甲士執戈戟者,勿從."於是赤幘者下馬,與左右數百,升玄之石硯之上,北設紅拂盧帳.俄爾盤榻幄幌,歌筵舞席畢備.賓旅數十,緋紫紅綠,執笙竽簫管者,又數十輩,更歌迭舞.酒數巡,赤幘顧左右索漁具,復有網罟籠罩之類,凡數百,齊入硯中.未頃,獲小魚數百千頭.赤幘謂上客曰:"予深得任公之術,請以樂賓."乃持釣於硯中之南灘.眉:視硯池不啻湖海.樂徒奏〈春波引〉,曲未終,獲魴鯉鱸鱖百餘.遽命操膾促膳,凡數十味,皆馨香不可言.金石絲竹,鏗鞫齊奏.酒至,赤幘者持杯,顧玄之而謂眾賓曰:"吾不習周公禮,不習孔氏書,而貴居王位.今此儒髮鬐焦禿,饑色可掬,雖孜孜矻矻,而又奚為?肯折節為吾下卿,亦得陪今日之宴."眉:蟻蟲得志之□□□□…. 玄之乃以書卷蒙之,執燭以觀,一無所見.玄之捨卷而寢,方寐間,見被堅執銳者數千騎,自西牖下分行布伍,號令而至.玄之驚呼僕夫,而數騎已至牀前,乃宣言曰:"蚍蜉王子獵於羊林之茸,釣於紫石之潭,玄之庸奴,遽有迫脅,士卒潰亂,宮車振驚,付大將軍蠆虹追過."宣訖,以白練繫玄之頸,甲士數十,羅曳而去.其行迅疾,倏忽如入一城門,觀者架肩疊足.又行數里,見子城,有赤衣冠者唱言:"蚍蜉王大怒曰:'披儒服,讀儒書,不修前言往行,而肆勇凌上,付三事已下議!'"乃釋縛,引入議堂.見紫衣冠者十人,玄之遍拜,皆瞋目踞受.所陳設之類,尤炳煥於人間.是時王子以驚恐入心,厥疾彌甚.三事已下議,請置肉刑.議狀未下,太史令馬知玄進狀論曰:"伏以王子不遵典法,遊觀失度,視險如砥,自貽震驚.徐玄之性氣不回,難以妖誣.今大王不能度己,欲害哲人.竊見雲物頻興,珍怪屢作,市言訛讖,眾情驚疑.昔者秦射巨魚而衰,殷格猛獸而滅.今大王欲害非類,將為殷秦之續矣."王覽疏大怒,斬太史馬知玄於國門,以令妖言者.是時大雨暴至,草澤臣蠆飛上疏曰:

"臣竊見兵書云'無雲而雨者天泣'. 今直臣就戮, 而天爲泣焉. 伏恐比干不恨死於當時, 知玄恨死於今日. 大王又不貸玄之, 欲加峻法, 是抉吾眼而觀越兵, 又在今日. 竊敢以塵埃之卑, 少益嵩嶽." 王覽疏, 卽拜蠒飛爲諫議大夫, 追贈太史馬知玄爲安國大將軍, 以其子蚳爲太史令, 賻布帛五百段, 米三百石. 其徐玄之待後進旨. 於是蚳上疏辭爵, 略云: "臣豈可因亡父之誅, 賴國家之寵? 況今天圖將變, 曆數堪憂, 伏乞斥臣遐方, 免逢喪亂!" 王覽疏不悅, 乃返寢於候雨殿. 旣寤, 宴百執事於陵雲臺, 曰: "適有嘉夢, 能曉之, 使我心洗然者, 賜爵一級." 群臣有司皆頓首敬聽. 曰: "吾夢上帝云: '助爾金, 開爾國, 展爾疆土, 自南自北, 赤玉洎石, 以答爾德.' 卿等以爲如何?" 群臣皆拜舞稱賀曰: "兼鄰啓疆之慶也." 蠒飛曰: "大不祥, 何慶之有?" 王曰: "何謂其然?" 蠒飛曰: "大王逼脅生人, 滯留幽穴, 錫茲咎夢, 由天怒焉. 夫'助金'者鋤也, '開國'者辟也, '展疆土'者分裂也, '赤玉洎石'與火俱焚也. 得非玄之鋤吾土, 攻吾國, 縱火南北, 以答繫領之辱乎?" 王於是赦玄之之罪, 戮方術之徒, 自壞其宮, 以禳厥夢. 乃以安車送玄之歸. 纔及榻, 玄之寤. 旣明, 乃召家僮, 於西牖掘地五尺餘, 得蟻穴如三石缶. 因縱火以焚之, 靡有孑遺. 自此宅不復凶矣.

* 이 고사는 《태평광기》 권478 〈곤충·서현지〉에 실려 있다.

1 대(大):《태평광기》명초본에는 "재(載)"라 되어 있는데, "대(戴)"의 오기로 보인다. "대(戴)"가 문맥상 보다 타당하다.

75-26(2454) 원앙

원앙(鴛鴦)

출《조야첨재》미 : 이하는 새의 요괴다(以下鳥怪).

　　한(漢)나라 때 언현(鄢縣)의 남문 두 짝이 갑자기 한 짝은 "원(鴛)" 하고 소리를 내고 다른 한 짝은 "앙(鴦)" 하고 소리를 냈는데, 아침저녁으로 문을 열고 닫을 때마다 그 소리가 온 도성에 들렸다. 한나라 말에 그 소리를 싫어해 그 문을 부숴 버리게 했는데, 문 두 짝이 원앙으로 변해 서로 뒤쫓으며 날아가 버렸다. 나중에 마침내 언현의 명칭을 안성현(晏城縣)으로 바꾸었다.

漢時, 鄢縣南門兩扇, 忽一聲稱"鴛", 一聲稱"鴦", 晨夕開閉, 聲聞京師. 漢末惡之, 令毀其門, 兩扇化爲鴛鴦, 相隨飛去. 後遂改鄢爲晏城縣.

* 　이 고사는 《태평광기》 권463 〈금조(禽鳥)·원앙〉에 실려 있다.

75-27(2455) 오군산

오군산(烏君山)

출《건안기(建安記)》

 오군산은 건안(建安)의 명산으로, 현에서 서쪽으로 100리 떨어진 곳에 있다. 서중산(徐仲山)이라는 도사가 있었는데, 그는 가난하게 살면서도 굳은 절개를 지켰으며 해가 오래될수록 더욱 힘써 도를 닦았다. 한번은 서중산이 산길을 가다가 폭풍우와 천둥을 만나 길을 잃었는데, 그때 문득 번갯불 사이로 관부와 비슷한 집 한 채가 보이자 그곳으로 가서 비를 피했다. 문에 들어서자 비단옷을 입은 한 사람이 돌아보기에 서중산이 말했다.

 "이 마을에 사는 도사 서중산이 인사 올립니다."

 그러자 비단옷을 입은 사람이 말했다.

 "감문사자(監門使者) 소형(蕭衡)도 인사 올립니다."

 서중산이 비바람을 피해 그곳에 오게 된 까닭을 설명하자, 그 사람은 따뜻하게 서중산을 안으로 맞아들였다. 서중산이 물었다.

 "마을이 생겨난 이래로 산중에 이와 같은 관부는 없었습니다."

 감문사자가 말했다.

"이곳은 신선이 사는 곳이며 저는 감문관(監門官)입니다."

잠시 뒤에 한 아가씨가 나타났는데, 양 갈래로 머리를 틀어 올리고 진홍 치마에 푸른 무늬 비단 저고리를 입고 있었으며, 왼손에는 황금 자루가 달린 주미(麈尾 : 총채)와 깃털 깃발을 들고 있었다. 그때 안에서 호령을 전하며 말했다.

"사자는 밖에서 누군가와 얘기하면서 어찌하여 보고하지 않느냐?"

그러자 감문사자가 대답했다.

"이곳 마을에 사는 도사 서중산입니다."

잠시 뒤에 또 호령을 전하며 말했다.

"선관(仙官)께서 서중산을 안으로 모시라고 하십니다."

그러자 조금 전에 보았던 아가씨가 서중산을 데리고 복도를 통해 안으로 들어가서 당(堂)의 남쪽에 있는 작은 뜰에 이르자 한 장부가 보였는데, 그는 50세 남짓 되어 보였고 피부와 몸, 수염과 머리카락이 모두 희었으며, 깁을 두른 관을 쓰고 흰 비단에 은실로 수놓은 어깨걸이를 걸치고 있었다. 그가 서중산에게 말했다.

"그대가 다년간 수도에 정진해 속세를 초월했음을 알고 있소. 나에게 도교를 잘 알고 있는 딸이 있는데, 숙업(夙業) 때문에 반드시 그대의 아내가 되어야 하오. 오늘이 바로 길일이오."

서중산이 겸손하게 감사드리자 장부가 말했다.

"나는 상처한 지 이미 7년이 되었소. 내게는 3남 6녀 아홉 명의 자식이 있는데, 그대의 아내가 될 아이는 막내딸이오."

그러고는 후당(後堂)에 혼례를 준비하라고 명했다. 잠시 뒤에 술과 음식이 차려지자 그는 서중산과 함께 음식을 먹었다. 점점 밤이 깊어지자 패옥(佩玉) 소리가 들렸고 기이한 향이 진하게 풍겼으며 등촉이 환하게 빛났는데, 그는 서중산을 데리고 별실로 갔다. 혼례를 치르고 사흘 뒤에 서중산은 그곳이 마음에 들어 방들을 둘러보았다. 서쪽으로 널찍한 방이 있어 가서 보았더니 옷걸이 위에 새 날개 14개가 걸려 있었는데 모두 물총새 날개였고, 나머지는 모두 까마귀 날개였는데 그 가운데 하나는 흰 까마귀 날개였다. 다시 서남쪽으로 갔더니 또 널찍한 방이 하나 나왔고 옷걸이 위에 날개 49개가 보였는데 모두 올빼미 날개였다. 서중산이 속으로 이상하게 생각하며 방 안으로 돌아왔더니, 그 아내가 물었다.

"당신은 방금 놀러 갔다가 무엇을 보셨기에 그런 근심스런 표정을 하고 계십니까?"

서중산이 미처 대답하기 전에 그 아내가 말했다.

"무릇 신선이 가볍게 공중으로 날아오를 때는 모두 새 날개를 빌립니다. 그렇지 않고서야 어떻게 갑자기 만 리를 갈 수 있겠습니까?"

그러자 서중산이 물었다.

"까마귀 날개는 누구 것이오?"

아내가 말했다.

"그것은 아버님의 옷입니다."

서중산이 또 물었다.

"물총새 날개는 누구 것이오?"

아내가 말했다.

"그것은 이전에 당신을 이곳으로 데리고 온 하녀의 옷입니다."

서중산이 또 물었다.

"그렇다면 나머지 까마귀 날개는 누구 것이오?"

아내가 말했다.

"저의 형제자매들의 옷입니다."

서중산이 또 물었다.

"그럼 올빼미 날개는 누구 것이오?"

아내가 말했다.

"밤에 순찰을 도는 사람의 옷으로, 바로 감문관 소형과 같은 무리가 입는 것입니다."

아내의 말이 채 끝나기도 전에 갑자기 온 집안이 두려움에 떨었다. 서중산이 그 까닭을 묻자 아내가 말했다.

"마을 사람들이 사냥을 하려고 불을 놓아 산을 태우고 있습니다."

잠시 후 집안사람들이 모두 말했다.

"서랑(徐郞 : 서중산)께 드릴 옷을 미처 다 짓지 못했습니다. 오늘 이별하더라도 다시 만날 수 있을 것입니다."

그러고는 모두 날개를 가져와서 걸치더니 여러 방향으로 날아갔다. 방금 서중산이 보았던 집은 일순간 사라져 보이지 않았다. 그래서 그곳을 "오군산"이라 불렀다.

烏君山者, 建安之名山也, 在縣西一百里. 有道士徐仲山者, 貧居苦節, 年久彌勵. 嘗山行, 遇暴雨風雷, 迷失道, 忽於電光中, 見一舍宅, 有類府州, 因投避雨. 至門, 見一錦衣人, 顧仲山, 乃稱 : "北¹鄕道士徐仲山拜." 其錦衣人稱 : "監門使者蕭衡, 亦拜." 因敍風雨之故, 深相延引. 仲山問曰 : "自有鄕, 無此府舍." 監門曰 : "此神仙所處, 僕卽監門官也." 俄有一女郞, 梳綰雙鬟, 衣絳褚裙靑文羅衫, 左手執金柄麈尾幢旌. 傳呼曰 : "使者外與何人交通, 而不報也?" 答云 : "此鄕道士徐仲山." 須臾, 又傳呼云 : "仙官召徐仲山入." 向所見女郞, 引仲山自廊進, 至堂南小庭, 見一丈夫, 年可五十餘, 膚體鬚髮盡白, 戴紗搭腦冠, 白羅銀鏤帔. 而謂仲山曰 : "知卿精修多年, 超越凡俗. 吾有小女, 頗閑道敎, 以其夙業, 合與卿爲妻. 今當吉辰耳." 仲山遜謝, 丈夫曰 : "吾喪偶已七年. 吾有九子, 三男六女, 爲卿妻者, 最小女也." 乃命後堂備吉禮. 旣而陳酒殽, 與仲山對食訖. 漸夜, 聞環珮之聲, 異香芬郁, 熒煌燈燭, 引去別室. 禮畢三日, 仲山悅其所居, 巡行屋室. 西向廠舍, 見衣竿上懸皮羽十四枚, 是翠碧皮, 餘悉烏皮耳, 烏皮之中, 有一枚是白烏皮. 又至西南, 有一廠舍, 衣竿之上, 見皮羽四十九枚, 皆鸂鶒. 仲山私怪之, 却至室中,其妻問曰:"子適遊行, 有何所見, 乃沉悴至此?" 仲山未之應, 其妻曰:"夫神仙輕擧, 皆假羽翼. 不爾, 何以倏忽而致萬里乎?" 因問曰:"烏皮羽爲誰?" 曰:"此大人之衣也." 又問曰:"翠碧皮羽爲誰?" 曰:"此常使通引婢之衣也." "又餘烏皮羽爲誰?" 曰:"新婦兄弟姊妹之衣也." 又問:"鵂鶹皮羽爲誰?" 曰:"司更巡夜者衣, 卽監門蕭衡之倫也." 語未畢, 忽然擧宅驚懼. 問其故, 妻謂之曰:"村人將獵, 縱火燒山." 須臾, 皆云:"竟未與徐郞造得衣. 今日之別, 可謂邂逅矣." 乃悉取皮羽, 隨方飛去. 卽向所見舍屋, 一無其處. 因號其地爲"烏君山".

* 이 고사는 《태평광기》 권462 〈금조·오군산〉에 실려 있다.
1 북(北) : 《태평광기》에는 "차(此)"라 되어 있는데, 문맥상 타당한 것으로 보인다. 아래 문장에는 "차"라 되어 있다.

75-28(2456) 푸른 학

창학(蒼鶴)

출《광이기》

[당나라] 개원(開元) 연간(713~741)에 호부영사(戶部令史)의 부인은 아름다웠는데, 요괴에게 홀렸으나 그 사실을 알지 못했다. 그의 집에는 준마가 있었는데, 항상 두 배의 꼴을 먹였으나 갈수록 더욱 말라 갔다. 그의 이웃집에 호인(胡人)이 있었는데 술사(術士)였다. 그래서 호부영사가 물었더니 호인이 웃으며 말했다.

"말은 100리를 달려도 피곤한데 지금 1000여 리를 달리니 어찌 마르지 않겠습니까?"

호부영사가 말했다.

"나는 애당초 그 말을 타고 출입한 적이 없고 집에도 그럴 사람이 없는데, 어떻게 그런 일이 있겠소?"

호인이 말했다.

"당신이 당직하러 들어갈 때마다 부인이 밤에 나가는데 당신은 알지 못하고 있습니다. 만약 믿지 못하겠다면 당직하러 들어갈 때 한번 돌아와서 살펴보십시오."

호부영사는 그의 말대로 밤에 돌아와서 다른 곳에 숨어 있었다. 일경(一更)이 되자 부인이 일어나 단장을 하더니 하녀에게 말에 안장을 채우게 하고 계단에서 말에 올라탔다. 하녀는 빗자루를 타고 뒤따랐는데, 천천히 공중으로 오르더니 더 이상 보이지 않았다. 호부영사는 크게 놀라 날이 밝자 호인을 찾아가서 놀라며 말했다.

"요괴에 홀린 게 사실이니 어찌하면 좋겠소?"

호인은 그에게 하룻밤 더 살펴보게 했다. 그날 밤에 호부영사가 돌아와 당 앞의 장막 속에 엎드려 있었는데, 부인이 하녀에게 물었다.

"어째서 산 사람의 냄새가 나느냐?"

그러고는 하녀에게 빗자루에 불을 붙여서 집을 두루 비춰 보게 했다. 호부영사는 당황해서 당에 있던 커다란 항아리 속으로 들어갔다. 잠시 후에 부인이 말을 타고 다시 나가려 했는데, 하녀는 이미 빗자루를 태워 버린 뒤라 다시 탈 만한 것이 없었다. 그러자 부인이 말했다.

"아무거나 타면 되지 꼭 빗자루일 필요가 있겠느냐?"

하녀는 황급히 커다란 항아리를 타고 따라갔다. 호부영사는 항아리 속에 있었지만 두려워서 감히 움직이지 못했다. 잠시 후 한 곳에 도착했는데 바로 산꼭대기의 숲속이었다. 그곳엔 휘장과 장막이 쳐져 있고 매우 성대하게 술자리가 마련되어 있었다. 함께 술을 마시는 사람은 일고여덟 명쯤 되었는데 각자 짝이 있었다. 그들은 자리에서 술을 마시면서 매우 친근하게 어울렸으며, 몇 경(更)이 지난 후에 비로소 헤어졌다. 부인이 말에 올라타서 하녀에게 아까 항아리를 타게 했는데, 하녀가 놀라며 말했다.

"항아리 속에 사람이 있어요!"

술에 취해 있던 부인이 하녀에게 그를 산 아래로 밀어 버리게 하자, 하녀 또한 술에 취해 그를 밀어 버렸다. 호부영사는 감히 말도 하지 못했다. 이윽고 하녀는 항아리를 타고 떠났다. 날이 밝았을 때 호부영사가 보았더니 아무도 보이지 않았다. 그는 지름길을 찾아서 깊은 산과 높은 봉우리를 헤매며 수백 리를 가면서 고생스럽게 구걸하며 한 달여 만에 겨우 집에 도착할 수 있었다. 부인이 그를 보고 놀라며 물었다.

"이렇게 오랫동안 어디에 갔다가 왔습니까?"

호부영사는 다른 말로 대답했다. 그는 다시 호인을 찾아가 물으며 해결할 수 있는 방법을 청했다. 그러자 호인이 말했다.

"요괴가 이미 모습을 이루었으니 다시 떠날 때를 엿보았다가 재빨리 잡아서 불로 태우십시오."

호부영사가 그 말대로 했더니 공중에서 살려 달라는 소리가 들렸고, 잠시 후에 푸른 학이 불 속으로 떨어져 타 죽었다. 마침내 부인의 병이 나았다.

開元中, 戶部令史妻有色, 得魅疾, 而不能知之. 家有駿馬, 恒倍芻秣, 而瘦劣愈甚. 鄰舍有胡人, 術士也. 問之, 笑云：

"馬行百里猶倦, 今行千里餘, 寧不瘦耶?" 令史言: "初不出入, 家又無人, 曷由至是?" 胡云: "君每入直, 君妻夜出, 君自不知. 若不信, 至入直時, 試還察之." 令史依其言, 夜還隱他所. 一更, 妻起靚妝, 令婢鞍馬, 臨階御之. 婢騎掃帚隨後, 冉冉乘空, 不復見. 令史大駭, 明往見胡, 瞿然曰: "魅信矣, 爲之奈何?" 胡令更一夕伺之. 其夜, 令史歸伏堂前幕中, 妻問婢: "何以有生人氣?" 令婢以帚燭火, 遍燃堂廡. 令史狼狼入堂大甕中. 須臾, 乘馬復往, 適已燒帚, 無復可騎. 妻云: "隨有卽騎, 何必掃帚?" 婢倉卒, 遂騎大甕隨行. 令史在甕中, 懼不敢動. 須臾, 至一處, 是山頂林間. 供帳簾幕, 筵席甚盛. 群飮者七八輩, 各有匹偶. 座上宴飮, 合昵備至, 數更後方散. 婦人上馬, 令婢騎向甕, 婢驚云: "甕中有人!" 婦人乘醉, 令推著山下, 婢亦醉, 推令史出. 令史不敢言. 乃騎甕而去. 令史及明, 都不見人. 乃尋徑路, 崎嶇可數百里, 行乞辛勤, 月餘, 僅得至舍. 妻見驚問: "久之何所來?" 令史以他答. 復往問胡, 求其料理, 胡云: "魅已成, 伺其復去, 可遽縛取, 火以焚之." 聞空中乞命, 頃之, 有蒼鶴墮火中, 焚死. 妻疾遂愈.

* 이 고사는 《태평광기》 권460 〈금조·호부영사처(戶部令史妻)〉에 실려 있다.

75-29(2457) 아계

아계(鵝溪)

출《광오행기》

진(晉)나라 태원(太元) 연간(376~396)에 장안군(章安郡)의 사회(史悝)의 집에 아주 잘 우는 얼룩무늬 수컷 거위가 있었다. 사회의 딸이 늘 거위를 돌보며 먹이를 주었는데, 거위는 그녀가 주는 먹이가 아니면 먹지 않았다. 순첨(荀僉)이 한사코 거위를 달라고 해서 데려갔는데, 거위가 번번이 먹지 않는 바람에 하는 수 없이 사회에게 돌려주었다. 그로부터 며칠 뒤에 사회가 새벽에 일어나서 보았더니 딸과 거위가 보이지 않았다. 이웃 사람이 거위가 서쪽으로 가는 소리를 들었다고 하자 사회가 쫓아가서 한 물가에 이르렀는데, 딸의 옷과 거위의 털만 물가에 있었다. 그래서 오늘날 이 물을 "아계"라고 부른다.

晉太元中, 章安郡史悝家有駁雄鵝, 善鳴. 悝女常養飼之, 鵝非女不食. 荀僉苦求之, 鵝輒不食, 乃以還悝. 又數日, 晨起, 失女及鵝. 鄰家聞鵝向西, 追至一水, 唯見女衣及鵝毛在水邊. 今名此水爲"鵝溪".

* 이 고사는 《태평광기》 권462 〈금조 · 사회(史悝)〉에 실려 있다.